## Das Buch

Nichts im Leben des berühmten Regattaseglers Charles Webb bleibt, wie es war, nachdem er den Auftrag akzeptiert hat, ein gesunkenes Wrack aus Napoleons Zeiten, beladen mit Gold- und Silberbarren, in der Nordsee zu suchen und zu bergen. Ahnungslos segelt Charlie auf seiner Yacht *Gloria* mitten hinein in die friesische Inselwelt, und ein Netz aus Lügen und stahlharten Intrigen wird von skrupellosen Geheimagenten und einer mysteriösen Dame über seinem Kopf zusammengezogen, während die Marine des deutschen Kaisers offensichtlich eine Invasion in England plant.

## Der Autor

Sam Llewellyn ist selbst ein erfahrener Hochseesegler, und er hatte sich bereits mit Sach- und Kinderbüchern in England einen Namen gemacht, als sein erster Segelthriller erschien, dem bald weitere folgten, die inzwischen alle bei Ullstein erschienen sind. Geboren auf den rauhen Scilly-Inseln, lebt Llewellyn mit seiner Frau und zwei Söhnen in Herefordshire und teilt seine Zeit auf zwischen Segeln und maritimer Publizistik.

In unserem Hause sind von Sam Llewellyn bereits erschienen:
*Als Requiem ein Shanty*
*Den Fischen zum Fraße*
*Ein Leichentuch aus Gischt*
*Ein Sarg mit Segeln*
*In Neptuns tiefstem Keller*
*Laß das Riff ihn töten*
*Im Sog des Verderbens*
*Roulette mit dem Teufel*
*Schuß in die Sonne*
*Roulette mit dem Teufel/Im Sog des Verderbens*
*Laß das Riff ihn töten/Ein Leichentuch aus Gischt*

Sam Llewellyn

# Tödliches Watt

Roman

Aus dem Englischen
von Horst Rehse

Ullstein

Ullstein Taschenbuchverlag 2001
Der Ullstein Taschenbuchverlag ist ein Unternehmen der
Econ Ullstein List Verlag GmbH & Co. KG, München
© 2001 für die deutsche Ausgabe by
Econ Ullstein List Verlag GmbH & Co. KG, München
© 1999 by Ullstein Buchverlage GmbH & Co. KG, Berlin
© 1998 by Sam Llewellyn
Titel der englischen Originalausgabe:
The Shadow in the Sands
Übersetzung: Horst Rehse
Umschlagkonzept: Lohmüller Werbeagentur GmbH & Co. KG, Berlin
Umschlaggestaltung: DYADEsign, Düsseldorf
Titelabbildung: Mauritius, Mittenwald
Druck und Bindearbeiten: Ebner Ulm
Printed in Germany
ISBN 3-548-25229-X

Ein Bericht über die Fahrt der Yacht *Gloria* zwischen den friesischen Inseln im April des Jahres 1903 und der Abschluß der Ereignisse, die von Erskine Childers in seinem Roman ›Das Rätsel von Memmert Sand‹ dargestellt wurden.

# Vorwort

Ich habe diesen Bericht im wesentlichen auf der Grundlage von Unterlagen zusammengestellt, die mir von den Enkeln des Schiffahrtsmagnaten Baron Webb von Dalling zugesandt wurden. Webbs Nachruf in der ›Times‹ spiegelt die allgemeine Auffassung wider, daß Webb, dessen Karriere von der Küstenfischerei auf der Nordsee bis zu einem Sitz im Oberhaus führte, ein kampfeslustiger, sexuell gieriger, aber im großen und ganzen gewissenhafter Mann war; stets intolerant gegenüber falschem Schein und Ungerechtigkeit und mit einer Eloquenz, der durch seinen Norfolkakzent ein gewisser Charme verliehen wurde.

Ich habe viele der wichtigsten Eckpfeiler der Geschichte geprüft und dabei festgestellt, daß sie sich mit den geschichtlichen Darstellungen decken. Bemerkenswerterweise entsprechen sie auch – wie Sie feststellen werden – einem Großteil der Geschichte, die Erskine Childers in seinem unvergleichlichen Werk ›Das Rätsel von Memmert Sand‹[*] erzählt hat.

Ich widme dieses Buch dem Andenken von Erskine Childers, mit Achtung und Verehrung. Sollte der Eindruck entstehen, daß ich mit seiner Darstellung nicht an allen Stellen sorgfältig umgegangen bin, kann ich nur bekennen, daß das nicht meine Absicht war. Mein Ziel war es, den Bericht von

[*] Childers, Erskine: Das Rätsel von Memmert Sand, Ullstein Taschenbuch 23586

Lord – damals Kapitän – Webb herauszugeben, ich habe ihn mit anderen Dokumenten ergänzt, wo es sinnvoll war. Insgesamt wird dieser Bericht Licht auf die an den Nerven zerrenden Ereignisse jener Tage werfen, die der Veröffentlichung von Childers' Erzählungen im Frühjahr 1903 direkt vorausgingen. Ich hoffe sehr, daß meine Leser Webbs Geschichte genauso bewerten wie ich – als endgültige Bestätigung der Warnungen vor einer Invasion, die Childers durch die Darstellung der Abenteuer der unsterblichen Männer Davies und Carruthers im Herbst 1902 gegeben hat. Nach der Überzeugung einiger Interpreten waren es Warnungen, die jetzt im übertragenen Sinne so passend sind, wie sie es damals waren.

Sam Llewellyn
Yacht *Gloria*
Delfzijl, 1996

# 1

# Kapitän Webbs Wettkampf in Kiel

Stellen Sie sich folgendes vor:

Sie sind eine Art Geheimwaffe, achtzig Fuß hoch am Hals des Gaffelsegels in einer Bucht der Ostsee. Weit hinten am Horizont die schwachen Anzeichen von Flensburg und Fünen, dort wo der windige Himmel und die schlachtschiffgraue See zusammenstoßen. In der weißen Hecksee knattern die Masten der Kieler Regatta, die Kanalschleusen und die *Kaiser Barbarossa* warten auf Kaiser Wilhelm, Gott segne sein verrücktes Herz.

Das war es, was David Davies sah, der jüngste der dreißig Männer meiner Crew, die Geheimwaffe, hoch zwischen Himmel und See. Er hatte den Überblick. Ich dagegen trug die Last der Verantwortung; unten an Deck schlug mir das Herz im Halse, meine Hüfte hatte ich gegen die zehn Fuß lange Pinne gepreßt, ich steuerte den 23 Meter langen Kutter *Doria* durch die Kieler Förde.

Ein Rennsegler, die *Doria*. Der Rumpf 120 Fuß lang mit scharfem Steven und einer Abschlußlinie aus Blattgold; Bugspriet, Mast und Toppmast trugen zusammen 11 000 Quadratfuß Segel aus ägyptischer Baumwolle; unter Deck lagen Kammern, ein Bad und eine Damenkabine; der Salon war mit bestem Mahagoni aus Honduras ausgekleidet. In ebendiesem Salon saß in seinem ledernen Armsessel der Eigner, Sir Alonso Cummings, Bankier und strenger Methodist, las gerade die Hofnachrichten in der ›Times‹ und schnaufte schwer durch seinen Schnurrbart. Die *Doria* flog über die Ostsee auf weißen Flügeln aus Schaum, das war keine Übertreibung. Mir stand aber nicht der Sinn nach solch blumiger Beschreibung, ich mußte mein Brot verdienen.

An diesem Morgen bedeutete das, dem Kaiser von Deutschland den Arsch abzusegeln – er segelte 100 Fuß vor dem Steven der *Doria* auf seiner berühmten Yacht *Meteor* – in Großbritannien gebaut, wohlbemerkt. Seine Besatzung waren Deutschlands beste Leute; die waren in jenem zweiten Jahr des Jahrhunderts wohl noch nicht so gut, wie er sich das wünschte, aber sie wurden immer besser. Um die Pinne der *Meteor* konnte man einen Haufen von Baronen und Admiralen sehen und natürlich den kleinen Kaiser Wilhelm selbst, seine goldbetreßten Ärmel blitzten in der Sonne. Und im Hintergrund, wie meistens, mit einem weißen Mützenbezug auf seiner Yachtmütze, die Hände in den Taschen der Windjacke, die großen Ohren hin und her wackelnd, mit Bauch raus und Hintern rein stand der verdammte Herzog mit seiner Abdullah-Zigarette, die aus seinem Schnurrbart ragte.

Als die *Meteor* vor unserem Steven vorbeizog, merkte ich, daß sein Blick auf mir ruhte, aus hellblauen vorstehenden Augen, die rosarot umrandet waren und feucht wie ein Butt. Er liebte seine Mitmenschen nicht, dieser Herzog, es sei denn, sie waren Frauen oder andere Herzöge oder noch höherstehende Leute. Ich spürte seinen Blick fast körperlich. Und ich glaube, er spürte meinen, denn plötzlich sah er weg. Und die zwei großen Boote entfernten sich voneinander.

Da stand ich also an Deck und fühlte, wie die *Doria* durch das Wasser schnitt, 180 Fuß Mast über uns, 50 Tonnen Blei unten im Wasser; und ich wartete auf meine Chance. Der Wind heulte, die Takelage stöhnte, fast hörte es sich an wie eine kranke Frau in einem alten Haus. Das flache Land und die graue See erinnerten mich an Norfolk, und das wiederum ließ mich an Hetty denken. Doch über Hetty später mehr. Es gab da eine bewegte Stelle, dunkel auf dem Wasser, die auf uns zukam. Ich dachte, das hat doch keinen Sinn, was du da machst. Sinn oder nicht, es war zu spät.

Ich und der Kaiser hatten gerade die Kurse gekreuzt. Selbst wenn Sie nicht wissen, was »Kurse gekreuzt« bedeutet, merken Sie es sich: Kurse gekreuzt. Die Bö auf dem Wasser lief auf uns zu und packte uns. Sie packte auch die *Meteor*, und die legte sich hart über. Ich wartete, bis ich alles genau sehen konnte, zwei weiße Sandwiches, eins groß, das andere klein, die auf der See in einer Meile Abstand standen.

»Klar zur Wende«, sagte ich.

Das Ruder über, und wir wendeten.

Und oben, 80 Fuß über dem Deck, flippt David Davies das Toppsegel rüber, so daß es richtig zieht. Eine Erfindung von mir. Dann beobachtet er wieder das Wasser nach Böen, und wir segeln mit dem Wind von Steuerbord, so haben wir das Wegerecht. Das Toppsegel zieht wie ein Pferdegespann; und wir holen auf. Aber da sitzen Sie in Ihrem Zug oder warten auf einen Omnibus, und Sie beginnen gerade dieses Buch zu lesen, das Sie wahrscheinlich aus der mobilen Gemeindebücherei entliehen haben, alles andere wäre Geldverschwendung. Und plötzlich werden Sie halb einen Mast in der Ostsee hochgezogen, ein Herzog sieht Sie verärgert an, und Sie haben gerade mit dem Kaiser von Deutschland die Kurse gekreuzt. Sie haben alles Recht, das Buch in die Ecke zu werfen und sich zu fragen, was dieser Schriftsteller überhaupt will.

Ich habe tatsächlich etwas ungeschickt angefangen. In der Mitte. Nun, ich bin kein Geschichtenerzähler, ich habe bisher andere Dinge im Leben getan. Alle sagen mir, daß man bei einer Geschichte einfach nach dem normalen Menschenverstand vorgehen soll. Also, von jetzt ab werde ich von Anfang an berichten und von da zum Ende kommen.

Ich heiße Charlie Webb, und bis zu ihrem Tod lebten mein Vater und meine geliebte Mutter in Sea Dalling, einer kleinen Stadt, die dicht am Deich an der Nordküste von Nord-Norfolk liegt. Dalling ist ein kleiner Ort mit einer großen Kirche, einigen Ginsterbüschen und einem Landhaus im griechischen Stil und einer Steinmauer, die das Gesindel vom Herrensitz fernhält, außerdem sind noch ein paar hundert Hektar Park vorhanden. Dann gibt es noch die Marsch und die See voller Sandbänke. In der See gibt es viele Fische. Vom Fisch leben die Menschen in dieser Gegend. Manche arbeiten auf dem Herrensitz. Heringe im Oktober, Krabben aus der Gegend vor Cromer, Muscheln, die auf den Ufern innerhalb der Molenköpfe sitzen, das ist die Lebensgrundlage. Wer kein Boot besitzt, sammelt in der Marsch Pflanzen oder harkt Herzmuscheln auf dem flachen Strand, der sich ins Unendliche erstreckt, große, blaue Herzmuscheln, wie man sie sonst kaum findet. Sea-Dalling-Muscheln sind beliebt, waren sie schon immer. Man kann sie in Kirchen sehen, eingraviert in die Schlußsteine, die die anderen Steine halten.

Flaches Land beherrscht den Norden von Norfolk, Salzmarschen, die in Strände übergehen, die Strände erstrecken sich bis an den Horizont; flaches Land und bedächtige Leute, sagt man. Wenn man in Norfolk aufwächst, hält man die Welt für einen großen Strand, die Zukunft kommt wie die Tide, schnell wie ein galoppierendes Pferd, und man muß aufpassen, daß man nicht untergeht. Wir sind alle in Dalling zur Schule gegangen, bei Mrs. Lyte. Dora Jordan half ihr, sie war erst 14 Jahre alt, und sie war die erste Frau, die ich je geliebt habe, obwohl sie mir weit überlegen war, ich war doch erst sechs. Mrs. Lyte brachte uns das Schreiben und Lesen bei, der Pastor lieh mir Groschenromane, Mutter und Vater waren fleißige Kirchgänger. Ich ging von der Schule ab, als sie gerade ihr 60jähriges Bestehen feierte.

Als junger Bursche steht man dann am Strand, eiskalt im Wind, und der Rücken schmerzt vom Muschelharken und Pflanzensammeln; man erfriert sich die Beine beim Prielwaten mit einem Buttprick, das ist eine Art Speer zum Fangen von Plattfischen. Wenn man älter wird, fährt man zur See. Ich lernte, ein Treibnetz nach Heringen auszulegen, eine Angelleine für Kabeljau auszubringen und ein Netz für Schollen und Butt zu benutzen. Und abends saßen wir um die Esse von Gideon Gidney, dem Schmied; wir quatschten beim Geruch von glühendem Koks und angesengtem Horn.

Als Joe in unserem Ort ankam, war ich elf. Er und seine Schwester Hetty zogen von Maldon aus zu, die Schwester war damals zehn. Es war eine Art Geheimnis, warum sie in das abgelegene Sea Dalling gezogen waren. Es gab jedoch ein paar Hinweise für jeden, der Augen im Kopf hatte. Hector, der Vater, hatte eine Nase wie eine Brombeere, er verbrachte die meiste Zeit im ›Roten Löwen‹. Joe ging ihm aus dem Weg, dabei hatte er aber allerlei Mißgeschicke zu bewältigen.

Er zeigte mir, wie man Abführmittel in den Zuckertopf des Pastors schmuggelte und wie man die Netze für die Seeforellen im Stiffkey, einem Flüßchen in der Nähe, stellte.

Also, wer so was macht, dem vertraut man. Ich nahm ihn mit zu den Gidneys, und wie man bald merkte, verstand er kein Wort von dem, was gesagt wurde. (Als ich das Mutter erzählte, die selbst eine halbe Ausländerin war, war sie nicht überrascht. Sie erinnerte sich, daß sie in ihrer Kindheit das Friesische gelernt hatte, das auf den friesischen Inseln auf der anderen Seite der Nordsee gesprochen wird, weshalb ihr der Dialekt hier in Norfolk nicht schwergefallen war. Aber die Leute aus dem Süden – und für meine

Mutter kam jeder, der südlich von Fakenham zu Hause war, aus dem Süden –, die verstanden natürlich nichts.) Ich brachte also Joe das richtige Sprechen bei und später auch Hetty. Und Joe erzählte mir ein paar Dinge über die Welt – wie sie wirklich war, seiner Meinung nach.

Es gab eine riesige Stadt, die Ipswich genannt wurde, und noch eine, Harwich, wenigstens glaubte er das. Und irgendwo anders gab es London, genauso groß, doch Joe war noch nie da gewesen. Er verriet mir auch, als Geheimnis, was mit seinem Vater passiert war. Der war bei der Fischerei gewesen wie alle anderen auch. Im Sommer war er aber mit dem alten Bungy Hicks zusammen als Besatzung auf den Yachten der feinen Leute gefahren.

»Stell dir vor, die fahren zum Vergnügen zur See«, sagte Joe.

Wir saßen da und hörten, wie der Wind um die Dächer pfiff, und er hatte recht, man konnte sich das kaum vorstellen. Aber es gab gutes Geld, einen Guinea die Woche, und dann noch Siegesprämien, wenn man gewann. Das Problem war, daß der Zugang zum Alkohol leicht war, und der Vater hatte sich zu oft besoffen. Er war gestürzt, als er beim Kreuzen einen Preventer setzen sollte, der Toppmast war außenbords gegangen. Egal, ob Sie das verstehen oder nicht, es war jedenfalls eine kostenträchtige Art, eine Regatta zu verlieren. Das Ende der Geschichte war, daß der feine Herr an der Pinne den Vater sofort fristlos rausgeschmissen hatte, so nebenher, wie man eine Fliege totschlägt, sagte Joe, und diese Vorstellung machte sogar mich wütend.

Joe erzählte auch, daß sein Vater nach diesem Ereignis schwermütig geworden war und noch mehr soff. Als nächstes lief er nach ein paar Drinks mit seinem Boot auf eine Sandbank, das Boot zerschellte, und eigentlich war die Familie erledigt. Glücklicherweise aber hatte Mrs. Smith' Bruder ein Haus in Dalling, das sie vom Herzog mieten konnten, dem Herzog von Leominster, dem gehörte neben vielen anderen Besitztümern auch das ganze Dorf.

Hölle, schloß Joe die Geschichte, er würde niemals trinken.

Auch Hetty brachte mir manches über die Welt bei, nur eben anderes. Wir unterhielten uns oft, und wenn sie mich mit anderen Mädchen aus dem Ort sah – ich hatte nie Schwierigkeiten mit den Mädchen, auch damals nicht –, wurde sie ganz blaß. Sie war nicht niedergeschlagen, aber sie tat so, als ignorierte sie die Rumschmuserei und das Herumjagen in den Büschen auf der Seeseite des Deichs. Hetty war bekannt dafür, daß sie Grundsätze hatte, und ich fand ihre Gedanken sehr interessant. Sie behauptete, daß alle Menschen gleich erschaffen seien, Herzöge und Bettler, Frauen und Männer. Das entsprach damals wirklich nicht der allgemeingültigen Überzeugung, besonders nicht in einem Dorf, das einem Herzog gehörte. Ich dachte viel darüber nach, zwischen Schule und Arbeit, beim Spielen am Strand und während meiner Meßdienertätigkeit am Sonntag. Das war das Tolle an Hetty. Die brachte jeden zum Nachdenken, selbst wenn sie mal schlecht gelaunt war und man es ihr nicht recht machen konnte und die Welt für sie auf dem Kopf zu stehen schien.

Das Haus, in dem die Smiths wohnten, war halb in den Deich gebaut – ein kaltes, dunkles Haus, vormittags lagen die Schatten von ein paar struppigen Weiden und nachmittags die Schatten des Deiches darauf. Mrs. Smith nahm Wäsche an, und Mr. Smith gab das Geld, das sie verdiente, wieder im ›Roten Löwen‹ aus. Im Haus war es immer feucht, kein Wunder bei der feuchten Kleie des Deichs an der Rückseite und der Feuchtigkeit aus der Waschküche.

Hetty war ein hübsches Mädchen, mit roten Backen, damals noch ein bißchen rundlich, mit anmutigen Bewegungen und, wie mein alter Vater damals zu sagen pflegte, alles klar vorn und achtern, oben und unten.

Das war damals die schlechte alte Zeit, lassen Sie sich nichts anderes von irgendwelchen Illustrierten einreden. Als ich 14 Jahre alt war, starben mein Vater und meine Mutter an Lungenentzündung. Ich liebte meine Eltern, wirklich, aber das gehört nicht zu dieser Geschichte, und deshalb will ich mich dazu nicht weiter äußern. Aber ich habe von ihnen, *primus*, mein Äußeres ererbt, kurz und kantig, mit schwarzem Haar, *secundus*, eine Bibel, ein ›Handbuch der Seemannschaft‹, herausgegeben von der Admiralität, sowie die gesammelten Werke von Dickens, gebunden in grünes Leinen und, *tertius*, zwei Anzüge und all die frische Luft, auf die ich Lust hatte.

Natürlich brauchten die Herrschaften das Haus, ich war also ohne Unterkunft. Der Pastor wollte mich bei den Jordans unterbringen, die es auch mit der Kirche hatten. Aber ich hatte die Nase voll von Altären und Göttern, die meine lieben Eltern nacheinander sterben ließen, einfach so, zack bum. Ich dankte also dem Pastor freundlich und zog bei den Smiths ein. Es gab keine weitere Schulerziehung oder dergleichen. Ich konnte schreiben, lesen und rechnen, und dank meiner Mutter Friesisch und Deutsch, als sei es eben meine Muttersprache. Ich las Dickens regelmäßig, wenn ich Zeit hatte. Meistens aber arbeitete ich bei der Fischerei oder trieb mich rum.

Wenn man vierzehn ist, ist es eine harte Sache, sich die Zukunft beherrscht von Muscheln, Heringen und Krabben in der eiskalten Nordsee vorzustellen und dann in das kleine Steinhaus voller Wäschedampf und dem Geruch nach feuchter Wolle zurückzukommen. Ich wußte, daß Joe genauso fühlte, weil er darüber klagte, und Hetty tat das auch, muß ich sagen.

Ich erinnere mich an den Novembertag, als Hetty dreizehn wurde und ich mit ihr die Straße zwischen dem Ackerland und der Steinmauer des Parks entlangging. Wir unterhielten uns, und sie sagte, daß wir eine Revolution bräuchten; ich hielt dagegen, daß Revolutionen immer niedergeschlagen würden und daß ich mich bis zur Spitze durchschlagen wollte und von dort aus die Dinge so ändern wollte, daß sie für den kleinen Mann paßten, dabei dachte ich wohl an meine eigenen Bedürfnisse.

Dann flog ein Schwarm grüner Regenpfeifer vorbei, es klapperte, und ein Auto fuhr vorbei, das Gewehrschachteln seitlich angelascht hatte. Auf den Türen war das Wappen des Herzogs zu sehen, ein schreitender Löwe. Hinten im Auto saßen unter einem Haufen von Wolldecken ein Paar Stielaugen. Die Augen glotzten mich an, aber dann blieben sie an Hetty hängen. Ein Knurren kam aus den Wolldecken, und der Chauffeur sagte: »Ja, Euer Gnaden.«

Wir dachten uns also, daß das wohl der Herzog sein müßte, unser Herzog, der Herzog von Leominster, er selbst, in Person.

Meine Hand fuhr an meine Mütze, automatisch, und ich hätte sie abgenommen, wenn Hetty nicht neben mir vor Wut geschäumt hätte wie ein Dampfkessel. Ich überlegte es mir also anders und tat, als ob meine Nase juckte.

Der Motor verstummte. Die Stielaugen wanderten bei Hetty rauf und runter wie bei einer Untersuchung.

»Wer bist du?« fragte die Stimme unter den Wolldecken.

Das war natürlich der Augenblick, in dem sie einen Knicks hätte machen müssen, hätte erröten und stotternd eine Antwort geben sollen, während der Mann sich unter den Wolldecken die Lippen leckte. Nicht aber Hetty! Sie stand gerade wie ein Wachsoldat und sagte »Harriet Smith«, als wolle sie eine Kanone auf seinen Kopf abfeuern.

»Fahr doch mal bei mir mit, Hetty«, sagt der verdammte Herzog.

Hetty legt ihre Hand ganz vornehm auf meinen Arm, ihre Finger graben sich aber so ein, daß es schmerzt, und sie zittern auch. »Ich schnappe gerade frische Luft mit Herrn Webb«, sagt sie, sehr kurz. »Und ich heiße Miss Smith.«

Sein Gesichtsausdruck verändert sich nicht. Er grinst sie unverschämt an, ganz sarkastisch, und sagt: »Ein Paar Marschenadler, was?«

Womit er wohl sagen wollte, daß wir uns erheblich überschätzten.

Hetty drehte ihm den Rücken zu, und wir gingen fort. Als wir ihn nicht mehr sehen konnten, sagte sie: »Dreckiger alter Teufel.« Und wir kicherten, oder wenigstens sie, denn ich war wütend, daß jemand versuchte, sie an der Straße wie Fallobst aufzusammeln und sie anmeckerte, weil sie sich nicht aufsammeln ließ. Und das, wenigstens glaubten wir das damals, war das Ende dieser Episode.

Eine Illusion.

Bald darauf saßen Joe und ich eines Abends auf dem Deich bei seinem Haus. Keine Fische, also auch kein Geld. Jenseits der gefrorenen Marsch grollte die See gegen die Sandbänke wie ein wildes Tier. Das Häuschen zitterte im Schatten des Deichs und roch nach Waschsoda. Zugvögel saßen im sehnigen Gras, frisch aus Norwegen, sie waren noch zu schwach zum Fressen. Joe stand versonnen da.

»Ich hab' die Schnauze voll von dem Ganzen hier.«

Das hatten wir schon früher gehört. »Wovon?« fragte ich.

»Fischerei und so. Ich hau' ab nach Maldon, versuch' auf den Ewern zu arbeiten, und in der Saison versuch' ich einen Platz auf einer Yacht zu bekommen. Kommst du mit?«

Ich hatte den ganzen Tag Muscheln geharkt, in Säcke gefüllt und mit einer kleinen Karre über den Strand gefahren. Eigentlich war das Frauenarbeit, aber in Dalling konnten auch Männer nichts anderes machen.

Ich hatte Bilder von den Yachten in der Zeitung ›Tit-bits‹ gesehen. Da gab es nur weiße Yachtmützen, schöne Mädchen und Lebenslust auf den Yachten, behauptete Joe.

Hetty war halb traurig und leicht verärgert und sagte, wir würden unser Leben verschwenden, um Spielzeuge der feinen Leute zu werden.

Ich sagte, ich würde ihr schreiben, und das hatte ich auch fest vor.

Joe sagte das auch, aber ihm war es nicht ernst. So fuhren wir nach Maldon.

# 2

# Tod auf der Sandbank Gabbard

Wir bekamen die Anstellung bei Bungy Hicks, hinter der Joe hergewesen war. Bungy Hicks segelte in diesem Jahr auf der *Casuarina* von Mr. Salomons. Bungy war halb Mensch und halb Teufel, aber er kannte seine Arbeit, und ich war derart versessen darauf, von den verdammten Muscheln wegzukommen, daß ich dafür auch nach Amerika geschwommen wäre, wenn mich einer bezahlt hätte und ich hätte schwimmen können.

Mit weißen Mützen und »Hier gibt's ein paar Pfund für den Sieger« war es nichts. Morgens um fünf mußten wir raus und 120 Fuß weißes Kieferndeck scheuern, zehn Quadratmeter Messing putzen, bevor es Frühstück gab, und bis zu den Knien im Wasser stehen und an Leinen reißen. Bis zum Schwarzwerden. Jeden Abend mußten wir die Segel bergen – 9000 Quadratfuß* Segelfläche hatte die *Casuarina*, die Großschot aus Baumwolle, 90 Faden** aufschießen und bergen. Schlafen mußte man in einer feuchten, knapp eineinhalb Meter langen Koje in der Vorpiek, zusammen mit 20 anderen Burschen. Ein ziemlich hartes Leben.

Aber im Vergleich zur Fischerei war es Luxus.

Joe dachte das auch. Wir besorgten uns eine Unterkunft bei einer Mrs. Hugget. Ihr Mann hatte einen kleinen Ewer, und im Winter ging ich bei dem alten Gladstone Hugget an

---

\* 1 Fuß entspricht 30,5 Zentimetern (Anm. d. Ü.)
\*\* Das sind 170 Meter (Anm. d. Ü.)

Bord zum Fischen. Joe machte das bei Canning Potter. Im Winter bekamen wir so eine Menge Erfahrung im Segeln. Die Ewer waren ähnlich getakelt wie die Yachten, und wenn man ein Boot steuern konnte, war man ein gesuchter Mann. Es gab auch was zu gewinnen. Man mußte als erster bei den Fischgründen sein und als erster auch wieder zurückkommen und die Fische auf den Markt bringen, so bekam man den besten Preis für den Fisch.

Ein paar Jahre lang klappte das alles ganz gut, Joe und ich standen an der Spitze der Flotte, ich auf der *Alice* und Joe auf der *Rosebud*, Kopf an Kopf. Es war eine Art freundschaftliche Rivalität, nur als wir 17 wurden, wurde Joe immer wilder darauf, zu gewinnen. Er beschäftigte sich nur noch damit, und er ging die Sache an wie ein Stier ein geschlossenes Tor. Ich selbst blieb etwas gelassener. Ich gewann weniger Rennen, aber bei mir kam dafür weniger Material zu Schaden. Ich glaube, daß Joe wegen der Geschichte mit seinem Vater mehr zu beweisen hatte als ich.

Das Geld, das er verdiente, gab er für Krawatten aus, die greller waren als der Sonnenschein, und für Mädchen, die greller waren als die Krawatten. Ich wußte, daß er kein Geld nach Hause schickte, weil ich der einzige in unserer Unterkunft war, der Briefpapier und Umschläge besaß, und er hat sich nie etwas davon geliehen.

Das Leben zu Hause in Dalling war hart; daher schickte ich Hetty ab und zu ein Pfund. Hetty schrieb natürlich zurück, sie freute sich wohl auch über das Geld, erwähnte es aber kaum. Ich dachte mir, daß das wegen ihres Stolzes war. Joe habe ich es verschwiegen, er wäre wütend geworden; niemand durfte ihn übertreffen, sonst wurde er sauer. Das war auch einer der Gründe, warum er ein so guter Mann für Regatten war. Und ich muß zugeben, daß das auch von mir gesagt wurde. Wo Joe Smith mit Kraft gewinnt, schafft Charlie Webb es mit Geschicklichkeit, sagten die Leute.

Wie dem auch sei, eines Abends tauchte Joe in der

Kneipe zum ›Lustigen Seemann‹ in Heybridge auf. Er sah aus wie der Sultan von Sansibar, nicht nur mit neuer Krawatte, nein, das ganze Stell war neu: neuer blauer Sergeanzug, gestreifte Krawatte, hellblaue Gamaschen und gelbe Schuhe. Er lud mich zum Whisky ein. Ich sagte nein und fragte ihn, warum er aufgetakelt sei wie ein Mann aus einem Wettbüro – es war schließlich ein schlechter Monat, keine Heringe und kein Kabeljau, die Fischereifahrzeuge lagen in der Flaute auf den Sandbänken.

Er fuhr mich an, ich solle mich um meinen eigenen Kram kümmern, er war in letzter Zeit immer so.

Dann sagte Dirty Ian von der *Rosebud*: »Er hat seine Schwester verkauft!«

So was sagt der Kerl schon mal, wir alle lachen, etwas nervös, aber Ian hat eine Schraube locker, und keiner nimmt ihn ernst.

Keiner, außer Joe.

Joe fliegt über die Theke, zerschlägt Biergläser links und rechts, haut Ian genau ins Gesicht und erwürgt ihn fast, bis wir ihn abdrängen. Ian steht auf, spuckt Zähne und droht, ihn umzubringen. Denis schnappt seinen Knüppel, springt über die Theke, aber Joe ist schon raus aus der Kneipe. Nach Mitternacht kommt er zurück in unsere Unterkunft bei Mrs. Huggett und weckt mich.

»So redet keiner über Hetty«, sagt er, sein Atem erinnert an eine Brennerei.

Ich empfahl ihm nur, in sein Bett zu gehen, und ein paar Stunden später waren wir wieder auf der Nordsee. Wie üblich.

Es war allgemeine Überzeugung, daß Dirty Ian etwas weit gegangen war, aber genauso war das mit Joe. Keiner dachte weiter darüber nach. Außer Joe. Wenn Joe vor diesem Wirbel schon hart gearbeitet hatte, so tat er es danach in doppeltem Maße. Und das sollte ihn zum Schluß noch umbringen.

Wir waren draußen, vor dem Gabbard, ein paar Boote aus Maldon. Wir ließen uns wie immer hinter den Heringen treiben; es mußten welche da sein, davon waren wir überzeugt, und diesmal hatten wir recht.

Es war Februar, zwei Uhr nachts, und als wir das Netz an Bord holten, froren die Tropfen auf der Reling, die Sterne leuchteten wie Diamantsplitter in der Brosche einer Dame. Wir trugen geölte Wollhandschuhe, trotzdem verlor man nach zehn Minuten jedes Gefühl in den Händen. Es machte uns nichts aus. Wie ich schon sagte, war es ein schlechter Winter gewesen, aber an diesem Morgen flogen die Fische nur so an Bord, in Massen.

Nachdem wir ein paar Stunden mit der Tide getrieben waren, gab es eine Art dicke Luft, einen feuchten Geruch, das Boot begann sich zu bewegen, und die Sterne schienen schwächer. Also war es angezeigt, ein paar Reffs einzulegen und in Richtung Hafen zu segeln.

Joe blieb draußen. Bis zu dem Streit mit Dirty Ian hätte auch er so etwas Dummes nicht gemacht. Aber jetzt wollte er wohl auch noch den letzten Hering an Bord holen, dann alles Zeug setzen und vor uns im Hafen sein. Das letzte, was ich von ihm sah, waren das gelbe Topplicht und eine schwache grüne Seitenlaterne, die langsam im Licht der Sterne verschwanden.

Vielleicht hatte er an dem Tag seinen Verstand zu Hause gelassen. Denn dieser Geruch in der Luft brachte natürlich, was er immer bringt, und um sieben Uhr morgens, als es hätte hell werden sollen, war nichts zu sehen außer einem verdammten Schneesturm, der aus Nordosten heulte. Wir wurden mit nur einem kleinen Stagsegel in den Hafen von Heybridge geblasen.

Und Joe kam nicht.

Draußen stand eine turmhohe See, und in dem Schneesturm hätte man seine Hand am Ende des Arms so wenig sehen wie in der Kälte spüren können. Die *Rosebud* trieb immer leicht quer zum Wind. Als ihr Namensschild bei den Dengie-Bänken antrieb, war alles klar. Einige Besatzungsmitglieder trieben nach ihr an, alle mit dem Kopf unter Wasser. Aber nicht Joe. Sobald es möglich war, ging ich mit der *Alice* raus, um ihn zu suchen.

Das ganze Land lag unter einer Schneedecke, und die Wattgebiete sahen aus wie polierte Stahlplatten. Auf See fanden wir eine Leine mit Korken. Ein Heringsnetz. Nach der Art, wie die Korken sich bewegten, war es ein volles Heringsnetz.

Gefüllt war es mit Joe, der sich mit seinen Stiefeln darin verhakt hatte. Er sah friedlich aus, wenn man davon absah, daß er halb angefressen war. Er mußte mit seinem Boot die Orientierung verloren haben und auf die Gunfleet, eine Sandbank, gedrückt worden sein, und er mußte sich in seinem Netz verheddert haben, als die *Rosebud* zerbrach.

Wir steckten ihn also in seinen neuen Anzug und seine Gamaschen, sargten ihn ein und nagelten den Sarg zu. Wir luden ihn auf den Zug nach Kelling, und ich begleitete ihn im Gepäckwagen.

Nach dem Gottesdienst gab es Tee bei den Smith'. Hetty und ich gingen auf den Deich. Es war kalt und windig. Aber es war wenigstens trocken. Im Haus dagegen war es immer irgendwie feucht, und nun weinte Hettys Mutter auch noch so, daß man fast hinausgeschwemmt wurde.

Ich will noch erwähnen, daß ich bei Hetty Veränderungen festgestellt hatte, aber erst hier draußen im Wind konnte man sehen, wie weitgehend diese Veränderungen waren.

Sie war erwachsen geworden. Sie trug einen langen Tuchmantel, der vom Hals bis an die Waden geknöpft war, und keine Kopfbedeckung. Ihr langes rotes Haar, das ihr sonst wie Roßhaar bei einem geplatzten Sofa um den Kopf gewirbelt war, war zurückgekämmt, man konnte die Backenknochen in ihrem Gesicht sehen und ihre wilden grünen Augen, die jetzt vom Weinen getrübt waren.

Ich riß mich zusammen. Ihr Bruder war heute beigesetzt worden, und es war nicht der Augenblick, darüber nachzudenken, wie schön sie war. Aber es gab keinen Zweifel: Wir waren keine Kinder mehr. Wir waren auch nicht mehr wie Bruder und Schwester.

Während wir den Deiche entlangwanderten, hofften wir vielleicht, daß der Wind die Situation abkühlen würde. Aber ich war mir bewußt, daß wir uns an den Händen hielten, gelegentlich fühlte ich ihre Hüfte, und sie sah mich in einer neuen Art und Weise von der Seite an, daß es mir fast den Atem raubte. Nach zehn Minuten kamen wir zur Schleuse und schlenderten durch das grobe Gras zu dem kleinen Wäldchen aus Weidenbäumen am Deich. Dort lag, etwas verborgen, ein Pumpenhaus, dem die Türen fehlten. Hier hatten wir in unserem früheren Leben, vor zwei langen Jahren, gespielt und gepicknickt.

Wir gingen in das Pumpenhaus und starrten auf den Zementabsatz, den wir in unserer Phantasie als Schrank, als Kartentisch und sogar als Opferaltar benutzt hatten, sie und ich und Joe, der jetzt unter der Erde im Schatten der Friedhofsmauer lag.

Sie begann zu weinen, und ich glaube, ich weinte auch, und wir umarmten einander zum Trost. Das änderte sich aber, und es wurde etwas anderes daraus. Ihre Arme waren in meinem Mantel und meine in ihrem, und ihre Lippen und auch die Zunge, die vom Wind eiskalt waren, waren umschlungen mit meinen Lippen, alles wurde schnell wärmer, und der alte Adam schwoll an...

Sie machte ein seltsames Geräusch, und plötzlich war ich allein in dem Schuppen. Sie war schnell auf dem Deich und lief, und während sie lief, konnte ich sie weinen hören, ganz laut, und der Wind stöhnte schrecklich dazu.

Meine Seele lastete wie Blei in meiner Brust. Wir waren

schließlich wie Bruder und Schwester. Und am Tage des Begräbnisses ihres Bruders hatte ich ... sie mißbraucht, wenigstens mußte sie das glauben. Das Ganze war eine Schande.

Ich ging zurück, ohne den Versuch zu machen, sie einzuholen. Sie sah sich nicht um, und später stand sie in einer Ecke des Zimmers und vermied meinen Blick. Wer wollte ihr das übelnehmen? Ich benahm mich korrekt und fuhr am Abend mit dem Zug zurück nach Maldon. Und ich fühlte mich schrecklich.

Nachdem ich in meinem Zimmer bei Mrs. Huggett angekommen war, schrieb ich Hetty einen förmlichen Brief, der auch nichts erklären konnte, obwohl ich mir alle Mühe gab. Mrs. Huggett wartete schon im Eßzimmer, sie lief über vor Freundlichkeit wie ein Wasserfaß im Gewitter, und es gab ihren besonderen Kuchen zum Tee. Sie war eine liebenswerte alte Dame, aber es gibt Lücken, die auch der beste Kuchen nicht füllen kann.

Hetty schrieb nie zurück.

Dann passierte etwas, das sie aus meinen Gedanken verdrängte.

Einen Monat vor der Cowes-Woche im Jahr von Joes Begräbnis lag ich schlafend in meiner Koje im Vorschiff der *Casuarina*, da wurde ich nach achtern befohlen.

Wenn man nach achtern ging, tat man das ängstlich und zitternd, das kann ich Ihnen sagen. Mr. Salomons, der Eigner, saß im Salon und schielte an seiner Nase vorbei. Er hatte eine Nase wie ein Alk, und er sagte: »Webb, ich will mit Ihnen reden.«

Mr. Salomons war kein schlechter Mensch, er hatte das Flair des reichen Mannes samt goldener Krawattennadel und Seidenkrawatten, und sein schwarzes Haar wellte sich neben den Ohren wie das Kielwasser eines Schleppers in einem Kohlehafen.

»Sie sind zu intelligent für Ihre Arbeit«, sagte Mr. Salomons.

Ich dachte, jetzt kommt der Rausschmiß, er gibt mir den Sack.

»Ein Bursche in Ihrem Alter«, sagte er, »ein so kluger Bursche sollte zur Schule gehen.«

Ich kratzte mit den Füßen. Er wußte nicht viel von Yachten, dieser Mr. Salomons, aber er war ein hohes Tier, ein Freund des Prinzen von Wales, er besaß eine mächtige Bank.

»Gehen Sie zur Seefahrtschule«, sagte er. »Ich übernehme die Kosten.«

Also ging ich zum Ende der Saison auf die Seefahrtschule. Man lehrte mich Navigation, richtige Navigation, und etwas Vermessungstechnik, maritime Vermessung natürlich. Ich war nicht gerne in diesen Backsteinhäusern eingesperrt mit der schmutzig-grünen Farbe an den Wänden, wo es immer nach Toilette roch. Ich war Regattasegler, wie Sie wissen, jung und ungeduldig, aber ich nahm alles in Kauf, um weiterzukommen. Wir wurden mit sphärischer Trigonometrie bepflastert, was mir leicht fiel, und eigentlich müßte es jedem leichtfallen, der schon mal einen Apfel zerschnitten hat. Unsere Stiefel wurden dreckig, weil wir bei Niedrigwasser im Watt Karten skizzieren mußten.

Kapitän Bullough, der uns unterrichtete, hatte in der Seekartenabteilung der Admiralität gearbeitet. Er blies durch seinen gelben Schnurrbart und fragte mich, ob ich schon einmal darüber nachgedacht hätte, für die Hydrographieabteilung der Marine tätig zu werden. Ich sagte nein und daß ich auch in Zukunft nicht darüber nachdenken wollte.

Dann, eines Abends im zeitigen Frühjahr, kehrte ich wie üblich in meine Unterkunft zurück – und da war Hetty! Sie saß im Wohnzimmer von Mrs. Huggett, vor der mit Kolibris verzierten Verkleidung des Kamins, und trank Tee.

Sie stand auf, ließ ihre Tasse fallen und ging auf mich zu. Ich ging auf sie zu. Aber Mrs. Huggett war im Raum, deshalb blieben wir nach einem Schritt, wo wir waren. Ich hatte die Farbe eines glühenden Backsteins, nehme ich an, und Hetty sah aus wie Marmor. Ich schwöre: Hätte mein eigenes Herz nicht so laut geschlagen, hätte ich ihres hören können.

Mrs. Huggett wirtschaftete mit einem Staubtuch und einem Pinsel herum, sah uns auf eine seltsame Weise an und sagte – sie war eben ein kluger alter Vogel –, sie wolle uns lieber allein lassen. Doch inzwischen hatte sich der Schatten wieder zwischen uns breit gemacht, und was gerade noch ganz natürlich gewesen wäre, fiel jetzt schwer. Wir starrten uns an. Hetty war noch schöner als beim letztenmal, sie trug einen kleinen Hut, ein beiges Kostüm mit grünen Bändern und Schleifen und zeigte einen distinguierten Gesichtsausdruck, der neu war.

»Wie geht es allen zu Hause?« sagte ich, um etwas zu sagen.

»Ich war verreist«, antwortete sie.

Ihre Stimme hatte wie immer den weichen Norfolkdialekt, und plötzlich waren all die Fragen, wohin und womit sie verreist war, aus meinem Kopf verschwunden, und die Luft zwischen uns wurde schwer.

Frische Luft, dachte ich, oder es passiert was, und wir sind wieder da, wo wir im Pumphaus nach der Beerdigung waren, und danach sprechen wir wieder nicht mehr miteinander.

»Sollen wir ein Stück spazierengehen?« krächzte ich.

Sie sah mich mit ihren grünen Augen an, wie immer, voller Kampfesmut, aber jetzt auch mit einem weichen Ausdruck. Die Luft war schon fast schnittfest. Sie zog ihren linken Handschuh aus und sah auf ihre Hand. Mir platzte das Herz fast aus der Brust. Daher also die Kleider, der feine Schliff. Sie hatte irgendeinen reichen Kerl geheiratet.

Nun, was sollte man sonst erwarten? Ich redete irgendwas von Glück und so daher.

Aber sie sagte: »Das ist jetzt für uns, das Glück.«

»Uns?«

Sie schlug die Augen nieder. »Wir können ... irgendwo hingehen«, sagte sie.

Da gab es kein Zögern. »Newmarket«, krächzte ich.

Sie lächelte mich an, und das Lächeln hätte gereicht, um die Kolibris auf der Kaminabdeckung zu rösten.

Im Zug hielten wir uns an den Händen. Wir sprachen nicht viel, es war immer noch diese Befangenheit zwischen uns, die das Reden schwermachte, und wir konnten unsere Hände kaum bei uns behalten. Im Jahre 1900 war man sehr zurückhaltend in diesen Dingen. Man mußte sonst befürchten, daß man einen Regenschirm um die Ohren bekam und daß jemand die Polizei rief.

Wir nahmen eine Kutsche zum Hotel Bell, dort zog Hetty ihre Handschuhe aus, ein Page trug den Koffer auf das Zimmer, und als er uns fragte, ob wir noch etwas wünschen, hätten wir ihn fast die Treppe hinabgestoßen. Wir zogen einander langsam und mit Liebe zum Detail aus, bis nur noch sie und ich auf dem Bett lagen, und das einzige zwischen uns war der Ehering an ihrem Finger.

Irgendwann haben wir etwas gegessen. Aber meist waren wir miteinander beschäftigt. Wir blieben die Nacht dort, den folgenden Tag und die darauffolgende Nacht und hatten das Gefühl, daß wir Verpaßtes nachholen mußten.

Spät in der zweiten Nacht lagen wir da, müde, aber glücklich: Wir hatten über alles gesprochen, zwanzig und achtzehn waren wir, und es gab nur noch einen einzigen Punkt, den ich gerne klarstellen wollte.

»Ich möchte mich entschuldigen«, sagte ich.

Sie schnurrte wie eine Katze, ich dachte, ich solle weiterreden.

»Am Tage von Joes Begräbnis, im Pumpenhaus, ich wollte dich wirklich nicht ausnützen. Es tut mir leid. Du hattest völlig recht, verärgert zu sein. Ich hatte Angst, es sei mit uns vorbei.«

Sie bewegte ihren Kopf, und ich konnte ihre Lippen in meinem Nacken spüren.

»Ich bin nicht die, für die du mich hältst.«

»Was soll das denn heißen?« sagte ich.

Sie war in meinen Armen erstarrt. »Das kann ich nicht erklären«, erwiderte sie.

»Ich will alles wissen.«

Aber sie verschloß meinen Mund mit dem ihren, und eine Zeitlang sprachen wir nicht mehr, weil das Hochwasser wieder durch Priele und Häfen strömte. Später gestand ich ihr meine Liebe.

»Oh, du wirst mich schon vergessen«, sagte sie.

Das stoppte mich wie ein Faustschlag in den Magen. Ich überlegte mir, daß das wohl einer ihrer Stimmungsumschwünge war, verursacht durch Schuldgefühle oder Gott weiß was. Wenn sie da erst mal drüber weg war, würde alles wieder in Ordnung sein. Ich biß also die Zähne zusammen und kümmerte mich nicht darum, die Zeit würde alles richten. Ich schlief ein. Gott verzeih mir, ich schlief ein.

Und als ich am anderen Morgen aufwachte und meine Hand nach ihr ausstreckte, war der Raum voller Staubflocken, die in der fahlen Märzsonne tanzten. Hetty war weg.

Newmarket ist eine Stadt, in der Rennen abgehalten werden, dort achtet keiner auf den anderen, und das war auch der Grund, warum wir uns dort versteckt hatten. Ein deutscher Kellner sagte, daß die Dame in der Hotelkutsche zum Bahnhof gefahren sei und ob ich nun meine Rechnung wolle. Auf dem Bahnhof erfuhr ich, daß sie mit dem Zug um 07.15 Uhr nach Liverpool Street in London gefahren sei, dritter Klasse.

Ich fuhr zur Liverpool Street, mein erster Besuch in London. Da fand ich jede Menge hübscher Frauen in leichten Kostümen und mit kleinen Hüten, aber keine von ihnen war Hetty. Also kehrte ich zurück nach Maldon, schrieb Briefe und war ratlos. Verdammt war ich ratlos. Es kamen Antworten, die mir mitteilten, daß kein Mensch irgend etwas von ihr gesehen hatte; ich wurde noch ratloser und schließlich halb verrückt. Ich konnte sie riechen und fast sehen, aber ich konnte sie nicht berühren. So wartete ich auf ein Lebenszeichen. Sie hatte einen Ehering getragen, und wir hatten zwei Nächte und einen Tag lang die Sünde der Unzucht begangen. Natürlich würde sie schreiben.

Sie schrieb nicht. Ich schrieb an ihre Mutter, doch die antwortete nicht; ich schrieb an den Pastor, der sagte, sie habe irgendwo außerhalb eine Stellung angenommen, aber keiner wüßte wo.

Dann kam ein Brief von ihr, ohne Absender. Er war kurz, aber eindringlich genug, um zu verdeutlichen, was sie sagen wollte: daß sie mich nie wiedersehen wollte. Warum, das sagte sie nicht.

Ich schrieb zurück zu Händen ihrer Mutter, erhielt aber keine Antwort. Ich litt allmählich unter dem Gefühl, daß ich bei dieser Geschichte der Dumme war und daß sie mich ausgetrickst hatte. Erinnern Sie sich, ich war Rennsegler und jung, das Verlieren gefiel mir nicht, und ich hatte hier das Gefühl, ein Verlierer zu sein.

In einem Anfall kalter Wut dachte ich: Na gut, Hetty, wenn du es so willst, dann soll es so sein. Und ich strich sie aus meinem Gedächtnis.

Das fiel mir leichter, als Sie sich vielleicht vorstellen können. Es gab viel Ablenkung für einen jungen Burschen. Es gab andere Frauen und die Seefahrtschule. Meine Ausbildung endete allerdings abrupt, weil Mr. Salomons bankrott ging. Kapitän Bullough sagte, er könne mir ein Stipendium besorgen oder so was ähnliches, weil nicht jeder die Begabung hatte, sich in den Prielen zu orientieren; ich glaube, er wollte mir damit ein Kompliment machen. Aber ich will Ihnen die Wahrheit sagen: Ich brauchte mehr Aufregung, als die Arbeit mit Kompaß und Lotleine liefert. Ich lehnte also ab und ging wieder fischen. Und eines Tages kam ein Auto, ein lautes großes Ding, das De Dion genannt wurde.

Der Chauffeur hielt an, ein Gentleman stieg aus, patschnaß, mit Windschutzbrille, Homburger und Persianermantel. Mrs. Huggett war ganz aufgeregt.

»Na und«, sagte ich, »das ist doch nur so ein reicher Kerl.«

Der Mann kam den Schotterweg herunter, schwang seinen Spazierstock aus Ebenholz und schüttelte die Tropfen mit seinen Fingern aus seinem Schnurrbart.

»Webb«, sagte er, »ich kenne Sie.«

Er war Sir Alonso Cummings. Er ging selbstverständlich davon aus, daß auch ich ihn kannte.

»Passen Sie auf«, fuhr er fort, »ich habe einen 23-Meter-Kutter gebaut bei Nicholson's Werft. Ich brauche jemanden, der die Ausrüstung überwacht und das Schiff als Skipper fährt. Bringen Sie Ihre Freunde mit. Hartes Segeln. Lassen Sie alle Weibergeschichten und die Sauferei, dann werden Sie es nicht bereuen. Und Sie werden es im Frühling warm und gemütlich haben und brauchen nicht auf den Heringsgründen zu frieren.«

»Jawohl Sir«, sagte ich, völlig konsterniert, wie sich denken läßt.

Dann nannte er die Heuern. Und das Geschäft war perfekt, und das Boot war die *Doria*.

Bis zum Mai war sie vom Stapel gelaufen und segelte wie ein Zug auf Schienen. Leute wie Brooke Hextall-Smith und andere Yachtkenner sagten schmeichlerische Dinge über uns. Sogar der König hat einmal Notiz genommen. So was kann einem jungen Mann zu Kopfe steigen. Es gab neue Mädchen, und ansonsten arbeiteten wir von der Morgendämmerung bis Mitternacht. Die Reporter der Illustrierten warteten längsseits, wenn wir vor Cowes vor Anker lagen. So drängte ich Hetty aus meinen Gedanken.

Wenigstens fast.

3

# Eine Fahrt nach Kiel

Im Mai sagte mir George, der Steuermann, daß er uns verlassen wollte, ganz plötzlich und überraschend, und weg war er. Es blieb ein Rätsel, warum er gegangen war, besonders, da wir erst zur Hälfte mit den Vorbereitungen und den Übungen für die Regattasaison fertig waren.

Es ist die Aufgabe des Kapitäns, seine Besatzung zusammenzustellen, und um ehrlich zu sein, ich hatte nicht die geringste Vorstellung, wo ich so spät im Jahr einen neuen Steuermann finden sollte, der so gut war wie George. Eigentlich konnte ich nur einen Mann der Besatzung befördern, aber keiner verfügte über die notwendige Ausbildung.

Doch dann schaute eines Morgens ein großer brauner Kerl über die Reling, mit einem grauen Schnurrbart und einer silbernen Uhrkette, die er grün angestrichen hatte. Ich erkannte Samson Gidney sofort, einen Vetter von Gideon, dem Schmied in Dalling. Er war aus Brancaster, ein guter Fischer, der ab und zu Yachten segelte.

Für den Geschmack der feinen Leute war er etwas draufgängerisch. Es war leider auch bekannt, daß er früher mal Sozialist gewesen war und einen Streik bei Hunstanton angeführt hatte. Daraufhin hatte man ihn entlassen, und er war zur Fischerei gewechselt. Aber er konnte hart arbeiten. Als Sir Alonso vorschlug, wir sollten ihn nehmen, erhob ich keine Einwände. Wir gewannen dann ziemlich häufig – vielfach wegen der Tricks von Sam –, und das war eine tolle

Sache. Er hatte im Laufe seines Lebens genausoviel holländischen Genever an Land gebracht wie Fische, und man hatte ihn nie geschnappt.

Dann kam Sir Alonso an Bord, als wir vor Shrape auf der Reede von Cowes ankerten, und ließ uns nach Kiel aufbrechen, um eine Wettfahrt um 1000 Pfund mit der Yawl *Meteor* des Kaisers auszusegeln.

Wir schlugen also die Segel für Überfahrten an, gingen Ankerauf und nahmen Kurs auf Spithead und den Looe Channel. Zwei Tage später in der Abenddämmerung hatten wir das Leuchtfeuer von Helgoland an Backbord querab, und die Weser lag an Steuerbord. Am nächsten Morgen krochen wir die Elbe hoch, zwischen steilen Ufern aus blauschwarzem Schlick.

Die Elbe faszinierte mich. Es gibt einen ziemlichen Tidenstrom, und wenn der Wind gegen die Tide weht, kann das eine schwierige Sache sein. Aber an diesem Tag segelten wir in aller Ruhe Elbe aufwärts. Es gab ein herrliches Morgenrot, und sogar mit den schweren Überführungssegeln bot die *Doria* ein schönes Bild. Nicht daß da irgend jemand auf der flachen, diesigen See gewesen wäre, außer ein paar stumpf gebauten Frachtseglern – Sam behauptete, sie würden Mutten genannt, er hatte Verwandte hier, genau wie ich, viele in unserem Teil von Norfolk haben das – und außer einem grauen Kanonenboot, das Richtung Hamburg fuhr. Ein Dampfschlepper wartete auf der Seeseite der Schleuse in Brunsbüttel, dem Nordsee-Ende des Nord-Ostsee-Kanals. Sir Alonsos Agent hatte ihn bestellt, er sollte uns an der Unterkante Dänemarks entlang zur Ostsee schleppen.

Als wir in der Schleuse an der Schleusenmauer langsam emporstiegen, konnte ich oben ein Auto sehen. Als wir oben waren, stieg ein Kerl aus dem Auto. Er hatte einen Schnurrbart und eine Wampe, die fast seine Weste gesprengt hätte, und kam an Deck, zwischen einigen Burschen in der Uniform des deutschen Zolls und mit fremdländisch aussehenden Bärten.

»Guten Morgen«, sagt der Kerl in bestem Englisch.

Er hatte rosa Stielaugen, trug Knickerbocker, eine Norfolk-Jacke und derbe Schuhe. Seine Haut war ziemlich körnig, wie Leder aus Marokko. Eine dicke türkische Zigarette ragte aus seinem Schnurrbart. Ich wußte genau, wer er war, aber mich beschäftigte die Sorge um den Farbanstrich der *Doria* viel zu sehr, als daß ich mich um ihn hätte kümmern können: Ich sah seine klobigen Schuhe mit Entsetzen und dachte, wenn er Nägel drunter hat, werde ich sauer.

»Keine Nägel«, sagte er mit einem frechen Grinsen, und in seinen Stielaugen stand: Ich weiß genau, was du denkst.

»Kapitän Webb, wie geht es Ihnen?«

»Gut, vielen Dank, Euer Gnaden«, sagte ich zum Herzog von Leominster.

Ich hatte ihn häufig gesehen, an Deck der *Britannia* und der *Meteor* und auf dem Rasen des Segelclubs, während er dem König ins Ohr flüsterte. Aber gesprochen hatte ich nur einmal mit ihm, auf dem Spaziergang mit Hetty vor zehn Jahren. Nach der Art, wie er sprach, hätte man denken können, daß er mich in jeder Beziehung gut kannte. An so was gewöhnt man sich aber, wenn man die *Doria* für Sir Alonso segelt. Gewisse feine Leute gefielen sich darin, vorzugeben, daß sie einen genau kannten, auch wenn das gar nicht der Fall war. Als bezahlte Arbeitskraft war es das beste, mitzuspielen.

Ich sah über seine Schulter, weil gerade die Schleusentore aufgingen und der Schlepper anfing zu tauen.

»Paß auf meine Farbe auf!« brüllte ich zu dem Schlepperkapitän.

»Sprechen Sie Deutsch?« fragte der Herzog. »Natürlich, Ihre Großmutter war Friesin, nicht wahr?«

Wir hatten inzwischen Fahrt aufgenommen, und ich war zu angespannt für Gequatsche.

»Was kann ich für Euer Gnaden tun?« fragte ich kurz angebunden.

»Ich habe mit Sir Alonso gesprochen«, sagte er, als ob er Moses sei, der soeben vom Berg kommt. Dann gab er mir einen Brief mit dem Siegel von Sir Alonsos Sekretär. Darin wurde ich angewiesen, Seine Gnaden, den Herzog von Leominster, willkommen zu heißen, bis Sir Alonso selbst in Kiel an Bord kam. Im Brief stand auch, daß ich feststellen würde, daß der Herzog ein interessanter Mann sei. Sir Alonso kannte meine Herkunft und wußte, daß ich für Herzöge nicht viel übrig hatte. Das war also wohl ein kleiner Scherz...

Ich rief Peter Bracket, den Steward, und er nahm mir den Herzog ab, bis wir die Schleuse gut verlassen hatten und durch die Wasserstraße fuhren, die hier das Land durchschnitt, das Dänemark gewesen war, bis zum Einmarsch der Deutschen im Jahr 1864. Und als alles gut lief, kam Peter an Deck und teilte mit, daß der Herzog um meine Gesellschaft im Salon bäte.

Er saß am großen Tisch vor einem Haufen Zeitungen. Daneben leuchtete ein Dekanter mit Sir Alonsos bestem Sherry im Sonnenschein, der durch das Skylight hereinfiel.

»Ein Glas, Kapitän?« sagte er.

In dem hellen Licht konnte ich ein paar dunkle Flecken auf der Tischplatte erkennen. Ich nahm mir vor, später dem Steward Peter Bracket klarzumachen, was ich von solchen Flecken hielt.

»Danke, nein«, sagte ich.

»Ah ja«, sagte der Herzog, »er läßt es nicht zu, daß seine Leute trinken oder hinter Röcken her sind, nicht?«

Fast hätte ich ihm geantwortet, daß ich Alkohol verabscheue, aber er brauchte das nicht zu wissen, der neugierige Teufel.

»Sie sind doch aus Dalling«, sagte der Herzog, »habe ich Sie nicht mal mit Harrieth Smith getroffen?«

Mein Herz klopfte. »Ja, Sir«, antwortete ich. Ich wußte, daß er an den Vorfall auf der Landstraße dachte.

»Na, seid ihr noch verliebt?« fragte er mit einem einfältigen Grinsen.

»Nein, Sir.« Ich merkte, daß mein Gesicht rot anlief. Um die Wahrheit zu sagen – ich wurde nicht gern daran erinnert, daß ich sitzengelassen worden war.

Der Herzog lachte, es war sein übliches Lachen, wie ich später herausfand, und es erweckte den Anschein, als könne er Gedanken lesen. Mit einer Handbewegung schob er Hetty und die damit verbundenen Gefühle einfacher Natur zur Seite: »Sind Sie schon mal gegen den Kaiser angetreten?«

»Nein, Sir.«

Er zerdrückte seine Zigarette und nahm aus einer Goldkiste eine neue. »Ein sehr feiner Herr«, sagte er. »Wirklich, ein sehr feiner Herr.« Seine Wimpern hatten sich etwas gesenkt, aus Sarkasmus, dachte ich, aber vielleicht auch nur wegen des Zigarettenrauchs. »Er gewinnt gern.«

Ich erwiderte: »Weitverbreitete Vorliebe, Sir.«

Er nickte und blies etwas Rauch in seinen Schnurrbart, dabei lächelte er freundlich, aber das gelingt ja auch Krokodilen. »Ah«, fuhr er fort, »aber wenn der Kaiser ... also wenn er in einer Situation wäre, in der eine Ihrer Maßnahmen seinen Nachteil in einen Vorteil verwandeln könnte, wenn das für ihn nützlich wäre ... Kurz gesagt, er ist der Kaiser. Und Kaisern muß man schmeicheln.«

Wenn Sir Alonso mir das gesagt hätte, wäre ich erstaunt gewesen, hätte aber alles ernsthaft in Erwägung gezogen, weil er ja mein Arbeitgeber war, und ein guter Arbeitgeber, streng, aber gerecht. Dagegen hatte dieser Herzog jahrelang in unserer Nähe gelebt, uns aber nicht im geringsten beachtet.

Ich sah ihn an und sagte sehr freundlich: »Wie meinen, Euer Gnaden?«

»Es könnte passieren«, erklärte der Herzog nun, »daß es so aussieht, als ob der Kaiser oder seine Mannschaft mit den Regeln des Regattasegelns nicht vertraut seien. Es wäre dann ... großmütig, ihm im Zweifel das Vorrecht zu lassen.«

»Sie wünschen, daß wir verlieren?« sagte ich direkt.

»Wenn es sich so arrangieren läßt.«

Blitzartig erfaßte ich alle Einzelheiten um unsere Yacht während der Passage durch den Nord-Ostsee-Kanal. Alles war in Ordnung, nur dieser verdammte Herzog brummte mir ihm Ohr herum wie eine Fliege. Ich versuchte eine Gegenrede: »Bei allem Respekt, Sir, der Kaiser mag zwar nicht sehr erfahren sein, aber schwachsinnig ist er nicht. Wenn wir benachteiligt werden und uns nicht wehren, wird er doch mißtrauisch.«

»Kapitän Webb«, entgegnete der Herzog, »es wird so aussehen, als ob Sie segeln, um zu gewinnen. Aber wenn Sie die Möglichkeit haben, werden Sie verlieren. Und noch etwas: Zu niemandem ein Wort über dieses Gespräch!«

»Sir?« Ich war regungslos und fragte mich, ob ich ihn von Bord jagen konnte. Vielleicht auf den Treidelweg am Ufer? Andererseits war er ein Herzog.

»Noch nicht einmal zu Sir Alonso.«

Jetzt war ich platt. Ich sagte völlig ruhig: »Diese Yacht gehört ihm, Sir.«

»Sie sind wirklich ein Sturkopf«, warf er mir vor.

»Nein, Sir«, sagte ich, »ich arbeite für den Eigner, Sir.«

»Und Ihr Vaterland?«

»Nur wenn mein Eigner mich läßt.«

Er versuchte, seinen durchdringenden Blick in meinen Kopf zu bohren, und plötzlich konnte ich ihn riechen, richtig riechen, wenn Sie verstehen, was ich meine: als Mann, nicht nur als Herzog. Viele Leute hätten sicher gedacht: Er ist ein Herzog, der Mann hat großen Einfluß und kann mir schaden; also wähle ich den ruhigen Weg. Mir war aber nicht danach. Was glaubt der Kerl, wer er ist? Ich schwieg also, und es wurde eine unangenehme Stille.

Am Ende sagte er: »Es gibt Dinge, die sind wichtiger als Regatten.«

»Ich erhalte meine Anweisungen von Sir Alonso, Sir.«

Er mußte also erkennen, daß ich nicht klein beigegeben hatte. »Geben Sie mir noch einen Sherry«, sagte er, als ob ich der Steward sei, und damals glaubte ich, das sei seine Art, huldvoll nachzugeben. Er gähnte.

»Wissen Sie was? Ich glaube, es ist Zeit für ein kleines Luncheon. So eine Kanalfahrt ist bestimmt gut für die Leber.«

Ich kehrte übelgelaunt zurück an Deck und verpaßte Peter Bracket einen gnadenlosen Anschiß wegen des Tisches im Salon. Man war immer irgendwie irritiert, wenn man sich in die Nähe dieses verdammten Herzogs begab. Er war ein großes Tier, und wo immer er schwamm, trübte er das Wasser. Das also war der Grund, warum ich so sauer war, draußen auf der Kieler Förde.

Wir hatten das Rennsegelstell aus ägyptischer Baumwolle angeschlagen. Sir Alonso saß im Salon, die Crew lag ausgestreckt auf dem Wetterdeck, und als ich zur *Meteor* des Kaisers hinübersah, fiel mir der Blick des verdammten Herzogs ein. Er hatte mich aufgefordert, meinem Eigner und meinem Ruf untreu zu werden und zu verlieren. Ich konnte kaum an etwas anderes denken. Es war in meinem Kopf präsent wie eine Fliege, die in meinem Ohr brummte...

Damit sind wir wieder am Anfang dieses Buches angekommen, dem tatsächlichen Anfang: Rennsegeln in der Kieler Förde mit diesen verdammt großen Booten, 120 Fuß lang, 20 Fuß breit und 12 Fuß Tiefgang; wir donnerten durch den frischen, windigen Tag mit 14 bis 16 Knoten. Der Kutter *Doria*, unter dem Kommando von Kapitän Webb, mit dem Wind von Steuerbord und mit Wegerecht.

Drüben, einen halben Kabel entfernt, die Yawl *Meteor*, unter dem Kommando des Kaisers von Deutschland, mit Wind von Backbord und auf Kollisionskurs. Es war die Sache des Kaisers von Deutschland, Kapitän Webb aus dem Wege zu gehen. Man konnte aber nicht wissen, ob sich der Kaiser von Deutschland darüber im klaren war. Wie es aussah, würde Kapitän Webb den Kaiser von Deutschland gleich in zwei Teile schneiden.

Aber Sir Alonso bezahlte mich, damit ich entsprechend der Regeln segelte. Die Regeln sagen nun mal: Kurs halten. Also hielt ich Kurs.

Oben in der Klaue der Gaffel schrie und zeigte David Davies, unsere Geheimwaffe, wie Sie sich erinnern werden, mit der ganzen Handfläche. Das bedeutete: zunehmender Wind. Ich legte mich gegen die Ruderpinne und ging an den Wind, bis das Vorliek des Toppsegels killen wollte, aber gerade noch stehen blieb. Ich reizte den letzten Inch der Takelage und der ganzen *Doria* aus, jedes Stag, jedes Want und jedes Stück laufendes Gut trieb uns durch die Ostsee in so natürlicher Weise, wie ein Seevogel taucht.

Genau auf die weißgescheuerten Teakplanken der *Meteor* zu!

Ich konnte Gesichter sehen, blaß, mit kleinen Kreisen, zwei davon waren die Augen, ein größerer, dunkler, das war der offene Mund, die Schnurrbärte zeigten nach oben. Wenn die Boote kollidierten, war das, als ob 200 Tonnen im freien Fall auf einen Felsen knallten. Es waren die Gesichter von Männern, die einen Wettbewerb austrugen und unvermittelt den Tod vor sich sahen.

Ich schob meine Hüfte gegen die Pinne und ging noch ein klein wenig höher an den Wind. Wir würden kollidieren, daran war kein Zweifel mehr.

»Brüll ihn an«, sagte ich zu Sam Gidney; Sam schnappte sich das Messing-Megaphon und rief die *Meteor* so laut an, daß fast das Salonskylight zersprungen wäre. Und plötzlich bildeten die Masten der kaiserlichen Yacht eine Linie; die *Meteor* fiel ab mit dem Ziel, hinter unserem Heck durchzugehen, wie sie das schon längst hätte machen sollen. Aber sie hatte zu lange gewartet, das war mir klar und Sam auch, als er sagte: »Melde mich an Bord, Mr. Kaiser.«

Ich hielt die *Doria* fest auf Kurs. Ich sah, wie der Bugspriet der *Meteor* drehte, 100 Fuß entfernt, 50, 20, und er fegte hinter unser Heck. Ich sah *Meteors* Luvseite vorbeirasen, eine lange Wand wie weiße Emaille, sie wollte an unserem Heck vorbei. Ich atmete tief – zu früh.

Sie erwischte uns am Spiegel, das ist das Teil ganz achtern, mit ihrer Luvseite. Es gab einen schrecklichen Krach. Ich konnte die Männer drüben auf deutsch brüllen hören, alle gleichzeitig, in der Art, wie die Deutschen eben schreien; der Lärm wurde dann aber schwächer, als sie achteraus sackten.

Als ich nach achtern blickte, sah ich Mahagonisplitter, das gefiel mir gar nicht. Weiter achtern lag die *Meteor*, ein schreckliches Durcheinander, mit Schlagseite; die Deutschen rutschten über ihr Deck wie Regentropfen auf einer Glasscheibe. Und an ihrer Reling: der Herzog, nur nicht so in Panik wie all die anderen. Nachdenkliche Augen, die mich anstarrten.

Ich sagte zu Sam Gidney: »Bitte, setzen Sie doch eine Protestflagge.«

Die *Doria* donnerte immer noch durch die See, hart übergelegt, das Wasser sauste und gurgelte durch die Leereling. Ich fragte mich, welche Bemerkung der Herzog jetzt wohl dem Kaiser ins Ohr flüsterte.

Und ich muß gestehen: Ich konnte ein Grinsen nicht unterdrücken. Kaiser oder Fischer, eine Regatta ist eine Regatta.

# 4

# Auftritt der Gräfin

Sir Alonso war an Deck gekommen. Er lehnte gegen die große Luke und hatte eine Augenbraue hochgezogen. Das war sehr ungewöhnlich. Er blieb normalerweise während des Starts an Deck, dann zog er sich mit der ›Times‹ nach unten zurück, um niemandem im Wege zu stehen; nach dem Finish kam er dann wieder hoch und ließ sich erzählen, wer gewonnen hatte.

»Was ist los?« fragte Sir Alonso.

»Wir hatten das Wegerecht, Sir«, sagte ich. »Die *Meteor* ist ihrer Ausweichpflicht nicht nachgekommen.«

»Hm«, sagte Sir Alonso. »Glauben Sie, daß dem Kaiser klar ist, was er verzapft hat?«

»Er hat ja Seine Gnaden, den Herzog von Leominster, bei sich. Seine Gnaden weiß genau Bescheid.«

Sir Alonso fummelte an seinem Schnurrbart. »Es bleibt die Frage, ob er es ihm auch sagen wird.«

»Wie bitte, Sir?«

»Der spielt sein eigenes Spielchen, der verdammte Herzog«, sagte Sir Alonso, und ich glaube nicht, daß er sich darüber im klaren war, daß er laut dachte. »Gut gemacht, Webb. Da haben wir's den alten Hohenzollern aber gezeigt, was?«

Wir warteten, bis die *Meteor* uns ihre Seite zeigte, ihre Großschot auffierte und Kurs Kiel nahm. Sie zog sich zurück. Wir segelten die Strecke zu Ende und danach, aber auch wirklich erst danach, liefen wir selbst ein. Wir brachten die *Doria* an die Pier, und die Zimmerleute begannen, am Heck zu arbeiten. Ich schaute zu, als ein Schatten mich traf, zusammen mit einem Schwall von türkischem Tabakrauch.

»Kapitän Webb«, sagte der Herzog von der Pier aus.

»Euer Gnaden.«

Die Augen waren so kalt wie bei einem Kabeljau. »Ich will mit Ihnen reden!«

Er schien nicht verstanden zu haben, daß ich nicht gerne rumkommandiert werde, aber das konnte man ihm nicht so direkt sagen. Ich wies also zunächst die Zimmerleute sehr umständlich ein; ich sagte Peter Bracket, er solle losgehen und einen neuen Dekanter kaufen als Ersatz für den, der bei der Kollision zu Bruch gegangen war; mit umständlicher und unnötiger Genauigkeit verlor ich mich in Details. Und dann, aber auch erst dann, ging ich auf die Pier.

Eine ganze Reihe dicklicher deutscher Damen, die sich Hüte unter ihre drei oder vier Kinne gelascht hatten, und dickbäuchige Bürger mit Hüten und engen Gehröcken standen oben an der Mauer und begafften die Unterhaltung, die ihnen auf der Pier geboten wurde. Irgend etwas ließ sie Abstand vom Herzog halten, als ob er ein Wolf und sie die Schafe seien.

»Sie haben falsch gespielt«, sagte der Herzog in höflichem Ton.

Ich sah die feuchten Augen an, die von mir erwartet hatten, daß ich mich wie ein Zombie benahm und nicht wie ein vernünftiger Mensch. Ich dachte, ich werde dir nicht nachgeben, und wenn du der König von England selbst wärst.

Ich erwiderte: »Ich habe mich völlig korrekt verhalten, und das wissen Sie.« Wir standen zwar inmitten der Menge, aber um uns herum war es sehr still. »Sir Alonso ist ein feiner Herr und ein fairer Sportler«, fügte ich hinzu.

»Soweit ich das weiß, trifft das auch für den Kaiser zu, auch wenn er ein Ausländer ist. Was würden beide wohl denken, wenn ich erzählen würde, was Sie von mir verlangt haben?«

»Wollen Sie mir drohen?« Dabei wurde er etwas blaß um die Nase.

Natürlich wollte ich das. Aber ich bin Regattasegler, und beim Wettsegeln wie beim Kartenspiel (von dem ich nichts halte) darf man sein Blatt nicht zeigen. Ich sah ihm also in die Augen und sagte: »Ist das alles, Euer Gnaden?«

Und ganz plötzlich fing er an zu lachen. Er schlug mir auf die Schulter und schob mich weiter, durch die dicken Ausflügler hindurch in eine Art Kneipe in einer Zeile von Lagerhäusern mit steilen Dächern. Die Kneipe war voll von Männern mit gebogenen Pfeifen und Bierkrügen mit Deckeln. Wir setzten uns an einen Tisch, und ein Kellner mit einer weißen Schürze, die ausreichte, ein Großsegel daraus zu machen, kam herübergewatschelt.

»Was wollen Sie?« fragte mich der Herzog. »Kommt auch nicht jeden Tag vor, daß ein Herzog Sie das fragt, oder?«

Ich wandte mich an den Kellner: »Eine Tasse Tee, bitte.«

Der Herzog lachte wieder. Er bestellte bayrisches Bier. Der Tee kam, in einer kleinen Kugel an einer Kette, die in einem Glas mit lauwarmem Wasser hing.

»Nehmen Sie meinen Rat«, sagte der Herzog, »trinken Sie hier nur Kaffee oder Bier. Aber an meinen Ratschlägen sind Sie ja nicht so interessiert, nicht?« Er steckte eine seiner dicken Zigaretten an, der Korbstuhl krachte, als er sich zurücklehnte. »Was halten Sie von der *Meteor*?«

»Ne gute Yawl«, sagte ich, »aber sie wurde ja auch in England gebaut, da ist das zu erwarten.«

»Und die Besatzung?«

»Da gibt's noch Möglichkeiten zur Verbesserung«, sagte ich so diplomatisch wie möglich.

Der Herzog starrte auf ein paar Fliegen, die im Rauch unter der Decke summten. »Lassen Sie mich eine Frage stellen, Webb. Was wissen Sie über die deutsche Marine?«

Durch die Fenster der Kneipe konnte ich über der Pier die Aufbauten der *Kaiser Barbarossa* sehen, grau wie der Tod, voller Geschütze. Ich las natürlich die Zeitungen. Ich wußte, daß die Deutschen ganz verrückt darauf waren, eine Marine aufzustellen. Mir war aber klar, daß der Herzog mir ohnehin gleich Einzelheiten erzählen würde, und beschloß, die Schnauze zu halten.

»Ich will Ihnen das mal erklären«, sagte er bereits.

»Jawohl, Sir.«

»Bismarck«, fuhr er fort, »ich nehme an, Sie haben von dem Kanzler Bismarck gehört?«

»Jawohl, Sir.« Sie wissen ja, wie das ist: Je mehr auf einen eingeredet wird, desto weniger bleibt hängen.

»Also, Bismarck hat dieses Land geeint. Es ist jetzt mehr als ein Land, ein ganzes Reich, verdammt noch mal. Und eine Menge von den Leuten, auf die der Kaiser hört, sind der Meinung, daß die Angelsachsen – das sind wir, Sie und ich – eine Art mehrarmiger Kraken sind und daß die einzige Möglichkeit für die germanischen Völker darin besteht, um nicht von diesem Tintenfisch erdrosselt zu werden, ihn umzubringen. Verstanden?«

»Jawohl, Sir.«

»All das weiß Admiral Tirpitz, und nun stellt er eine Marine auf. Eine moderne Marine, verdammt. Und wissen Sie, warum der Kaiser soviel Zeit damit verbringt, die *Meteor* zu segeln?«

»Nein, Sir.«

»Ausbildung für seine Leute«, sagte der Herzog. »Er bildet die Marine genauso aus wie wir unsere, soweit das geht. Und er macht das nicht zum Spaß. Er bereitet einen Krieg vor, erinnern Sie sich an meine Worte, wenn es soweit ist. Falls also ein Kerl wie Sie entsprechend der Regeln segelt und besser ist als er, gibt ihm das einen ordentlichen Schock, und er wird danach noch größere Anstrengungen unternehmen. Wenn Sie mir nicht glauben wollen, darf ich Sie daran erinnern, daß er Kaiser ist, und seine Launen sind Gesetz. Sie hätten mal diese widerlichen kleinen Junker beobachten sollen, wie sie hektisch in ihre Notizbücher kritzelten, als er sie heute nachmittag anbrüllte. Ich hatte gehofft, Sie würden ihn vorbeilassen und ihn etwas einlullen. Aber nein. Sie sind so hart gesegelt, wie Sie konnten, und jetzt haben wir den Salat.«

Ich mußte wohl antworten. »Weisung des Eigners, Sir. Plus, entschuldigen Sie, mir kann keiner erzählen, daß diese Regattaregel irgendeinen Einfluß auf das Wachsen der deutschen Marine hat.«

Mitten in dem fröhlichen Lärm eines Feiertages in Kiel ergab sich eine lange Stille, in der ich die Äderchen in seinen Augäpfeln zählte, und ich kam auf siebzehn. Dann sagte der Herzog: »Kapitän Webb, Sie irren. Wir werden in weniger als fünfzehn Jahren Krieg haben. Einen Krieg, der alle bisherigen Kriege wie die Streitereien von Schuljungen erscheinen lassen wird.« Er schwieg und sah durch mich hindurch.

Das war natürlich Quatsch. Der Krieg in Südafrika war gerade vorbei, und niemand wollte einen neuen Krieg...

Immerhin, mir lief es kalt den Rücken runter. Das war kein Krisengerede. Ob man ihn nun mochte oder nicht – dieser Mann wußte viel.

Er stand auf. Ich stand auch auf. Wir traten in den Sonnenschein auf der Pier und zwängten uns durch die Menge in Richtung der Masten. Fast wären wir mit einem birnenförmigen Gentleman zusammengestoßen, der eine Schirmmütze mit einer Troddel trug, sein Nacken quoll über den gestärkten weißen Kragen.

»Euer Gnaden«, sagte diese seltsame Erscheinung. »Baron von Tritt. Erinnern Sie sich?« Er hatte blaue Augen, die einem klugen Schwein entsprachen, und Narben auf den Backen, die aussahen wie Blutegel. »Darf ich vorstellen ...« Er begann, die Leute in seiner Begleitung vorzustellen: einen älteren Herrn, mit einer Brille und einer Nase wie ein Schaf, Baron Schwering. Zwei kleine rosa Kerle mit Kaninchenzähnen in blauen Marinejacketts im englischen Stil, aber zu hohen Kragen, und zwei junge Frauen, braun und fit aussehend, wie das in Deutschland üblich ist, mit dunklen Haaren, eine stellte er als Clara Dollmann vor, und: »Die Gräfin von und zu Marsdorff«, dabei versprühte er ordentlich Spucke, »die Schwiegertochter von Baron Schwering.«

»Und dies ist Kapitän Webb«, sagte der Herzog.

Ich stand da, die Mütze in der Hand und fühlte mich unwohl, war aber entschlossen, das nicht zu zeigen. Man konnte an meiner Bekleidung sehen, daß ich ein bezahltes Besatzungsmitglied war, also beachtete mich niemand.

Bis auf die Gräfin.

Sie war etwa so groß wie ich, schlank, aber nicht zu schlank, ohne Frage elegant. Sie trug einen langen Rock aus blauer Serge und eine weiße Bluse mit gebundenem Kragen und Ärmelstulpen. Auf ihrem vollen, dunklen, lockigen Haar saß ein kleines Käppchen, das sie bis über die dunklen, starken Augenbrauen gezogen hatte.

Und es waren ebendiese Augen, die den Unterschied machten. Sie waren interessiert, sehr interessiert sogar. Die Augen waren dunkelblau bis grau, und sie sahen mich an, nicht durch mich hindurch, wie das beim Herzog der Fall war.

»Kapitän Webb«, sagte sie, und die Art, wie sie das sagte, war, als ob sie eine gezuckerte Mandel im Mund hätte: »Ich würde gerne Ihr Boot sehen.«

Von Tritt war nicht so dumm, wie er aussah. Er sah erst sie und dann mich an, und sein Gesicht wurde rot vor Wut. »Wir haben keine Zeit«, bellte er.

Der Herzog beobachtete alles und blinzelte hinter seinem Rauchschleier.

»Wie schade«, sagte die Gräfin, dabei lächelte sie ein ganz klein wenig. Ihre Hände hatte sie über ihrem Schoß zusammengelegt. Auf einer Hand war ein seegrüner Flecken, Ölfarbe vielleicht. Ihr Gesicht hatte den gewissen gelangweilten Ausdruck, aber ihre Finger waren angespannt, während sie mich ansah.

Eines der Marinejacketts mit Kaninchenzähnen sagte mit der Stimme eines Esels: »Sie segeln einen harten Stil, Kapitän.«

Schwering sah an seiner Schafsnase herunter und sagte irgendwas über eine riesige Unverschämtheit und daß ich es verdiente, ausgepeitscht zu werden.

Von Tritt lachte sein verächtliches Lachen für eine Welt, in der degenerierte Burschen, die sich einem kaiserlichen Betrug nicht beugten, nicht erhängt wurden. Er sagte: »Die Hoffnung auf die Siegesprämie macht aus Feiglingen Helden. Sie können sich freuen, daß Seine Hoheit ein so fairer Sportsmann ist, lieber Mann!«

Ich habe nicht gefragt, wen er mit dem Feigling meinte. Ich habe ihm nicht gesagt, daß Sportsleute das Wegerecht achten. Ich war ein bezahlter Bediensteter. Ich sagte: »Ich mache meine Arbeit, Sir.«

Die Gräfin blinzelte mich an. Mir war klar, daß sie das machte, um von Tritt zu ärgern. Das war natürlich gut und schön, aber ich war ein Angestellter, und dieser Baron sah mich mit Blicken an, die glatt eine Möwe vom Himmel geholt hätten.

Sie sagte: »Ich glaube, Sie machen Ihre Arbeit sehr gut.«

Verdammt, sie war hübsch. Aber sie benutzte mich hier als Waffe in einem Krieg, dessen Regeln ich nicht kannte.

Ich verabschiedete mich daher mit einem »Entschuldigung!« und ging.

Um die Ecke traf ich Sam, der auf einem Poller saß und auf den Hafen starrte. Er kratzte sich unter seiner Strickjacke. Ich ließ mich von der Brise abkühlen. Man sah eine

Menge kleiner deutscher Rennboote und hinter ihnen die drohenden Aufbauten der *Kaiser Barbarossa* und die schneeweiße riesige *Hohenzollern*; das war das Schlachtschiff, das dieser moderne Kaiser als Yacht benutzte. Außerdem lag da noch die Dampfyacht *Fata Morgana* von unserem verdammten Herzog, lang und schwarz, mit einem Klipperbug und gelben Schornstein.

Eine kleine Yawl hatte gerade die Pier verlassen. Sie sah ziemlich plump aus zwischen all den Rennbooten, und sie schleppte ein Dingi, das vier Fuß zu groß für sie war. Ein ausgefranstes Red Ensign, die britische Handelsflagge, wehte an ihrer Gaffel, und auf dem Namensschild am Heck stand in gammeligen Goldbuchstaben *Dulcibella*.

Ein Mann saß im Cockpit. Er klarte die Festmacheleinen auf, ging unter Deck und kehrte mit einem kompliziert aussehenden Stück Metall zurück, das vielleicht mal ein Teil seines Bootsherdes gewesen war. Er warf es außenbords, wischte sich die Hände ab und beobachtete die Blasen, die im Kielwasser aufstiegen. Dann setzte er sich in Ruhe an seine Pinne, glücklich wie eine Lerche im Frühling auf seinem winzigen Boot.

Ich bin kein Mensch, der zum Vergnügen auf Booten fährt, Sam auch nicht. Aber der Atem ging mir noch schwer nach dem Ärger, und ich beneidete den Segler. Er hatte keine Sorgen mit irgendwelchen Rennen, die er gewinnen sollte; er brauchte keinem Boss schön zu tun, und er hatte keine schrecklichen Visionen von zukünftigen Kriegen. Er segelte ohne jede Belastung ...

Wenigstens dachte ich das damals.

Später, als ich mich etwas beruhigt hatte, gingen Sam und ich spazieren; wir wurden von Passanten angerempelt, die scheinbar die Seestraßenordnung auch nicht besser kannten als ihr Kaiser. Eine Stimme hinter mir sagte: »Kapitän Webb.«

Ich drehte mich um.

Es war die Gräfin, zusammen mit einer dunklen, grobknochigen Frau, die wohl ihre Zofe sein mußte. Die Gräfin lächelte – nicht dasselbe Lächeln wie zuvor, sondern nervös: »Es tut mir leid«, sagte sie.

Ich war sauer. »Was denn?«

»Ich wollte nur den Baron ärgern.«

Ich entgegnete kühl: »Und ich hatte schon gehofft, Sie fänden mich nett.«

Sie hatte mich also nur, um den Baron zu ärgern, als Mann und nicht als Diener behandelt, also würde ich sie als Frau und nicht als Gräfin behandeln. Eine Hand wäscht die andere...

Erstaunlicherweise schien ihr das nichts auszumachen. »Mein Schwiegervater kann sich nicht benehmen.«

»Und Ihr Gatte auch nicht.«

»Der Baron ist nicht mein Gatte, Gott sei Dank.«

»Er tat so, als ob Sie ihm gehören.«

»Das ist sein Problem.« Sie lächelte. »Schlechte Verlierer«, sagte sie.

Ich erinnere mich genau, das waren ihre Worte; es hörte sich irgendwie amerikanisch an.

»Sie hatten doch das Wegerecht. Da brauchen Sie sich keine Sorgen zu machen. Das sage ich nicht, um den Baron zu ärgern. Sie haben sich korrekt verhalten.«

Sie hatte wieder einen Stein bei mir im Brett.

»Mit dieser Meinung stehen Sie übrigens nicht allein. Was hätten Sie getan?«

»Dasselbe«, sagte sie, und man konnte merken, daß es ihr Ernst war. »Hoffe ich.«

Ein verlegenes Schweigen trat ein. Ich hätte sie zu einem Glas irgendwas eingeladen, aber ich war zu befangen wegen des Standesunterschieds, und dann war die Gelegenheit vorbei.

»Ich muß noch einiges erledigen«, zog ich mich aus der Affäre.

Sie lächelte. Sie war nicht wie die anderen Gräfinnen, denen ich hin und wieder begegnet war. Sie sagte: »Es war bezaubernd, Sie kennenzulernen.« Sie schüttelte meine Hand, ein fester Händedruck, und war weg.

»Zurrr Hölle«, sagte Sam.

Am nächsten Morgen in der Dämmerung ging's zurück. Als der Schlepper uns zur Kanalschleuse zog, rief Sam: »Schau mal!«

Und da stand sie in ihrem blauen Sergerock, oben auf der Pier, mit einer Staffelei, und ihre grobknochige Zofe war wieder dabei. Sie winkte mit einem Farbpinsel, locker und natürlich. Ich winkte zurück. Sie hatte mich dazu benutzt, einen Verehrer eifersüchtig zu machen, aber sie hatte sich auch wie ein richtiger Mensch verhalten. Vielleicht hatte das etwas zu bedeuten. Ich hoffte es jedenfalls. Obwohl ich sie nie wiedersehen würde.

Davon ging ich damals aus.

*Brief des Hauptmanns Eric Dacre, ehemals bei den Ulanen, an Seine Gnaden, den Herzog von Leominster.*

*Euer Gnaden,*
*persönlich zu Händen. Ich bin mir der besonderen Freundlichkeit tief bewußt, die Euer Gnaden gegen mich bewiesen haben, und die, wenn ich so kühn sein darf, das hinzuzufügen, verbunden war mit einem leuchtenden Verständnis, das so trostreich ist für einen Diener Seiner Majestät, der in Schwierigkeiten geraten ist.*
*Die Ereignisse im Lager bei Piemburg sind von der Presse mißinterpretiert worden. Wie Euer Gnaden Intuition richtig erkennt, müssen diese Ereignisse vor dem Hintergrund des Krieges gesehen werden. Sie waren so freundlich, mich wissen zu lassen, daß meine geheimen Aktionen gegen die Kommandos der Buren den Tod vieler Feinde seiner verblichenen Majestät zur Folge hatten und*

*zur Gefangennahme ihrer Frauen und Kinder geführt haben. Was Frau Alice de Blank anbetrifft, über die soviel Aufsehen gemacht wurde, so war sie doch eine Unruhestifterin, die ihre Gefährtinnen andauernd zu Unbotmäßigkeiten anstiftete. Da sie die elementarsten sanitären Vorkehrungen vernachlässigte, starben ihre drei Kinder an Typhus. In dem schamlosen Versuch, den Tod ihrer Nachkommen zu politischem Vorteil zu nutzen, gab sie nicht ihrem eigenen Mangel an Hygiene, sondern den Verhältnissen im Lager die Schuld. Zugegebenermaßen waren die Lager nicht luxuriös, aber wenn sie auch einfach waren, sie waren von den zuständigen Behörden als ausreichend freigegeben.*

*Der Rest ist die einfache Geschichte eines Soldaten, der seine Pflicht tut, wie unangenehm sie auch immer sein mag.*

*Nach der Beisetzung der Kinder verhielt sich Frau de Blank so wild und unvernünftig, eine Attacke auf den Zaun um das Lager zu planen. Da ich vorher eine Warnung erhielt, war es nicht mehr als selbstverständlich, die Rädelsführerin auszuschalten. Es ist leicht für die Presse, die weit von der Hitze des Krieges entfernt ist, eine Revolverkugel im Nacken einer Frau als gemeinen Mord hinzustellen. Aber der Lagerzaun blieb unversehrt, und wer will sagen, wie viele Menschenleben dadurch gerettet wurden?*

*Das Ganze hat allerdings das Mißfallen derjenigen eingebracht, die nicht, wie Euer Gnaden, verstehen, daß überall da, wo gehobelt wird, auch Späne fallen. Dieses Mißfallen, so fürchte ich, ist an mir, Ihrem ergebenen Diener, hängengeblieben, ungerechterweise, wie eine Persönlichkeit mit dem Scharfsinn Euer Gnaden feststellen werden. In bin mir daher, wie ich schon sagte, der freundlichen Aufmerksamkeit von Euer Gnaden sehr wohl bewußt, und ich hoffe auf die wohlwollende Hal-*

*tung Euer Gnaden in der Zukunft. Ich werde mich noch mehr geehrt fühlen, wenn ich, wie von Euer Gnaden vorgeschlagen, zum neuen Jahr meine Aufwartung machen darf.*
*Inzwischen habe ich die Ehre zu verbleiben als Euer Gnaden untergebenster und gehorsamster Diener*
*Eric Dacre.*

5

# Ein Faß Heringe

Wir legten die *Doria* im September des Jahres auf. Sir Alonso bat mich, im Mai des nächsten Jahres wiederzukommen, zahlte mir eine Prämie von 30 Pfund und überließ uns dem Winter, den Heringen, dem Kabeljau und der harten Nordsee.

An einem Morgen, Ende Februar, liefen wir mit der *Alice* in den Hafen von Heybridge, luden die Fischkörbe auf die Karren und gingen in den ›Lustigen Seemann‹, um Tee und Schinken zu uns zu nehmen. Als wir an dem Koksfeuer saßen, Tee tranken und uns die Kabeljauschuppen von den Händen pulten, kam die kleine Jemina vom Tresen zu uns.

»Charlie«, sagte sie, »hier ist ein Brief für Sie.«

Mrs. Huggett hatte ihn nachgeschickt, weil er wichtig aussah: feines, schweres Papier mit Kupferdruck, blutrotes Wachssiegel mit einem Wappen drauf. Also ging ich, wusch mir die Hände und erbrach das Siegel.

Der Absender zeigte Mount Street, W1, wo immer das war.

*Lieber Kapitän Webb*, ging es los. *Darf ich Sie bitten, mir ein Faß Heringe an die obige Anschrift zu senden und es selbst zu begleiten, Sie selbst in Person?*

Die letzten zwei Worte waren doppelt unterstrichen, mit roter Tinte. Der Brief war unterschrieben mit Theophilus Archer, p. p. Seiner Gnaden, Herzog von Leominster.

Ich wußte wirklich nicht, warum der Herzog meine Heringe wollte. Vielleicht hatte sein Koch sich mit dem Fischhändler zerstritten? Aber es war etwas an dem Mann, das machte mich stets neugierig. Außerdem würden wir einen guten Preis für die Fische bekommen. Also sagte ich Sam, der jetzt auch auf der *Alice* fuhr, er solle am Abend ohne mich lossegeln; ich zog meine Sonntagssachen an, schnappte mir ein ordentliches Faß Heringe, nahm den Zug nach London und stieg Liverpool Street Bahnhof aus. Von dort begab ich mich in Richtung Mount Street.

Es war ein kalter Tag, und das war auch gut so, denn es war ein ordentliches Stück Weg von Liverpool Street zu dem Stadtteil, den sie Belgravia nennen. Aber schließlich hatten wir es doch geschafft, das Faß und ich, und wir standen in einer Straße mit großen weißen Häusern, die wie Hochzeitskuchen mit schwarzen Geländern aussahen. Das Haus des Herzogs war am Ende der Straße, ich ging die Treppen hinauf und zog ordentlich an der Klingelleine. Dann öffnete ein Kerl die Tür und trug doch tatsächlich im Jahre des Herrn 1903 eine gepuderte Perücke und rosa Plüschhosen.

Er hatte Augen wie ein Kabeljau, da fühlte ich mich gleich zu Hause und sagte: »Na, James, ist der Boss da?«

»Welcher Name?« fragte er.

Dann machte er mir die Tür vor der Nase zu. Ich sah die Straße rauf und runter und pfiff. Auf einigen anderen Haustreppen standen andere Leute, aber ich war der einzige mit einem Faß feuchter Fische.

Schließlich hörte ich jemanden rufen. Ein Mädchen mit einer Schürze sah aus dem Souterrain hoch. Sie war hübsch, die Magd einer feinen Dame, wie es aussah, mit schwarzen Augen und einem roten Mund und einer schwarzen Satinbluse unter ihrer Schürze.

»Kommen Sie herunter«, rief sie.

Sicher, ich wollte den Herzog sprechen, aber Sie dürfen nicht vergessen, daß ich noch keine 25 war. Also ging ich runter in die riesige Küche. Die Spülmagd nahm mir das Faß mit den Fischen ab.

»Tasse Tee?« fragte die Magd. »Ich heiße Emma.«

Wie ich schon sagte, es war ein ordentliches Stück Weg gewesen, und ich hatte Durst. Dennoch antwortete ich: »Ich soll um fünf Uhr beim Herzog sein.«

»Na«, sagte sie, »dann haben Sie ja noch fünf Minuten, oder? Außerdem hat er Besuch. Sie sind Kapitän Webb, wie man mir sagte?« Sie hielt ihr Gesicht ganz dicht an meins, während sie die Milch einschenkte. »Ich hab' Ihr Bild in der Zeitung ›Post‹ gesehen, auf einem der großen Boote. Sind Se nicht in den Kaiser reingeknallt?«

Als ich ihr erzählte, was passiert war, legte sie ihre Hand auf meine und verdrehte die Augen. Bei der zweiten Tasse Tee berührte ihr Knie meins, und ich hatte ein Stück Sonntagskuchen vom Koch in Arbeit. Na, dachte ich, das geht ja ordentlich los. So ist das nun mal in London, und mir war ziemlich egal, wie spät es war.

Dann klingelte eine Bimmel auf einem Sims, und James (er hieß eigentlich Albert, aber für mich würde er immer James bleiben) kam plump und rosig die Treppen runter. Seine dicken Waden schlabberten wie Quallen in den Seidenstrümpfen. Emma zog heftig die Luft ein und machte einen Satz von mir weg. James hielt seine Nase ordentlich hoch und sagte: »Seine Gnaden werden Sie jetzt empfangen.«

Emma drückte meine Hand, und ich folgte James' Rükken die Treppen hoch.

Es war ein ganz normaler Rücken in einem blauen Frack, ich sah aber, daß es ein beleidigter Rücken war: Webb kommt in London mit einem Faß Heringe an, und die Frauen fallen wie die Kegel. Weil sie ihn in der *Zeitung* gesehen haben. Oh, bald singt man von ihm in der Alhambra...

Oben roch die Luft nicht nach Kohl, sondern frisch und

leicht nach Blumen oder Parfum – aus irgendeinem Grunde erinnerte mich das an Hetty. Der Boden war poliert, und rote türkische Teppiche lagen dort, an den Wänden hingen dunkle alte Bilder, und die erinnerten mich wieder an den Herzog. Wir stiegen weitere Treppen hinauf, riesige Treppen mit Mahagonigeländer, das auf einen Schnelldampfer mit dem Blauen Band gepaßt hätte. Auf halbem Wege wurde James langsamer, so daß ich ihn einholen konnte. »Hör zu, Seemann«, sagte er, »ich würde sagen, Hände weg von meinem Mädchen.«

»Dann sag's doch.«

»Brauch' ich nicht«, fügte er hinzu, »ich weiß ja, was passieren wird, weil ich sie habe reden hören. Seine Gnaden und den anderen Herrn.« Er schmunzelte und klopfte sich an die Seite seiner Nase. »Mensch, wo Sie hinfahren werden, da gibt's nicht viel leckeren Kuchen.«

Wir langten an einer Doppeltür an, die war so groß wie die Luke eines Lastkahns. Ich konnte den Rauch der Abdullah-Zigaretten schon riechen. Wenn etwas Übles passieren sollte, dann wollte ich da selbst reinmarschieren und nicht von James reingestoßen werden. Bevor er seine Hände an den Türöffner kriegen konnte, öffnete ich beide Türen selbst und trat ein.

Es war ein großer Raum, vermutlich eine Bibliothek. An den Wänden waren Galerien mit Schmiedeeisen-Relings, sehr hübsche Arbeit, besser als Sams Vetter Gideon das hätte machen können. Und Bücher: Bücher vom Parkettboden bis zu den Milchglas-Skylights in der Decke. In der Mitte des Raums saßen zwei Männer – Herren sollte ich sagen – an einem Tisch, der mit grünem Leder bezogen war. Einer war der Herzog, seine Abdullah hinterließ Asche auf seiner dunkelroten Samtweste. Der andere war ein jüngerer Mann, mit einem Kneifer und Schlitzaugen, halbhohen Kragen, den Schlips zu einem kleinen Knoten gebunden. Er hatte eine ruhige, nachdenkliche Art; vielleicht war er Arzt.

Als ich hineinging, stand er auf, ging auf mich zu und streckte seine Hand aus. Ich schüttelte sie.

»Kapitän Webb«, sagte er.

Da wußte ich, daß sie über mich bereits geredet hatten.

Der Herzog saß da, paffte seine Zigarette und sah zu seinen Büchern hoch. Ohne den Blick zu senken, sagte er: »Webb, das ist Mr. Carruthers. Mr. Carruthers ist, eh, ein Segler.«

Ich zog meine Augenbrauen hoch, im stillen verfluchte ich diesen Herzog, weil er mich nach London hatte kommen lassen, damit ich einen Hobby-Segler treffen sollte.

»Nicht ganz«, sagte Mr. Carruthers, »ich bin nur mit einem Freund gesegelt, das ist schon alles. Das ist ja kaum Segeln zu nennen, nach Ihren Maßstäben.«

Ich fragte: »Meinen Sie das?«

Ich war etwas überrascht, denn nach meiner Erfahrung wollten die meisten Yacht-Sportler einen glauben machen, daß ihr angemessener Platz irgendwo zwischen Charlie Barr und Horatio Nelson lag.

»Um Himmels willen, Chil-hm, Carruthers«, sagte der Herzog, »hören Sie auf, so bescheiden zu sein.«

Carruthers trat an das Tablett mit den Drinks, nahm den Dekanter und hielt ihn in meine Richtung. Das war auch überraschend, denn ich war ein bezahlter Bediensteter.

»Der trinkt nicht«, sagte der Herzog und schaute mich an, dabei gähnte er, als ob er in meinen Kopf hineinsehen könnte und gelangweilt sei von dem, was er sah. Ich stand immer noch.

Carruthers sagte: »Setzen Sie sich doch, Kapitän«, als ob er bemüht sei, mich freundlich zu stimmen.

Der Herzog unterbrach: »Webb, ich habe einen Job für Sie.«

Ich setzte mich auf die Kante eines grünen Lederstuhls und erlaubte mir den Hinweis: »Ich fahre für Sir Alonso dieses Jahr.«

»Das hier wird nicht lange dauern«, antwortete der Herzog. »Legen Sie los, Carruthers.«

»Richtig.« Carruthers legte seine Unterarme auf den Tisch. Er hatte ein frisches, rosafarbenes Gesicht. Aber ich sah ein glühendes Leuchten in seinen Augen hinter dem Kneifer, vielleicht war das aber auch nur eine Spiegelung des Lichts. »Nun«, fuhr er fort, »werden ich Ihnen eine Geschichte erzählen, die Sie vielleicht nicht glauben werden. Aber sie ist wahr.«

»Er wird fürs Zuhören bezahlt«, sagte der Herzog.

Carruthers zog die Stirn in Falten, ganz schwach nur, wie man es bei Herzögen macht, die ihrem Grundsatz *noblesse oblige* nicht gerecht werden. »Letztes Jahr war ich mit einem guten Freund zwischen den friesischen Inseln beim Segeln. Das ist die Inselkette, die parallel vor der holländischen und deutschen Küste liegt, dicht davor. Eine seltsame Gegend: ein Dünenwall, durch den die See gebrochen ist und den sie umspült hat, vor Jahren oder Jahrhunderten.«

Ich nickte verständig und fragte mich, was er wohl wollte. Ich kannte die friesischen Inseln . . .

Als ich zu dem verdammten Herzog sah, war der sehr angespannt.

Carruthers blickte auf seine Manschetten. Ich konnte sehen, daß er sich dort Notizen gemacht hatte. »Sie sind Berufsfischer und Yachtkapitän«, sagte er. »Natürlich habe ich über Sie in der Zeitung gelesen.« Sein Gesichtsausdruck war härter geworden. »Sagen Sie, Kapitän, was denken Sie über die deutsche Frage?«

Viele Leute schienen mich das in letzter Zeit zu fragen. Ich hatte gerade den Mund zur Antwort geöffnet, als auch schon der Herzog dazwischenredete, sanft wie Butter: »Ich fürchte, wir verlieren den Faden. Eigentlich wollen wir Sie fragen, ob Sie etwas vom Bergungsgeschäft auf See verstehen.«

Carruthers öffnete den Mund und schloß ihn wieder, als

müsse er etwas Widerliches verschlucken. »Bergung«, sagte er schließlich, und ich schwöre, er wurde rot dabei. »Natürlich.« Pause. Er legte sich die nächsten Worte zurecht. »Seine Gnaden sagten mir, daß Sie ein guter Navigator sind. Wir wissen auch, daß Sie die Vermesserei gelernt haben. Das ist wichtig in den friesischen Inseln. Zwischen den Inseln sind Öffnungen, man nennt sie Seegats. Die Tide geht da mit einiger Geschwindigkeit rein und raus. Und wenn der Wind gegen den Tidenstrom weht, kann das schwierig werden.« Seine Stimme füllte sich mit der Aufregung des Amateurseglers über das, was er als schlechtes Wetter und hartes Segeln ansah. »Zu anderen Zeiten«, sagte er, »ist es einfach eine herrliche Gegend. Die Seegats führen in das Wattenmeer, eine flache See, geschützt und abgeschirmt von der Nordsee; eng durchzogen von Prielen und Baljen, die die Verbindung mit den Häfen auf dem Festland ermöglichen ...«

»Also, es ist ein Bergungsjob«, unterbrach der Herzog mit seltsamer Betonung, als wolle er das Gespräch auf vorher vereinbarte Bahnen zurückführen.

Carruthers hielt jetzt die Klappe, Herzöge haben Wegerecht vor feinen Herren, nehme ich an.

»Mr. Chil-hm Carruthers war letztes Jahr dort. Er erfuhr von einem Wrack auf einer Sandbank vor einem der Seegats. Eine französische Fregatte aus Napoleons Zeiten. Wurde auf die Küste getrieben, beladen mit Gold, eineinhalb Millionen. Sie liegt noch auf der Sandbank, die die Schillplate genannt wird, vor dem Westende von Juist. Das ist eine Insel, zu Ihrer Information. Das Wrack gehörte Lloyd's. Und in den Augen mancher tut es das noch. Viele Interessenten haben schon nachgeschaut. Denn jeder weiß, wo die Fregatte liegt, sie ist tatsächlich auf den Seekarten verzeichnet. Aber die Sandbänke wandern, und manchmal kann man das Wrack sehen und dann wieder nicht; das Gold ist schon vor vielen Jahren durch ihren Boden gesackt, Gold ist ja viel schwerer als Holz; und es wird schwer zu finden sein, das ist klar. Genügend Leute haben sich schon bei dem Versuch ruiniert. Die letzten haben es im vorigen Jahr versucht, zwischen Juli und Oktober. Aber die Zeiten ändern sich, und die technischen Hilfsmittel werden immer besser. Einige Leute bei Lloyd's meinen, die Sache wäre es wert, erneut in Angriff genommen zu werden. Ich habe also einen Anteil gekauft und dann einen Bergungsexperten kennengelernt, Dacre heißt der Mann. Große Kapazität. Er wird sich das Wrack ansehen und berichten, was möglich ist und was nicht. Vorerst möchte ich, daß alles ruhig und unauffällig geschieht. Sie und Samson Gidney könnten vielleicht Hauptmann Dacre mit auf eine Segeltour nehmen, so eine kleine Frühlingsfahrt?«

»Dacre?« sagte ich. Der Name kam mir bekannt vor, Gott weiß warum.

»Früher«, er sprach das Wort mit einem seltsamen sarkastischen Verziehen des Mundes, »früher war er bei den Ulanen. Sie kümmern sich um Hauptmann Dacre, und Hauptmann Dacre macht das eigentliche Geschäft. Er schreibt einen Bericht. Wenn was zu holen ist, müssen die Rechtsanwälte ran. Ein Boot wartet schon auf Sie!« Ich machte den Mund auf, um ihn daran zu erinnern, daß ich schon einen Job hatte. Aber natürlich unterbrach er mich, bevor ich begonnen hatte: »Sie sind ein intelligenter Mann. Zäh wie altes Leder. Das kann wichtig werden, weil Sie vielleicht nicht die einzigen sind, die hinter der *Corinne* herjagen. Wie ich höre, haben im letzten Jahr ein paar Deutsche ein Lager auf Memmert aufgeschlagen. Das ist die nächstgelegene Sandbank. Die hatten ein hochgradig zweifelhaftes Anrecht. Sie schweigen über ihre eigentlichen Absichten. Vögel nisten da, wie ich höre. Seeschwalben und was weiß ich. Sie könnten ja vorgeben, daß Sie ornithologische Studien betreiben. Hauptmann Dacre ist der Chef, Sie führen aus, was er möchte, und alles wird in Ordnung sein.«

Mr. Carruthers nickte mit einem Pokergesicht, wie man das auf den feinen Schulen lernt. Aber ich konnte sehen, daß er sich hinter seinem Kneifer miserabel fühlte. Vielleicht hatte der Herzog ihn um einige Goldbarren betuppt, dachte ich. Aber wahrscheinlich war es etwas Schlimmeres.

Ich sagte, völlig ruhig und freundlich: »Ich hab' eine Anstellung in der Fischerei. Und ich weiß wirklich nicht, was wir dazu beitragen könnten, neunzig Jahre altes Gold aus einer sich bewegenden Sandbank auszugraben.«

Doch der Herzog war nicht zu stoppen. »Was das Geld anbetrifft«, schnaubte er und rümpfte dabei seine Nase, denn er verachtete das Zeug, von dem er soviel hatte, »werden Sie nicht schlecht abschneiden. Ich zahle Ihnen 1000 Pfund. Fünfhundert jetzt und 500 bei Rückkehr.«

Das war wirklich eine Menge Geld. Bei der Fischerei würde es schwerfallen, 1000 Pfund in zehn Jahren zu verdienen. Als Kapitän einer Yacht, die ununterbrochen Siege einfuhr, hätte man drei Jahre gebraucht. Irgend etwas stimmte nicht und war faul an dieser Sache.

»Ich werde Sir Alonso fragen«, sagte ich.

»Das wird nicht notwendig sein.«

Da haben wir es wieder, dachte ich. Wir hatten uns eine Menge Mühe mit der *Doria* gegeben und viel Zeit hineingesteckt, während sich das hier reichlich abenteuerlich anhörte. Mit Sir Alonso hatte ich außerdem ein sehr gutes Verhältnis, wir verstanden einander. »Er ist der Chef«, sagte ich.

»Ah«, grunzte der Herzog, »wenn Sie unbedingt wollen. Aber das Unternehmen wird höchstens sechs Wochen dauern. Sie werden rechtzeitig zur Saison wieder hier sein. Wenn Sie es sich doch noch anders überlegen, suchen Sie meinen Anwalt auf, der erledigt die Formalitäten.«

»Viel Glück«, sagte Carruthers, und seine Augen strahlten hinter seinem Kneifer.

»Noch etwas ...«

»Ach was«, sagte der Herzog ungeduldig, als wisse er schon, was Carruthers sagen und als ob er ihn daran hindern wollte.

Aber Carruthers war nicht zu bremsen: »Es arbeitet schon einer drüben bei den Inseln. Ein Freund von mir. Er heißt Wilson. Der beobachtet die ganze Lage da, hat ein Auge auf die, sagen wir, Konkurrenz. Ich möchte, daß Sie nach ihm Ausschau halten und ihn unterstützen, wenn er Hilfe braucht.«

»Ein Schatzsucher?« Ich hatte nicht vor, diesen Unsinn mitzumachen, aber sie würden mir alles erzählen, was ich wissen wollte, bevor ich den Raum verließ.

»Vielleicht«, sagte Carruthers. Auf seiner Stirn lag ein Anflug von Schweiß, und in seiner Stimme war die Unsicherheit eines Mannes, der gerne ehrlich war und jetzt versuchte, eine dicke Lüge aufzutischen. »Er ist vor etwa einem Monat losgezogen, und wir haben seitdem nichts von ihm gehört.«

Der Herzog ergänzte: »Geben Sie Dacre alle Hilfe, die er braucht, dieser Wilson ist unwichtig. Wir wollen, daß Sie sobald wie möglich anfangen. Falls Sie sich dazu entschließen.«

Carruthers sagte: »Aber wenn Sie Wilson sehen . . ., er ist ein guter Freund.«

Diese Sturheit hatte ich vorher nicht an ihm bemerkt. Ich hatte jetzt den Eindruck, daß dieser Mann, wenn er sich erst einmal etwas vorgenommen hatte, auch dabei blieb. Der Herzog sah ihn verwundert an und zog seine Lippen unter seinem Schnurrbart zusammen. Von den zweien erschien mir Carruthers glaubwürdiger. Er mochte zwar ein feiner Pinkel sein, aber er war wahrscheinlich ehrlich, zumindest hörte er sich so an.

Doch ich hatte schon einen ehrlichen Arbeitgeber. Geld oder kein Geld, dieses Unternehmen hörte sich reichlich phantastisch an.

Ich sagte: »Ich muß darüber nachdenken«, und meinte eigentlich: niemals im Leben.

»Bitte!« sagte Carruthers, er war nun rosa wie eine gekochte Garnele.

»Webb wird schon einlenken«, sagte der Herzog, er sah mich noch nicht einmal dabei an, seine Hand faßte nach der Klingel auf dem Tisch.

»Danke, Euer Gnaden«, sagte ich, stand auf und ging.

6

# Gloria in Excelsis

James geleitete mich die Treppen wieder hinab und durch eine grüne Stofftür zurück in das Gebiet von Linoleum und gekochten Zwiebeln. Emma stand am Küchentisch, sie nähte und war sehr ernst. Als ich vorbeiging, sah sie auf: »Heute abend in der Stadt, Kapitän Webb?«

»Was geht dich der Mann an?« schnarrte James.

Eine Klingel schellte. Oben an der Wand bewegte sich ein Zeiger in einer mit Blattgold verkleideten Kiste.

»Ankleideraum«, sagte Emma süß, »also eilt es.«

James sah sie mit einem Blick an, der frischen Seetang hätte entzünden können, und schickte seine Waden die Treppe hoch.

»Heute abend ist 'ne Gesellschaft«, ergänzte sie. »Albert muß also hinter einem Stuhl stehen. Und er kann doch nicht erwarten, daß ich armes Ding hier den ganzen Abend warte, oder?« Sie hing an meiner Hand und streichelte die rauhen Teile mit ihren zarten Londoner Fingern. »Ich finde, Sie sind so tapfer«, sagte sie. »Ich liebe tapfere Männer. Vesta Tilley spielt in der Alhambra, Kapitän. Wie wär's?«

Sie war sicherlich hübsch, und mir gefiel die Sache. Aber ich war auch irgendwie verblüfft.

Ich sagte: »Was meinst du mit tapfer?«

Sie lächelte, ein schlaues Lächeln. »Dieser Mr. Childers. Da steckt mehr dahinter, als man sieht.«

»Childers?« fragte ich. Dann erinnerte ich mich an die

Versprecher des Herzogs, als er so tat, als ob er Mr. Carruthers gut kennen würde, aber Schwierigkeiten hatte, sich an den Namen zu erinnern.

»Der arbeitet im Unterhaus«, sagte sie.

Also, ich verstand immer noch nicht, wovon sie eigentlich redete, aber ein Abend mit ihr war sicher eine gute Abwechslung von der Heringsfischerei, bei der einem immer nur eisiges Wasser über den Rücken lief.

»Noch 'ne Tasse Tee?« fragte sie, und sie führte mich in eine Art kleinen Alkoven, wo der Teetopf stand.

Sie nahm wieder meine Hand, ihre Fingernägel arbeiteten in meinen Handflächen, kritz, kratz, und ich konnte den intensiven Geruch ihrer Haut riechen. Sie war sehr hübsch. Ich dachte kurz an Hetty, in einer Art Gedankenblitz. Hetty, dachte ich, du bist nicht der einzige Fisch im Meer, und hier ist einer, der wartet nur darauf, gefangen zu werden.

Vergessen Sie nicht, ich war noch keine 25, und in London, und ... nun, vielleicht ist das eine Entschuldigung für das, was als nächstes passierte, obwohl es entweder völlig unentschuldbar oder eben ganz natürlich ist, je nachdem, wie Sie darüber denken.

Sie küßte mich auf den Mund, und ich legte meine Hand auf ihr Knie und bewegte sie sachte aufwärts; ich hörte, wie das Mädchen schwer atmete; ich fühlte die Öffnung der Beine, und als sie sich ganz und gar öffnete, sagte sie in heißem Flüstern: »Die ganze Zeit, die du da oben warst, konnte ich es schon nicht abwarten.« Dann zog sie mich weiter. »Ich hol' dir 'ne Tasse«, sagte sie in einer seltsam hohen Stimme. »Vielleicht möchtest du dich auch waschen. Ich zeig es dir.«

»Vielen Dank«, krächzte ich.

Ihre großen schwarzen Augen schmolzen vor Begierde, und ich war nicht überrascht, wenn das bei mir auch so war. Keiner sah auf, als wir aus der Küche gingen.

»Unten an der Ecke rechts rum«, sagte die hohe Stimme. Aber gleichzeitig öffnete sie eine weitere Tür und zog mich in einen Raum, den ich, soweit ich das im Pochen meines Blutes überhaupt feststellen konnte, für eine kleine Anrichte hielt. Sie schloß die Tür, schob einen Riegel vor, ich faßte sie an der Hüfte und küßte sie, sie küßte mich, aber nicht mit den leichten Küssen eines Flirts, sondern mit hungrigen Lippen. Ihre Zunge war wie ein heißes Tier, ihre Hände an meinen Hosenknöpfen und dann weiter, heiß wie Feuer.

Meine Hände hievten ihre Röcke, bis sie endlich die Haut über ihren Strümpfen fanden. Sie stöhnte und schüttelte sich, als ich weiter forschte, und drückte ihren Mund gegen meine Schulter, um die Geräusche zu unterdrücken, die sie gegen ihren eigenen Willen von sich gab. Sie zog mich auf einen Wäschesack, und es ging immer weiter und immer weiter; sie wand sich um mich wie ein Korb mit warmen Aalen, ich spürte ihre Zähne durch meine Jacke und das Schütteln ihres Körpers wie bei einem alten Glühzündermotor. Mich selbst begann es auch zu schütteln.

Dann lagen wir beide auf dem Wäschesack und sahen Sterne. Sie schnurrte wie eine Katze, küßte meinen Hals. Ich streichelte ihr Haar, ihre freie Hand beschäftigte sich gedankenlos, und alles schien von vorne loszugehen. Plötzlich aber setzte sie sich auf, wies meine Hand zurück und begann, ihr Haar wieder in Ordnung zu bringen. Sie war rot und hatte dicke Lippen, und ich dachte, wie schön sie doch war. Es war kaum noch zu glauben, was passiert war. Fast wie ein Traum.

Es war aber alles ganz real gewesen, wie ich noch merken sollte.

»Nun«, sagte Emma ganz sachlich, »Pflicht kann auch Spaß machen, ohne Zweifel.«

Bevor ich sie fragen konnte, was sie mit Pflicht meinte, hatte sie mich noch mal auf die Lippen geküßt und war auch schon draußen.

Ich wartete einen Augenblick und folgte ihr. Keiner sah mich an, als ich wieder in die Küche zurückkam, aber meinem Gefühl nach stand das Ereignis in großen Buchstaben auf meinem Mantel geschrieben. Doch Emma nähte wieder, der Koch bereitete sein Gulasch vor, die Küchenfrauen schälten Kartoffeln und schrubbten den Hackklotz.

Ich ging zu Emma, stellte mich vor das Licht und sagte: »Was meinst du mit Pflicht?«

Sie hob ihr Kinn und schob mir einen Umschlag auf dem Tisch zu. »Das sollst du jetzt lesen«, sagte sie, dabei sah sie mich erst kühl und nüchtern an, wurde dann aber rot, und ihre Augen wichen mir aus. Ich nahm mein Messer und öffnete den Umschlag.

Der Brief war in der Handschrift des Sekretärs des Herzogs, Theophilus oder wie auch immer der Name war.

*Lieber Kapitän,*
*es freut mich, daß meine Bediensteten Ihrem Geschmack entsprechen. Sollte der puritanisch denkende Sir Alonso davon hören, daß Sie die liebliche Emma verführt haben, so werden Sie, fürchte ich, in seiner Achtung sinken und seine Dienste verlassen müssen*
*Andererseits brauchen wir nichts nach draußen zu tragen. Ich schlage daher vor, daß Sie, wie vorgesehen, in meine Dienste treten. Geben Sie Emma Ihre Entscheidung bekannt.*

Der Brief war nicht unterschrieben. Das war auch nicht notwendig.

Emma sagte: »Na?«

Ich spürte, wie mir das Blut ins Gesicht schoß. Ich war von den Ränkezügen Sir Alonsos irritiert, aber reiche Leute konnten sich das eben leisten. Was mich wütend machte war, daß der reiche Mann keine Skrupel hatte, den Körper einer Angestellten zu benutzen.

Es hatte keinen Zweck, sich gegen Herzöge aufzulehnen. Der Fehler lag bei mir. Ich hatte mich in Emma verguckt. Vielleicht hatte mich auch nur das Parfum im Treppenhaus an Hetty erinnert, und ich hatte dann Emma benutzt, um die Erinnerung auszulöschen. Egal. Der Herzog hatte die Sache richtig eingefädelt. Vielleicht war das eine Gabe, die Gott den Herzögen schenkte. Im Grunde bedeutete es eben, daß ein Herzog seinen Willen durchsetzte. Immer.

»Sag, ich bin einverstanden«, brummte ich und nahm meine Mütze vom Haken.

Sie fragte: »Wohin gehst du?«

»Geschäfte«, war meine Antwort, und ich mochte mich selbst nicht leiden.

»Ich hab' heute abend frei.«

Sie war schön. Aber ich war ein Dickkopf, und meine Gedanken waren schon bei Hetty, und wie immer konnte ich sie nicht mehr loswerden.

Ich verhärtete: »Nein, danke.«

Ihre Augen füllten sich mit Tränen, sie sah ganz verzweifelt aus, denn die Wahrheit war ja, daß der verdammte Herzog uns beide zu kaufbaren Elementen erniedrigt hatte. Mit meiner Hilfe. Jetzt nahm ich ihr den einzigen Ausweg.

Ich schob sie und James also zurück auf den Pfad der wahren Liebe und nahm meinen Ärger mit auf die Straßen Londons.

Ich aß in der Mile End Road ein Kotelett und mietete ein Zimmer in einem preisgünstigen Hotel. Unentwegt fragte ich mich, warum der Herzog unbedingt wollte, daß ich sein Boot zu dieser Bergungserkundung führte, und warum ich diesem Hauptmann Dacre behilflich sein sollte. Wer war dieser Mr. Wilson, und warum achtete der Herzog so scharf darauf, daß Carruthers nicht alles sagte. Und warum hatte Mr. Carruthers, der ein ehrlicher Mann zu sein schien, ausgesehen wie ein Lügner?

Ich kam zu keinem Ergebnis.

Ich wachte um sieben auf, und graues Licht schien durch das Fenster, Karren und Kutschen klapperten auf der Straße. Ich stand auf, wusch mich mit kaltem Wasser und aß eins von diesen farblosen Londoner Eiern. Um acht ging ich die Threadneedle Street hinunter und schaute mir die Gebäude an. Um zehn nach acht stand ich vor einem Messingschild, auf dem stand: Sulky, Grigson und Lynch, Rechtsanwälte.

Der Sekretär bedeutete mir, daß Mr. Lynch nie vor zehn ins Büro käme. Ich setzte mich also und las die ›Times‹: Der Mullah in Somalia spielte verrückt, und Marconis Funkstation hatte den Sendebetrieb an Schiffe auf See aufgenommen. Es hatte den Anschein, als ob die Regierung sich entschieden hätte, einen Marinestützpunkt am Firth of Forth zu bauen, um den Handel in der Nordsee zu protegieren, gegen wen wurde nicht erwähnt, aber ich fühlte mich sehr an die *Kaiser Barbarossa* in Kiel erinnert.

Mr. Lynch war ein ungehobelter alter Knochen mit einer schmutzigen schwarzen Weste; das Büro war mit Holz verkleidet und roch muffig.

Er sprach, ohne mich anzusehen: »Seine Gnaden teilt Ihnen mit: Ein kleines Segelboot ist gekauft worden, der Typ wird, soweit ich das weiß, allgemein Schmack genannt. Es heißt *Gloria*. Sie liegt in Limehouse im Regent's Kanalhafen. Mir wurde versichert, daß Sie sich mit dem Boot auskennen werden. Firma P. R. Anderson in der Medland Street steht unter Vertrag, Sie mit den, eh, nautisch erforderlichen Dingen zu versorgen.« Er griff in eine Schublade seines Schreibtisches und schob einen dicken braunen Umschlag über die abgenutzte Lederauflage seines Schreibtisches. »Seine Gnaden hat mich angewiesen, Ihnen dies zu übergeben.« Das Ding war schwer, voll mit Papier, so fühlte es sich an. »Ich nehme doch an, daß Sie lesen können?«

»Ein wenig, Sir«, sagte ich und verzog mein Gesicht über den alten Idioten. »Vielen Dank, Sir.«

»Sehr gut«, sagte er. »Der Inhalt ist als Geheimsache zu behandeln und darf niemandem zu Gesicht gelangen, der nicht Mitglied Ihrer Besatzung ist.«

»Ja, Sir«, sagte ich und fragte mich gleichzeitig, wovon der Kerl überhaupt redete.

»Und was Sie wahrscheinlich mehr interessiert als alles andere: Hier ist das Geld.« Er griff in eine andere Schublade und präsentierte eine Tüte, deren knisternder Inhalt sich nach Geld anhörte. Er schob sie zusammen mit einem Blatt Papier über den Tisch. »Unterschreiben Sie hier. Beeilen Sie sich, Mann, ich habe nicht den ganzen Tag Zeit!«

Ich sah das Ding einen Augenblick an und dachte an Emma: Der Lohn der Sünde ist der Tod. Ich merkte, wie ich wieder stinksauer wurde, und zählte das Geld absichtlich so langsam wie möglich. Dann nahm ich das Papier, tauchte die Feder in die Tinte, dabei spritzte ich dem Anwalt etwas Tinte auf seinen Kragen und machte ein großes, krickeliges Kreuz als Unterschrift. Er tupfte und klopfte sich mit seinem schmutzigen Taschentuch ab, schrieb CHAS WEBB'S ZEICHEN daneben und entließ mich.

Ich zahlte das Geld bis auf zwanzig Pfund bei der Coutts Bank ein. Dann ging ich um die Ecke in ein Lyons Tea Shop, bestellte mir Tee, Papier und einen Stift und schrieb an Mrs. Huggett in Maldon, sie möge mir meine Seeklamotten schicken. Danach öffnete ich den dicken Umschlag mit den geheimen Informationen.

Der Inhalt bestand aus ein paar brandneuen Seekarten, deutsche Karten, von einer Reihe von Inseln vor einer Küste: den ostfriesischen Inseln und dem Wattenmeer. Abseits der Hauptschiffahrtswege waren nur wenige Details eingezeichnet. Weiterhin fand ich zwei schwarzgebundene Notizbücher mit sauber geschriebenen Bleistifteintragungen. Auf der Innenseite der Einbände waren Stempel, wie von einer Bücherei. HM ADMIRALTY NOVEMBER 1902 stand dort, und eine Zahl, wie man sie eben auf dem Rücken von Büchern aus einer Bücherei findet.

Nach zwei Tassen Tee und einem Brötchen hatte ich verstanden, daß sich die Bleistiftnotizen auf die Karten bezogen; es waren Skizzen und Peilungen, die in den offiziellen Karten nicht enthalten waren. Sie lieferten den Schlüssel zu dem Gewirr von Prielen und Baljen zwischen den Inseln und dem Festland. Der einzige Teil, mit dem ich konkret etwas verbinden konnte, war eine Sandbank, die die Form einer Laus hatte und Memmert Sand hieß. Nördlich von einer Bake waren zwei Hütten im rechten Winkel zueinander eingezeichnet, daneben war ›Bergungscamp‹ geschrieben. Draußen, nördlich davon auf der Fünf-Meter-Linie, war ein Wrack mit Blei eingezeichnet, daneben sah ich ein Fragezeichen. Und um dieses Wrack ging es dem verdammten Herzog und Childers oder Carruthers, oder wie auch immer er sich nannte.

Ich schob die Unterlagen in den Umschlag zurück, setzte meine Mütze auf und nahm die U-Bahn zum Limehouse-Hafen. Dort münden Binnenkanäle Englands in den Tidebereich der Themse. Es ist ein dreckiges Wasser, dicht bepackt mit Küstenschiffen und Leichtern, den Narrowboats, wie sie genannt werden. Man kann unter den Haufen von Maissäcken, Teerfässern und Kartoffeln in Kisten kaum noch ein Stück von der Pier sehen, von dem schmutzigen Nebel aus Rauch von verbrannter Kohle, der über allem hängt, ganz zu schweigen.

Das Hafenbecken ist bei Yachtseglern nicht beliebt, die wollen lieber ihr bestes Stück sauber halten. Aber nach sorgfältiger Suche fand ich doch einen Yachtmast in dem Wald von Stengen, an denen das schmierige Gewirr der Takelagen hing. Der gehörte zu einem sauberen Kutter, der Segeltuch als Schutz über seine schneeweißen Bordwände hängen hatte. Das Ding entsprach den Vorstellungen eines

Herzogs von einem Boot mit unseren Aufgaben. Ich schulterte meine Tasche, ging über die Schleusentore und rief die Leute im Cockpit an.

»*Gloria?*« sagte einer der Männer mit leicht gerümpfter Nase. »Hier nicht, Macker.« Er zeigte auf den Haufen von Masten weiter an der Pier entlang. »Da hinten ist sie. Viel Glück!«

Jetzt sah auch ich einen weiteren Yachtmast in dem Durcheinander.

Das Ding lag zwischen einem Themse-Leichter und zwei Küstenseglern eingeklemmt und sah aus wie das Ergebnis aus einer Kreuzung von einer Yacht für Binnengewässer und einem Fischereischmack. Sie hatte wohl 20 Tonnen, war 40 Fuß lang, ohne den langen Bugspriet, der zu den Schmacks gehört, mitzurechnen. Aus dem Deck aus schmutzigem Kiefernholz ragte ein Aufbau, der vielleicht mal blau gewesen war. Die Luke war groß, mit einigen fleckigen Stellen, wo die Farbe abgeblättert war. Auch das Cockpit war groß genug, um ein Netz oder eine Schleppangelleine zu handhaben. Und die *Gloria* hatte eine eiserne Ruderpinne. Der Mast war schwarz, die Takelage abgenutzt, die Segel waren irgendwie an den Enden der Falls zusammengeknüllt. Die Fock schwamm auf dem Boden des großen, gammeligen alten Dingis, das vorne auf dem Deck der Yacht lag.

Ich blieb stehen, und die Leute rammten mich und fragten, wovon ich denn träumte an so einem geschäftigen Platz. Mir war das Herz in die Hose gesackt. Das Boot war eine Katastrophe; es war auch alles über der Wasserlinie und nichts darunter. Gut zwischen den Inseln, ja, vielleicht, wenn die Tide ablief und das Boot auf dem Schlick trocken fiel. Aber wenn man damit segeln wollte, würde man für jeden Meter, den man weiterkam, mindestens einen halben Meter abtreiben.

Was ich meine, ist folgendes: Es war ein altes Boot, ein

verschlissenes Boot, und das einzige, was es für unsere Arbeit auswies, war, daß es in flachem Wasser wie im Wattenmeer segeln konnte, falls es uns je gelingen sollte, das Ding auf die andere Seite der Nordsee zu bringen. Die Maschine? Du liebe Zeit, Motoren gab es auf Segelbooten in jenen Tagen nicht.

Ich stand also da und verfluchte den Herzog und Emma und vor allen anderen mich selbst. Ich starrte auf den Lohn meiner Begierde und Unzucht, und ich verfluchte mich, bis ich auch daran die Lust verlor. Dann lud ich meine Siebensachen auf meine Schulter und stieg die Leiter hinab.

Bisher habe ich den größten Teil meines Lebens mit der Fischerei zugebracht, und Fischereifahrzeuge sind nichts für Leute mit feinen Nasen. Aber der Gestank, der mir aus *Glorias* Kajüte entgegenströmte, als ich die Luke öffnete, übertraf alles. Es roch nach Bilge und nach Dreck, nach Öl und totem Fisch. Das war aber nur der Anfang des Regenbogens, den keiner sofort erfassen konnte. Der Gestank war wie ein lebendes Wesen mit Zähnen, Haaren und Achselhöhlen.

Ich ließ meine Sachen im Cockpit, holte tief Luft und stieg hinab. Unten steckte ich eine Paraffinlampe an. Der Salon hatte Stehhöhe, aber nur, wenn man in der Hüfte einen doppelten Knick zog. Auf der Farbe lag überall eine dicke Schicht von ranziger Schmiere, und auf der Steuerbordseite stand ein rostiger Ofen am Schott. Das Bilgenwasser schwappte über den Boden der Kajüte. Vorne am Schott sah ich eine Pumpe, wo der Mast durch das Deck kam. Ich schnappte den Pumpenschwengel und ließ meine Wut daran aus. Und als der Wasserstand erheblich gesunken war, sah ich mir diese Vorhölle genauer an, deren Eintrittskarte ich mir durch fleischliche Lust verdient hatte.

Da war der Salon mit nasser Lederpolsterbank. Vor dem Mast war noch eine Kajüte mit zwei Kojen, die Matratzen waren mit Kapok und Schimmel ausgestopft. Zwischen dem Salon und der vorderen Kajüte befanden sich eine verstopfte, stinkende Toilette mit grüner Messingpumpe und ein Schapp zum Aufhängen der Kleider, die Türen waren natürlich verklemmt. Im vorderen Schott der vorderen Kajüte war eine Tür; als ich sie öffnen wollte, stellte sich heraus, daß auch sie klemmte. Ich ging zurück an Deck.

Die Luft in Limehouse roch insgesamt nach Kohlenrauch und toten Hunden, aber nach dem Aufenthalt in der Kajüte war das wie französisches Parfum. Ich ging das Deck entlang, das irgend jemand an einigen Stellen ausgeflickt hatte, und versuchte die vordere Luke zu öffnen.

Unten war eine Art Vorpiek, acht Fuß lang, vorne schmal und spitz zulaufend. Auf den Schmacks war das der Platz, wo die Besatzung lebte. Hier würden auch Sam und ich schlafen und kochen. Der ganze Komfort bestand aus zwei Bretterkojen, einem Haufen verrosteter Ankerkette und einem dreckigen Herd zum Kochen.

Und da war noch was. Etwas mit Armen und Beinen, zusammengebrochen in dem schmutzigen Wasser in der Bilge, mit Kopf, einem riesigen Kopf, in unnatürlicher Weise rund und strahlend im spärlichen Licht, das durch die Luke fiel.

Mein Herz sprang mir bis in den Hals. Ich kniete nieder und drehte das Wesen um. Alles war weich. Dann begann ich zu schwitzen, und ich kicherte und sagte mir, daß ich ein alter Dussel sei, derartig überdreht, daß ich schon nach Leichen suchte, bevor wir überhaupt den Hafen verlassen hatten. Es gab gar keinen Grund für eine Leiche an Bord. Und das Teil war auch keine Leiche, sondern ein Taucheranzug. Mit Messinghelm. Über das kleine Fenster hatte jemand mit Kreide geschrieben: BIN IN DER WEINTRAUBE.

Ich warf meine Klamotten unten auf die Backbordkoje, machte die Luke dicht und stieg die Leiter zur Pier hoch. Dann durchschiffte ich das Gedränge wie ein Walfänger schweres Eis und erkämpfte mir den Zugang zur ›Weintraube‹.

Das Licht kam spärlich durch die Glastüren der Kneipe; es mußte gegen den Rauch aus dem Schornstein eines Schleppers kämpfen und gegen den Qualm von über 30 Pfeifen drinnen. Aber ich konnte die Männer erkennen, sie saßen an einem Tisch: Samson Gidney, die Pfeife zwischen den Zähnen, und ein anderer, kräftig gebaut mit ausgeprägtem Unterkiefer und vollen Haaren. Er trug einen Blazer wie die feinen Leute und mußte wohl Hauptmann Dacre sein.

Sam hob sein Glas. »Captain!« schrie er, »oh, mein Captain!«

»Dacre«, sagte der Mann und steckte mir seine Pranke entgegen. Es war, als ob man ein nasses Brett anfaßte. Er war sauber, rasiert, seine Handschuhe waren sorgfältig neben seinem Whiskyglas auf dem Tisch abgelegt. »Einen Drink?«

»Abstinenzler«, sagte Sam. »Teetotaltee. Geben Sie ihm einen Tee aus!«

Mir war klar, daß Sam Portwein getrunken hatte, in den üblichen Mengen, wenn ein anderer bezahlte.

Dacre hatte eine gebrochene Nase, sein Kopf zeigte die Form einer Kanonenkugel und war mit dichtem, schwarzem Haar bedeckt. Er war der gedrungene Typ, gleichzeitig hatte er etwas Gefährliches an sich, eine Art Sicherheitszone. Was sich hinter der Absperrung befand, sollte keiner erfahren, und die meisten wollten das auch nicht. Ich hatte das schon mal bei Leuten erlebt, die sich häufig schlugen, boxten, wollte ich sagen, aber noch nie bei einem feinen Herrn. Das erinnerte mich an die sarkastischen Falten um den Mund des Herzogs, als er davon sprach, daß Dacre früher bei den Ulanen war. Immerhin, ich erinnere mich, daß ich das damals gedacht hatte, es könnte von Nutzen sein.

Aber ich weiß auch, daß ich meine Zweifel hatte. Sofort.

7

# Der berühmte Hauptmann Dacre

Hauptmann Dacre sagte mit knapper, militärischer Stimme: »Erfreut, Ihre Bekanntschaft zu machen. Wir segeln in 15 Tagen los.«

Sam antwortete: »Das ist Sonntag in 14 Tagen.«

»Richtig«, sagte Dacre, kurz angebunden. Er schien zwar arrogant, aber auch unsicher zu sein. Nicht ganz der feine Herr.

»Es bringt Pech, sonntags loszusegeln«, sagte Sam.

»Das Pech soll mir gestohlen bleiben«, sagte Dacre. »Erledigen Sie alles mit dem Boot, was Sie können. Es muß nur einen Monat halten. Lassen Sie mir Platz für ein paar Kisten mit Vorräten.« Er grinste uns an, sah auf seine goldene Uhr an einer dünnen Kette, positionierte seinen Bowlerhut sorgfältig auf seinem schwarzen Schopf und schritt mit einem Gang wie ein Boxer davon.

Sam maulte: »Ich frage mich nur, welche Farbe der für Fenstervorhänge bevorzugt.«

Ich sagte: »Los, komm, wir gehen auch«, und schob Sam zurück an Bord.

Ein vernünftiger Yachtskipper flickt kein altes Wrack zusammen. Aber da war die schmutzige alte *Gloria*, und sie war nun mal das Bett, in das wir uns legen mußten. Sam und ich spazierten also um das Hafenbecken herum, und wir suchten uns ein Dutzend Arbeitslose und kauften den Großteil der Farbe, des Sandpapiers und des Lacks bei Anderson auf. Wir nahmen den Toppmast runter, verholten unser Boot zum Slip und zogen sie auf dem Slip in den dazugehörigen Schuppen. Während die Arbeitslosen den ganzen unnützen Krempel und Abfall aus der Kajüte schleppten, sahen wir uns den Unterwasserteil an.

Die *Gloria* hatte dreieinhalb Fuß Tiefgang und einen langen geraden Kiel, flach genug, um ungeeignet für Kurse hoch am Wind zu sein, aber tief genug, daß sie sich ordentlich überlegen würde, wenn sie trocken fiel. Als ich versuchte, mit einem Marlspieker in die unterste Planke zu bohren, konnte ich kaum in das Holz eindringen. Sie mochte schmutzig sein, aber nicht verrottet, und bis auf ein paar Stellen mit schlechter Abdichtung schien sie in Ordnung zu sein.

»Kein Problem«, sagte Sam, »das quillt von selbst auf.«

Sam müssen Sie sich so vorstellen: verdrießlich aussehender Bursche mit großem grauen Schnurrbart, dem Trinken nicht abgeneigt, ein herzlicher Teufel, ein echter Fischer. Er konnte aus allem höchste Fahrt rausholen, ob Bügeleisen oder Noahs Arche. Er konnte alles kochen, was das Herz begehrte, nur Heringe mußten es sein. Aber mit den feinen Leuten umgehen, nein, das hatte er nie gelernt. Geld ausgeben, das konnte er auch nicht ertragen, selbst wenn es nicht sein eigenes war.

»Nichts ist mit aufquellen«, sagte ich, »das reparieren wir.«

So flickten wir sie wieder zusammen. Die Leute von der Werft stellten Glut in Kohlepfannen unter die Stellen, wo die Abdichtung schlecht war, so daß die Feuchtigkeit aus den Planken wich. Dann kalfaterten wir die schlechten Stellen. Danach wurde alles mit einer Mischung übergestrichen, die einer der Leute von den Narrowboats empfohlen hatte: Teer und Pferdemist wurden zusammen in einem Kessel gekocht, der Teer, damit der Brei wasserdicht wurde, der Mist, damit alles ordentlich haftete.

Am zweiten Tag der Plackerei verschwand langsam die schlechte Laune, und plötzlich stand da, neben der dickbauchigen Seite der *Gloria*, ein kräftig gebautes Mädchen in marineblauem Rock, in schottischer Wollmütze und einer Marinejacke.

Sie trat zu mir und sagte: »Kapitän Webb«, sie streckte ihre Hand aus, »wir haben uns in Kiel getroffen.«

Ich erinnerte mich genau an sie. Sie war Clara Dollmann, im Gefolge der Gräfin. Ich erinnerte mich aber an sie als an ein etwa 18 Jahre altes, hübsches Mädchen, mit breiten Schultern, glänzenden Augen und braunem Teint. Jetzt stand sie blaß vor mir und sah aus, als wäre sie Jahre älter, immer noch hübsch, wohlbemerkt, aber die vergangenen Monate schienen nicht die angenehmsten gewesen zu sein.

Sie sprach mit deutschem Akzent. Ich gab mir große Mühe und zeigte ihr alles, was an der *Gloria* sehenswert war. Die Kajüte war völlig leer und mit Holzspänen übersät, aber ich brachte sie dazu, sich zu setzen, und die Ruhe schien sie zu ermutigen.

»Das ist ja unangenehm«, sagte sie, »Sie segeln nach Ostfriesland, habe ich gehört.«

»Wer hat Ihnen das gesagt?«

»Mr. Carruthers.« Sie errötete. »Ich weiß, es soll ein Geheimnis bleiben. Aber Mr. Carruthers ist einer meiner besten Freunde auf der ganzen Welt.«

Ich fand das seltsam. Aber irgend jemand schrie meinen Namen draußen auf dem Slip, und es hörte sich an, als sei es der Schmied für die Ruderbeschläge, auf den ich schon den ganzen Tag gewartet hatte.

»Was kann ich für Sie tun, Miss?« fragte ich deshalb schnell.

»Ich glaube, Mr. Carruthers erwähnte einen Mr. Wilson.«

Er hatte allerdings vorgehabt, über eine Person dieses Namens zu reden, bevor der Herzog ihm das Wort abgeschnitten hatte.

»Vielleicht«, ich dachte an mein Redeverbot und was alles passieren könnte, wenn ich es brechen würde.

»Mr. Wilson ist im Februar nach Ostfriesland gereist«, sagte sie, »wir wissen, daß er gut dort angekommen ist. Aber seit einem Monat haben wir keinerlei Nachricht von ihm.«

Sie schwieg. Das war auch das, was Carruthers mir erzählt hatte.

»Und weiter?«

»Bitte kümmern Sie sich um ihn!«

Ich war sehr erstaunt. Es ging hier um deutsche Gebiete, nicht um Khartoum, und es schien überhaupt keinen Grund zu geben, warum es diesem Mann nicht gutgehen sollte.

»Er ist wegen irgendwelcher Bergungsgeschäfte da drüben?« fragte ich.

»Mein Vater wurde letztes Jahr auf diesen Inseln getötet.« Sie sah mich nicht an. »Mr. Wilson stellt Nachforschungen an.« Sie stand auf.

»Passen Sie auf Ihren Kopf auf«, warnte ich, denn die Deckbalken waren wirklich sehr niedrig.

»Wenn Sie ihn sehen, helfen Sie ihm bitte«, sagte sie. Dann platzte es aus ihr heraus: »Es ist dort sehr gefährlich.«

Mir schien, daß ihr die Tränen in den Augen standen. Sie nahm meine Hand und drückte sie. Sie hatte eine ziemlich große Hand und einen festen Griff, den Griff eines energischen Mädchens.

Vielleicht hätten wir uns eine Menge Ärger erspart, wenn ich sie bei dieser Gelegenheit noch etwas detaillierter ausgefragt hätte. Aber der schmierige Kopf des Schmieds erschien in der Luke, und er redete über soundsoviel Zentimeter Eisen, und bis ich alles erledigt hatte, war sie gegangen. Und ich muß zugeben: Damals habe ich über sie und Wilson nicht weiter nachgedacht.

Die Arbeitslosen schrubbten und schmirgelten mit Sandpapier den Mast, den Baum und das Holz, mit scharfem Reinigungsmittel die Kajüte und das Karbolineum für die Bilgen. Wir zündeten den Ofen in der Kajüte an und desinfizierten das Boot mit einem chemischen Dampf. Ich nahm die Segel ab und brachte sie in eine Scheune; sie wurden gewaschen, geflickt, und die Nähte wurden nachgebessert. Das laufende Gut und das ganze Tauwerk überließ ich Sam, er erneuerte, wo es erforderlich war, dabei klagte er ordentlich über die betrügerischen Preise, die die Firma Anderson verlangte. Das Ganze war teuer, völlig klar, aber es war das Geld des Herzogs. Und ich hatte auf den Yachten gelernt, daß man mit viel Geld und guter Organisation in kürzester Zeit Wunder vollbringen konnte.

Am Donnerstag vormittag hatten wir die *Gloria* wieder im Wasser, die Bilgen waren mit roter, bleihaltiger Farbe gestrichen, der Kajütboden war wieder drin, und wir schlugen die gewaschenen und geflickten Segel an. Als wir sie durch das Gedränge von anderen Booten zurück an den Liegeplatz verholten, war völlig klar, daß sie sich enorm verändert hatte.

Wir hatten sie außenbords schwarz gestrichen, den Übergang zum Deck hatten wir golden abgesetzt und das ganze Holz lackiert. Den Mast, den Baum und den Bugspriet hatten wir geschmirgelt und sechsmal mit Bootslack gemalt, die Enden weiß abgesetzt. Wir hatten brandneues laufendes Gut und die Halterungen für die Wantenblöcke weiß gestrichen. Wir hatten das Deck ausgeflickt, abgeschmirgelt und kalfatert. Sogar das Namensschild hatten wir überholt. *Gloria*, RYS stand da in goldenen Buchstaben. RYS, Royal Yacht Squadron, also Königlicher Yacht Club, weil der Herzog Mitglied des Clubs war und wahrscheinlich Hauptmann Dacre auch, obwohl ich zugeben muß, daß ich von ihm in Cowes noch nie etwas gehört hatte.

Zusammengefaßt heißt das: Die *Gloria* sah jetzt gut und

sauber aus. Auch wer von Yachten nichts verstand, kam nicht umhin, das zu bemerken; genau wie man, auch wenn man nichts von Pferden versteht, ein gepflegtes Tier von der alten Zosse eines Lumpenhändlers unterscheiden kann. Schönheit bleibt Schönheit.

Wir legten sie mit der ganzen Ausrüstung unter den Handkran, wie das in einem Brief, der an diesem Morgen an Bord angekommen war, angeordnet wurde. Während wir gerade festmachten, fuhr eine Karre auf die Pier und dahinter eine Kutsche, aus der Kutsche stieg Hauptmann Dacre und kam sofort mit seinen dreckigen Stiefeln auf mein sauberes Deck.

Ein halbes Dutzend Kerle erschienen aus dem Nichts, kräftige Kerle. Sie drehten den Kran hoch und begannen, einen ganzen Haufen Kisten auf die *Gloria* herabzulassen. ZERBRECHLICH und OBEN stand darauf in Druckbuchstaben.

»Wir müssen sie sicher verstauen«, sagte Dacre, als ob überhaupt die Gefahr bestünde, daß das nicht der Fall sein könnte.

Sam war etwas muffig darüber, daß von unserer Arbeit keine Notiz genommen wurde, und sagte: »Diese hier?«

Er warf die Kiste in die Luft und fing sie wieder auf, ganz locker. Hauptmann Dacre – Dacre nenne ich ihn von jetzt ab – Dacre also wurde ganz blaß und schrie: »Seien Sie vorsichtig damit, Sie Dummkopf!«

So darf man aber nicht mit Sam reden.

»Wie bitte?« fragte er und ließ das Ding an Deck krachen.

Als ich Dacres Gesichtsausdruck sah, dachte ich, er würde Sam eine knallen. Damit wäre unsere Reise dann zu Ende gewesen. Also ging ich dazwischen und sagte ruhig: »Sam, nun paß doch besser auf. Wo möchten Sie diese Sachen verstaut haben, Sir?«

Auf Dacres Stirn stand Schweiß, obwohl wir einen kühlen Ostwind hatten. Er wischte sich mit einem sauberen weißen Taschentuch ab. »Wenn Sie so damit umgehen«, klang es sehr verärgert zwischen seinen kurzen Zähnen, »werden Sie bald nichts mehr haben, um es zu verstauen.« Er sah sich um und sagte: »Da!«, und zeigte dabei auf die Vorpiek.

»Da wohnt die Besatzung, Sir.«

»In Ordnung«, sagte er, »bringen Sie es in mein Schlafzimmer. Ich verstaue es dann selbst.«

Wir nahmen uns all diese Dinge zu Herzen, wie das schon in der Bibel gefordert wird, und wir verstauten die übrigen Sachen.

Fast den ganzen Tag kamen die Ladungen von der Pier zu uns herab. Gegen Ende kam noch eine Art Akkordeon, es war in Wirklichkeit eine kleine Luftpumpe für den Taucher. Dieses Ding und den Taucheranzug verstauten wir in einer Kiste, die wir unten im Kettenkasten versteckten, darüber legten wir einen Haufen, der aus 180 Meter dreiviertelzölliger Kette bestand. Unsere Schatzsuche war zwar völlig legal, aber Dacre wollte auf keinen Fall, daß darüber unnützerweise geredet wurde.

Das letzte, was der Kran herabsenkte, war zu groß, als daß es durch eine der Luken gepaßt hätte. Zwölf Fuß lang, ein kleines Boot, wie ein Kanu, mit einem Deck vorne. Ich mochte von Taucheranzügen keine Ahnung haben, aber was das war, das wußte ich. Solche Dinger hatte ich schon in den gefrorenen Marschen benutzt, um mich an Entenschwärme anzuschleichen. Man konnte sich damit dicht genug anschleichen, um mit einem vierrohrigen Vorderlader, der auf einer kleinen Stütze auf dem Vordeck stand, auf Enten zu schießen.

»Um Himmels willen«, sagte Sam, dabei atmete er mir abgestandenen Portwein ins Gesicht, »was wollen wir denn bloß mit so einem Flachboot für die Entenjagd?«

Das ist das Problem bei Sam. In jenen Tagen waren die

feinen Herren eben die feinen Herren, wie verzogene Kinder fast. Wenn sie unbedingt so ein Flachboot mit zu den friesischen Inseln nehmen wollten, und das auch noch zwei Monate nach der Saison für Entenjagd, bitte, so war das ihre Sache. Als bezahlte Bedienstete war es unsere Sache, die Schnauze zu halten und das Boot zu segeln, egal was wir darüber dachten.

Ich brachte Sam gerade noch dazu, still zu sein, und wir laschten das Flachboot an Deck an die Steuerbord-Wantenhalterung. Als wir alles seeklar hatten, war es sechs Uhr, und Dacre rief uns zu sich.

Er saß im Salon auf der frisch bezogenen Bank neben dem neu geschwärzten Ofen unter der gerade erst geputzten Lampe und trank ein Glas Whisky aus einer neuen Flasche, sein Kopf mit dem schwarzen Haar lehnte gegen die frische Farbe. »Wann segeln wir?« fragte er.

»Hochwasser ist um vier«, antwortete ich.

»Dann haben wir Zeit für einen ordentlichen Landgang«, freute er sich. »Ich bin der Kapitän. Ich ordne das an!«

Nun, ich war der Kapitän, und er war der Passagier, aber jetzt war nicht der Zeitpunkt, so etwas anzusprechen. Also schnappten wir unsere Mützen, und er führte mich und Sam über die Stufen auf die Pier.

Wir fuhren nach Westen, dem Sonnenstand nach, bis die schmutzigen Straßen langsam sauberer wurden, und Dacre, der im Wagen saß und mit seinen Fingern in der ihm eigentümlichen nervösen Weise auf sein Knie klopfte, sagte: »Der gute alte Strand!« Er pochte mit seinem Spazierstock gegen das Dach und sagte dem Fahrer, er solle uns aussteigen lassen.

»Hier ist der Club ›Alter Pelikan‹«, erklärte er.

Wir traten durch eine große grüne Tür in eine Art Empfangshalle mit Karikaturen an den Wänden. Eine stellte den verdammten Herzog dar, die übliche Abdullah im Schnurrbart, der Bauch ragte aus einem Pelzmantel, unterzeichnet war das Bild von Apey. Wir trugen uns in ein kleines Buch ein. Die Luft roch nach Drinks und Zigarrenrauch, und irgendwo lachte eine Frau derart schrill, daß Glas hätte zerbrechen können.

Dacre führte uns in eine fein eingerichtete Bar. Hinter dem Tresen stand ein hübsches Mädchen mit tiefem Ausschnitt und weißer Schürze. Sie sah zu einem großen Kerl empor, der auf dem Tresen stand. Er hatte einen Damenhut auf dem Kopf und zielte mit einem Revolver auf die Bardame. Die lächelte, aber das Lächeln gefror an den Enden ihrer Lippen. Sie sah irgendwie verängstigt aus.

»Mix mir 'nen Gin mit Schwefel!« sagte der Mann auf dem Tresen.

»Das ist der alte Hughie Drummond«, sagte Dacre, in einem Tonfall, als sei der besoffene Kerl die St. Paul's Kathedrale. »Prima Bursche.«

»Killer«, schrie Drummond, als er Dacres Stimme hörte. Er sah ihn mit einem verärgerten Blick an, »geh lieber wieder nach Südafrika.«

Keine Frage, die Bardame fürchtete um ihr Leben. Ich dachte, wenn keiner was tut, sollte ich mich vielleicht drum kümmern.

»'Schuldigen Sie, Sir«, sagte ich zu dem prima Burschen, »geben Sie mir doch mal das Ding, bevor sich einer damit verletzt.«

»Fremder«, sagte Drummond und senkte die Kanone, »du sollst verflucht sein, Idiot.«

»Hier sind Damen anwesend«, schrie eine schielende Frau mit enormer Schminke.

»Verdammt, das ist Mary Lloyd«, sagte Sam.

Ich sah nicht hin, weil ich meine Hand nach dem Revolver ausgestreckt hatte. Drummond schloß ein Auge und zielte auf mich, und ich dachte, verdammt, verdammt, der schießt. Aber er verlor sein Gleichgewicht und fiel mit lautem Krachen vom Tresen. Ich hob den Revolver auf und reichte ihn der Bardame, wofür ich einen Kuß erhielt. Sie sah Drummond an, als ob sie den Revolver ausprobieren wollte.

Dacre lachte schallend. »Wollen wir was trinken, bevor wir essen?«

»Portwein«, sagte Sam wie aus der Pistole geschossen. »Warum hat der Kerl Sie einen Killer genannt?«

»Ein kleiner Scherz von ihm«, sagte Dacre schlagfertig. »Toller Kerl, der alte Hughie.«

Ich holte die Drinks.

Die Bardame streifte sanft über meine Hand und sagte: »Wo kommen Sie her?«

»Von See«, sagte ich.

Sie sah enttäuscht aus, und ich vielleicht auch.

»Kennen Sie den Hauptmann Dacre gut?«

»Wir haben uns gerade erst zusammen eingeschifft.«

Sie ging in einen Raum hinter der Bar und kam mit einem Umschlag zurück. »Aus dem Mitgliederverzeichnis«, sagte sie und schob ihn mir zu. »Passen Sie gut auf sich auf.«

Ich blinzelte ihr zu und steckte den Umschlag in meine Tasche. »Nächstes Mal«, sagte ich und ging zurück zu Dacre.

Die Bar füllte sich, Männer mit Schmerbäuchen und steifen Kragen, Mädchen mit zuviel Rouge und zuwenig Kleidung, und es war kein einziger Gentleman in dem ganzen Laden. Ich saß da und fühlte mich unwohl, Dacre gab mit uns bei seinen Freunden an; er erzählte alles mögliche von seiner Yacht und daß wir die angemusterte Besatzung seien. Der Herzog kam in seinen Geschichten nicht vor. Er machte uns lächerlich, das war klar. Ich entschloß mich, zurück an Bord zu gehen. Ich stand also auf, Dacre stand leider auch auf, und so kam es, daß wir alle drei gingen. Wir stiegen über den tollen Hughie Drummond, der besoffen in einer Pfütze von Erbrochenem im Vorraum lag.

Auf der Straße hatte sich eine kleine Menschenmenge versammelt.

Dacre sagte: »Nun seid mal alle schön lustig«, oder irgendsowas.

In dem Augenblick trat aus der Menge ein kleiner Kerl hervor, mit einem schäbigen Mantel und einer Mütze mit Ohrenklappen und sah ihm ins Gesicht. Dann rief er: »Er ist es!«

Dacre handelte sofort. Bevor Sam und ich überhaupt richtig mitbekamen, was los war, hatte Dacre ihm den Spazierstock in den Magen gerammt und ihm dann so hart gegen den Unterkiefer geschlagen, daß man zuerst die Zähne und dann das Genick hörte, und der schäbig gekleidete Kerl lag auf dem Pflaster. Das war nicht der schreckliche Schlag eines Boxers, sondern der eines Mannes, der mit seinen Händen zu töten verstand.

Ich starrte Dacre an, als sei er ein gefährliches Tier, weil ich dachte: Das ist kein fairer Kampf, sondern das perfektionierte Zusammenschlagen eines Menschen. Und das ist Dacres Spezialität.

Drüben auf der anderen Seite der Straße fingen ein paar Burschen an zu brüllen.

Dacre sagte: »Wir müssen abhauen«, und riß die Tür einer Kutsche auf, die gerade vorbeikam.

»Wir haben sie abgehängt, Gott sei Dank«, sagte Dacre nach einer Weile.

»Mistkerle«, grunzte Sam, und er schaukelte seinen Kopf, als würde er selbst öfter abends mit Schauspielerinnen im ›Pelikan‹ trinken und irgendwelche Leute zum Nachtisch fast umbringen.

»Ja, ja«, sagte Dacre und rieb seine Hände, als hätte er einen Strauß Veilchen gekauft und nicht einen Angriff auf einen Gläubiger begangen. »Wo wollen wir hin?«

»Zurück zum Boot«, sagte ich.

Dacre guckte sauer und starrte mich an, ich starrte zurück. Am Ende senkte er den Blick und klopfte gegen das Wagendach.

»Kutscher!« schrie er, »lassen Sie mich an der Whitechapel Road raus. Bringen Sie diese beiden anderen zum Regent Kanalhafen.«

In der Whitechapel Road sprang er neben einer Gaslaterne aus der Kutsche und verschwand in der Dunkelheit wie eine Garnele im Tang.

Aber ich konnte gerade noch mitbekommen, daß ein paar Mädchen hinter ihm herliefen. Da war ziemlich klar, was er vorhatte.

Dacre hatte seinen Gegner einen Mistkerl genannt. Ich hatte zugehört, daß die anderen Dacre als Killer bezeichnet hatten. Ich hatte erlebt, wie Dacre leise und unterwürfig auftrat, ich hatte aber auch gesehen, wie er kurzerhand einen Menschen zusammenschlug, der ihm nichts getan hatte.

Ich wußte nun einiges mehr.

8

# Eine Flotte und eine Flagge

Ich kann im Hafen nicht gut schlafen, auch nicht, wenn ich genau weiß, was anliegt und was als nächstes getan werden muß. In dieser Nacht schlief ich überhaupt nicht.

Oben auf der Pier wurde mit irgendwelcher Ladung herumgearbeitet, das Wasser war unruhig. Ich konnte in meiner Koje in der Vorpiek hören, wie sich die *Gloria* an den Fendern rieb, klar zum Auslaufen.

Ich nahm den Umschlag, den die Bardame mir gegeben hatte, und drehte den Docht unserer Paraffinlampe etwas höher. Es war ein Zeitungsausschnitt aus dem ›Star‹, aus dem vorigen Jahr. Ich hatte es damals nicht so sehr mit dem Zeitunglesen, besonders nicht mit dem Star, der nie etwas über Yachten brachte und außerdem als politische Zeitung galt. Aber dieser Ausschnitt interessierte mich:

*Das Disziplinarverfahren hat endlich doch noch einen Abschluß gefunden. Eric Dacre von den Ulanen war wegen Mordes an Annie de Blank angeklagt, die einen Aufstand gegen die Bewachung geführt hatte, nachdem ihre drei Kinder im Lager von Piemburg umgekommen waren. Das Urteil lautete, daß Hauptmann Dacre unter den gegebenen Umständen mit angemessenen Mitteln gehandelt und weiteres Blutvergießen unter den Frauen und Kindern des Lagers verhindert hat. Mrs. de Blank, die unbewaffnet war, wurde jedoch kaltblütig in den Strafzellen des Lagers erschossen. Das Erschießen einer wehrlosen Gefangenen gilt, so die Anklage, als Akt ungerechtfertigter Gewalt. Ein Freund des Angeklagten sagte unter Eid, daß Hauptmann Dacre als Soldat des Empire nur seine Pflicht für Gott und den König getan habe. Unsere Leser erinnern sich vielleicht, daß der tapfere Hauptmann in dem Kessel von Pekin ähnlich gehandelt hatte. Dort hatte er sich außerdem durch die Erbeutung großer Warenlager ausgezeichnet. Die ›Times‹, die ›Daily Mail‹ und andere hurra-patriotischen Zeitungen wiesen extra auf diese Leistungen hin. Der ›Star‹ weist aber ausdrücklich darauf hin, daß Hauptmann Dacre den aktiven Dienst quittiert hat. Freiwillig oder wurde er entlassen? Falls Sie ihn selbst fragen möchten, zeigen wir sein Bild. Aber, liebe Leser, drehen Sie diesem Helden nicht den Rücken zu – besonders nicht, wenn Sie eine unbewaffnete Frau sind!*

Ein Bild zeigte das Gesicht eines Soldaten, das von einem Mützenschirm und einem breiten Schnurrbart halb verdeckt war. Hauptmann Dacre, ganz klar.

Ich las den Artikel zweimal. Sam und ich hatten nicht die Möglichkeit, uns unsere Chefs auszusuchen. Wenn es hieß, man brauchte einen harten Mann für die Voraberkundung bei einer Bergung, hatten wir nicht darüber nachzudenken. Aber es konnte uns auch keiner zwingen, von der Sache begeistert zu sein.

Dacre kam um drei an Bord. Um viertel vor vier standen wir auf und gingen an Deck, Sam war geistig noch abwesend. Es regnete, und wir hatten eine leichte Brise von Westen. Wir tranken noch eine Tasse Tee in der ›Weintraube‹, zusammen mit den Hafenarbeitern und den Leuten von den Leichtern, um zehn nach waren wir wieder an Bord, genau zur Flut. Wir setzten die Fock, machten die Leinen los, und ab ging es durch die Schleusentore in den Ebbstrom der Themse. Sam und ich setzten das Großsegel; er stand am

Fall, und ich machte den Rest, Schulter an Schulter in der Dunkelheit; Sam meckerte dabei die ganze Zeit darüber, daß wir an einem Sonntag ausliefen. Ich ging nach achtern an die Pinne. Das Segel füllte sich. *Gloria* schob sich mit ihrem plumpen Steven durch das Wasser, und los ging's.

Ich kann mich immer noch an die Geräusche und das Gurgeln des Wassers um die Schiffe herum erinnern, die auf der Reede vor London geankert hatten, an ihre schwarzen Schatten und das gelbe Glimmen ihrer Ankerlichter. Ich erinnere mich, wie ich zu den Segeln unserer *Gloria* hochsah, die im blutroten Schein eines Backbordseitenlichtes grau aussahen, und daß ich den Kohlerauch eines Dampfers roch, der zu Millwall Hafen fuhr. Die Tide war kräftig und schnell, bis zum Morgengrauen hatte es aufgehört zu regnen. Die Insel Canvey lag voraus, die Flußufer waren zurückgetreten; niedrig und grau lagen sie da, ab und zu eine Kohlehalde und Stapel von Steinen oder Holz. Um sieben kam Dacre aus seiner Luke, er trug einen gut gebügelten, grün-weiß gestreiften Pyjama, die Haare waren perfekt gekämmt. Auf der rechten Backe hatte er drei rote Kratzer, die er sich gestern abend zwischen neun und zwei Uhr zugezogen haben mußte. Er stand im Cockpit und blinzelte auf das unbewegte graue Wasser und die schmutzigen Wolkenfetzen, die im ersten Licht deutlich hervortraten.

»Na, wohin geht's?«

»Wovon sprechen Sie?«

»Wie kommen wir hinter die friesischen Inseln?«

»Direkt auf die Emsmündung zu, da ist die Grenze zwischen Holland und Deutschland, dann rein und dann backbord und dann sind wir da.«

Er rieb sich voller Zweifel seine kräftigen Haare. »Hört sich etwas zu einfach an.«

»Wie bitte?«

»Ich denke«, sagte er mit einem falschen Grinsen auf dem Gesicht, »ich deeenke, es wäre vielleicht besser, unser

Ziel nicht so direkt anzusegeln. Wir wollen ja die deutschen Freunde nicht zu schnell auf den Fersen haben, oder? Vogelbeobachtung. Kreuzfahrt zwischen den Inseln. Das sollen sie glauben!«

»Na gut«, sagte ich, »dann gehen wir eben von Osten in die Inseln rein.«

»Wie lange dauert das?«

»'ne Woche«, sagte ich. »Kommt drauf an.«

»Also gut.«

»Jawohl, Sir.«

Natürlich konnte man nicht wissen, ob das drei Tage oder einen Monat dauern würde, aber man konnte nicht von Dacre erwarten, daß ihm das klar war.

Er machte einen Spaziergang an Deck und fluchte, als er sein Schienbein an dem Flachboot stieß. Dann setzte er sich wieder und machte eine Art Kraft- und Fitnessübungen. Als Sam mit Kaffee und Heringen ankam, kämmte er sich seine Haare und ging unter Deck, um sein Frühstück zu essen.

Er kam nicht an Deck, als wir das Black Deep durchsegelten und zwischen den Ufern die graue Nordsee erreichten. Das Land sackte achteraus. Etwa beim Middle Sunk steckte er seinen Kopf aus der Luke und fragte, ob die See immer so rauh sei. Sam begann irgend etwas von Kap Hoorn zu erzählen, bis ich ihm auf seine Füße trat, es war nämlich völlig ruhig, nur der Wind wehte etwas gegen die Tide, und das ließ die *Gloria* ein wenig stampfen. Dann kam Dacre an Deck und sagte, er werde einen kurzen Gottesdienst halten, weil doch Sonntag sei, aber plötzlich fing er an zu kotzen und spuckte Heringe über die Seite. Er nahm einen Eimer mit nach unten, sein Mittagessen wollte er nicht, und von dem Gottesdienst war auch nicht mehr die Rede. Zum Tee sagte er, die Heringe seien alle draußen, und etwas Neues wollte er nicht. Sofort danach stürzte er an Deck und spuckte wieder. Dann eilte er zügig wieder unter Deck, und das einzige, was wir von ihm hörten, war ein

Stöhnen, als er das Petroleum roch, das Sam verschüttete, während er die Seitenlaternen auffüllte. Später hörte man noch das Klirren einer Medizinflasche. Sam glaubte, Dacre nähme irgendeine Chlormischung, damit er einschlafen könne.

Die Sonne versank blutrot, als wir den Sunk und den Outer Gabbard passierten. Joe hatte dort gefischt an dem Abend, an dem er gestorben war. Gegen Mitternacht rief ich Sam an die Pinne und ging in die Koje. Ich lag da und hörte auf die Geräusche des Wasserstags und das Knirschen des Stevens in der Dünung. Als ich wieder wach wurde, war es vier Uhr morgens, wir lagen beigedreht, und Sam hatte den Wasserkessel aufgesetzt.

»Der Wind hat auf Nordosten gedreht«, sagte er, das Wasser im Kessel auf dem Kohleofen am achteren Schott – ich sollte sagen an der Rückwand – der Vorpiek begann zu kochen. Ich aß ein Butterbrot, stieg dann in mein feuchtes Ölzeug und ging an Deck.

Als es dämmerte, setzte ich die Flagge der Seestreitkräfte, das White Ensign, an der Gaffel, wie das ja Hauptmann Dacre und dem Herzog zustand. Kurz danach kam Dacre an Deck und sah sich schnell und hastig um, als ob er erwarte, daß jemand auf ihn schießt.

»Die Heringe sind fertig«, rief Sam aus der Vorpiek.

Dacre hatte ein wenig von seiner Akkuratesse verloren. Die Erwähnung der Heringe ließ ihn grün werden. Ich wies Sam an, für Dacre Toast und Tee zuzubereiten. Nach ein paar Augenblicken kam Sam mit einem Tablett und klemmte es in eine Ecke des Cockpits. Dacre nahm einen Schluck Tee und spuckte ihn sofort außenbords.

»Haben Sie keinen Tee aus China?« würgte er.

»Das ist doch welcher«, sagte Sam. »Hab' ich den nicht lange genug gekocht?«

Sam hatte eben seine Schwierigkeiten mit der besseren Gesellschaft.

Kurz danach passierte etwas Seltsames.

Wir waren gut unterwegs, vielleicht auf halbem Wege zwischen Swale und Ijmuiden, und es war nichts zu sehen als ein Toppsegel am Horizont im Süden. Wir liefen weiter, und das Toppsegel verschwand. Dann, nach etwa einer halben Stunde, kam voraus eine dunkle Stelle in Sicht, wie der Abdruck eines schmierigen Daumens auf grauem Papier. Es ist ein mühsames Geschäft, wenn man als Bootsführer auf einer Überführungsfahrt versucht, das Leben für den Passagier interessant zu machen; das hier war etwas wie eine kleine Gottesgabe. Ich wies Dacre darauf hin. Der Fleck kam näher, wurde größer und schwärzer, es wurde klar, daß es Rauch ist. Dacre holte sein Fernglas, richtete es auf den Rauch. Er wackelte etwas hin und her. Er war es nicht gewohnt, ein Glas auf einer sich bewegenden Plattform zu benutzen. Und dann, innerhalb zweier Atemzüge, wandelte sich sein Gesicht von gutgelaunt zu leichenblaß, und für einen Augenblick dachte ich, er wolle sich wieder übergeben. Er bewegte lautlos seine Lippen, die hart und schmal geworden waren. Er sagte: »Schiffe.«

Nun, Schiffe gibt es auf See. Ich nahm das Glas und sah selbst nach. Er hatte recht, das waren Schiffe, ein halbes Dutzend, niedrige, langgestreckte Burschen, jedes mit drei Schornsteinen. Alle bliesen ordentlich Kohlerauch raus und hatten große, weiße Bugwellen. Kleine, spitze Kanonenrohre ragten aus den Barbetten und Türmen. Für Schlachtschiffe waren sie zu klein, es waren also Kreuzer. Man konnte ihre Flaggen jetzt klar erkennen, weiß mit schwarzen Kreuzen, die wiederum weiß unterbrochen waren, oben in der rechten Ecke war ein weiteres schwarzes Kreuz.

»Deutsche«, sagte ich. »Die absolvieren Übungen. Sie brauchen alle Übung. Ziemlich unfähiger Haufen.«

Dacre riß sein Glas wieder an sich, sah hindurch und setzte es mit einem Knall wieder ab. »Verstecken Sie die Karten«, schrie er.

»Was sollen wir machen?« fragte ich verdutzt.

Er fluchte in absolut unangenehmer Weise, und ich beobachtete, wie er die Karten in einen Riß auf der Rückseite der Bank stopfte. In diese Karten hatte ich die Eintragungen der Notizbücher übertragen, die der Rechtsanwalt des Herzogs mir übergeben hatte. Dann kam Dacre wieder zurück an Deck und wandte seinen Kopf nach oben. Er sah auf die Gaffel, wo das White Ensign steif von der Brise ausgeweht wurde. »Holen Sie es runter«, forderte er.

»Was sollen wir runterholen?«

»Die Flagge. Die denken sonst, wir hätten was mit der Marine zu tun.«

»Das haben wir doch. Sie haben doch die Erlaubnis, diese Flagge zu führen, und Ihre Majestät kann jederzeit auf Sie zurückgreifen...«

»Holen Sie das Ding runter«, befahl er mit kalter, harter Stimme.

Ich übergab ihm also die Pinne, rannte am Baum entlang zum Mast und holte die Flagge nieder. Befehl ist Befehl.

»Was ist denn jetzt los?« fragte Sam, als er seinen Kopf aus der Vorpiek-Luke steckte.

»Dacre will das Ensign weghaben«, sagte ich – ich war etwas verwirrt, zugegeben, weil es doch eine Ehre ist, wenn man das White Ensign führen darf; besonders wenn man es mit einer fremden Macht zu tun hat, sollte man doch das Beste zeigen, was man hat – oder etwa nicht?

Dacre versuchte zu steuern und zog ein Kielwasser wie ein halbbesoffener Aal. Er brüllte: »Setzen Sie doch, was jede andere normale Yacht auch setzt.«

Ich grub also ein Red Ensign (Flagge der Handelsschiffe) aus der Kiste und setzte das an der Gaffel. Dann ging ich zurück an die Pinne, bevor Dacre uns dorthin zurücksteuerte, wo wir hergekommen waren, und fragte: »Was wäre denn, wenn die denken, wir seien von der Marine?«

Er sah mich mit einem Gesicht an, das nicht mehr weiß

vor Angst, sondern vor Wut war. »Machen Sie Ihre Arbeit«, bellte er. »Oder ich schlage Sie zusammen.«

Ich dachte an den Kerl, den er vor meinen Augen zusammengeschlagen hatte, und an den Zeitungsausschnitt. Warte ab, bis du dran bist, fügte ich in Gedanken hinzu.

Die Kreuzer waren jetzt ganz über die Kimm gekommen und hielten mit 15 Knoten auf uns zu. Wir saßen da, die alte *Gloria* war so schön zurechtgemacht, wie es ging, und wir liefen hoch am Wind. Man hörte die Schrauben der Schiffe durch den Holzrumpf, aus dem schwachen Ticken wurde ein Surren, und dann hörte man das Kreischen ihrer Lager. Kurz darauf zogen sie vorbei, nur eine halbe Kabellänge entfernt.

Ich sagte zu Sam: »Los, dipp die Flagge.«

Sam dippte die Flagge, und der erste Kreuzer dippte auch, ganz perfekt, und Sam winkte. Der Kreuzer war nah genug, man konnte einzelne Kerle an der Reling stehen sehen, oberhalb der grauen Bordwand vor dem ersten Schornstein. Sie mußten Sam gesehen haben, aber sie standen da wie die ausgestopften Enten und winkten nicht zurück. Nach den strengen Regeln der Höflichkeit brauchten sie das auch nicht. Aber Umgangsformen und Freundlichkeit sind eben zwei verschiedene Dinge, und es wäre freundlich gewesen, zu winken. In diesem Augenblick war ich allerdings so über Dacre verärgert, daß mir das gar nicht weiter auffiel. Erst später wurde ich mißtrauisch.

Dann waren sie vorbei, und die *Gloria* schaufelte die Wellen mit ihrem Bug an Deck und spülte das Wasser nach achtern bis ins Cockpit. Obwohl sie so breit war wie ein Leichter, habe ich nie ein so naß segelndes Boot gesehen.

»Ein Glück! Wir sind denen nicht im Dunkeln begegnet«, sagte ich.

»Das wäre besser gewesen«, widersprach Dacre, »viel besser.«

»Wie bitte?«

»Geht Sie überhaupt nichts an«, brummte er.

Sam sah mich mit dem Ausdruck eines weisen Mannes an, der sagen wollte: Nimm es nicht zu ernst und zerbrich dir nicht den Kopf über Dinge, die dich nichts angehen. Und er hatte recht. Dacre setzte sich geschützt vor dem Wind in den vorderen Teil des Cockpits und begann etwas in ein schwarzes Skizzenbuch einzutragen, aus dem man die Seiten herausreißen kann.

Ein seltsamer Mensch, dieser Dacre.

*Brief von Hauptmann Eric Dacre, ehemals bei den Ulanen, an Miss Erica Dacre, St. Jude's, Eastbourne, Sussex.*

*Liebe Schwester,*
*hattest Du vielleicht Ohrensausen in letzter Zeit? Wenn ja, kann das der Beweis dafür sein, daß es zwischen Zwillingen keine Geheimnisse gibt. Mir brummt nämlich auch der Kopf, und zwar ordentlich. Aber ich halte mich noch über Wasser, sogar ganz gut.*
*Es ist eine Art Jahr wie in den Büchern von Dickens. Ich muß den vielen Idioten aus dem Weg gehen, die mich nach den Zeitungsartikeln leider wiedererkennen. Zu Weihnachten konnte ich Dich auch nicht besuchen. Seine Gnaden hat mich nach Whitechapel entsandt. Dort mußte ich mich um ein paar Teufel kümmern, die Polizisten erschießen wollten. Selbstverständlich brannte nach kurzer Zeit ein Haus ab, seltsamerweise mit den Übeltätern und ihren Frauen darin. Die Zeitungen berichteten ganz richtig, wie meistens, daß es sich um eine anarchistische Fehde gehandelt hatte, und sucht jetzt einen Anarchisten, auf den meine Beschreibung paßt. Er wurde gesehen, als er am Tag vor dem Brand das Haus verließ, man hat dann eine Explosion gehört und vermutet, daß eine Zeitzünderbombe im Spiel ist.*
*Da das nun alles zusammenkommt, glauben Seine Gna-*

*den, daß es im Land etwas zu heiß für mich geworden ist. Seine Gnaden waren freundlich genug, mir zu verstehen zu geben, daß wir beide ein besonderes Verständnis der Angelegenheit haben.*

*Ich habe jetzt einen neuen teuflisch kniffligen Auftrag. Zwei bezahlte Leute bringen mich mit einer kleinen Yacht über die schreckliche Nordsee. Sam, der Steuermann, ist ein impertinenter Kerl mit einem großen Schnurrbart. Der Skipper heißt Charlie Webb und ist in Yachtsegler-Kreisen gut bekannt, wenn man ihm glauben darf. Er ist sehr jung und einer, der gut bei den Frauen ankommt. Gleichzeitig ist er ein schrecklicher Pedant wegen der »enormen Verantwortung auf seinen Schultern«. Letztens habe ich die Männer mit in den ›Pelikan‹ genommen und der liebe alte Hughie Drummond spielte den unbesonnenen Ziegenbock. Mit einem kleinen Revolver! Und Blödmann Webb hat ihm die Kanone abgenommen! Er war dicht davor, seinen Kopf zu verspielen, aber der Kerl war zu frech, um das überhaupt zu bemerken. Leider trafen wir auf einen Kerl, der mich wiedererkannte, sei es nun von Whitechapel oder von Südafrika her. Ich habe ihn zum Schweigen gebracht; aber es war großer Mist, und ich glaube, daß die zwei Kerle hier irgend etwas vermuten. Egal. Ich schere mich längst nicht mehr um bezahlte Untergebene.*

*Liebes Schwesterchen, ich weiß, daß Du in Gedanken bei mir bist, was auch immer passiert. Ich werde diesen Brief absenden, na, Du weißt ja, wann ich ihn absenden werde; nur Du und ich wissen das.*

*Ich bin Dein – genau wie Du mein – liebender Zwilling und einziger Freund.*

*Eric Dacre*

# 9

# Der Wächter auf dem Hohen Weg

Am übernächsten Morgen gegen vier Uhr lagen wir in einer ölig ruhigen Dünung, und alles an Bord schlackerte und schlug. Nach dem Frühstück begann es aus Westen zu wehen, und wir nahmen Fahrt auf.

Bald darauf sah ich ein Segel voraus, wir hielten darauf zu und sprachen mit dem Skipper. Es war die *Flieger*, eine Fracht-Ketch aus Ijmuiden, die Weizen nach Aberdeen gebracht hatte und nun mit Granit auf der Heimreise war. Früher ist sie öfter nach Wells gelaufen, und Pieter ten Boom, ihr Skipper, hat uns zu Hause besucht und meiner Mutter die neuesten Familiennachrichten überbracht. Danach hat er seinen Kneipenbummel genossen und den Tabak verkauft, den er in der Matratze geschmuggelt hatte. Er war alt geworden, ein alter Knacker mit gelb-grauem Bart und einer rasselnden Pfeife. Auf den Lukendeckeln spielten ein paar Enkel. Schnaubend und rauchend fragte er uns auf friesisch, wohin wir wollten.

»Zum Hohen Weg«, sagte ich also auf friesisch.

Da hob er erstaunt die Augenbrauen, denn der Hohe Weg ist nicht mehr als eine Sandbank. Dacre war in das Cockpit gekommen, als er die Stimmen und das Schlagen der Segel von der Ketch hörte. Ich fühlte, wie seine Finger mir in den Arm kniffen.

»Wir wollen Vögel beobachten«, fügte ich hinzu. »Hast du 'ne Ortsbestimmung für mich?«

Pieter sah auf Dacres Hand, die auf meinem Arm lag, sog an seiner Pfeife und schwieg. Dann zog er seine Karte auf einer ausziehbaren Platte heraus und teilte uns mit, daß wir 50 Meilen nordwestlich der Emsmündung standen. Ich tauschte eine Flasche vom Whisky des Herzogs gegen eine Kiste Zigarren, das hob seine Laune erheblich. Er war am Vortag aus Hamburg ausgelaufen und klagte, daß der Handel in Ostfriesland schlecht sei. Ostfriesland war die Gegend, wo wir hinwollten.

»Da paß man gut auf«, sagte er noch.
»Und warum?«
»Da sind viele Deutsche«, sagte er. »Neugierige deutsche Offizielle. Vor einem Monat haben die mein Schiff durchsucht. Wie geht's Hetty?«
»Hab' sie lange nicht gesehen«, knurrte ich kurz angebunden.
»Weibervolk«, sagte er.
»Was will er?« fragte Dacre.
Ich erklärte es ihm.
»Was meinen Sie mit durchsucht?« fragte er dann auf deutsch mit scharfer Stimme.
»Ein Marineschiff«, antwortete Pieter. »Es heißt *Blitz*. Die tauchen überall auf. Das weiß jeder. Der Kommandant ist bei der Beförderung übergangen worden, sagt man, und nun versucht er zu beweisen, was für ein nützlicher Kerl er ist, indem er unschuldige arme Händler quält. Fragte uns, ob wir Ausländer seien. Durchsuchte alles. Fand aber nichts. Warten Sie mal ab.«

Er setzte seine Fock wieder, die er bis dahin back gehalten hatte, und segelte in westlicher Richtung davon.

Dacre sah ihm nach, dabei klopfte er mit einem Finger an die Unterlippe, und ich merkte, daß er trotz aller seiner dandyhaften Ausstrahlung an den Fingernägeln kaute. Dann fummelte er eine Zigarre aus der Kiste und begann, Rauchwolken auszustoßen wie eine Dampfmaschine. Viel war in seinen schmalen Augen nicht zu lesen, aber ich hatte den Eindruck, daß er Sorgen hatte.

Wir segelten weiter nach Osten. Der Westwind wehte schwach, der Himmel war hoch und kalt, und es gab Regenschauer. Kurz nach Mitternacht waren wir zehn Meilen nördlich der Insel Helgoland, und unter uns begann die Flut zu laufen. Etwa um vier kam Dacre an Deck, mit Ölzeug über seinem Schlafanzug, ich konnte seine Zähne klappern hören. Er sah nach voraus, und ich konnte ihn zusammenzucken sehen.

»Was ist das?« sagte er.

Denn backbord voraus hatte aus der Dunkelheit ein starker weißer Lichtblitz gezuckt.

»Helgoland«, antwortete ich, »der Leuchtturm.«

»Scheiße«, sagte er sehr ordinär.

Ich gewann allmählich den Eindruck, daß er schlechte Nerven hatte. Die *Gloria* passierte einen Wellenkamm, und einer der Schotblöcke ging in Kopfhöhe über das Cockpit weg. Ich duckte mich, Dacre aber nicht, so bekam er den Block noch am Kopf mit, nur eine leichte Berührung, aber immerhin. Ich sah, wie seine Hand heimlich nach oben fuhr, um die Haare wieder zurechtzulegen. Er war eitel wie eine Frau mit Hut. Ein kleinlicher Mensch, dieser Dacre.

Helgoland war der erste Ansteuerungspunkt für die Einfahrt in die Weser, die jetzt an Steuerbord voraus lag. Die Mündungen der Weser und der Jade formen einen großen Einschnitt in der Südküste der Deutschen Bucht. Zwischen diesen beiden Flüssen hat sich im Laufe der Jahre eine Sandbank gebildet, die ›Hoher Weg‹ genannt wird, ein Dreieck aus Sand, das an der Basis zehn Meilen breit und insgesamt 15 Meilen hoch ist. Die östliche Begrenzung dieser Sandbank ist die Weser und die westliche die Jade.

An diesem Morgen hatten wir vor, die Weser hochzusegeln, wenn die navigatorischen Bedingungen es zuließen, und dann die ostfriesischen Inseln von Osten anzusteuern, als ob wir von Jütland oder vom Nordostseekanal kämen.

Ich ging also auf den anderen Bug, der Wind wehte mir immer noch ins rechte Ohr. Das Helgoländer Feuer wurde größer, und ich konnte Dacres Gesichtszüge erkennen. Später sah er immer noch auf Helgoland, als es schon achteraus war.

»Wahnsinn«, sagte er nur, seine Haare saßen wieder perfekt.

»Wie bitte?«

»Das zurückzugeben.«

Bis 1890 hatte Helgoland zu England gehört; ich nahm wenigstens an, daß er sich darauf bezog.

»Eine Festung in der Front des Feindes abzugeben«, sagte Dacre, »ihm das auf einem Tablett zu servieren.«

»Des Feindes?« fragte ich.

Die Deutschen waren doch keine Feinde, wirklich nicht.

Er hörte gar nicht zu. »Jacky Fisher war auch dagegen«, sagte er. »Seine Gnaden waren dagegen. Aber die Regierung hat es trotzdem getan. Verdammte Idioten.«

Admiral Fisher war der Erste Lord der Admiralität, der entdeckte immer Kriege, wo keine waren. Solange das Helgoländer Feuer leuchtete und sich drehte, war es mir egal, wem es gehörte. Ich weckte also Sam und sagte ihm, er solle das Frühstück in Gang bringen. Die Strömung und die Strudel der Tide gurgelten um unseren Rumpf. An Backbord voraus ragte die Alte Weser Bake aus dem grauen Wasser. Der Wind ließ nach. Alles, war man voraus erkennen konnte, war eine Fläche von grauem, kaltem Wasser, die weiter hinten in Dunst überging. Es war eine Gegend ohne Anfang und Ende; man schwamm im Nichts, wenn man es nicht besser wußte.

Ich wußte es besser.

Noch bestand die ganze Welt nur aus Grauschattierungen wie auf einer schwarzweißen Fotografie. Nur eine Minute später aber verwandelte sich der östliche Horizont in einen gelbroten Streifen, der bald eine feurige Erhebung gebar. Die Sonne sprang förmlich in den Himmel, und plötzlich war all das Grau in Blau und Grün und Gelb verschwunden; ein Schwarm Eiderenten zog vor unserem Bug vorbei, und die See wurde von der graugrünen Küste Deutschlands begrenzt. Dacre konnte die Schönheit dieser Szene nicht würdigen. Er betrachtete das Schauspiel wie er einen Feuerstoß aus einer Gatlingkanone beobachtet hätte und ging unter Deck.

Die Tide kenterte, die Brise reichte gerade noch, um den Rauch von unserem Ofenrohr des Kombüsenherdes wegzuwehen. Die *Gloria* segelte langsam über das ruhige graue Wasser. Helgoland war jetzt im Hellen nicht mehr zu erkennen. Voraus lag unser neues Seezeichen: ein langer dünenfarbiger Haufen Sand, der von vielen weißen Vögeln umschwärmt wurde: Alte Mellum.

Alte Mellum ist nichts als eine große Sandbank, der einzige Teil des Hohen Weges, der oberhalb der Hochwassermarke liegt.

Wir verließen den Hauptschiffahrtsweg auf der Weser und liefen in das Gewirr der Priele ein, der Einbuchtungen, die die Tide aus der Sandbank herausgewaschen hat. Nicht, weil es uns Spaß machte, wirklich nicht. Es gab einen guten Grund dafür.

Dacre kam an Deck und schob den größeren Teil seines Heringsfrühstücks außenbords, als ob schon der Anblick seinen Ekel erregte. Er ließ seine kleinen roten Augen über das glatte, blaue Wasser streichen und fragte: »Was ist los?«

»Das Wasser läuft ab«, erklärte ich bereitwillig. Ich hörte gerade auf Sams Aussingen der Wassertiefe, er suchte mit seinem Lot nach der Kante der Balje. Dann sah ich, wie Dacres Gesichtsausdruck sich wandelte, als habe er einen Geist entdeckt.

Drüben, an Backbordseite, hatte die See etwas Seltsames hervorgebracht. Es krümmte sich für einen Augenblick und hatte dann an seinen Seiten weiße Schaumkanten. Aus der See stieg ein brauner, feuchter Hügel empor, nicht hoch, aber doch bemerkenswert, weil er außer der Alten Mellum das einzige Sichtbare auf der riesigen Wasseroberfläche war.

»Was, verfluchte Hölle, ist das?« sagte Dacre. Er war zwar hart, aber er war auch aufgeregt. Ein tapferer Kerl gegen eine Frau oder einen harmlosen Burschen, aber das Wasser fürchtete er.

»Der Meeresboden«, sagte ich ziemlich kurz. »Das Wasser läuft ab, wir haben Ebbe.«

Wir segelten durch den Morgen etwa so schnell, wie ein Pferd geht. Um uns herum stiegen langsam und ohne jedes Geräusch die Untiefen aus dem Wasser. Eben war die *Gloria* noch über eine glatte Wasserfläche geglitten, jetzt war sie umgeben von Ufern mit glatten Oberflächen, vergleichbar den Schenkeln einer Frau. Die hohe Düne Alte Mellum erhob sich darüber wie ein Berg über einer Kette niedriger Hügel.

Wir liefen weiter in das Gewirr der Baljen und Priele hinein und folgten den Eintragungen in der Karte, die ich nach den Notizen in den schwarzen Büchern gemacht hatte, welche mir von dem Rechtsanwalt des Herzogs übergeben worden waren. Sam lotete und rief die Tiefen aus. Und das muß ich sagen: Wer auch immer diese Vermessungen gemacht hatte, sie stimmten genau.

Nach ein oder zwei Meilen ankerten wir. Der Wind nahm wieder zu, aber hinter der Abschirmung durch die Sände waren wir genauso geschützt wie im Limehouse Hafen, nur war es hier viel ruhiger. Sobald der Anker gefaßt hatte, legten wir unsere Häupter auf die Kissen.

In der Koje spürte ich die erste sanfte Berührung des Kiels mit dem Grund und das Überlegen des Bootes, als es aufhörte, ein Teil der See zu sein, und ein Teil des Landes wurde. Alle Taue und Tampen an Deck begannen zu klappern und zu rasseln, die müden Spanten stöhnten unter der Last der Schwerkraft. Ich erwachte ein paar Stunden später und ging an Deck. Der Tümpel, in dem wir geankert hatten, war nun nur noch eine Tropfensammelstelle in einer sandigen Wüste. Zu hören waren nur noch das Geschrei der Seeschwalben und weit weg im Hintergrund das Murmeln und Brausen der Brandung an der Außenkante des Hohen Weges. Dacre stand in der Kajütenluke, er sah mit leerem Gesichtsausdruck auf die Sandbank. Man konnte sehen, daß er das Ganze seltsam und beängstigend fand. Er begann, Fragen zu stellen. Dabei wußte er vielleicht nicht so recht, welche Frage er zuerst stellen sollte. Ich half ihm, wie es meine Pflicht war, und erklärte, daß es etwa alle zwölf Stunden Hochwasser gab, daß die Phasen des Mondes darüber entschieden, ob es Spring- oder Nipptiden waren, und wie im Augenblick die Tiden schwächer wurden, aber in gut einer Woche wieder stärker ausfallen würden. Er sperrte dabei ordentlich die Ohren auf und begann seine Nägel zu kauen, irgend etwas kritzelte er in sein Notizbuch.

Ich dachte, ein fairer Tausch ist kein Raub. Also faßte ich meinen ganzen Mut zusammen und sagte: »Haben Sie schon mal von jemandem gehört, der Dollmann heißt?«

»Und wenn?«

»Eine junge Dame kam an Bord«, sagte ich, »eine Miss Dollmann. Sie sagte, daß ein Mann namens Wilson hier sei und ihren Vater suche.«

»Dollmann ist tot«, sagte Dacre.

»Ja, das sagte sie auch. Es war Wilson, um den sie sich Sorgen machte.«

Dacre sah mich an, als ob er mich schlagen wolle. »Nun hören Sie mal gut zu, Webb«, schnaubte er. »Vergessen Sie, was dieses Mädchen Ihnen erzählt hat, und vergessen Sie auch, was für ein wichtiger Kerl Sie sind. Sie stellen Fragen, deren Antworten Sie nicht verstehen würden. Wenn Sie nicht aufhören, Ihre Nase überall reinzustecken, wird sie Ihnen einer abhauen.«

»Jawohl, Sir«, sagte ich ziemlich verärgert, aber es fiel mir auf, daß er heftig auf den Namen Wilson reagierte. »Zu Befehl, Sir. Tut mir leid, daß ich Sie belästigt habe.« Ich trat den Rückzug an.

Vermutlich hätte es jeder vernünftige Mensch nun dabei belassen. Ich war aber ein Rennsegler, ich war geübt im Wettsegeln gegen Joe Smith, und Hetty hatte mich in punkto Sozialismus und Anarchie ausgebildet. Mit so einem Hintergrund wartet man, macht seine Arbeit und sucht seine Chance.

Erstmal nahm ich die Seekarte und stieg damit außenbords. Ich ging in dem jetzt ausgetrockneten Bett des Priels entlang – um mich abzureagieren, natürlich, aber auch, weil es notwendig war, mir ein Bild von der Güte der Karten zu verschaffen.

Nach 180 Metern weitete sich das Prielbett zu einem Tümpel, in dem noch Wasser stand. Von hier ging eine Art natürlicher Kanal ab, der durch Birkenstämme markiert war. An den Stämmen waren noch Zweige dran. Zu Hause nannten wir die Dinger Stangen, auf den Karten hießen sie Pricken; das war auch die Bezeichnung, die die feinen Herren benutzten. Sie waren alle richtig in der Karte eingezeichnet, wenigstens nach meinem Kompaß und nach den Entfernungen, wie ich sie abschritt. Wer auch immer die Vermessung gemacht hatte, er hatte sie genau gemacht.

Von der höchsten Stelle der Sandbank konnte man sehen, wie sich der Hohe Weg in alle Richtungen erstreckte, zum Teil mit Pricken versehen, die Priele und Baljen markierten. Unten im Süden verlief die Kaiserbalje, der wichtigste Weg über die Basis des Hohen Weges. Dort unten gab es mehr von den Stellen, die noch Wasser führten, und man sah ein Gewirr von Masten. Das mußten wohl Händler sein, die auf die Tide warteten. Ich schritt drei weitere Baljen ab, Wattpassagen wurden sie hier genannt. Zwei von ihnen waren gute Hochwasserpassagen über die Sandbank. Die dritte stellte eine besondere Herausforderung dar: Die Pricken waren noch da, aber die Balje war nur noch eine ganz leichte Einbuchtung des Sandes und leider eine ganze Ecke von den Pricken entfernt. Das war wie zu Hause in der Wash; im Zeitraum von sechs Monaten konnte eine neue Balje im Sand entstehen oder aber auch verschwinden.

Als ich anfing, auf dem Wege, den ich gekommen war, zurückzugehen, wurden die Murmelgeräusche aus dem Schlick lauter, die Brise war stärker geworden, kalt und aus Nordwesten, und da steckte noch eine Menge Winter drin, das konnte man merken. Ich zog mir die Jacke über die Ohren und ging schneller.

Ich war länger unterwegs, als ich eigentlich wollte. Das Wasser lief auf, und zwar schnell. Meine Vermessungen hatten mich in einer Art Kurve von der *Gloria* fortgeführt, jetzt ging ich auf geradem Wege auf den dünnen schrägen Faden zu, der ihr Mast war. Als ich den ersten trockenen Priel überquerte, lief schon das Wasser wie eine graue, gierig leckende Zunge das Prielbett hinauf. An den Seiten des Wassers hatte sich gelblicher Schaum gebildet. Ich platschte hindurch und auf der anderen Seite die leichte Steigung empor, da war jedoch schon eine Art Insel zwischen diesem Priel und dem nächsten.

Schräg zu meiner Gehrichtung verlief eine Fußspur. Ich nahm sie kaum wahr, denn es war die einzige Fußspur, die ich hier überhaupt gesehen hatte. Sie gehörte zu Sam, nahm ich an, oder zu Dacre, der zum Luftschnappen losgegangen war. Ich überquerte den höchsten Punkt und ging auf den nächsten Priel zu, die fremden Fußspuren entfernten sich nach links.

Ich blieb stehen.

Der nächste Priel, der letzte vor der *Gloria*, war schon

ein kleines Gewässer mit kleinen Wellen geworden. Aber es war nicht das Wasser, das meine Aufmerksamkeit erregte. Da lag etwas, dunkel und wie zusammengebunden im Sand, direkt am Priel.

Es hatte sich nichts verändert. Der Wind ging wie zuvor, die Flut kam, und über der Alten Mellum tanzten die Möwen wie die Funken über einem Lagerfeuer. Aber plötzlich war ich halb gelähmt vor Schrecken. Ich riß mich zusammen und rannte über den Sand zum Priel, und da stand ich, das Blut hämmerte in meinem Kopf, und der Schrecken saß mir in den Knochen.

Das dunkle Ding lag halb in und halb aus dem Wasser. Der Teil außerhalb des Wassers waren zwei Beine in Militärstiefeln. Im Wasser lag der Kopf, mit kurzgeschnittenen braunen Haaren und einem Gesicht mit purpurroten Flekken und offenen roten Augen. Der Mund stand offen, und das Wasser floß mit häßlichem Gurgeln ein und aus. Mir wurde übel.

Das war ein deutscher Soldat.

Und zwar ein toter deutscher Soldat.

10

# *Gloria* klariert beim Zoll ein

Ich faßte eines seiner Beine und versuchte, ihn aus dem Wasser zu ziehen. Aber ich zog ihm unfreiwillig den Stiefel aus und fiel mit einem Ruck in den Sand. Dann ergriff ich einen Arm, aber sosehr ich mich auch anstrengte, ich bekam ihn nicht raus, der Sand hatte ihn schon gepackt. Während ich an ihm zog, gingen mir viele Gedanken durch den Kopf. Woran war er gestorben, wann, was sollten wir jetzt machen? Wie er aussah, war er noch nicht unter Wasser gewesen. Er war gestorben, nachdem die Flut zurückgegangen war. Woran bloß? Vielleicht ein Schlaganfall? Bläuliches Gesicht mit Flecken. Bestimmt ein Schlaganfall. Ich riß weiter an der fischkalten Hand. Er hatte Stellen am Hals, die nicht nach einem Schlaganfall aussahen. Um die Wahrheit zu sagen, sie sahen mehr nach menschlichen Fingern aus. Aber wer würde wohl einen deutschen Soldaten erwürgen?

Plötzlich lief mir das Wasser in den rechten Stiefel. Ich konnte das Deck der *Gloria* sehen, Sam ging dort auf und ab. Ich winkte ihm zu, halb hektisch. Er winkte zurück und machte mit seiner Arbeit weiter. Mein anderer Stiefel lief voll. Die Flut kam, und zur *Gloria* war es fast noch eine halbe Meile. Ein großer Teil von dem, was gerade noch Sand gewesen war, stand jetzt schon unter Wasser. Wenn ich nicht zusah, daß ich zurückkam, würden zwei Leichen im Wasser treiben.

Ich riß mich also los und platschte und watete zurück zur *Gloria*. Dort kletterte ich das Wasserstag hoch.

»Was ist los mit dir?« fragte Sam.

Er sah wohl, wie ich bibberte. Ich erzählte es ihm.

»Armer Teufel«, kommentierte Sam sehr philosophisch.

Wir fuhren im Dingi wieder zu der Stelle, aber die Leiche war schon weg. Die Tide hatte sie sicher weggezogen, und menschliche Körper schwimmen in den ersten 24 Stunden nach Eintritt des Todes nicht.

Dacres Gesicht blieb hart und unbeeindruckt, als wir ihm das Ganze berichteten. »Wir werden das den zuständigen Behörden melden«, sagte er. Ihm schien das nicht allzuviel Sorgen zu machen.

Sam und ich gingen also Ankerauf, setzten die Fock und folgten mit der *Gloria* der Prickenlinie.

Ich fragte Sam: »Hast du irgend jemanden auf der Sandbank gesehen?«

»Ein paar Burschen auf der Alten Mellum«, sagte Sam. »Soldaten, dachte ich. Die haben mit Ferngläsern zu uns rübergeschaut. Sonst nichts Ungewöhnliches.«

»Was taten sie?« Ich sah auf das Wasser, in dem irgendwo ein Körper mit rosa Gesicht rumschwamm.

»Ich hab' nicht weiter auf sie geachtet«, sagte Sam. »Du hast ja deinen Spaziergang gemacht. Ich hab' mich dann selbst ein bißchen hingelegt, ein oder zwei Stunden. Dacre hat auch geschlafen. Was sagtest du noch, woran ist er gestorben, der arme Kerl?«

»Schlaganfall«, antwortete ich.

Dacre kam durch die Luke an Deck. Man konnte seinem Gesicht ansehen, daß er gelauscht hatte.

»Wann beabsichtigen Sie die Behörden zu informieren, Sir?«

»Wenn wir beim Zoll einklarieren.«

»Da drüben auf der anderen Seite des Wassers ist Hooksiel.«

»Das hat auch bis Norderney Zeit. Der kennt keine Eile mehr, der arme Kerl.«

Dacre sah richtig ein bißchen bewegt aus; seine Stirn glänzte, und sein Blick war leicht hektisch. Ich dachte über die Stellen am Hals des Mannes nach. Ich dachte auch an Dacre und den Mann, den er niedergeschlagen hatte, nach dem Motto: Erst schlagen, dann fragen. Man wußte nie, woran er gerade dachte ...

Aber das war alles dummes Zeug. Warum sollte man wohl einen Soldaten umbringen in einem Land, in das man gerade für ein Bergungsunternehmen gekommen war, das zwar nicht jeden etwas anging, aber keineswegs ungesetzlich war?

Es gab überhaupt keinen Grund. Webb, sagte ich mir, es besteht die Gefahr, daß du dich verrennst. Mach langsam, Junge.

Als wir die Mitte des Hohen Weges überquert hatten, konnten wir sehen, daß sich die Pricken voraus wie ein Aal in der Bratpfanne schlängelten. Kurz darauf gingen wir hoch an den Wind und segelten in das tiefe Wasser der Jade ein, die Quarantäneflagge flatterte in den Steuerbordwanten.

Es war ein kalter Abend, man hatte ein Gefühl wie in der Kirche, das kam wohl von dem toten Soldaten, dem welligen grauen Wolkendach und der fast schwarzen Wasseroberfläche. Ein Kanonenboot lief mit der Tide Richtung Wilhelmshaven, und ein paar Mutten segelten vor dem Wind mit einem Schmetterling; sie sahen aus wie alte Nonnen. Sie hatten Mitleid mit uns, nehme ich an, wir hatten den Wind und den Rest der Tide gegen uns, und die *Gloria* versetzte schrecklich nach Lee. Wir kreuzten und mußten zwei Schläge machen, auf dem Festland trennte der riesige Deich den Himmel von der Erde. In der Dämmerung drehten wir ab und schlichen uns nach Westen in den Schutz der friesischen Inseln. Wir folgten einer Prickenreihe, die uns in den Süden der Insel Wangerooge brachte, rutschten gerade noch über die Untiefen und ankerten für die Nacht in einem Tümpel, der oben auf einer riesigen Fläche von purpur schimmerndem Schlick lag.

Dacre richtete seinen Blick auf einen Schwarm Grünschenkel. »Vielleicht kommt der Zoll ja hierher«, sagte er.

Aber an dem Abend kam der Zoll nicht, mit der neuen Flut rutschten ein paar Handelsboote an uns vorbei. Am nächsten Morgen regnete es, als wir dann aber am Westturm vorbeikamen und der Wind gegen die Tide stand, klarte es auf. Der Westturm ist ein großes Bauwerk am Westende von Wangerooge, er steht schon mit seinen Füßen im Wasser. Draußen ging es dann mit dem Ebbstrom nach Westen, nach Norderney.

Es war zwei Uhr nachmittags, als wir mit dem letzten bißchen Ebbe durch das Dovetief in das Riffgat einliefen. Ein Seehund glitt von einer Bank und tauchte ab. Nichts war zu hören außer dem Gurgeln des Kielwassers und dem Stöhnen der Großschot, während sie von einer kleinen Bö gedehnt wurde. Und dann plötzlich: das Geräusch einer Schiffsschraube.

Achtern folgte uns ein graues Kanonenboot, ein haiartiges Ding mit großem Schornstein und niedrigem Bug, bei schlechtem Wetter sicher ein deutlicher Nachteil. *Blitz* stand groß auf dem Brückenhaus. Pieter ten Booms neugieriger Teufel. Wir glitten an dem Molenkopf des Fischereihafens vorbei und machten fest. Als ich die Spring um den Poller legte, sah ich, daß das Kanonenboot direkt vor der Einfahrt lag.

»Die Sache mit der Leiche auf dem Hohen Weg«, wies Dacre mich an, »überlassen Sie mir.«

Ich nickte und bereitete mich auf den Zoll vor.

Normalerweise gab es, wenn der Zoll kam, etwas Unterhaltung, ein Fragebogen wurde ausgefüllt, es wurde ordentlich auf unsere Kosten geraucht, und vielleicht wurden auch ein oder zwei Glas getrunken. Ich sagte also Sam, er solle den Whisky und die Zigarren rausholen und den Ofen anzünden. Außerdem sollte er das Salz zur Inspektion vorbereiten, aus irgendeinem Grunde waren sie immer besonders am Salz interessiert. Und dann wurde uns klar, was Pieter an den deutschen Behörden so erschreckt hatte.

Wir waren auch noch nicht drei Minuten fest, als sie schon die Leiter runter kamen: zwei scharfgesichtige Burschen etwa in meinem Alter und ein älterer Kerl mit einem Schnurrbart wie ein Möwenflügel und mehreren Kinns. Alle drei zusammen hatten sie etwa 200 goldene Knöpfe. Sie sahen verächtlich auf unser Red Ensign, kletterten in das Cockpit, ohne ihre Schuhe abzuputzen, und gingen sofort an dem Whisky und den Zigarren vorbei in den Salon. Schnurrbart stieß sich dabei den Kopf, davon wurde seine Stimmung nicht besser. Das Salz erwähnte er nicht einmal. Er gab mir einen langen Fragebogen zum Ausfüllen und begann, eifrig in den Pässen und Schiffspapieren zu wühlen. Unterdessen begannen die scharfgesichtigen Burschen in den Salonschränken rumzuschnüffeln. Nachdem sie im Salon fertig waren, gingen sie durch die kleine Tür in die vordere Kajüte.

Ich folgte und sagte auf englisch: »Alles in Ordnung, meine Herren?«

Sie standen da – geduckt, denn die *Gloria* hatte nur eben über einen Meter fünfzig Deckenhöhe. Sie sahen eine Koje, sauber gemacht, Bettlaken, Wolldecken und Schlafanzug, alles bestens geordnet. Sie machten sich an die Arbeit. Kein Lächeln. Sie stachen in die Matratzen, rissen die Schubladen auf, schielten auf Corned Beef und Bier. Währenddessen saß Dacre im Cockpit und paffte seine Zigarre mit versteinertem Gesicht. Ich fragte mich, was passiert war und die ganze Lage so geändert hatte.

Die Burschen nahmen sich fast eine Stunde, um alles

durchzusehen. Aber den Taucheranzug unter dem Haufen dreckiger Ankerketten fanden sie nicht, und auch sonst blieb ihre Suche ergebnislos. Am Ende gingen wir alle zurück ins Cockpit, Schnurrbart stand im »Stillgestanden« und brüllte uns oder Dacre an – auf deutsch mit starkem friesischem Akzent.

Es folgte eine wirklich seltsame Ansprache für einen deutschen Zollbeamten. Der wesentliche Punkt war, daß das deutsche Volk natürlich die britischen feinen Herren und ihre Yachten auf den Inseln willkommen hieße. Aber (so brüllte er) es gab ein paar Vorschriften, insbesondere die, die jeden Zugang zum Festland außer in Norddeich verboten. Norddeich sei ein größerer Hafen und in jeder Beziehung perfekt, behauptete er. Die anderen Häfen seien unbedeutend, häßlich und vor allem geschlossen. Das sei wegen der Arbeiten, die dort zur Verstärkung der Deichanlagen, Siele und so weiter durchgeführt würden, außerdem sollte die allgemeine landwirtschaftliche Infrastruktur der ganzen Region verbessert werden. Schnurrbart war sicher, daß Herr Dacre das doch verstehen würde.

Dacre gab ihm ein heiliges Versprechen und bot ihm einen Drink an. Für einen kurzen Augenblick erkannte man hinter der Fassade von Schnurrbart den kleinen Mann, der eine Vorliebe für Spirituosen hatte. Dann schlug er die Hacken zusammen und sagte: »Nein!« Der Schweiß der Selbstverleugnung lief ihm dabei in seinen Kragen. Er rief seine Leute und ging. Ich sah, wie Dacre ein Taschentuch rausholte und sich die Nase putzte, und als er dachte, daß niemand guckte, wischte er sich die Stirn ab. Dann ging er an Land, wohl um den toten Soldaten der Polizei zu melden, glaubte ich wenigstens.

Sam und ich verbrachten den Nachmittag damit, die *Gloria* mal wieder ordentlich zu reinigen, und dann gingen wir an Land. Der Ort war wie Cromer oder Eastbourne, voller großer Hotels, sauber, aber leer; eine Promenade mit alten Menschen, die in Rollstühlen herumgeschoben wurden. Es gab auch viele nett aussehende Krankenschwestern, aber Sam zerrte mich in eine Straße hinter den Hotels zu einem Geschäft, wo wir frische Vorräte einkauften. Zurück an Bord, legte ich mich hin und wartete auf die Polizei. Die kam jedoch nicht. Ich wachte abends wieder auf, als Sam gerade dabei war, zur Abwechslung Schinken mit Heringen zu braten.

»Angenehmer Geruch«, sagte eine Stimme von außenbords.

Ich steckte meinen Kopf durch die Luke. Es war schon dunkel. Ein kleines Boot lag längsseits, die dunkle Gestalt eines großen Mannes stand achtern im Boot, die noch größer erschien, weil sie eine hohe Uniformmütze trug, deren Abzeichen schwach im Licht der Salonlaterne glitzerte. Hinter ihm leuchtete die Ankerlaterne der *Blitz*, die sich im schwarzen Wasser des Hafeneinganges widerspiegelte.

»Ich komme an Bord«, sagte die Gestalt in einem Deutsch, das nicht den Singsang des Friesischen hatte.

Er kam ins Cockpit, ohne lange um Erlaubnis zu fragen. Aber er war, wie wir später noch herausfanden, sehr freundlich, wenn auch von bestimmendem Wesen. Er war sehr selbstsicher und vertraute darauf, daß er seinen Willen bekam. Mit Recht.

»Von Brüning«, stellte er sich vor, »ich bin der Kommandant Seiner Majestät Kanonenboot *Blitz*. Und wer sind Sie?«

Ich informierte ihn. Er war fünf Jahre älter als ich, mit braunem Bart und scharfen Augen. Ich hatte den Eindruck, daß dieser von Brüning ein wirklich rundherum tüchtiger Mann war. Das ganze Durcheinander unserer bisherigen Fahrt ließ es mir ratsam erscheinen, ihn scharf im Auge zu behalten. Nachdem ich ihn also in den Salon begleitet hatte, setzte ich mich in das dunkle Cockpit und konzentrierte Ohren und Augen auf den kleinen gelben Spalt zwischen dem Lukendeckel und der Kajütentür.

Ich konnte ihre Köpfe über dem Tisch im Salon sehen, Dacres schwarzen Schopf und von Brünings hohe Stirn und kluge Augen, die deutliche Ränder hatten, als ob er nicht genügend Schlaf bekäme oder sonst irgendwie unter Druck stünde.

Von Brüning bewunderte zunächst das Boot und benutzte das als Vorwand, sich alles anzusehen. Dann fand er, es sei ja reichlich früh im Jahr für eine Tour in diesen Gewässern.

»Oh, ich habe da keine Ahnung«, sagte Dacre, und mir wurde klar, daß er den ahnungslosen feinen Herrn spielen wollte. »Wir haben sowieso nicht viel Zeit, nur ein oder zwei Wochen ... Wie ich höre, sind die Chancen auf einen ordentlichen Ostwind, der uns nach Hause schiebt, in dieser Jahreszeit recht gut.« Er grinste dümmlich. »Bin neu in diesen Dingen«, sagte er. »Anordnung meines Arztes: ›Raus aus dem Büro!‹ hat er gesagt.«

»Aus dem Büro?« sagte von Brüning.

»Lloyd's«, verriet Dacre, und ich wunderte mich darüber, denn an seiner Stelle hätte ich diesen Hinweis nicht gegeben. »Versicherungen, wissen Sie.«

»Ich habe von Lloyd's schon gehört«, sagte von Brüning sehr geduldig. »Wann sind Sie denn hier auf unserer Seite der Nordsee angekommen?«

»Vorletzte Nacht«, antwortete Dacre. »Scheint schon eine Ewigkeit her zu sein.«

»Und was haben Sie schon alles gesehen?«

»Alte Mellum. Mit den Seeschwalben, die dort nisten.«

»Ah«, sagte von Brüning. »Auf dem Hohen Weg, was?«

Ich wartete. Ich wartete darauf, daß Dacre gestand, daß wir dort eine Leiche gefunden hatten, oder darauf, daß von Brüning sagte, daß die Polizei ihn informiert habe, daß wir dort eine Leiche gefunden hätten.

Aber keiner von beiden erwähnte diese Sache auch nur. Ich saß da mit offenem Mund, denn ich konnte mir nicht vorstellen, daß eine Leiche nicht wenigstens eine Erwähnung wert war. Und als die Zeit fortschritt, kam ich zu der Erkenntnis, daß Dacre die Polizei überhaupt nicht aufgesucht hatte.

Von Brüning hatte jetzt die Kartenschublade geöffnet. Er holte eine Karte heraus und breitete sie auf dem Tisch aus.

Ich lehnte mich weit vor, vielleicht würde er ja etwas Brauchbares über die Eintragungen äußern, die ich in der Karte vorgenommen hatte. Und dann dachte ich: Hallo!

Die Karte auf dem Tisch war die gleiche wie die, in die ich die Vermessungsergebnisse aus den schwarzen Büchern des Herzogs übertragen hatte. Aber es war eben nicht die, in die ich die Eintragungen gemacht hatte. Sie war so, wie sie aus der Druckerei gekommen war. Ohne jede Eintragung.

Warum hatte Dacre es für notwendig gehalten, sie auszutauschen?

»Das ist eine interessante Sandbank«, sagte von Brüning und zeigte mit den Fingern auf Alte Mellum, »Trauerseeschwalben nisten dort, glaube ich.«

Ich hätte am liebsten laut dazwischengeredet, denn jeder Dussel weiß, daß Trauerseeschwalben in der Marsch nisten und nicht auf Sandbänken. Das war eine Falle.

Dacre sagte unverbindlich: »Werde ich nächstes Mal drauf achten.«

Er machte das sehr clever, das wurde mir plötzlich klar. Er sagte zwar nicht die Wahrheit, er ließ sich aber auch nie zu einer klaren Lüge verführen. Mir kam der plötzliche Gedanke, daß Sam und ich auf der *Gloria* waren, weil wir erstklassige Seeleute waren; Dacre aber war da, weil er ein erstklassiger Lügner war.

»Na also«, sagte von Brüning voll Freundlichkeit. »Nun sind Sie hier. Und was haben Sie jetzt vor?«

»Die Schönheit der Natur bewundern«, sagte Dacre. »Noch mehr Vogelbeobachtung, wissen Sie.«

»Und oben an Deck, ist das ein Flachboot für die Jagd?«

»Zur Entenbeobachtung«, antwortete Dacre, »ja, aber nicht zum Schießen. Dazu ist jetzt nicht die Jahreszeit, müssen Sie wissen.« Er sagte das mit dem Gesichtsausdruck eines Mannes, der dumm genug war, nicht zu merken, daß von Brüning natürlich genau wußte, wann die Jagd eröffnet wurde und ab wann sie verboten war. Ich hatte das Gefühl, daß er es übertrieb. »Vogelbeobachtung. Ein Gestell für ein Teleskop. Ich kenn da zwar nichts, hoffe aber, dazuzulernen.« Wieder das dümmliche Lachen. »Mein Skipper, der alte Charlie, der kennt sich aus.«

»Mir kam er nicht sehr alt vor.«

»Nein, richtig alt ist er auch nicht«, sagte Dacre, »aber er weiß viel. Na, Sie haben ihn sicher richtig eingeschätzt. Sie kennen sich aus, was?«

Von Brüning nickte. »Seltsam, daß Sie für Lloyd's arbeiten«, sagte er dann. »Hier in der Nähe waren Bergungsarbeiten. Auf Memmert Sand. Ein altes Goldschiff. Ich hatte da selbst einen Anteil. Aber man konnte nichts finden. Die Sände bewegen sich natürlich dauernd.«

»Was ich immer sage«, sagte Dacre, dabei sah er ganz überzeugt aus. »Aber eine Frage: Der Zöllner sagte, daß man nicht in die Häfen auf dem Festland kann. Das ist wirklich schade. Die hätte ich mir gerne angesehen.«

Von Brüning zuckte mit den Schultern. »Tut mir leid«, entgegnete er. »Ich bin sicher, daß Herr Gruber Ihnen das erklärt hat. Wir nutzen diesen Frühling, um die Küstenanlagen gründlich zu verbessern, und gleichzeitig versuchen wir, die Möglichkeiten für den Handel und für die Bauern auf dem Festland aufzubauen. Es ist eigentlich gutes Land, aber es bedarf dringend der Entwässerung. Für die nächsten vier Wochen sind die Häfen also für jeden Verkehr geschlossen. Außer Norddeich, natürlich. Aber in Norddeich werden Sie wohl nicht viele Brutvögel finden.«

»Ach du liebe Zeit«, tat Dacre niedergeschlagen.

»Auf der holländischen Seite wären Sie besser dran«, sagte von Brüning. »Dort sind die Häfen alle offen. Das Wetter ist vielleicht auch besser.«

»Oh, ich weiß nicht recht«, gab sich Dacre unsicher, wie es sonst gar nicht seine Art war. »Wir wollen mal abwarten.«

Von Brüning zuckte die Schultern, ihm schien das nicht zu gefallen. »Wenn Sie unbedingt hierbleiben wollen, werde ich einen Ortskundigen für Sie als Führer finden.«

Dacre lachte. »Das ist wirklich völlig unnötig«, sagte er. »Charlie ist gut genug für meine Zwecke.«

»Ich bestehe darauf«, sagte von Brüning. »Bis jetzt haben Sie Glück gehabt. Die Baljen sind schwierig, und das Wetter ist nicht immer so freundlich wie bisher.«

Dacre wiegelte ab: »Ach, wir werden uns schon durchschlagen.«

Die beiden Herren lächelten höflich, aber bestimmt nicht aus dem gleichen Grund.

»Ich muß los«, sagte von Brüning und erhob sich.

Ich rutschte vom Spalt weg. Von Brüning kam ins Cockpit, und ich geleitete ihn in sein Boot.

»Sie haben das gut gemacht mit der Navigation«, sagte er aus dem Boot.

»Wir kommen zurecht«, sagte ich, dabei war ich seltsam unsicher.

»Die Karten taugen nicht viel.«

»Wir haben ein Lot.«

»Sie sprechen vorzügliches Deutsch.«

»Danke.«

»Höre ich da einen friesischen Akzent?«

»Weiß nicht.«

Als ob man eine Auster mit nackten Fingern öffnen will, das mochte er wohl denken. Er gab einen Befehl an die Männer an den Riemen, und sein Boot fuhr elegant über das schwarze Wasser in Richtung *Blitz*.

Ich ging zu der vorderen Luke, wo Sam die ganze Zeit

das Abendbrot zubereitet hatte, setzte mich in die Kombüsendünste und sagte: »Er hat es nicht gemeldet.«

»Wem was gemeldet?«

»Den toten Soldaten. Er hat es der Polizei nicht gemeldet.«

Sam werkelte weiter mit einem rostigen Messer in der Bratpfanne herum. »Ich kann ihn verstehen«, sagte er.

»Aber der war tot, erwürgt.«

Der Schinken begann zu spritzen. »Schlaganfall sagtest du.«

»An seinem Hals waren Druckstellen. Was hat Dacre gemacht, als ich geschlafen habe?«

»Nicht viel. Er hat auch geschlafen. Hat sich auch die Beine vertreten, glaube ich.«

Ich kramte in meinem Kopf die Erinnerungen an die Fußspuren im Sand wieder hervor. Es war nur die Spur von einem Menschen da gewesen. Aber der Körper hatte in einem Priel gelegen. Der Mörder könnte von der *Gloria* gekommen und im Bett des Priels hinaufgegangen sein, die Tat begangen haben und ins Prielbett zurückgekommen sein, ohne überhaupt das trockene Watt betreten zu haben.

»Entschuldige, wenn ich frage«, sagte Sam, »aber wenn du annimmst, daß der Soldat ermordet worden ist, warum sollte Dacre damit etwas zu tun haben?«

Es gab keinen Grund. Abgesehen von dem Zeitungsartikel über Annie de Blank und die Art, wie er den Mann zusammengeschlagen hatte. Oder sein Jähzorn.

Ich bemerkte aber nur kurzangebunden: »Er hat den Toten nirgendwo gemeldet.«

»Verdammt«, sagte Sam, »das sind Deutsche, über die du sprichst.«

»Hat er dir seine Hosen zum Trocknen gegeben?«

»Ja«, sagte Sam. »Aber wir hatten alle nasse Hosen, das beweist also nichts. Nun paß mal gut auf! Du erregst dich völlig unnötig. Der arme Kerl ist an einem Schlaganfall verstorben, und wenn wir das hier den Deutschen melden, werden die uns hier festhalten bis zum Jüngsten Tag.«

So war Sam nun mal. Er haßte die Polizei, den Zoll, jeden, der eine Uniform trug. Außerdem mußte ich ihm sogar recht geben. »Der arme Kerl ist tot. Toter kann er auch nicht mehr werden«, sagte Sam und faßte damit seine Meinung zusammen. »Willst du den ganzen Abend rumlamentieren oder willst du jetzt deinen Tee?«

Kaum hatte ich mein Messer in die Hand genommen, als Dacre auch schon an das Schott klopfte. »Kommen Sie mal nach achtern«, befahl er, »ich muß mit Ihnen reden.«

Ein echter Gentleman hätte gewartet, wenn er den Schinken gerochen hätte. Aber Dacre wußte, was er wollte, und die anderen mußten sich anpassen. Also ging ich in den Salon.

»Was hat er denn gesagt?« fragte ich.

»Kümmern Sie sich um Ihren eigenen verdammten Kram«, blaffte er mich an.

Wie schon gesagt, ich war noch jung, und die Idee kam mir, daß es Spaß machen würde, ihm eine ordentliche Tracht Prügel zu verpassen. Aber ich war lange genug zur See gefahren und wußte, daß solche Gedanken ein Boot in eine schwimmende Hölle verwandeln können.

Er fuhr fort: »Morgen früh will ich hier raus sein. Ganz früh am Morgen.«

»Welches Ziel?« fragte ich.

»Dichter ran an das Wrack«, sagte er. »Und, hm, ich will keine Kanonenboote dabei haben, die auf uns aufpassen. Das Bergungsgeschäft verträgt keine Öffentlichkeit. Klar? Ich dachte an die Insel Memmert.« Er fummelte zwischen den Kissen auf der Bank herum. »Ich habe Ihre Karten genommen«, fügte er hinzu.

»Ich wäre Ihnen dankbar, wenn Sie in Zukunft vorher fragen würden«, sagte ich als Revanche. Das war eigentlich kindisch.

Als ich meinen Kopf aus der Luke steckte, lief die Tide schon ordentlich, der Wind war fast völlig eingeschlafen. Ich stieg die schmierige Leiter zur Pier hoch und tat so, als ob ich die Leinen prüfen wollte und lose geben müßte. In Wirklichkeit setzte ich sie jedoch auf Slip, das heißt, ich führte sie einmal um den Poller an Land und dann wieder an Bord; man kann dann loswerfen, ohne jemanden anderen, wie zum Beispiel Kanonenboote, zu belästigen. Was Dacre wünschte, sollte Dacre bekommen. Die *Blitz* lag ruhig und friedlich jenseits des Molenkopfes. Ich hätte wetten mögen, daß sie in ihren Kesseln Feuer ausgemacht hatte und daß es mindestens eine halbe Stunde dauerte, bis sie Dampf aufmachen konnte.

Ich stellte meinen Messingwecker auf eins. Dann legte ich mich hin und schlief.

# 11

# Mondschein über dem Watt

Der Wecker brachte nur ein kurzes Bimmeln, bevor ich meine Hand auf ihm hatte und ihn abwürgte. Ich fühlte, daß wir schwammen, daß eine leichte Brise wehte und mir der Kopf weh tat. Aber wenn man eine lange Fahrt macht und wenig Schlaf bekommt, schmerzt der Kopf immer. Das beste Mittel dagegen ist, an Deck zu gehen und zu arbeiten.

Ich gab also Sam einen Schubser, und ich schwöre, daß er noch schnarchte, als er schon anfing, seine Stiefel anzuziehen. Dann stolperten wir an Deck.

Der Wind hatte marmorartige, hohe Wolken gebracht, der Mond war umgeben von einem Hof mit kalten Farben. Das Ankerlicht der *Blitz* schimmerte in den kurzen Wellen des dunklen Wassers wie ein gelber Stern. Sam zog den Klüver in die klare Luft, und der Bug löste sich von der Pier. Ich hielt die Achterleine fest, bis sie sich gedreht hatte, dann warf ich sie los und holte sie ein. Die *Gloria* zog leise zwischen den Molenköpfen durch auf die Reede. Meine Kopfschmerzen waren verschwunden.

Die *Blitz* blieb an Backbord achteraus, der Tidenstrom gurgelte um ihre Ankerkette. Auf ihrer Brücke war ein schwaches Licht zu erkennen, aber sonst keinerlei Zeichen von Leben. Sie wurde achteraus kleiner, und Sam und ich setzten das Großsegel am Mast. *Gloria* legte sich ordentlich ins Zeug, und wir pflügten durch das Seegat zwischen Norderney und Juist. Ich beobachtete den Kompaß und versuchte, die Stärke des Ebbstroms und unsere Abdrift durch den Wind zu schätzen und den entsprechenden Vorhalt einzukalkulieren; das richtig hinzukriegen . . .

Der Grund dafür – wenn Sie mir eine kleine Vorlesung über dieses Thema, das ich ja schon einmal kurz angeschnitten habe, gestatten – ist folgender: Ich sagte ja schon, daß die friesischen Inseln eine Kette von großen Sandbänken sind, oben ist Gras drauf und zwischen ihnen liegen die Seegats. Draußen liegt das, was Admiral Tirpitz damals gerne das Deutsche Meer nannte, und das benimmt sich auch so, wie man es von einem Deutschen Meer erwarten würde: Es ist kalt und grob. Innerhalb der Inseln sieht die Sache anders aus. Dort passiert folgendes: Wenn die Flut in die Nordsee reinkommt, strömt das Wasser um die Ost- und Westenden der Inseln, und zwar im Westen immer etwas früher als im Osten. Wenn die Tide also um eine Insel herumströmt, bewegt sie sich wie die Scheren einer Krabbe, die westliche Schere ist etwas länger als die östliche. Wenn die beiden Strömungen aufeinander zufließen, verlangsamen sie sich, so wie am Hohen Weg. Und an einem gewissen Punkt stoppen sie einander und kommen zum völligen Stillstand.

Nun, bitte, erinnern Sie sich, daß es schmutziges Nordseewasser ist, beladen mit Sand, Schlick und Dreck. Und je langsamer das Wasser sich bewegt, desto mehr Sand und Schlick setzt sich ab.

Wenn Sie sich das Ganze von der Seite vorstellen können, dann sieht das aus wie eine Art niedriger Hügel. Das Tal ist das Seegat, das ist der tiefe Kanal, durch den die Tide zwischen den Inseln strömt. Und der Bergpaß, das *Wattenhoch* oder die Wasserscheide, wie ich es häufig nennen werde, das ist die Stelle, wo sich die beiden Tideströmungen getroffen haben, zum Stehen gekommen sind und ihren Schlick abgeladen haben. Das kann man ganz leicht beobachten, wenn die Ebbe kommt. Die Wasserscheide trocknet völlig aus. Auf beiden Seiten bilden sich Priele, der Hauptpriel wird zu einer Art Fluß; man hat also zwei Flüsse, die Rücken an Rücken voneinander und von der Wasserscheide wegfließen und mit zunehmender Ebbe immer weiter austrocknen. Eine Stelle mit vier Meter Wasser bei Springhochwasser wird so zu einem ausgetrockneten Abfluß bei Niedrigwasser.

Jetzt also, zwei Stunden nach Hochwasser, starrte ich entlang *Glorias* Deck und Bugspriet, aber ich sah eigentlich nur Nacht über dem Wasser, das völlig schwarz war und tief wie ein Verlies erschien. Aber Eindrücke täuschen. Der größte Teil der vor uns liegenden Wasserfläche war weniger als sieben Fuß tief. Das paßte uns gut, denn was der Boss braucht, war eine Stelle, wohin uns die *Blitz* und ihre Dampfpinasse nicht folgen konnten.

Weiter ging es durch die Nacht. Alles was man sehen konnte, waren der gelbliche Schein der Kompaßbeleuchtung und das schwache Rot und Grün unserer Seitenlaternen.

Sam sagte: »Pricke.«

Juist lag jetzt klar an Steuerbord, wie ein langer schwarzer Wal. Man sah keine Lichter. Und voraus ragte das, was man wohl als einen Rest eines Baumzweiges bezeichnen konnte, einige Fuß hoch aus dem Wasser. Wir segelten daran vorbei und konnten hören, wie er sich im Tidenstrom schüttelte. Ich suchte nach dem nächsten, konnte ihn aber nicht finden.

»Loten«, sagte ich.

Von achteraus kam das Blitzen des Leuchtfeuers von Norderney. Vorne holte Sam das Lot aus dem Wasser, er war ganz heiser vor Müdigkeit. »Zwei Faden«, sang er aus. »Keine Pricke.« Dann fiel das Lot wieder ins Wasser, sank auf den Grund, schwang zur Vertikalen. »Eineinhalb Faden. Und keine verdammte Pricke. Was hat man denn bloß mit den Dingern gemacht?«

Wir mußten jetzt gegen den Tidenstrom an, drei Stunden nach Hochwasser. Vorwärts kamen wir, aber nur langsam, wir segelten blind über die Kurven und Ecken des Priels weg. Dabei änderten wir den Kurs ständig, so daß Sam die Seiten mit seinem Lot finden konnte. Ich schielte im Licht der Kompaßbeleuchtung auf die Karte.

»Wassertiefe ein Faden«, sang Sam. »Nur noch vier Fuß! Mein Gott, null unter Kiel!«

Wir spürten ein leichtes Kratzen unter uns, das Deck erbebte etwas, und dann folgte ein kräftiges Rutschen. Der Wind schien stärker zu werden, und die *Gloria* legte sich auf die Seite, die Segel drückten sie rüber. Alles war ruhig, nur das Sausen des Windes war da, und irgendwo in der Dunkelheit pfiff ein Brachvogel. Wir saßen fest.

Dacre kam an Deck geschossen. »Was ist das für ein schreckliches Geräusch?« fragte er.

Sam und ich beruhigten ihn, dann brachten wir mit dem Dingi einen Anker zum Verwarpen aus und holten die Leine mit der Winch. Aber das Wasser fiel, und wir kamen nicht los.

Wir legten uns einen Augenblick aufs Ohr. Im Schlaf hörte ich den Tidenstrom an der Bordwand entlanggurgeln und im Nichts verschwinden. Hinter meinen Augenlidern glaubte ich den Mond am Himmel zu spüren. Als ich die Augen öffnete, war es drei Uhr. Der Atemdampf an der Luke färbte sich grau im scheinbaren Morgenlicht, der Mond stand jetzt tief über dem Watt.

Dacre trug eine Schlafmütze und schnarchte. Die Flasche mit dem Schlafmittel stand über seinem Kopf im Regal.

Ich legte die Seekarte vor ihn und klopfte mit den Fingern auf das Wattgebiet südlich von Juist. »Wir sind hier aufgelaufen, Sir. Von hier kann man nach Memmert Sand laufen. Das Hochwasser ist um neun. Ich komme mit.«

»Ich gehe allein«, lehnte er ab.

»Schwierig und gefährlich mit den Tiden, Sir«, sagte ich; in Wirklichkeit wollte ich aber mitgehen, um zu sehen, was er vorhatte.

»Oh«, sagte er ein wenig nervös. »Ich werde was zum Essen mitnehmen.«

Als ich an Deck ging, hörte ich Sam in der Kombüse klappern, und Dacre fluchte; er versuchte mit seinen Beinen in seine Hose zu kommen. Ich ging in die Vorpiek, um meine Gummistiefel zu holen.

Die Lampe brannte und hing in einem verrückten Winkel in ihrer Aufhängung. Sam hatte den Kessel mit einem Stück Draht am Ofen festgemacht. Er hatte ein paar Scheiben von dem Brot gesägt, das wir in Norderney gekauft hatten, und klatschte jetzt Butter drauf. Er öffnete eine Dose Corned Beef, steckte sein Messer rein und sagte: »Was ist das denn hier, um Himmels willen?«

Ich paßte nicht so richtig auf und war gerade damit beschäftigt, mich in meine Gummistiefel reinzuzwängen und das mit zwei Paar zusätzlichen Socken. Als ich aufsah, stand Sam da und murmelte irgend etwas in seinen Schnurrbart. Er hatte auf seinem Messer etwas, das wie Fensterkitt aussah.

»Das ist verdorben«, sagte ich, »wirf es außenbords. Gib ihm den Schinken von gestern abend.«

»Und wie ist es mit dir, willst du auch was?«

»Ich sorge schon selbst für mich«, sagte ich, denn es war ja noch sehr früh, und ich war schlecht gelaunt und dachte: Laß mich, Sam, du bist mein Steuermann, nicht meine Mutter.

Sam warf also die geöffnete Dose außenbords; ich steckte ein Schinkenbrot samt einer Flasche Bier in einen Segeltuchbeutel, Dacre hatte mich angewiesen, das zu tragen. Er hing sich ein Fernglas um den Hals und stieg außenbords, ich hinterher.

Wir marschierten über den grauen Sand, unsere Schatten waren bestimmt hundert Meter lang. Wir gingen auf eine schwarze Erhebung zu, die weit vor uns lag. Hinter uns konnte ich den schwarzen Schatten der *Gloria* sehen, jetzt sehr klein auf der weiten Ebene im Mondlicht.

Dacre und ich hielten uns auf dem Südufer, also auf der landwärtigen Seite, einer Senke im Sand. Die entwickelte sich, wurde größer, und mit der Zeit mauserte sie sich zu einem ordentlichen Meeresarm. Auf der Karte war sie als Juister Balje eingetragen. Die Sonne ging auf, und unsere Schatten änderten ihre Farbe von schwarz nach braun. In zweieinhalb Stunden hatten wir sieben Meilen geschafft, und wir waren etwa auf der Höhe des Westendes der Insel Juist. Die Balje wurde immer breiter, und man konnte sehen, wo sie in die offene See überging. Im Süden war auch offenes Wasser, der Sand, auf dem wir gingen, formte also eine Art Halbinsel zwischen zwei Wasserarmen; als Nordland Sand stand er in der Karte. Die Insel Memmert Sand bildete den westlichen Abschluß, sie war jetzt nur noch etwa eine Meile entfernt und die Erhebung, auf die wir von Anfang an zugehalten hatten. Sie war eine besonders große Sandbank wie Alte Mellum, aber auf ihrem Südende stand eine eiserne Bake, und auf den niedrigen Dünen wuchs Dünengras. Viele Möwen und Seeschwalben waren über ihr zu sehen, und ihr Geschrei war weithin zu hören.

Die Tide floß jetzt stark, die niedrigen Stellen, die wir überquerten, hatte sie schon erreicht, und eine Zeitlang platschten wir durch Wasser, das bis an unsere Fußgelenke reichte. Dacre war immer schneller geworden. Er war blaß, seine Augen waren unruhig, und man konnte merken, daß er am liebsten gelaufen wäre. Er mochte ein harter Bursche sein, aber es sah so aus, als ob er vor Wasser ordentlich Angst hatte. Bald begann der Untergrund aber anzusteigen, und der Sand war nicht mehr naß und fest, sondern trocken und lose, dazwischen Fetzen von ausgetrocknetem Seetang und auch Möwenfedern. Dann klebte Dünengras an unseren Füßen, und wir kletterten auf die Höhen, Seeschwalben schwirrten um unsere Köpfe.

Es war ein einsamer Ort. Ich sah mich um, die *Gloria* war irgendwo in dem riesigen Himmel verschwunden, und der Ort wurde dadurch noch einsamer. Über die niedrige Stelle, die wir vor kurzem durchquert hatten, breitete sich jetzt das Wasser aus.

Die Insel war nur eine halbe Meile breit. Als ich über die Mitte kam, konnte ich ein paar Schuppen sehen, die auf einer Fläche mit Seenelken und hartem Gras standen. Jenseits der Schuppen lag die blaugraue Osterems und dahinter Borkum, ein niedriger grüner Hügel hinter einer Befestigungslinie von Sandbänken. Dahinter lagen die Westerems und die niederländische Grenze.

Dacre ging zu dem flachen Stück Land bei den Schuppen, mit seinen Händen schlug er nach einem halben Dutzend Seeschwalben, die nach seinem schwarzen Kopf stießen. Ich erwartete, daß er sich das hier alles gut ansehen würde und dann sein Fernglas nach Norden richtete, zu der Sandbank, wo er seine gesegnete *Corinne* erwartete. Aber es kam anders. Er sah zwar durch sein Fernglas, aber er richtete es nach Süden, wo das Festland hinter der Flußmündung zurücktrat. Dort waren ein paar Schiffe zu sehen, ein paar Mutten und eine ganze Reihe von Schleppern, die mit schwarzen Kohlerauchwolken von Emden angedampft kamen.

Ich folgte ihm zu den Hütten.

Sie standen fast auf der Südspitze der Insel, zwei Stück waren es, in rechtem Winkel zueinander. Die Fenster waren vernagelt, und auf den Dächern flatterte stellenweise lose Teerpappe im Wind. Sand war an ihren Blechwänden zusammengeweht, und das war auch bei einem der Eisenbahnschlafwagen der Fall, einem halben Dutzend, die genau oberhalb der Hochwassergrenze abgesetzt worden waren. Mehrere Seeschwalbenpaare flogen aufgeregt über ihre Nester auf den Kieselhaufen zwischen den Dünengrasstücken. Jeder konnte sofort erkennen, daß das Lager, wenn es denn jemals die Basis für eine Bergungsoperation gewesen sein sollte, zumindest in diesem Jahr noch nicht benutzt worden war. Ich zog ein Stück gelbes Zeitungspapier unter einem der Schlafwagen hervor. ›Emdener Zeitung‹ war der Titel in schnörkeligen Buchstaben. Juli 1902, also aus dem letzten Jahr.

»Glauben Sie, daß die wiederkommen?« fragte ich.

Er schüttelte den Kopf und sah sehr verärgert aus. Ich erinnere mich jetzt noch, daß ich mich darüber gewundert habe. Denn wenn bei einem Rennen um ein Wrack der Konkurrent aufgibt, dann ist doch das Leben auf einmal sehr viel leichter. Er ging weiter zu der eisernen Bake an der Südspitze der Insel, kletterte in die rostigen eisernen Stützen und blickte wieder durch sein Fernglas. Dann kam er zurück zu den Hütten und setzte sich auf ein altes Petroleumfaß, das im Gras lag, befahl mir, ihm die Segeltuchtasche zu geben. Er holte sein Brot und sein Bier und verzehrte alles in kürzester Zeit; natürlich bot er mir nichts an. Das kleine Lunch schien seine Laune gebessert zu haben. Eine Hälfte hätte auch meine Laune gebessert, ich war fast am Verhungern. Aber so war Dacre nun mal: Immer seinen eigenen Interessen verpflichtet, mit anderen sprach er gar nicht erst.

»Es ist alles klar«, sagte er, »gut organisiertes Vorhaben. Genau wie ich es gehört habe. Offenbar ist sie in dreißig Fuß Wasser gesunken. Mit den normalen Methoden kommt man da nicht weiter. Die Kerle haben also Taucher runtergeschickt, um unten am Grund den Sand mit Schläuchen wegzublasen. Dann haben sie Sicherungen eingesetzt, vielleicht welche von diesen Schlafabteilen oder so, um sicherzustellen, daß die Ausgrabung sich nicht wieder auffüllt oder einbricht. Sonst verschiebt sich die Sandbank, und das Gold in Barrenform sinkt tiefer als alles andere. Alles natürlich verflucht teuer!«

Er sah mich mit zusammengekniffenen Augen an, als wollte er prüfen, ob ich ihm auch glaubte. Über seinem Kopf sang eine Lerche in den lautesten Tönen, damit nur jeder wußte, daß er von ihrem Gebiet wegbleiben sollt.

Wir durchsuchten die Schuppen. Sie waren leer, sauber gefegt und mit Brettern vernagelt. Als wir damit fertig waren, ging ich zum höchsten Punkt der Insel und stellte mich zwischen die kreischenden Vögel. Mein Magen knurrte, und der Sand wehte mir um die Stiefel. Unten an der Bake am Südende der Insel stand Dacre und blickte die Ems hinauf. Er machte sich Notizen in sein kleines schwarzes Buch.

Mit dem stimmte nichts, mit diesem Dacre.

*Brief von Hauptmann Eric Dacre, ehemals bei den Ulanen, an Miss Erica Dacre, St. Jude's, Eastbourne, Sussex.*

*Friesische Inseln     Juist*
*Liebes Schwesterchen,*
*hier sind wir nun in einer Art Prärie aus Sand und Schlick. Ich habe keinen Zweifel, daß es eines Tages wieder als nützlicher Teil des Bauernhofs von irgend jemandem beansprucht werden wird. Aber jetzt ist es ein unendlich öder Ort mit wildem Vogelgeschrei. Wir haben beim Zoll einklariert und werden weiter nach Plan verfahren.*
*Zur Zeit führen wir eine Art Vorerkundung durch zur geographischen Orientierung und zur Steigerung des Selbstvertrauens der Männer. Ich muß sagen, daß die Dinge nicht so schlecht stehen, wie ich befürchtet hatte. Mit Sicherheit werden wir beobachtet. Aber mit einem der Beobachter hat es schon ein schlimmes Ende genommen. Die Zolldurchsuchung war einfach zum Lachen. Die Überwachung, die wir erfahren, ist zur Zeit recht lasch; ich erwarte aber, daß sich das ändern wird. Offengestanden hatte ich befürchtet, wir würden gleich in eine Gefängniszelle oder Schlimmeres segeln.*
*Ich kann nur vermuten, daß der Feind glaubt, daß jedes Zeichen von Feindseligkeit gegen uns als Zeichen seiner Schuld ausgelegt werden wird. Das bedeutet aber auch,*

*daß sie nicht die mindeste Ahnung von unserer Aufklärung im letzten Herbst haben, und auch nicht von Mr. Childers attraktiver Romanze. Sie wissen noch nicht, daß der lächerliche Wilson tot oder verschwunden ist. Was Dollmann anbetrifft, so wissen wir, daß sein Schicksal in dem Buch reine Phantasie ist. Ich bin jedoch sicher, daß er in Wirklichkeit tot ist. Näheres weiß ich nicht, und es ist mir auch egal.*
*Wie dem auch sei, wir haben jetzt Gelegenheit, einen Keil zwischen ihrem Wunsch, uns völlig einzulullen, und ihrer Angst zu treiben, daß ihre Maßnahmen gegen uns diplomatische Auswirkungen haben könnten, die ihre Absichten gefährden.*

*Inzwischen habe ich meine Männer besser kennengelernt. Sam, der ältere, ist ein stetiger, ruhiger Mann, auch wenn er dauernd Heringe zubereitet, die ich verabscheue, wie du wohl weißt, liebes Schwesterchen. Webb ist komplizierter. Er besitzt eine rudimentäre Art von Intelligenz und ist ein Frauentyp. Das bedeutet, daß Clara Dollmann sich schon an ihn rangemacht hat und daß er für sie den Verbleib von Wilson klären soll. Er ist auch dafür ausgebildet, jedes mögliche Rennen zu gewinnen, etwa wie ein Pferd, und das bedeutet, daß es ihm schwerfällt, Befehle in der gebührenden Unterwürfigkeit entgegenzunehmen. Aber ich bilde mir ein, daß ich meine naturgegebene Führungskraft so eingesetzt habe, daß er wieder bescheiden wird und sich seiner untergeordneten Stellung im Leben wieder bewußt ist. Ich nehme auch an, daß unsere durchaus verschiedenen Umgangsformen seine Ungeduld zähmen werden. Da er nun mal die Funktion hat, mich zu transportieren und an den verschiedenen Orten abzuholen, ist mein Leben in seiner Hand, und es bleibt mir nichts anderes übrig, als ihm zu vertrauen. Ich bete zu Gott, daß er sich dieses Vertrauens würdig erweist.*

*Es könnte sich an dieser Stelle so anhören, als ob ich die Auswahl der Angeheuerten durch Seine Gnaden anzweifle, aber das ist natürlich nicht der Fall. Seine Gnaden sind, wie wir beide wissen, reich beschenkt mit besonderer Weitsicht, wie das eben dem Hochadel entspricht.*

*Heute schlafen wir auf einer Insel. Morgen müssen wir Telegramme von Norden absenden, man sagte mir, daß dort eine Telegraphenstelle ist. Und dann – an die Arbeit! Ich werde mir etwas zum Essen mit an die Küste nehmen, und dann werden wir sehen, was eben zu sehen ist. Und sollte ich – nein, wenn ich erst Erfolg gehabt haben werde, dann will ich sehen, wer noch auf mich als Mörder der Witwe von Piemburg mit Fingern zeigen wird.*

*Ich bin überzeugt, daß bald wichtige Ereignisse die öffentliche Aufmerksamkeit in Anspruch nehmen werden, und dabei wird ein Name von besonderer Bedeutung sein, nämlich der Name Deines*

*Dich liebenden Bruders*

                                                  *Eric Dacre*

# 12

# Schiffe in der Nacht

Sam setzte den Bug der *Gloria* am Nordufer der Insel auf den Sand. Als ich den Strand hinunter ging, kam auch Dacre über die Dünen, ganz knapp und militärisch.

Er gab seine Anweisungen: »Ich will einen Teil der Vorräte klar haben. Stecken Sie sie in Säcke. Dann werden wir uns das Wrack ansehen.«

»Mit welcher Absicht?« fragte ich.

»Tun Sie, was Ihnen gesagt wird«, schnappte er. Dann setzte er sich ins Cockpit und pfiff ein Lied, was bekanntlich Unglück bringt.

Wir erledigten unterdessen die Arbeit.

Wir holten die Ankerkette aus dem Kasten und zerrten den Taucheranzug und den Kompressor hervor. Dann stiegen wir unter die Flurplatten der vorderen Kabine und begannen, Konservendosen rauszuholen.

»Sie müssen bei dem Corned Beef aufpassen«, sagte Sam. Er hatte schlechte Laune, weil er vier Schäkellängen Kette umgestaut und sich dabei ordentlich mit schwarzem Schlick eingeschmiert hatte. »Das ist nicht mehr gut.«

»Was meinen Sie mit ›nicht mehr gut‹?« fragte Dacre vom Cockpit aus.

»Vergammelt«, antwortete Sam, und er nahm eine aufgeblähte Dose und warf sie durch das offene Skylight ins Watt. Ich hörte, wie das Ding auf dem Sand landete, steckte meinen Kopf durch die Luke und sah Dacre an, um zu sehen, wie er auf diese Frechheit reagierte. Ich wunderte mich, daß sein Gesicht auf einmal ganz eingefroren wirkte und daß es von Schweiß bedeckt war.

»Nein«, sagte er nur, und ich schwöre, daß seine Lippen völlig farblos waren.

»Verdammt, doch!« sagte Sam. »Hellbraun und stinkend. Ich hab' ja versucht, Ihnen das Zeug auf Ihr Brot zu schmieren. Aber als ich die Dose öffnete, war der Inhalt schlecht, deshalb habe ich Ihnen den Schinken mitgegeben, und der arme Charlie hat nichts gekriegt.«

Dacre sagte: »Und was haben Sie mit der Dose gemacht?«

»Ich habe sie außenbords geschmissen. Von verdorbenem Fleisch kriegt man Botulismus. Da kann man sogar sterben.«

Dacre begann sich zu schütteln, und es sah ganz unwirklich aus, bis ich merkte, daß er lachte. Er lachte und lachte, zum Schluß brüllte und schrie er, und ich dachte, er würde sich noch dabei verletzen. Ich ließ ihn so zurück und holte ein paar Segelsäcke und steckte unsere Vorräte hinein. Nur ein paar wenige Dosen wollte Dacre zurückbehalten.

Als wir damit fertig waren, machten wir die *Gloria* bei Hochwasser wieder flott, und ich frühstückte. Sam brabbelte die ganze Zeit über Verrückte vor sich hin. Ich hing meinen eigenen Gedanken nach, die waren auch nicht viel anders, nur kam darin noch ein Mord vor.

Es war Sonntag, aber Dacre hatte seine Idee mit dem Gottesdienst wohl vergessen. Er ließ uns zur Schillplate segeln, und wir mußten Peilungslinien rauf und runter kreuzen und Lotreihen machen. Nach einiger Zeit sah er auf die Kartenskizze und nahm Peilungen von den Enden von Juist und Borkum. Dann zog er seine Kleidung aus, einen dicken wollenen Pullover an und begann, sich in den Taucheranzug zu quälen.

»Ankern«, befahl er.

Wir ankerten also in etwa vier Faden Wassertiefe, genau auf der Stelle, auf der in der Karte das Wrack eingetragen war, und wir setzten einen schwarzen Ball.

Sam hatte mit Tauchern in Sheerness gearbeitet; er kannte sich also aus mit den Schläuchen und Ventilen und was es da sonst noch alles gibt. Dacre saß in dem grüngrauen Anzug, etwas angespannt im Gesicht, und er sah den Helm an, der zurückzublicken schien. Für einen Mann, der das Wasser verabscheute, war er im Begriff, ein tapferes Unternehmen zu starten, das mußte man ihm lassen.

»Alles klar«, sagte er, und als er sich mit der Zunge über die Lippen strich, konnte man es fast quietschen hören. »Hören Sie gut zu.«

Wir hörten zu. Es war, so sagte Sam später, als ob man einem Märchenerzähler gelauscht hätte.

Er wollte, daß eine große gelbe Blechboje die Stelle markierte. Sie sollte mit ein paar schweren Eisenstücken verankert werden, damit sie nicht abtrieb. Dann sollten wir in jeden Sack mit Vorräten noch einen halben Zentner Eisen legen. All das war neben der *Gloria* ins Wasser zu versenken, und er wollte dann hinterhertauchen.

»Als eine erste Voruntersuchung«, ergänzte er.

Sam schraubte also den Helm fest, zog die Flügelmuttern vorne auf dem Glasdeckel fest, und dann stieg Dacre in das schmuddelige grüne Wasser; er zog Blasen, Leine und Schläuche hinter sich her. Wir saßen da und pumpten mit den Kompressorhebeln, die Tide lief, und es wehte eine leichte Brise, die gelbe Boje bumste gegen unseren Rumpf. Sam steckte sich seine Pfeife an und sah zu, wie eine Wolke Tabakrauch in die Luftansaugstelle des Kompressors zog.

Er sagte: »Was der wohl glaubt, was es da unten zu spielen gibt?«

Ich wußte auch keine Antwort. Vielleicht suchte er ja nach dem Wrack. Aber was er damit anfangen wollte als einzelner Mann im Taucheranzug, das wußte keiner. Es erklärte auch nicht, warum er zwei Zentner gemischte Verpflegungsvorräte mit zum Grunde der Nordsee nahm.

»Der füttert die verdammten Meerjungfrauen«, sagte Sam. »Hoffentlich haben die Dosenöffner.«

All das war eigentlich komisch. Aber Dacre war die Sorte Mensch, die den Kindern beraubten Müttern von hinten in den Kopf schossen, und solche Menschen haben meistens nichts Komisches vor.

Ich sagte: »Pump mal weiter«, und stieg die Hauptluke hinunter.

Da lagen Dacres Zigarren, Dacres Haarbürsten und sein Schlafmittel. Dacres Jackett und seine Knickerbocker lagen sauber gefaltet und militärisch exakt auf der Bank mit Lederüberzug. Ich nahm das Jackett in die Hand und durchsuchte die Taschen: ein Klappmesser mit Horngriff, eine Schachtel Streichhölzer und eine Zigarrenschachtel. Und in der Brusttasche das schwarze Notizbuch.

Durch das Bullauge konnte ich den blauen Horizont sehen, davor liefen die Sicherheitsleine und die Schläuche. Ich setzte mich auf die Bank und öffnete das Notizbuch. So etwas hatte ich mir vorher noch nie geleistet. Ich fühlte mich als übler Einschleicher.

Es war voll von Eintragungen mit spitzem Bleistift. Ein Teil davon schienen Briefe an jemanden zu sein, den er mit Schwesterchen bezeichnete, in der Eile habe ich sie aber nicht gelesen. Es waren eine Menge Notizen da, viele mit Abkürzungen, über Peilungen und Sichtlinien, und ein Teil sah aus wie eine Liste mit Tidezeiten. Ein anderer lautete: »W: *Flut wird schwächer, wird in sechs Tagen wieder stärker.*« Ich erinnerte mich, daß wir gestern über Tiden geredet hatten, und dachte, daß ich W sein könnte. Dann suchte ich nach Bemerkungen über den toten Soldaten, fand aber keine. Das war zusammengefaßt etwa so, als ob man ein Kreuzworträtsel lösen wollte, und dazu habe ich noch nie Lust gehabt. Ich sah mir also die Eintragung vom heutigen

Tag an. *Mt*, stand da, und das sollte wohl Memmert heißen. Dann war da noch eine Eintragung über die Hütten. Danach war Dacre ja an die Südspitze der Insel gegangen und hatte eine lange Zeit damit zugebracht, das Festland durch sein Fernglas zu beobachten. *A* war der nächste Eintrag. *4 Schepper, Zughaltestelle. Leybucht?* Auf der Karte entsprach die Leybucht der Stelle, wo das Norder Tief in die See mündet, gerade da, wo Dacre von der Bake aus mit seinem Glas hingestarrt hatte. Ich blätterte wieder zurück.

Jetzt fielen mir weitere Eintragungen dieser Art auf. Die erste kam kurz nach der Notiz über die Tide. *G*, stand da. *Kohlenschiff? Rauch.* Auf der Seite waren Wasserflecken vom Regen. Es hatte gestern morgen geregnet, während wir durch das Harle Seegat beim Westturm kamen...

Kein Wort über Bergung. Kein einziges verdammtes Wort.

Sam sagte: »Ho«, und ich nahm das Jackett und steckte das Notizbuch wieder in die Tasche. Dabei berührte meine Hand etwas Hartes, eine kleine Tasche auf der linken Seite, oberhalb des Herzens im Futter, ein Tickettäschchen, wie man sagt. Da war was drin. Ich zog es raus.

Es handelte sich um ein kleines Lederetui. Darin war ein kleines blaues Büchlein, mit schwarzen gotischen Buchstaben darauf und ein deutscher Adler.

Plötzlich wurde mir eiskalt. Das war das Soldbuch eines deutschen Soldaten namens Albrecht Schußmeyer, einem Gefreiten der Infanterie. Das Leder war feucht und hatte kleine weiße Ränder von ausgetrocknetem Salz.

Genauso ein Soldbuch mußte der tote Soldat bei sich getragen haben. Wenn also Dacre ihn umgebracht und das Soldbuch tatsächlich an sich genommen hatte?

Warum?

»Jo!« sagte Sam, diesmal schon dringender.

Ganz benommen vom Schock steckte ich die Dinge dahin zurück, wo ich sie gefunden hatte, und ging an Deck.

Weit hinten in Richtung Norderney kreuzte die *Blitz*. Sie schlug einen Bogen und kam bis auf eine halbe Meile zu uns, und als sie uns ihre Seite zugewandt hatte, blitzte mich die Reflektion von einem Fernglas an. Dacres Sicherheitsleine wurde mehrfach stramm gezogen.

»Sollen wir ihn hochholen?« fragte Sam.

Die *Blitz* lag ruhig im Wasser und beobachtete. Es gab keinen Beweis, daß das Soldbuch dem Toten gehört hatte. Aber wir wußten, daß Dacre schon vorher Menschen umgebracht hatte. Das konnte natürlich nicht als Beweis angesehen werden. Und selbst wenn er ihn ermordet hatte, warum sollte er das Soldbuch an sich nehmen?

»Sollen wir ihn hochziehen?« fragte Sam ungeduldig.

»Noch nicht sofort«, sagte ich und zwang mich, in die Gegenwart zurückzukehren.

»Könnte sein, daß er Schwierigkeiten hat«, sagte Sam. »Kann sein, daß sich ein Schlauch in dem Wrack irgendwo verheddert hat.«

Das war also nun der erste Tag unserer geheimen Bergungserkundung. Eine Leiche hatten wir gefunden, der Taucher war unten, und wir wurden von einem Mann beobachtet, der nicht nur für die Deutsche Marine da war, sondern auch Anteile am letzten Bergungsversuch bei diesem Wrack hatte.

Weiteres Ziehen kam von der Sicherheitsleine.

»Komm, los, jetzt holen wir ihn«, sagte Sam, ihm ging die Geduld aus.

Also holten wir ihn hoch. Wir stellten ihn an Deck, das Wasser lief von ihm ab. Wir schraubten den Helm ab und zerrten ihn aus dem Anzug. Er war ganz blau und zitterte. Ich zeigte auf die *Blitz*.

Er sagte nur: »Prima.«

Es schien ihn nicht zu kümmern, daß wir beobachtet wurden. »Haben Sie's gefunden?« fragte ich ihn und sah ihn an und dachte: Ob er ein Mörder ist?

Er sah mehr so aus wie ein Mann, der dringend eine Tasse Tee benötigte.

»Wohin jetzt?«

»Memmert Sand ist so gut wie alles andere auch.« Er ging unter Deck.

Man konnte seine Zähne vom Cockpit aus klappern hören. Ich schickte Sam, den Anker hochzuholen. Als er damit fertig war, kam er nach achtern, stopfte seine Pfeife und steckte sie an. Doch an der Art, wie er den Tabak mit seinem Daumen in die Pfeife stopft, kann ich immer erkennen, wenn ihn etwas verwirrt. Ich warte dann, und bald quillt es aus ihm heraus.

»Eine von diesen Mutten, sie sind doch etwa so groß wie ein Leichter auf der Themse, oder?«

»Wahrscheinlich«, antwortete ich.

»Bestimmt«, sagte Sam. »Ich hatte Arbeit auf der *George and Henrietta*, die gehörte Wellington Hicks.«

»Dem alten Wellington«, brummte ich und war nicht ganz bei der Sache.

»Wir transportierten Stützwände für die U-Bahn, Inner Circle«, sagt Sam. »Man grub damals diese riesengroßen Schächte und kleidete sie mit Dingern aus, die so groß wie Schlafwagen waren. Die Arbeiter huben die Löcher aus, und dann wurden diese Abteile da rein versenkt, damit die Seitenwände nicht einstürzten. Da war da dieser Mann, der für die Schächte zuständig war, ein Holländer. Der wollte die Stützwände in besonderer Weise gestapelt haben. Acht so und dann acht in anderer Richtung darüber, und jede Schicht wieder mit wechselnder Richtung, das gab so 'ne Art Quadrat von jeder Seite.«

»Einen Würfel«, sagte ich.

»Ah, so«, sagte Sam. »Das ist genau das, was sie auch auf der Sandbank da drüben gemacht haben.« Er zeigte mit seiner Pfeife in Richtung Juist, das klar im Nachmittagslicht lag. Ich dachte mir, daß er aber Memmert Sand meinte.

»Genau.«

Ich holte die Großschot ein paar Zentimeter durch, um den Baum von den Wanten frei zu bekommen. »Was meinst du mit: ›Genau‹?«

»Hier ist nie ein Bergungsversuch gemacht worden, wenigstens nicht mit den Stützwänden da. Da waren sechs Haufen, und die würde man auch brauchen. Sechs Haufen, und die standen alle auf dem Slip. Alles eine Ladung, und letztes Jahr soll hier ein Bergungsversuch gemacht worden sein? Aber die Dinger wurden überhaupt nicht benutzt, das sieht man an ihrem Zustand.«

Das Stück Zeitung, das unter einem der Abteile gesteckt hatte, war vom Juli gewesen. Eine ganze Sommersaison, und es war keine einzige Abstützung benutzt worden?

»Und noch was«, sagte Sam.

»Was denn noch?« fragte ich und schielte zum Großsegel hoch.

»Die Balje«, sagte Sam. »Da ist einer mit 'ner Axt langgegangen.«

»Womit?«

»Axt«, sagte Sam. »Die sind an der Balje langgegangen und haben alle Pricken abgehauen. Im ganzen schwierigen Bereich, wo die Balje anfängt, in Kurven zu verlaufen. Verflucht sei der, der seines Nachbarn Landmarken versetzt, das steht schon in der Bibel.«

Ich staunte: »Wovon um Himmels willen redest du denn jetzt?«

»Die erste und die letzte haben sie stehen lassen. Aber all die anderen Pricken haben sie umgehauen. Man kann die Schnittflächen von den Axtschlägen sehen. Ganz frisch. Die sind noch gar nicht dunkel geworden.« Er nahm seine Pfeife aus dem Mund und spuckte wieder hinter den Möwen her. »Nun erklär mir mal, warum das einer macht.«

Das war natürlich eine gute Frage, genau wie die vielen anderen guten Fragen.

Wir waren zurück in der Juister Balje, als die Sonne unterging. Ich ging nach vorn, um nachzudenken, aber dann bin ich leider eingeschlafen, ich war ja auch schon seit drei Uhr auf den Beinen. Ich wurde von dem Klirren zerbrechenden Geschirrs aufgeweckt und von Sam, der durch die Luke raste wie ein Kaninchen auf der Flucht. »Das alte Arschloch«, Sam war außer sich, »der hat sein gutes Essen ins Cockpit geknallt, den Teller und alles.«

»Heringe, wahrscheinlich?« sagte ich.

»Ja, ja, klar.«

Ich kroch auf Socken nach achtern, um den Dreck wegzuräumen, und natürlich trat ich mir einen Porzellansplitter in den Fuß. Als ich mir die Bescherung ansah, hörte ich eine Stimme aus der Ferne übers Wasser schallen. Es war natürlich dunkel, aber der Himmel war ein einziger Sternenteppich und die Luft frisch und kühl. Drüben vor Juist bewegte sich ein Mast. Seine Gaffel war gefiert, das reduzierte die Segelfläche. Der Mast wurde langsamer, und das Großsegel wurde weggenommen. Jetzt segelte das Boot nur noch mit den Vorsegeln gegen die Tide. Es gab ein Klatschen, und wir hörten die Kette rauschen, als der Anker geworfen wurde, danach folgte das Klacken der Ankerwinde, als das Boot eintörnte. Es war ein großer Ewer, einer dieser friesischen Dinger mit stumpfem Bug, flachem Boden und mit Seitenschwertern. Ein Acetylen-Scheinwerfer leuchtete durch die Nacht, da war klar, daß es eine Yacht war und kein Arbeitsschiff. Dacre stand in der Luke.

»Was soll das?« fragte er. Sonst blieb er kühl und still.

»Es ist noch eine Yacht angekommen, Sir«, sagte ich. »Hat Ihnen das Essen nicht geschmeckt, Sir?«

Er ignorierte mich. Eine Stimme rief: »Englisches Boot.«

»Ja, hier«, rief ich.

»Wir kommen Sie besuchen«, rief das andere Boot.

»Mist«, zischte Dacre und tauchte in seine Kajüte.

»Wir kommen rüber«, wiederholte die Stimme in gebrochenem Englisch. »Wir wollen auch gerne unsere Hochachtung gegenüber Ihrem Eigner aussprechen.«

Unten in der Kajüte schien Dacre etwas von seiner Back zu wischen. Dann kam er wieder in das Cockpit gestolpert.

»Mit größtem Vergnügen«, hörte ich ihn in seinem hervorragenden Deutsch rufen. »Wann immer Sie wünschen.« Er steckte mir eine kleine Büchertasche in die Hand. »Lassen Sie das unauffällig verschwinden«, zischte er.

»Jetzt gleich«, sagte die bekannte Stimme. Sie klang jovial, aber sie war auch voller Selbstvertrauen. Es war die Stimme eines Menschen, der gewohnt war, daß man ihm gehorchte.

»Ich komme auch«, sagte eine weitere Stimme. Eine Frauenstimme! Ich hatte das Gefühl, als ob ich sie schon mal gehört hatte.

Ich versteckte die Tasche. Dann ging ich mit einem Putztuch durch den Salon, staubte alles ab, schnitt den Lampendocht nach, rüttelte die Asche im Ofen durch, stellte das Flaschenregal auf den Tisch, zupfte die grünen Vorhänge aus Friesstoff zurecht und räumte in den Regalen die Bücher über Vögel, die Nautischen Handbücher und die Leuchtfeuerverzeichnisse auf. Dann ging ich in die Vorpiek und setzte den Kessel auf. Nach wenigen Minuten hörte ich das Geräusch von Rudern und Sam, wie er sagte: »Guten Abend, Sir, guten Abend, Madam.«

»Sie müssen nicht Madam, sondern My lady sagen«, hörte ich die Männerstimme.

»Tut mir leid, My lady, ich dachte, Sie seien ein Mann«, sagte Sam zu dem Herrn mit einem Groll, der schlimmer war als jeder Sarkasmus.

Dann kamen vier Füße an Bord, und Dacre bot Drinks an, wie die guten Sitten es verlangten.

Sam kam wieder in die Vorpiek und schnarrte ganz in seiner Art: »Hübsches Weibchen im Salon, Eber.«

Irgendwo achtern wurde eine Tür geöffnet und geschlossen, und ich wußte, daß nun die übliche Führung begann. Sie gingen durch die Toilette und machten Freudenausrufe. Die feinen Leute finden sogar in einer Toilette was zum Witzeln! Dann kamen sie in die vordere Kajüte.

Also, zuviel Neugierde hat schon manchem geschadet, aber ich sah trotzdem durch das Schlüsselloch. Ich sah Dacre in einem gestreiften Blazer und einer alten Etonkrawatte. Neben ihm kamen zwei Gesichter aus dem Schatten, die ich schon in Kiel gesehen hatte an dem Tag, an dem der Kaiser die *Doria* gerammt hatte. Einer der Besucher hatte einen glattrasierten Kopf, nach oben spitz zulaufend wie eine Steuerbordtonne, mit Narben aus einer schlagenden Verbindung. Der war von Tritt. Die Dame, von der ich nur einen Teil sehen konnte, weil sie durch von Tritts fleischige Schulter verdeckt wurde, hatte dichte, dunkle Augenbrauen und Augen, die sogar in dem schwachen Licht der Lampe ein tiefes Blau zeigten. Es war die Gräfin von und zu Marsdorff.

# 13

# Eine Höllenmaschine

Sie traten ins Cockpit, und ich hörte, wie Dacre nach einer Lampe rief. Ich nahm also eine Sturmlaterne aus dem Regal, brachte sie nach achtern und hing die Lampe an den Karabinerhaken, den jemand unter dem Baum angebracht hatte. Von Tritt sah mich nicht an, er erinnerte sich bestimmt nicht an mich. Als ich ging, um den Whisky zu holen, bat die Gräfin in gutem Englisch um Tee.

»Gern«, sagte ich.

Unsere Blicke trafen sich im gelben Licht der Laterne. Wir erinnerten uns beide sehr genau. Sie hatte mit meiner Hilfe diesen Baron geärgert und mir das danach in sehr netter Weise erklärt. Nennen Sie mich einfältig, aber ich dachte, daß da immer etwas zwischen uns war. Ein kleines Zucken, als unsere Augen sich wieder trennten, so ein Zukken, wie man das bei einem Seidenkleid sieht, wenn es durch die schwieligen Hände eines arbeitenden Menschen gleitet...

Ich brachte den Tee und setzte mich dann vorne auf das Kajütendach. Ich machte einen Zierknoten in das Ende eines Reffbändsels und beobachtete die drei im gelben Schein der Lampe. Von Tritt hatte eine tiefe Stimme, die er wohl selbst gern hörte. Er schien neugierig. Was, fragte er, machten wir hier? Segeln und Vögel beobachten, log Dacre. Die *Blitz* hatte uns an dem Nachmittag bestimmt beim Tauchen beobachtet, aber offenbar hatte von Tritt nicht mit der *Blitz* gesprochen. Wir hätten uns die falsche Jahreszeit ausgesucht, sagte er ziemlich bissig, als hätten wir das absichtlich getan. Aus lauter Bosheit. Die Vögel seien jetzt alle beim Brüten. Es war aber die einzige Zeit, in der das Boot verfügbar war, antwortete Dacre. Verfügbar? fragte von Tritt, und Dacre erzählte, daß sein Freund, der Herzog von Leominster, es ihm geliehen hatte.

»Kein sehr standesgemäßes Boot für den Herzog von Leominster«, sagte von Tritt, gerade als ob das nur seinen dauernden Verdacht bestätigte, daß der Herzog in seinem tiefsten Herzen eben doch ein Bauer war.

»Sie kennen Seine Gnaden?« fragte Dacre.

»Natürlich.« Von Tritt schaffte es, seine Stimme so zu befrachten, daß klar wurde, daß er von Dacre fast genausowenig hielt wie von unserem Boot.

»Ich werde ihm morgen von Norden aus telegraphieren«, sagte Dacre. »Ich werde Sie im Telegramm erwähnen.«

Von Tritt verbeugte sich. Die Gräfin saß da und nippte an ihrem Tee, die gelbe Laterne spiegelte sich in ihren Augen. Sie richtete ihren Blick in die Dunkelheit, wo er meinen traf.

Und festhielt.

Ich fühlte die Spannung, diese Erregung, die einen Mann erfaßt. Und ich wußte, daß sie das auch spürte ...

Unsinn, Webb. Du warst nur eine Waffe in ihrem Krieg.

Unsinn oder nicht, ich war vierundzwanzig, und ich hatte eine Regatta gegen den deutschen Kaiser gesegelt, und ich hatte gewonnen. Und ich weiß, was es bedeutet, wenn eine Frau einen so ansieht ...

»Herr Gott!« sagte von Tritt. Er stand plötzlich auf und starrte auf die Küste wie ein Vorstehhund.

*Gloria* lag mit dem Bug gegen Wind und Strömung, beide hatten ihr Heck nach Westen gedreht. Die Gräfin und von Tritt saßen an Backbordseite und sahen auf das Festland, Dacre saß ihnen gegenüber.

Irgend etwas war auf dem Festland passiert.

Die Küste war eben noch ein schwarzer Streifen gewesen zwischen den farblosen Sandbänken und dem noch farbloseren Himmel. Jetzt tauchte im Südosten ein rotes Glühen auf, weit östlich von Norddeich, so weit entfernt wie Nessmersiel oder Dornumersiel; das waren kleine Häfen, wo die beiden nächsten Tiefs in die Nordsee mündeten.

»Irgend etwas brennt da«, sagte ich.

»Einfaltspinsel«, bellte von Tritt. Ich nahm an, daß er das auch schon selbst herausgefunden hatte. Es war kein besonders warmer Abend, aber sein Gesicht war feucht im Schein der Laterne.

»Großes Feuer, wie es aussieht«, sagte Dacre langsam. »Kommandant von Brüning sagte, daß Sie Verbesserungsarbeiten an den Häfen durchführen. Vielleicht ist etwas in Brand geraten. Sieht so aus, als wär' auch Öl dabei oder vielleicht auch Teer.«

»Ja«, sagte von Tritt, und man hatte den Eindruck, als würde er jeden Augenblick explodieren. »Eine Holzhandlung. Sehr wahrscheinlich. Um Himmels willen, ist es schon so spät?« Er schien plötzlich von Panik erfaßt zu werden. Er sprach gebrochen englisch weiter, damit ich ihn verstehen sollte. »Bitte mein Boot bringen. Wir jetzt zurückkehren müssen.«

»Schon so schnell?« sagte Dacre.

»Es muß sein.« Von Tritt war voller Ungeduld.

Ich holte das Dingi längsseits und nahm die Hand der Gräfin, um ihr behilflich zu sein. Ihr Griff war warm und trocken, wirklich sehr angenehm.

Sie sagte: »Es tut mir leid, daß Sie Ihr Deutsch verlernt haben«, und ich hörte, wie sie lachte, ein geheimes Lachen, das nur sie und ich verstanden.

Dann war sie unten, und von Tritt stieg als zweiter ab. Sie pullte, wie ich sah. Als sie drüben angekommen waren, kam ein gewisses Grollen in Deutsch über das Wasser. Die

Ankerwinde begann zu klacken, und als letztes sahen wir die dreieckigen Segel ihres Bootes mit der Ebbe die Balje runtergleiten, dann hinter Memmert Sand verschwinden Richtung Festland.

Dacre verschränkte seine Arme über den Baum. »Holzhandlung in Brand«, höhnte er, »ha!«

Ich konnte immer noch die Finger der Gräfin spüren, und mein Gemüt war wohl gerade sehr mitfühlend. »Der arme Teufel, dem die gehört«, sagte ich.

»Arm?« sagte Dacre. Er war aufgeregt, das war keine Frage. »Den würde ich nicht arm nennen. Nicht den allerhöchsten verdammten Kaiser!« Er lachte wieder, sehr laut. »Verdammt schöne Frau, die Gräfin. Ich mag dünne Frauen, solange noch genug *au balcon* ist, was? Das waren ein paar schöne Hände voll. Die würde ich nicht von der Bettkante schubsen! Wo ist die kleine Büchertasche?«

Ich mag solche Redensarten nicht, besonders nicht von einem aufgemotzten Proleten über eine Frau, bei der ich bedaure, daß sie mich verläßt. Ich sah ihm in seine harten, zusammengekniffenen Augen und antwortete: »Sie sagten, ich solle sie verschwinden lassen. Ich habe sie außenbords geworfen.«

»Was haben Sie getan?«

»Wie Sie das angeordnet haben«, behauptete ich, ganz der gute Befehlsempfänger. Dann ließ ich ihn stehen und ging auf das Vordeck. Ich setzte mich auf die Luke und sah auf die Wolken, die an den Sternen vorbeizogen, und zwang mich, mich zu beruhigen. Ich hörte, wie Dacre seine Zähne putzte, als ob er sie haßte. Ich hörte, daß er seine Schlafmittelflasche öffnete. Warum nahm ein Mensch in dieser wunderbaren Luft Schlafmittel? Vielleicht um sein Gewissen zu unterdrücken. Im Südosten war der Feuerschein zunächst größer geworden und dann verschwunden. Es war bestimmt ein großes Feuer gewesen.

Bald darauf begann Dacre zu schnarchen. Ich ging in unsere Vorpiek, steckte die Lampe an, nahm die Büchertasche aus meiner Kiste, wo ich sie versteckt hatte, und leerte sie im Licht der Lampe.

Es war ein Bündel von Konservendosen, die mit Schnüren zusammengebändselt waren: drei Dosen mit Rindfleisch und eine mit Kakao. Die Dose mit Kakao hatte als einzige einen abnehmbaren Deckel, ich öffnete sie daher zuerst. Die Dichtung war gefettet, um das Wasser rauszuhalten. Drin lag eine Trommel, eine kleine Trommel mit einem Schlüsselloch in der Oberseite. Sie sah aus wie ein kleiner Barograph. Oben an der Trommel ragte klebrig aussehendes Zeug, das das Barographenwerk mit den drei quadratischen Ein-Pfund-Rindfleischdosen verband. Das Ganze war mit Schiemannsgarn sorgfältig zusammengeschnürt, eine saubere Arbeit.

Ich klappte mein Messer auf und durchschnitt die Schnüre. Das klebrige Zeug ging vom Deckel der Trommel in ein Loch in der Seitenwand von einer der Dosen.

*Gloria* legte sich etwas über, die Wanten stöhnten wegen der Belastung. Auf der anderen Seite des Schotts schnarchte Dacre wie ein ertrinkendes Schwein. Ich zog mein Messer und schnitt das klebrige Zeug durch. Dann begann ich, vorsichtig das Innere des Apparats zu untersuchen.

Als Yachtskipper kommt man nicht umhin, hin und wieder Barographen auseinander zu nehmen, weil dort Salz eindringt. Ich wußte also, was ich zu erwarten hatte. Dieses Exemplar zeigte auch all die üblichen Zahnräder. Da war aber noch etwas. Ein kleiner Dorn, sauber eingebaut, mit einer Messingscheibe daneben. Am Mittwoch, wenn das Werk den Dorn gedreht hatte, würde der vorschnellen, eine kleine Stange treffen und dann auf die Messingscheibe zurückklappen...

Ich nahm die Trommel und drehte sie vor bis Mittwoch. Meine Finger zitterten dabei, das muß ich zugeben. Vielleicht war das der Grund, warum ich zu weit drehte. Der

Dorn sprang vor, etwa so weit wie der Hebel einer Mausefalle. Plötzlich hüpfte das ganze Werk in meiner Hand, irgend etwas ergab einen scharfen Knall, und ich ließ das Ding fallen, weil das klebrige Zeug, das oben aus der Trommel rauskam, Feuer gefangen hatte. Es brannte ab mit zisch und wuff, und versengte meine Hand.

Sam saß plötzlich da, er blinzelte wie eine Eule und fragte neugierig: »Was brennt denn da?«

Dacre hatte aufgehört zu schnarchen. Ich wartete und hielt den Atem an. Er grunzte und rang nach Luft, doch dann ging die Schnarcherei weiter.

In unserer kleinen Kajüte roch es wie nach einem Feuerwerk. Das war Explosivstoff, irgendeine kleine Kapsel war durch den Dorn gezündet worden. Etwas hatte die Zündschnur angesteckt und die hätte die Explosion in die Blechdosen übertragen, wenn ich sie nicht vorher mit meinem Messer durchgeschnitten hätte.

Ich zog die Schublade mit den Bestecken auf und griff nach dem Dosenöffner.

Zwei der Dosen trugen das Bild eines Ochsen, der bis zu den Hacksen in einer Blumenwiese stand. BUTTERBLUME stand auf dem Schriftstreifen darunter. Auf der dritten war keine Blumenwiese, lediglich der Kopf eines Bullen mit einem Ring durch die Nase. BEEFSTEAK stand darauf.

Ganz vorsichtig öffnete ich eine der Butterblumen und auch das Beefsteak. In der Butterblume steckte ein Glasbehälter, der war voll mit einer Art grauem Kitt, außenrum war eine wasserhelle Flüssigkeit. Mutig schraubte ich den Glasdeckel ein paar Umdrehungen weit auf, roch daran und drehte ihn dann hastig wieder zu. Dann legte ich das Ganze sorgfältig zur Seite und nahm das Beefsteak.

Hier war kein Glas drin. Es enthielt nur die gelbbraune, faserige Substanz, die Sam versucht hatte, auf Dacres Brot zu schmieren. Aber mit ranzigem Corned Beef hatte das nichts zu tun. Es fühlte sich leicht ölig an. Das klebrige

Zeug hing von außen in diese Dose bis mitten in die ölige Masse. Die kleine Vorpiek füllte sich mit einem ausgeprägten Geruch nach Marzipan – dem gleichen Geruch, den ich schon vorher im Salon festgestellt hatte. Wenn man das jetzt in Zusammenhang mit einer Zeitschaltuhr und einer Zündschnur sah, war es nicht schwer, sich auszumalen, um was es sich handelte.

Das Blut pochte heftig hinter meinen Schläfen, wie eben Nitroglyzerin es pochen läßt. Das Zeug in der Beefsteakdose war Dynamit.

Und das Zeug in der Butterblumendose hielt ich für Phosphor.

In meine Gedanken kehrte das blaue, gefleckte Gesicht des Soldaten auf dem Hohen Weg zurück.

Nächsten Freitag wäre diese Maschine hochgegangen, die Zündschnur hätte das Dynamit zum Explodieren gebracht, und das wiederum hätte den Phosphor in der Gegend verteilt, und wenn der an die Luft gekommen wäre, hätte er alles in Brand gesetzt, was überhaupt nur brennen konnte.

»'ne Art Bombe«, sagte ich.

»'ne Art *was*?«

Ich erklärte es Sam, erinnerte ihn an zwei Zentner Dynamit und Phosphor, die wir bei der gelben Boje an der Untergangsstelle der *Corinne* ins Wasser gelassen hatten, und wies darauf hin, daß es keine Verwendung für das Zeug bei Bergungsarbeiten gab. Weiterhin betonte ich, daß es Dacre überhaupt nicht gestört hatte, als wir von der *Blitz* beim Tauchen über dem Wrack beobachtet wurden. Die ganze Sache mit der Bergung war offenbar nur vorgetäuscht. Wenn man dann noch den toten Soldaten und das Notizbuch mit einbezog, dann ... Ja, dann hatte man immer noch nichts, was Sinn machte, aber das alles gefiel mir überhaupt nicht.

Sam war nicht beeindruckt. »Der Herzog ist der Boss«,

faselte er. »Der sagt uns, bringt den Dacre, wo er hin will. Ich bin ein Lohnarbeiter, der für reiche Leute malocht, wenn sie mich bezahlen. Dann tu' ich, was mir gesagt wird. So funktioniert die Welt nun mal, find dich damit ab.«

Ich erklärte: »Der will was in die Luft sprengen. Wir sollten ihn anzeigen.«

Sam sagte: »Was?«

»Nun hör mal zu«, ich gab mir alle Mühe, »er hat diese arme Frau umgebracht, wir wissen das aus der Zeitung. Du hast gesehen, wie er den Mann auf der Straße zusammenschlug. Er war so dicht an dem toten Soldaten wie kein anderer, und er hat sein Soldbuch. Und jetzt soll er für den Herzog eine Bergung vorbereiten, und statt dessen rennt er mit Bomben in seiner Büchertasche rum? Was meinst du, was das alles zusammen bedeutet?«

Entschuldigen Sie, aber Sam sagte: »Einen Scheißdreck.«

»Sieh dir den Mann doch bloß mal an!«

»Ich seh' ihn ja an«, sagte Sam. »Und ich sehe einen feinen Herrn. Einen fiesen feinen Herrn, aber eben einen feinen Herrn. Du hast erheblich zuviel Temperament und Phantasie, Charlie, und das mußt du besser in den Griff bekommen. Du kannst ihn ja weiter im Auge halten, wenn du willst. Aber komm bloß nicht bei und erzähl den Deutschen irgendwas, die hängen uns noch alle drei auf.«

Ich dachte intensiv über das letzte Argument nach. Das Blut lief wieder ruhiger durch meine Adern. Ich dachte an von Tritt, und es war klar, daß der jeden hängen würde, sobald er auch nur den geringsten Grund dafür fand. Es paßte mir nicht, das zuzugeben, aber in dem Punkt hatte Sam recht.

»Wenn du jetzt fertig bist, werde ich schlafen gehen«, sagte Sam. Und weg war er, als ob man eine Tür geschlossen hätte.

Ich brachte die Höllenmaschine an Deck und versenkte die Dosen eine nach der anderen in der Flut. Dann nahm ich das Uhrwerk auseinander und ließ die Teile einzeln in den Bach fallen.

Danach legte auch ich mich auf meine Koje und starrte ein Loch in die Decke, aber Tageslicht in unserer Sache brachte mir das nicht.

# 14

# Licht und Schlick

Eine Stunde nach der Morgendämmerung hatte der Wind nach Westen gedreht und zugenommen; er schob schmutzige graue Wolkenhaufen vor sich her. Da, wo am Vorabend das Feuer war, zogen jetzt schmierige schwarze Rauchwolken über den Horizont. Ich nahm eine Peilung. Nach der Karte sah das aus, als sei es in Nessmersiel gewesen.

Als Sam den Tee fertig hatte, klopfte ich an die Tür und ging nach unten. Dacre machte die Augen auf.

»Wir segeln nach Norddeich«, befahl er.

Das Fahrwasser nach Norddeich war ein Schlickloch, ein halbes Kabel breit zwischen den Leitdämmen. Wir rauschten mit der letzten Flut durch, die weiße Gischt sprudelte unter unserem Wasserstag, eine sehr beeindruckende Sache. Ich hatte das White Ensign gesetzt, es flatterte jetzt anmaßend an der Gaffel wie bei einem Schlachtkreuzer. Wir umrundeten den Molenkopf, schossen innerhalb der Wellenbrecher in dem schmutzigen Hafenwasser in den Wind, und unser Schwung brachte uns weit genug, daß Sam mit einer langen Leine an Land springen und sie auf einen Poller legen konnte. Fünf oder sechs Rumtreiber halfen uns, die *Gloria* in der Mitte der Pier längsseits zu bringen. Dacre steckte seinen Kopf aus der Luke und sah sich um. Seine Augen hatten dunkle Ränder, und der Geruch von Marzipan begleitete ihn.

»Webb«, sagte er, »Sie können nach Norden gehen und

dort ein Telegramm für mich aufgeben. Das ist hier einfach die Straße runter. Hübscher Ort, hört man.«

Es konnte nicht schwer sein, hübscher als Norddeich zu sein. Der Hafen bestand aus einem Haufen Schlick, ein paar Mutten und einer Fähre, die gerade Dampf aufmachte, um eine Zugladung von Invaliden in die Bäder von Norderney zu bringen. Was Norddeich an Land vorzuweisen hatte, war auch nicht allzu hübsch, es sei denn, man fand ein Getreidesilo und ein Eisenbahnnebengleis bewundernswert. Dann war da noch eine Art Kanal, ein Tief, wie sie das hier in Ostfriesland nennen, mit einer Schleuse oder einem Siel, das das Tief durch den Deich durchführt. Das Tief war verbreitert und schiffbar gemacht, man konnte mit Leichtern in das Hinterland fahren.

Ein Däumling mit Messingknöpfen kam und nickte unsere Zolleinklarierung ab, die wir auf Norderney unterschrieben hatten. Dacre bot ihm einen kleinen Whisky an und brachte ihn dazu, sich über das Feuer der letzten Nacht auszulassen. Er erzählte, daß es ein Betrieb in Nessmersiel gewesen sei, in dem Verbesserungen an den Schleusen durchgeführt würden. Es war niemand verletzt worden, Gott sei Dank. Und bestimmt sei das alles gut versichert gewesen, so daß niemand ernsten Schaden erlitten hätte. Ob uns im übrigen klar sei, daß all die Festlandhäfen gesperrt seien, weil doch an den Deichen gearbeitet würde? Wir waren informiert. Dann zog er ab, wohl zu einem zweiten Frühstück.

Nachdem er weg war, sagte Dacre: »Ich komme am frühen Nachmittag wieder«, schnallte sich seinen Rucksack um und stieg die Leiter zur Pier hoch.

Ich sah ihn in seinen derben Schuhen losmarschieren, mit seinem Spazierstock klopfte er an das Holz auf der Pier. Dann folgte er der Straße auf dem grünen Deich. Ich wußte, was in seinem Rucksack war, aber nicht, was er damit vorhatte. Ich war verdammt neugierig, das herauszufinden. Also gab ich ihm fünf Minuten Vorsprung, dann folgte ich.

Nach Norden waren es ein paar Meilen, also nahm ich das Herz in die Hand, raste auf den Deich und dann eine unbefestigte Straße entlang, die sich schnurgerade zwischen Bäumen hinzog, die hellgrünes, frisches Laub hatten. Voraus konnte ich Dacre sehen, klein wie eine Ameise. Es war ein windiger Morgen, voll von dem Geruch frischen Grases, und normalerweise hätte ich mich darüber gefreut nach einer Woche auf See. Aber ich konnte mich über nichts freuen, solange ich nicht wußte, was Dacre vorhatte.

Es waren viele Soldaten auf der Straße, zu Fuß und zu Pferd, sie marschierten in Gruppen. Mich beachteten sie gar nicht, ich sie auch nicht. Soldaten gibt es in Deutschland oft zu sehen. Nur jedesmal, wenn ich eines der Gesichter sah, hatte ich ein blaues Gesicht mit den roten Augen vor mir, und meinem Gefühl nach mußten sie das auch entdecken.

Ich behielt Dacre im Auge, als er die Stadt umging. Dann wurde es plötzlich schwierig. Die Straße war lang und gerade, es gab keine Hecke, nur einen Graben auf jeder Seite. Auf halber Strecke war ein Bahnübergang. Dahinter kam eine Baumgruppe. Ich mußte hinter einem vorspringendem Busch warten, bis er hinter der nächsten Kurve war. Als ich bei dem Bahnübergang ankam, senkten sich die Schranken. Ein Güterzug polterte vorbei, mit geschlossenen Waggons und mit Tiefladern, deren Ladung mit grünen Persenningen eingepackt war. Ich rannte vor Ungeduld hin und her. Es schien Stunden zu dauern. Endlich öffneten die Schranken.

Von Dacre war nichts mehr zu sehen. Bei den Bäumen am Ende der Geraden rannte ich in eine Gruppe Soldaten, die von einem Feldwebel geführt wurden. Der Feldwebel hielt mich an und fragte mich nach meinem Namen, sah meine Papiere an und ließ mich, als er sah, daß ich Ausländer war, meine Taschen ausleeren. Ich tat das mit großen

Sorgen, denn wenn sie Dacre der gleichen Behandlung unterzogen hatten, würden wir alle hängen.

»Was soll das?« fragte ich.

»Verteidigungsanlagen für die Häfen«, erklärte er nicht unfreundlich. »Spione, wissen Sie. Man kann nicht sorgfältig genug sein.«

Ich deutete ein Nicken an, fühlte, wie mir der Schweiß runterlief, und dachte an Dacres Bombe.

»Na, dann gehen Sie man weiter«, sagte er.

Und ich ging weiter; ich wußte, daß ich Dacre verloren hatte, trotzdem sah ich nach rechts und links über die Marschenfelder. Da war natürlich nichts zu sehen. Nichts als Marschen, Weideland und der Deich mit seinem Schatten am Morgen. Kühe und Schafe waren da. Aber kein Dacre. Und auch nichts, was es wert gewesen wäre, in die Luft gesprengt zu werden.

Das machte alles keinen Sinn.

Ich kehrte um, und bald hatte ich die ersten Villen von Norden erreicht. Es war ein geschäftiger kleiner Ort, das schwarzweiße Vieh stand in den Marktunterständen, und ein großer Glockenturm bimmelte mir in die Ohren wie die Bratpfannen von Satan persönlich, als ich nach dem Weg zur Telegraphenstation fragte.

Diese bestand aus einem gemütlichen Zimmerchen mit Gittern davor, einem hemdsärmeligen Angestellten und einem Ofen in der Ecke, der ordentliche Hitze verbreitete. Ich faltete das Papier auseinander, das Dacre mir mitgegeben hatte, und füllte das Formular aus. *Vögel wunderbar*, stand da. *Sicher angekommen. General von Tritt sendet eine Empfehlung. Werde Mittwoch nächstes Kabel senden. Dacre.* Ich reichte das dem Angestellten, der zog die Stirn in Falten und hielt es mit ausgestrecktem Arm. »Was ist das?« fragte er.

»Englisch.«

Ein Rumtreiber mit einer schmierigen Fellmütze und einer Trinkernase löste sich von der Wand. »Hey«, sagte er in einer schrecklichen Mischung von Hamburger und Hull Dialekt. »Was 'n los?«

Der Angestellte sah ihn an, offenbar kannte er ihn. Sie arbeiteten wohl zusammen, und mir wurde plötzlich klar, daß der Mann ein Überwacher war, der auf verdächtige Telegramme achten sollte, obwohl man sich kaum vorstellen konnte, was es in Norden Verdächtiges geben konnte.

»Auf deutsch«, forderte der Angestellte.

»Er bittet darum, daß Sie das auf deutsch vorlesen«, erklärte die Fellmütze hilfreich, dabei lehnte er sich über meine Schulter und blies mir Schnapsdämpfe ins Gesicht.

Ich unterbrach ihn, und das kräftig.

»Sie sprechen aber gutes Deutsch«, wunderte sich Fellmütze beleidigt.

Ich nickte und versuchte zu verschwinden, aber er hängte sich an mich, fragte mich, wo ich denn herkäme und warum ich hier sei, nach unseren Plänen, wie viele wir wären, und warum wir so früh im Jahr schon segeln würden.

Zum Schluß forderte ich ihn auf, er solle zur Hölle gehen, und machte mich auf den Rückweg nach Norddeich. Als ich mich umsah, sprach er mit einem Polizisten, und der notierte etwas in seinem Notizbuch.

Ich trottete unruhig zurück zur *Gloria*, dabei verfolgte mich das Glockenspiel vom Turm mit der vom Wind verzerrten Melodie *Ein feste Burg*. Es war gerade Mittag, als ich wieder über den Deich kam. Vor der *Gloria* lag jetzt eine andere Yacht an der Pier. Sie sah aus, als sei sie in Holland gebaut, war wie ein Ewer getakelt, mit stumpfem Bug und Seitenschwertern. Im Cockpit saß neben der Pinne, auf der ein Delphin in Blattgold eingelassen war, die Gräfin.

Als ich zu ihr blickte, hob sie eine Hand und lächelte, nicht allzusehr, aber genug, um mich an die Art zu erinnern, wie sie gestern meine Hand gehalten hatte. Ich eilte die Leiter hinunter und begrüßte sie, eines ergab das andere, und bevor ich mich versah, schnatterten wir munter miteinander. Ein großer, blonder Deckarbeiter fummelte an Bord herum, er putzte Messing an einem Bullauge, und ich konnte ihm anmerken, daß er es nicht liebte, wenn andere Untergebene mit seiner Herrin sprachen. Aber sie gab mir weder durch Wort oder Geste zu verstehen, daß ich gehen sollte, und sie ließ mich auch nicht spüren, daß ich ein Untergebener war.

»Miss Dollmann, die mit Ihnen in Kiel war, hat mich in England aufgesucht«, sagte ich schließlich.

»Clara?« sagte sie mit Freude in der Stimme.

»Sie war bei uns, als wir das Boot vorbereitet haben.«

Sie senkte ihren Blick, ihr Gesicht wurde rot, und für einen Augenblick sah sie verwirrt aus. »Hans«, wandte sie sich an ihren Yachtmatrosen, »sag Elly, sie soll mir meine Skizzenbücher bringen.«

Hans schlurfte unter Deck.

»Haben Sie Lust auf einen Spaziergang?« fragte sie dann mich.

Ich war an diesem Morgen schon sechs Meilen gegangen. »Nichts lieber als das«, sagte ich. Man konnte merken, daß Hans auch mitkommen wollte, er erwähnte auch den Namen von Tritt. Aber das hatte keine gute Wirkung, im Gegenteil. Ich schnappte also die Zeichen- oder Malsachen, und los gings: die Gräfin, Elly, die Zofe, und ich. Die Leiter zur Pier hoch und dann auf die Pier. Als die Gräfin oben ankam, rief Elly Hans etwas zu, und er und sein Macker drehten sich daraufhin weg von der Pier, so daß sie die Beine ihrer Herrin nicht sehen konnten. Sam auf der *Gloria*, die direkt daneben lag, tat das natürlich nicht, ich schob ihm daher mit meinem Fuß ordentlich Split von der Pier ins Gesicht, um ihm etwas Benehmen beizubringen. Dann folgte ich den Damen auf der Pier, die Gräfin schritt mit elegantem Schritt in engem rotem Flanellrock und blauer Fischerjacke aus; Elly trampelte im schwarzen Kostüm, das im Wind flatterte wie ein Schwarm Krähen, nebenher.

Wir gingen die Pier entlang und bogen links ab, nach Osten, auf den Deich.

»Entschuldigen Sie meine Frage«, sagte die Gräfin, »aber was machen Sie hier eigentlich?«

»Wir arbeiten«, antwortete ich. Ich wollte natürlich nicht zugeben, daß ich es selbst nicht wußte.

»Kapitän Webb«, sagte sie, mit einem Seitenblick und einem leichten Heben der Augenbrauen, »der Mann, der den Kaiser in Kiel besiegt hat, sitzt jetzt in Ostfriesland, auf einer zurechtgemachten Schmack.«

Dieser Gräfin entging aber auch nichts. Ich fühlte mich äußerst unwohl. Es war gestern ein seltsamer Abend, der Morgen war auch voller Fragen gewesen, die wie dicke Fliegen um mich herumschwirrten, und Antworten waren nirgends zu erkennen. Daß nun jemand anderer diese Fragen auch stellte, machte die Sache nur noch schlimmer.

Ich zuckte mit den Schultern und sagte: »Es ist einfach nur Arbeit.«

Und das verstand sie falsch. Sie dachte, sie hätte mich daran erinnert, daß ich arm war und jede Arbeit annehmen mußte, die sich bot, während sie reich war und tun und lassen konnte, was sie wollte. Wie ich schon sagte: Bisher waren wir miteinander umgegangen wie zwei Menschen gleichen Alters, aber unterschiedlichen Geschlechts. Jetzt lag da plötzlich eine Art Barriere zwischen uns, als ob sie sich ungeschickt verhalten hätte und ihr das jetzt leid tat.

Sie errötete leicht und sagte, um wieder sicheren Boden unter die Füße zu bekommen: »Was war denn mit Clara Dollmann?«

»Sie hat uns in London aufgesucht«, sagte ich. »Sie gab an, ein Freund von ihr, Wilson, sei hier, und sie habe ihn aus den Augen verloren. Sie bat uns auch, nach ihm hier Ausschau zu halten.«

Kaum hatte ich das gesagt, machte ich mir ordentlich Sorgen, ob das nicht ein ziemlicher Schnitzer war. Nur weil ich sie zusammen mit Fräulein Dollmann in Kiel gesehen hatte, konnte ich nicht sicher sein, daß beide auch eng befreundet waren.

»Ihr Freund Wilson«, sagte sie, »die arme Clara.«

Für eine reiche Frau sprach sie wirklich sehr gerade heraus, und die Art, in der sie das sagte, verriet mir, daß ich mir keine Sorgen zu machen brauchte.

»Entschuldigen Sie«, sagte ich, »aber wer ist dieser Wilson?«

»Claras Vater hat einen Fehler gemacht.« Er ist getötet worden, hatte Fräulein Dollmann gesagt. Irgendein Fehler? »Er war in Ungnade gefallen, die Gründe sind egal. Mr. Wilson ist Claras Verlobter. Er glaubte, er müsse nach Ostfriesland, um diese Dinge zurechtzurücken.« Sie hörte sich nicht so an, als ob sie glaubte, daß sie das für ein vernünftiges Vorhaben hielt.

»Eine Sache der Ehre.«

»So denken Clara und Wilson darüber.«

Und wieder beschlich mich das Gefühl, daß sie nicht so dachte, ganz und gar nicht.

Wir waren jetzt oben auf dem Deich und gingen durch hohes, hartes Gras; an den Stellen, an denen der Wind es platt gedrückt hatte, schimmerte es silbern. Sie sah auf die See hinaus. Sie kam mir seltsam vor, das muß ich schon sagen, einerseits ermüdet von der ganzen Welt und andererseits unschuldig. Aber zu hundert Prozent würzig, wenn Sie diesen Ausdruck entschuldigen wollen.

Sie schien glücklich zu sein, die Dinge loswerden zu können, die sie längere Zeit zurückgehalten hatte. Ihre Mutter war Dänin und ihr Vater Deutscher, irgendein vornehmer Herr in Preußen, sie nannte ihn einen Junker. Sie sagte mir ganz offen, daß ihre Mutter schön und reich war, ihr Vater dagegen sei ein Blödmann mit einem Schloß und einem Titel gewesen. Wie dem auch war, sie war in dem Schloß aufgewachsen – von Kiefern erzählte sie, Sanddünen und Backsteinwehrgängen mit Blick auf die Ostsee –, und dann war sie mit irgendeinem Grafen verheiratet worden, als sie gerade achtzehn geworden war. Sechs Monate später war der bei der Rotwildjagd von seinem Pferd gefallen und tödlich verunglückt. Vielleicht war das ja nur meine Hoffnung, aber es hörte sich nicht so an, als ob es ihr viel ausgemacht hätte. Wie sie ihn schilderte, mußte er ein stoffeliger Kerl gewesen sein; und man konnte hören, daß sie, nachdem sie ihre Kindheit in dem Backsteinschloß verbracht hatte, in einem zweiten Edelverlies gelandet war, das auch nicht besser war als das erste. Aber nachdem er tot war, reiste sie nach Berlin, Paris und ähnlichen Städten. Sie übte sich in der Malerei, so sagte sie, verkaufte ihre Häuser außer einem hier in Ostfriesland. Das nannte sie Carolinenhof, denn sie liebte das Licht, und das war wohl besonders interessant für ihre Malerei. Und dann war da natürlich noch die Yacht, die *Delphin*.

Ich sagte: »Und Baron von Tritt?«

»Der wurde hier vor sechs Monaten zum Militärkommandeur des Distriktes ernannt. Sie haben ja Kapitänleutnant von Brüning getroffen. Er hatte hier das Kommando, bis man ihm von Tritt vor die Nase setzte.« Sie schnitt eine Grimasse. »Der arme Brüning steckt voller Energie, aber er hat nicht die richtigen Freunde in Potsdam, bei Hofe, wissen Sie. Egal, mein Schwiegervater hat mich angewiesen, das Boot für von Tritt bereitzuhalten. Sie haben ihn ja in Kiel getroffen: Baron Schwering.« Ich erinnerte mich an den alten Knaben mit einem Gesicht wie ein Schaf. »Mein Schwiegervater meint, ich sei eine gefährliche Liberale, und der Einfluß von Baron von Tritt würde mir gut tun. Er will auch, daß ich ihn heirate.« Sie sah mich an, ausdruckslos, bis auf eine Art höfliche Anfrage, als ob sie mich fragen wollte, ob ich dem zustimmte. Sie fügte hinzu. »Meinen Sie, daß ich das machen sollte?«

»Ich kenne den Herrn nicht«, sagte ich möglichst unbeteiligt. Ich hätte ihr gern eine klare Antwort gegeben. Aber es war nicht an mir, darauf zu antworten.

Sie sah mich mit ihren dunklen Augen an. »Freuen Sie sich«, sagte sie. »Und was denken Sie wirklich?«

»Ich denke, die Menschen sollten ihren Neigungen und Eingebungen folgen.«

»Mein Schwiegervater verfügt über zwei Drittel meines Vermögens.«

»Da bleibt ja noch ein Drittel.« Da ich noch nie etwas besessen hatte, war es für mich einfach, so etwas zu sagen. Und so wie sie aussah, ich hätte ihr alles gegeben, was ich hatte, wenn ich was gehabt hätte. »Wenn ich Ihnen irgendwie helfen kann«, begann ich, dann wurde mir schlagartig klar, was ich da gesagt hatte. Ich wartete auf ein schallendes, lautes Gelächter.

Aber es kam nicht. In ihrem Gesicht sah ich keine Verachtung über einen Diener, der seine Grenzen überschritten hatte, sondern die Verzweiflung einer Frau, die nicht mehr weiter wußte, die gefangen war.

Ich sagte: »Machen Sie sich keine Sorgen«, und nahm ihre Hand.

Sie drückte sie und sagte: »Danke sehr, Kapitän Webb.«

Und in ihren Augen stand nicht Hochnäsigkeit, sondern die Erleichterung eines einsamen Menschen, der sich plötzlich weniger einsam fühlt.

Für einen Augenblick hielten wir uns fest. Dann war dieser Augenblick vorbei, beendet durch die Barrieren, die gesellschaftliche Grenzen vorschieben können. Ich dachte an Hetty, oder sagen wir, ich war plötzlich überrascht, daß in meiner Gedankenwelt kein Platz mehr für sie war, die Gräfin füllte alles aus. Diese zog die Hand zurück; vielleicht glaubte sie, daß sie zuviel gesagt hatte, und wahrscheinlich hatte sie recht. Sie flüsterte: »Bitte entschuldigen Sie mich jetzt, ich möchte malen.«

Ich stellte die Staffelei für sie auf, und sie begann, während ich fort ging und versuchte, meine Gedanken zu sortieren: Ich wollte Dacre folgen, aber das hatte ich nicht geschafft. Es war ja eine schöne Sache, mit der Gräfin zu sprechen, aber ich tappte im Nebel. Nebel, in dem die Landmarken Schrecken, tote Soldaten und Höllenmaschinen hießen. Meine Füße trugen mich in das Gebiet vor dem Deich, für jemanden, der in Dalling oder einem ähnlichen Ort aufgewachsen ist, ist es ein Naturinstinkt, täglich nachzusehen, was die Tide an Wrackteilen oder ähnlichem angeschwemmt haben könnte.

Oberhalb des Streifens Seetang, der durch die Springhochwasser angewaschen worden war, standen ein paar grobe Büsche und hartes Gras. Ich wanderte dort entlang, Augen nach unten. Vielleicht hatten mich ja meine Schritte hierher geführt, damit ich etwas Licht ins Dunkel bekam. Vielleicht war die Welt voller geheimer Signale. Aber ich hatte den Schlüssel nicht zu diesen Signalen, ich wußte noch nicht einmal, was ein Signal war und was keins...

Hallo.

Ich war eine Viertelmeile gegangen. Norddeich war hinter einer Kurve verschwunden. Im Norden lagen die Sandbänke unter einer schmutzig wirkenden Wolkendecke.

Voraus lag etwas im Seetang.

15

# Der Mann in Lumpen

Für die meisten Menschen wäre das, was da zwischen abgestorbenem Unkraut, alten Zweigen und Korkresten lag, nur ein armseliger Haufen, eine Mischung zwischen totem Pferd und altem Schiffsdampfkessel gewesen. Für jeden, der in Dalling aufgewachsen war, war das ein Boot.

Ich ging hin und begann, das Unkraut abzureißen.

Ganz klar, das war ein Boot, oder besser ein halbes Boot. Die achtere Hälfte, oder für Landratten: die hintere Hälfte. Das war mal eine Yacht. Jetzt war sie völlig zerschlagen und kaputt, war in den Sand eingegraben und sah fast auch nicht anders aus wie Erde oder Sand. Ich war auch nicht der erste, der sie fand. Wo sonst Klampen, Augen und all die anderen nützlichen Dinge sitzen, die es in Bronze oder verzinkt auf einer Yacht gibt, waren nur noch Schraubenlöcher und Dreck.

Es handelte sich um das umgebaute Rettungsboot eines Schiffes, wenigstens sah es so aus. Ein Spitzgatter, der ein überhängendes Heck hatte, das nachträglich von jemandem angebaut worden war, der zumindest halbwegs etwas von der Sache verstand. Drinnen war alles nur ein Durcheinander von Unkraut und Holzsplittern. Das Ruderblatt war abgebaut, um an die bronzene Aufhängung zu kommen. Für einen Fischer, der sonst mit einem Ruder auf dem Meer um sein Leben kämpfte, das an einer verrosteten Eisenaufhängung befestigt war, hatte so eine Aufhängung erheblichen Wert. So ziemlich das einzige, was noch da war, war das Namensschild, Wind und Sand hatten bis auf ein paar kleine Goldflecken alle Farbe von dem Schild abgeblasen. Die einzelnen Buchstaben waren aber doch noch erkennbar, denn sie waren in das kleine Kiefernbrett eingraviert worden. Das Schild sah nett aus, zweifellos gemacht von jemandem, für den Boote Vergnügen und Freude bedeuteten und nicht das Einholen steifgefrorener Netze während eines Schneesturms.

Nun, ich lasse nicht gerne etwas auf einem Wrack zurück. Ich zog also mein Messer und schraubte das Schild mit der stumpfen Seite der Klinge ab. Dann steckte ich das Ding ein. Ich ging noch mal um das Boot, um zu prüfen, was es sonst noch gab.

Und dann fiel mir was Seltsames auf.

Das Boot war in Höhe der Hauptluke halbiert worden. Die Enden der Planken waren gebrochen und zersplittert, aber nicht allzusehr. Sie sahen zersprengt aus, das war das einzige Wort, das mir dazu einfiel.

»Ach du liebe Zeit«, sagte ich laut vor mich hin.

Jemand hatte das Boot in die Luft gesprengt.

Ich sah zur Gräfin zurück. Ich sah das weiße Oval ihres Gesichtes. Sie beobachtete mich. Sie drehte sich um, um mit Elly zu sprechen. Sie hatte mich hierher geführt. Ich erhielt Zeichen.

Aber ich hatte das Codebuch für diese Zeichen nicht.

Ich ging den Deich hinauf, kühlte den Kopf im Wind und begann Richtung Hilgenriedersiel zu laufen. Auf der Karte sah das aus wie ein hoffnungsloser kleiner Ort, ein winziges Rinnsal von einem Wasser schien dort gegen den Deich zu prallen. Was ich dann sah, paßte aber damit nicht zusammen. Hinter einer Abzäumung stand eine Reihe von langen niedrigen Dächern, und ein paar Backsteinschornsteine verteilten Rauch am Himmel. Die Dächer mochten mit den Verbesserungen des Deichs und der Küstenbefestigung zu tun haben, über die von Brüning gesprochen hatte. Ich blieb stehen und sah eine Rauchwolke von Süden auf die Dächer zustreben. Es war ein Zug.

Es ist durchaus auch die Aufgabe eines Skippers, sich die Zugverbindungen seines Fahrtgebietes einzuprägen, es könnte ja sein, daß die mitfahrenden Passagiere einen Transport benötigen. In der Karte waren Eisenbahnanschlüsse in Norddeich und Esens eingetragen, aber keine in Hilgenriedersiel; und die Karte war neu, von Oktober 1902. Doch in sechs Monaten konnte viel passieren, besonders bei den Deutschen. Ich ging weiter, blieb dann aber wieder stehen.

In weniger als hundert Meter Entfernung war eine Figur auf dem Deich erschienen, ein vertikaler Strich zwischen den langen horizontalen Linien. Der Mann erschien spinnenartig und losgelöst, als ob sich seine Teile voneinander lösen und im Wind auseinanderfliegen wollten. Dann wurde mir klar, daß es sein Mantel war, ein großer, zerfetzter Ölzeugmantel, und daß er mir zuwinkte, mit den Armen nach der Art, wie die Seeleute das machen. Er sah sehr dunkel aus, fast verbrannt. Als er sah, daß ich ihn beobachtete, zeigte er mit der rechten Hand von sich weg.

Er stand dicht bei einem einsamen Busch, der auf dem Deich wuchs. Zuerst dachte ich, er würde auf den Busch zeigen, das hätte zu seinem zerlumpten und verrückten Aussehen gepaßt. Aber dann wanderten meine Augen weiter. Weit hinten, fünf oder sechs Kabellängen weg, machte der Deich eine scharfe Kurve. Der Schein der Sonne ließ ihn hellgrün aussehen, ein Teil der Kurve lag jedoch im Schatten. Aus diesem Schatten heraus trat eine Gruppe Menschen auf den Deich – eine Gruppe mit geraden Seiten und scharfen Kanten, über ihren Köpfen blinkte es manchmal, und das war an anderen Stellen auch der Fall. Mich fröstelte, nicht weil irgend etwas unheimlich gewesen wäre. Fast das Gegenteil war der Fall. Denn es war sofort klar, daß dies ein Zug Soldaten war und daß das Glänzen von den Pickelhauben und den aufgepflanzten Bajonetten kam. Und, ob nun zu Recht oder Unrecht, ich hatte den Eindruck, daß ich der Grund war, warum sie auf dem Deich waren.

In der entgegengesetzten Richtung bemerkte ich, daß der Mann in den zerlumpten Sachen verschwunden war. Nach kurzer Überlegung entschloß ich mich, auch lieber zu verschwinden. Einer von den Soldaten erhob seine Hand, ich sah eine kleine graue Rauchwolke und hörte das Knallen eines Gewehrs. Man hatte mich gesehen.

Ich ging hinter dem Busch in Deckung. In der Nähe war eine Stelle mit schmierigem Boden, darin war der Abdruck von einem Stiefel mit Holzsohlen zu sehen, die in dieser Gegend getragen werden. Ich blieb eine Minute da und versuchte, alle Spuren zu beseitigen. Dieser Mann in Lumpen hatte sich nicht wie ein Jäger benommen, eher wie ein Gejagter. Ich ging auf der Deichkrone zurück zur Gräfin. Um bei der Wahrheit zu bleiben, am liebsten wäre ich gelaufen. Aber ich spazierte. Ich spazierte gelassen.

Ich kam bei ihr an und sah über ihre Schulter. Die Malerei bestand aus einer Menge Grün, Blau und Schwarz, ein Seestück, aber nicht sehr naturgetreu. Vorne stand eine einzelne Figur.

Ich sagte: »Da kommen viele Soldaten.«

Sie sah mich an, als ob sie nur an ihr Bild dachte und nicht an Soldaten.

»Ach«, sagte sie.

»Und der Mann auf dem Deich machte den Eindruck, als ob er Sie kennt.«

»Mann?«

»Ja, in dem Mantel.« Sie mußte ihn gesehen haben.

»Elly«, sagte sie, »hast du jemanden in einem Mantel gesehen?«

»Nein«, sagte Elly sicher wie der Deich selbst.

Ich machte meinen Mund auf, um zu diskutieren. Aber die Gräfin malte weiter an der Figur im Vordergrund ihres Bildes; am Hals hatte die Figur einen roten Punkt, das war ein Taschentuch – das Taschentuch, das ich trug. Ihr Pinsel bewegte sich wie ein Blitz, und plötzlich war da eine zweite Figur, ein verbrannt aussehender Mann mit einem wehenden Mantel. Beide Figuren reichten sich die Hände. Dann gab es bei dem Busch ein Durcheinander, und die Figur mit dem wehenden Mantel löste sich auf. Die Soldaten waren bei uns.

Ein Offizier bellte: »Ausweis!« Er hatte eine lange Nase mit einer roten Spitze, die hin- und herwackelte, während er sprach. Ich langte nach meinem Paß. Die Gräfin reagierte aber nicht.

»Ich wohne hier«, sagte sie, ohne auch nur aufzusehen, und ihre Stimme war so kalt, daß man damit hätte Sekt kühlen können. »Wer sind Sie überhaupt?«

»Ausweis«, wiederholte der Offizier, »oder ich nehme Sie fest.«

Diesmal sah sie auf. »Verschwinden Sie«, sagte sie. Das war nicht nur aristokratische Froideur, das war auch Was-glauben-Sie-wer-Sie-sind,-ich-bin-von-hier-und-Sie-nicht. Das war die Einheimische, die mit dem Fremden sprach.

Aber er war nicht beeindruckt. »Festnehmen«, bellte er.

Dann trat ein Feldwebel vor, ein Mann mit einem roten Gesicht und Koteletten, er hatte das Gehabe eines alten Bescheidwissers. Er flüsterte dem Offizier etwas ins Ohr. Dessen rote Nasenspitze wurde weiß wie ein Knochen. »Euer Ehren«, sagte er, »mein Gott ... wie kann ich nur ...«

Die Gräfin malte einfach weiter, bis er ausgestottert hatte. Dann sagte sie: »Sie dürfen nicht vergessen, daß dies ein Teil Deutschlands ist, den Sie nicht kennen. Die Bewohner hier wollen ihr eigenständiges Leben führen. Also, machen Sie keinen Ärger und lassen Sie mich und meine Leute in Ruhe.« Er stand zitternd auf der Schräge des Deichs und sagte: »Meine Dame, das ist ... wir suchen nach einem Mann, der ist gefährlich.«

»Ich habe keinen Mann gesehen. Elly?«

»Kein Mann«, sagte Elly, »so 'n Pech.«

»Kapitän Webb?«

»Nichts gesehen.« Wenn das für sie stimmte, dann stimmte es auch für mich.

»Na, dann ist ja alles klar«, sagte die Gräfin. »Wenn Sie noch irgendwelche Punkte vorzubringen haben – ich werde die Anlagen in Hilgenriedersiel heute abend mit dem Herrn General besuchen.«

»Frau Gräfin ...« Der Offizier deutete mit seiner Nase und seinen Augenbrauen auf mich.

»Bah«, sagte sie. »Der spricht kaum ein Wort Deutsch.« Sie hatte von etwas gesprochen, das sie in meiner Anwesenheit nicht hätte sagen sollen. Anlagen in Hilgenriedersiel! Was für Anlagen konnten das wohl sein?

Der Offizier verbeugte sich und zog ab. Ich beobachtete das Gesicht der Gräfin. Sie lächelte mich an mit dem Lächeln des Verschwörers, zweier einsamer Menschen. All das lag in diesem Lächeln. Dann riß sie sich wieder zusammen.

»Na, dieser Morgen ist schon verdorben«, sagte sie. »Sollen wir zurückgehen?«

Bevor wir abzogen, ging Elly noch zu dem Wrack, wohl ein natürliches Bedürfnis, dachte ich mir. Sie nahm ihre braune Sackleinentasche mit. Als sie ging, sah die Tasche voll aus. Als sie wiederkam, war die Tasche leer.

Also tat ich so, als hätte ich ein gleiches Bedürfnis, denn das Wrack war die einzige Abdeckung in der ganzen Gegend.

Das Unkraut auf einem der zersplitterten Schränke sah aus, als sei es vor kurzem bewegt worden. Ich kroch also ins Boot und öffnete den Schrank.

Drinnen stand ein kleiner Korb, gerade so groß, daß er in

Ellys Tasche paßte. Im Korb lagen ein Brot, ein halber Käse, eine Wurst, ein Kuchen mit einer Serviette, vier Äpfel und eine Flasche Weißwein. Nichts davon war vorhin dagewesen. Elly hatte das hier abgelegt. Und es sah so aus, als ob sie es für diesen Mann in Lumpen hinterlassen hatte, den Mann, den die Soldaten gesucht hatten.

Wir gingen gemeinsam auf dem Deich zum Hafen zurück. Dort waren mehrere Soldaten, die sich auf der Pier die Zeit vertrieben. Ich mochte ihren Anblick nicht.

»Vielen Dank für Ihre Gesellschaft, Kapitän«, sagte die Gräfin.

Sie streckte ihre Hand aus. Ich nahm sie. Sie benötigte Unterstützung. Genau wie ich. Es war mehr ein Händehalten als ein Händeschütteln ...

»Katja!« schallte eine Stimme von der Pier. »Was zum Teufel treibst du bloß? Wir müssen in siebzehn Minuten zum Essen beim Bürgermeister sein!«

Das war von Tritt, mit Wutflecken auf den Wangen. Doch der Blick, den er ihr zuwarf, hatte mit Essen nichts zu tun, es war der Blick eines vor Eifersucht kochenden Mannes.

Die Gräfin löste ihre Hand langsam aus meiner. Sie sagte: »Er kann warten.«

Er fing an, auf deutsch zu brüllen. Ich stand da und hätte ihm am liebsten auf seine häßliche Glatze schlagen.

Die Gräfin sagte: »Danke, noch mal« und lächelte wieder sehr vertraulich, dann ging sie die Leiter an der Pier hinunter zur *Delphin*.

Von Tritt sah mich mit einem Blick an, der mich sehr zufrieden machte. Ich hatte als menschliches Wesen Beachtung gefunden. Mehr noch: als menschliches Wesen, auf das er eifersüchtig war. Er stieg wieder in seine Kutsche. Ich setzte mich auf einen Poller und wartete.

Fünf Minuten später war sie wieder auf der Pier, hübsch angezogen und zurecht gemacht in einem grünen Kleid und mit Hut, die ganze Modepalette war da zu sehen, wenn man von einem karmesinroten Lackfleck auf ihrer Hand absah, über den sie jetzt einen Handschuh zog. Den karmesinroten Lack hatte sie für mein Taschentuch benutzt, auf dem Bild. Ich konnte von Tritt herummeckern hören, während der Kutscher die Tür öffnete. Wie ich schon erzählt habe, war es immer mein Wunsch gewesen, daß Hetty mich mit einer Frau zusammen sah, aber diesmal war es nicht so. Ich stieg die Leiter zur *Gloria* hinunter, zog das Namensschild aus meiner Hose und nagelte es in der Vorpiek über den Ofen. Sam schlief, und auch das Hämmern weckte ihn nicht. Als ich dann aber Tee machte, riskierte er ein Auge und richtete es auf die neue Dekoration.

»Kiel«, sagte er. »Letztes Jahr. Im Sommer. An dem Tag, an dem du den Kaiser besiegt hast.«

»Was?«

»Das Boot«, sagte er, »'ne kleine Yawl.«

Und da erinnerte ich mich auch wieder an die kleine Yawl mit einem Red Ensign und einem viel zu großen Dingi im Schlepptau, die unter dem Steven der *Kaiser Barbarossa* herauskam. Und an den Mann an Bord, der etwas außenbords geworfen hatte, zugesehen hatte, wie die Blasen aufstiegen, und sich dann wieder gemütlich an seine Pinne gesetzt hatte...

Als ich das Namensschild dann an der Bordwand gesehen hatte, war das Gold der Buchstaben schon teilweise abgeblättert, es war aber noch genug da gewesen, um in der Julisonne zu glänzen. Jetzt war kaum noch etwas davon über, aber die Buchstaben waren immer noch ganz klar zu erkennen, eingraviert mit tiefer, wenn auch amateurhafter Schrift. *Dulcibella* hatte sie geheißen. Und ich hätte um tausend Pfund gewettet, daß ihr Kapitän ein Mann namens Wilson war.

An diesem Nachmittag machte ich mir Sorgen um Dacre.

Ich fand immer neue Ausreden, um an Deck herumzufummeln, erfand kleine Arbeiten und beobachtete die Soldaten, die auf der Pier herumgammelten. Das Wasser lief schnell auf.

Nachmittags zur Teestunde kam eine Gestalt mit Jacke und Knickerbockern über den Deich. Sie war schnell die Pier heruntergegangen und nickte den Soldaten zu. Es war natürlich Dacre. Sein Gesicht war gerötet, die Augen waren zusammengekniffen wie Geschützvisiere. Er rutschte halbwegs die Leiter an Deck, und ich konnte sehen, daß seine Knie, die patschnaß und mit Schlick aus den Gräben bedeckt waren, zitterten.

»Bloß weg hier«, sagte er und löste seinen Rucksack.

»Wohin?«

»Irgendwohin. Haben Sie das Telegramm abgeschickt?«

Ich antwortete ruhig und gelassen: »Kommen Sie mit in die Vorpiek.« Er sah mich mit wildem Gesichtsausdruck an, als ob er mich zur Hölle schicken wollte, aber er merkte wohl, daß das diesmal nichts nützen würde. Ich wies ihm einen Platz auf der Koje zu, und Sam schenkte Tee ein. »Jetzt, Hauptmann Dacre«, sagte ich, »wollen wir von Ihnen die ganze Geschichte hören. Und zwar die Wahrheit.«

Er bewegte sich ruckartig und war offenbar sehr verängstigt, begann dann zu brüllen und verfluchte meine Frechheit. Er schrie, daß wir bezahlt würden, um das Boot zu segeln und nicht, um Fragen zu stellen, und daß er uns wegen Meuterei festnehmen lassen würde, wenn wir so weitermachten.

»Unterstützen Sie mich gefälligst«, endete er, dabei war sein Gesicht hart und hektisch. Ich wußte, daß es ihm ernst war und jede weitere Debatte ihn nur noch mehr anstacheln würde. »Vergessen Sie nicht Ihre Stellung«, fügte er hinzu. Sein Blick wanderte durch die häßliche, kleine Vorpiek mit zwei Kojen, einem Ofen, einem Eimer und ein paar Lecks im Deck. Sieh nur, wie sie leben, dachte er bestimmt.

Wie die Schweine. Und das ist ihr eigener Fehler, sie hätten ja nicht als Knechte geboren zu werden brauchen ...

»Was ist das denn?« fragte er.

Sein Blick war auf dem Namensschild über dem Ofen hängengeblieben. Er war aufgesprungen und schüttelte sich vor Wut. In seinem Gesichtsausdruck sah ich etwas, das mich sicher sein ließ, daß er den Soldaten auf dem Hohen Weg erwürgt hatte. Er riß das Namensschild vom Schott, zerbrach es über seinem Knie und steckte die Teile in den Ofen.

»Wenn Sie damit fertig sind, Ihren Vorgesetzten zu verhören«, schrie er, »werden Sie Vorbereitungen treffen, daß wir von hier verschwinden.«

»Das Wasser ist jetzt hoch«, sagte ich völlig unverbindlich und ganz ruhig, wie eben Bedienstete das halten, die ihre eigenen Pläne verfolgen. Er stand auf, stieß sich ordentlich den Kopf am Lukensüll und ging.

Sam sagte: »Ach du Scheiße, was treibt den bloß um?«
»Wir werden das noch herausfinden«, entgegnete ich. »Mach dir keine Sorgen.

*Brief von Hauptmann Dacre, ehemals bei den Ulanen, an Miss Erica Dacre, St. Jude's, Eastbourne, Sussex.*

*Liebstes Schwesterchen,*
*hallo, dies ist ein Brief von Deinem Bruder, der immer noch hinter den friesischen Inseln steckt. Ich will Dir, Schwesterchen, alles berichten, vor Dir hatte ich nie irgendwelche Geheimnisse.*
*Tatsache ist, daß die Dinge hier nicht ganz glatt laufen. Gestern abend hat jemand einen Brandanschlag ausgeübt, in Nessmersiel, wie sich später herausstellte. Du denkst sicher, daß das doch nur gut sei. Heute morgen wollte ich beim Norder Tief das allgemeine Durcheinander nach dem gestrigen Brand nutzen. Aber leider hat das*

*Nessmersieler Feuer alle alarmiert, und wenn es überhaupt noch was Schrecklicheres gibt als einen normalen Deutschen, dann ist es ein panischer Deutscher. Und sie sind wirklich sehr gut organisiert, erschreckend gut, könnte man fast sagen.*
*Leider traf ich auf meinem Weg zum Norder Tief auf eine Abteilung der Polizei. Sobald ich sie sah, war mir klar, daß mein Vorhaben geplatzt war. Ich tat also so, als ob ich ausrutschte, und fiel in einen Graben, einen großen Graben mit stinkendem schwarzen Schlick. Ich ließ alles* [hier war etwas dick durchgestrichen] *in den Schlick fallen und trampelte es ordentlich unter. Dann standen auch schon die Polizisten im Schilf und schrien mir zu, daß Spione gehängt würden, und ich war, und das werde ich keinem erzählen außer Dir, einem Nervenzusammenbruch nahe. Sie untersuchten mich sorgfältig. Zum Glück war ich bis auf die Haut durchnäßt, denn ich zitterte dermaßen, daß ich kaum stehen konnte, und mußte ihren Verdacht ablenken.*
*Liebes Schwesterchen, ich hasse mich selbst. Ich habe eine tödliche Angst vor der ganzen Gegend, wo es nicht einfach Land und Wasser gibt, sondern beides wechselt sich ab. Gestern sah ich neben dem Boot im Schlick die Fußabdrücke eines Vogels, der gelandet und dann wieder aufgeflogen war. Ich wünschte, ich reiste auch mit Flügeln und nicht in dieser schrecklichen Badewanne.*
*Aber da ich nun mal keine Flügel habe, muß ich mich weit mehr auf Webb verlassen, als mir lieb ist. Der Mann hat durchaus Intelligenz und Witz, aber wir haben ja die Erfahrung gemacht, daß wir Verantwortung lieber nicht den Angehörigen der unteren Klasse anvertrauen sollten. Klar, es gibt keine Rechte ohne Pflichten, und man muß seine Pflicht tun. Wir werden uns daher heute abend erneut bemühen, und wir werden sehen, was dabei herauskommt.*

*Es gibt aber auch ein paar Lichtblicke in diesem Schlick. Einer ist, daß doch Seine Gnaden dadurch, daß er mir diese Aufgabe anvertraut hat, zeigt, daß er viel von meinen Fähigkeiten hält. Zweitens haben wir hier ein nettes Mädchen getroffen, eine Gräfin, wirklich sehr hübsch!! Sie scheint eine Witwe zu sein, also, wer weiß!!??*
*Liebes Schwesterchen, erinnere Dich an mich, während Du schläfst.*
*Dein liebevoller Zwillingsbruder*

*Eric*

16

# Der Tiefschlaf des Fähnrichs

Ich war draußen an Deck und holte die Segel mit einer Wut hoch, als ob ich sie haßte, als ich Hufschlag hörte. Plötzlich stand die Gräfin auf der Pier in ihrem grünen Kleid. Ich erinnere mich, daß ich in meinem Zustand dachte: Es ist nicht gut, wenn man beim Loswerfen was Grünes sieht.

»Halt die Fock back«, sagte ich zu Sam.

Er hielt sie back, der Bug löste sich von der Pier und schwang in den Hafen. Wir drehten um die Achterleine, die auf Slip um einen Poller auf der Pier lag. Ich hielt meine Augen auf die Gräfin gerichtet. Als sie sich umdrehte, um uns beim Auslaufen zu beobachten, trafen sich unsere Blicke. Sie hob die Hand, die jetzt mit einem gelben Ziegenlederhandschuh bekleidet war, der den Flecken karmesinroter Farbe verdeckte, den sie wie ein Zeichen trug. Ich nickte zurück, und ich wünschte, wir wären geblieben. Ich hatte einen bitteren Geschmack im Mund, den bisher nur der Herzog bei mir hervorgerufen hat.

In dem Augenblick, als sie winkte, kam Dacres Kopf durch die Luke. Ich stand hinter ihm, und er blickte auf die Pier. Das Winken und das angedeutete Lächeln ging also genau in seine Richtung, und da dachte er natürlich, es sei für ihn. Sonst war ja keiner auf dem Boot . . .

Er nahm wie der Blitz seinen Hut ab und verbeugte sich. Die Gräfin verschwand hinter der Fock, als der Bug rumschwenkte.

»Achtern los«, rief ich Sam zu.

Die *Gloria* bewegte sich wichtigtuerisch bis in die Mitte des Hafens, ich drehte sie, und der Wind faßte sie von Backbord. Dacre wischte sich mit seiner flachen Hand das Kinn ab.

»Verdammt feine Frau«, sagte er und leckte sich um seinen häßlichen Mund. »Die möchte man schon im Bett zum Stöhnen bringen, was? Ein verdammt nettes Mädchen.«

Ich legte die Pinne ordentlich über, so daß der Wind achtern durch ging und von der falschen Seite in das Großsegel einfiel. Der Baum rauschte mit Schlagen und Krachen rüber und verfehlte den Schädel von Dacre um ein paar Zentimeter, leider.

»Passen Sie besser auf«, schnappte er, dann drehte er sich wieder um und winkte der Gräfin zu. Aber sie war schon verschwunden.

Dacre warf ihrem Boot eine Kußhand zu. Für einen Augenblick überlegte ich, ob ich ihm den Bootshaken um die Ohren schlagen sollte. Dann verließen wir den Hafen und kamen zwischen die Leitdämme. Das Barometer war gestiegen. Die Wolken waren hoch und friedlich, der Wind ließ nach.

Ich sagte: »Wir werden wohl gegen die Tide nicht weit kommen.«

Er sah auf das Dingi, das wir achtern an einer schlaffen Leine hinter uns herzogen. »Wir ankern da drüben.« Er zeigte auf das Riffgat, vor Norderney.

Mit schlaffen Segeln drifteten wir weiter durch das ruhige Wasser, auf dem stellenweise dünner Schaum lag.

Über dem Norderneygat stand eine Menge Rauch. Ich zählte ein Dutzend Rauchwolken und die Schornsteine, die sie produzierten; die Rümpfe waren in der diesigen Luft nicht zu sehen, aber große Schornsteine mit gelben Ringen, Schornsteine von Schleppern, die nach Hamburg oder Wilhelmshaven wollten. Und zwischen uns und dem weit entfernten Rauch war noch eine andere Rauchquelle, die uns immer näher kam: ein graues Schiff mit einem lächerlich niedrigen Bug, der einen ordentlichen Haufen Wasser vor sich herschob, das im Licht des Sonnenuntergangs rotgolden schimmerte.

Die *Blitz* kam, um sich alles genau anzusehen.

Sie ging längsseits, und wir schaukelten in ihrer großen Hecksee. Von Brüning stand in der Brückennock. »Schöner Abend«, sagte er. »Wie steht's mit den Vögeln?«

Seine Augen blitzten ironisch. Das war nicht überraschend; die gleichen Augen hatten uns bei unserem Tauchunternehmen direkt über der *Corinne* zugesehen.

»Hervorragend«, sagte Dacre. »Absolut phantastisch!«

Von Brüning strich sich den Bart. »Wohin soll's jetzt gehen?« fragte er.

»Ist doch egal«, sagte Dacre.

»So kommen Sie bestimmt nicht weiter«, sagte von Brüning. »Sie werden einverstanden sein, daß ich Sie nach Norderney schleppe.«

»Ich sage ...«

»Ich bestehe darauf«, sagte von Brüning, lächelnd, aber im Befehlston. »Für uns ist das wirklich einfach. Und diesmal gebe ich Ihnen einen Führer mit. Einen Lotsen, sagen wir mal. Dann werden Sie keine Probleme haben.« Er lächelte immer noch, aber es war keine Frage, daß auch das ein Befehl war und nicht nur ein Angebot. Ein Fähnrich stieg schon an der Bordwand der *Blitz* runter, ein Bursche mit rosa Gesicht und hellen blauen Augen und gelbem Haar mit Mecki-Schnitt.

»Nicht nach Norderney«, zischte Dacre so, daß nur ich das hören konnte. Ein paar Matrosen, die Mützen mit Mützenbändern trugen, warfen uns eine Leine zu, und wir banden diese unten um den Mast. Der Schornstein der *Blitz* spukte Qualm aus, und schon ging die Reise los.

Von Brüning schien es eilig zu haben. Er löste die

Schleppverbindung vor dem Hafeneingang mit Schwung für das restliche Stück zum Molenkopf. Der Fähnrich sagte: »So, und nun in den Hafen.«

Ich fragte: »Wie bitte?«

»Los!« sagte der Fähnrich mit einer Stimme, die man sich wohl angewöhnt, wenn man die ganze Zeit herumkommandiert, seitdem man dem Mutterschoß entsprungen ist. Im Falle unseres Fähnrichs konnte das noch nicht lange her sein.

Also, ich hatte für diesen Tag die Schnauze voll davon, mir sagen zu lassen, was ich zu tun hatte. Ich stand mit einem doofen Grinsen an Deck und hielt die Vorleine in der Hand. Als die *Blitz* weit genug weg war, ließ ich sie los und sagte: »Oh, was für Pech!«

»Tolpatsch!« sagte Sam.

Der Fähnrich fing an zu brüllen, wie Deutsche das eben können. Es war jetzt fast dunkel. Die Lichter des Hafens glitten vorüber, der letzte Rest des auflaufenden Wassers schob uns nach Osten in das Riffgat hinein. Der Fähnrich rannte nach achtern und schrie Dacre völlig respektlos an. Dacre hielt sich die Hände vors Gesicht. Sam und ich hörten zu, wie zur Abwechslung Dacre angemeckert wurde. Es war wie Musik für uns. *Gloria* war inzwischen an der Hafeneinfahrt vorbeigetrieben, und beim Stand der Tide und der Windstille bestand vorerst keine Möglichkeit mehr, dorthin zurückzukommen. Der Fähnrich brüllte wie verrückt, und nach etwa fünf Minuten mußte Dacre auch wohl oder übel zugeben, daß er ihn verstand. Die Hafenzufahrt war aber schon über eine Kabellänge entfernt und wurde langsam hinter uns kleiner.

»Er sagt, wir sollen Anker werfen«, übersetzte Dacre.

»Zu tief«, sagte ich. »Und zuviel Tidenstrom hier. Sam, hol mal das Lot.«

Sam begann also, das Lot auszuwerfen, sehr langsam; er vertüdelte sich mit der Lotleine um seine Füße, und es dauerte Ewigkeiten, bis er sich daraus befreit hatte. Das Ganze führte dazu, daß wir auf zwei Faden Wasser und fast eine Meile südöstlich von Norderney waren, als wir endlich den Anker warfen. Wir waren am Nordrand des Hohen Riffs, einer großen Sandbank, die sich vom Festland aus bis zu dieser Position erstreckt.

»Wie sieht es mit einem warmen Essen aus, Sam?« fragte Dacre in sehr umgänglichen Ton, um den Fähnrich zu besänftigen.

»Hab' auf Norderney prima Koteletts gekauft«, bot Sam an.

»Prima!« sagte Dacre und verschwand mit dem Fähnrich unter Deck.

Als ich die Ankerlaterne am Vorstag festmachte, drang schon der Geruch von gebratenem Fett aus der Luke der Vorpiek. Ich setzte mich ins Cockpit und sah auf die Sterne, die sich im Wasser spiegelten; ich gebe zu, daß ich Dacre und den Fähnrich belauschte. Dacre hatte den Whisky geholt, aber anfangs wollte der Fähnrich keinen Drink. Dacre gab sich höflich und als schmeichlerische Schlange. Er war älter, verderbter und gerisssener, man muß sagen, er spielte mit dem Fähnrich wie ein Virtuose auf der Geige. Er schmeichelte ihm, er machte Witze, und er schaffte es, in ihm ein Gefühl der Kameradschaft zu wecken. Durch den Schlitz in der Luke konnte ich sehen, wie der Fähnrich das erste Glas Whisky akzeptierte und dann kämpfte, nicht sein rosa Gesicht zu verziehen, als er den scharfen Geschmack spürte. Aber das Spiel war für Dacre von da ab gewonnen, und der Fähnrich versuchte, seinen Schreck zu verbergen, als Dacre das Glas ein zweitesmal füllte.

Nach einer halben Stunde war der Fähnrich völlig locker. Er wollte wissen, ob Dacre meinte, sein Kragen entspräche der englischen Mode und ob sein Jackett eine Musterung auf der *Ark Royal* überstehen würde. Dacre antwortete, der englische König habe selbst so ein Jackett.

Nach einer Weile schlich der Fähnrich auf die Toilette. Durch den Lukenspalt konnte ich sein halbleeres Glas auf dem Salontisch sehen. Kaum hatte der Fähnrich die Toilettentür hinter sich dicht gemacht, holte Dacre eine kleine Medizinflasche aus der Tasche und schüttete dem Fähnrich eine gute Dosis ins Glas. Chloralhydrat, sein Schlafmittel. Ein ganz klein wenig nahm er selbst auch, dann steckte er die Flasche wieder ein und schwenkte das Glas, um das Zeug zu vermischen.

Als der Fähnrich zurückkam, sagte Dacre auf englisch: »Na, denn man nichts wie weg mit dem Drink!«

»Ex«, sagte der Fähnrich in bestem Englisch.

Und dann kippten sie beide ihren Whisky.

Das war Dacre in Reinkultur: Er hatte sich in das Vertrauen eines Offiziers der deutschen Flotte eingeschlichen und ihn dann vergiftet. Und da war ich, der Skipper, der die Schnauze hielt, wenn sein Boss Jugendliche unter Drogen setzte, die Angehörige der Marine einer befreundeten Macht waren.

Ich hörte ein Geräusch. In jenen Tagen war das noch ein seltenes Geräusch, damals hatten fast alle Segel und neue Maschinen: eine Reihe von schnellen Schlägen, die sich gegenseitig überlagerten und im Hintergrund das Stöhnen stark belasteter Lager – das Geräusch vieler großer Schiffsschrauben im Wasser. Ich löste meinen Blick von Sodom und Gomorrah, das im Salon offenbar kurz bevorstand. Und sah die Schlepper.

Es mußten wohl ein ganzes Dutzend sein, die von der offenen See bei Hochwasser in das Wattengebiet einfuhren; ihre Backbordseitenlaternen schimmerten wie Rubine sowohl in der Luft als auch im Wasser. Die Dampferlichter warfen einen schwachen Glanz auf den Rauch, der aus ihren Schornsteinen quoll. Ihre Heckseen erreichten die *Gloria* als lange, glänzende Wogen und ließen sie rollen wie eine Badewanne. Vom Salon hörte ich das Scheppern von zerbrechendem Glas, man hörte auch das Geräusch aneinanderschlagender Blöcke und das Schlagen der Falle gegen den Mast. Noch bevor das Schaukeln vorbei war, war die Flotte schon in Richtung Norddeich verschwunden.

Dacres Kopf kam aus der Luke.

»Der Dekanter ist zum Teufel«, sagte er. »Seien Sie doch so nett und kommen Sie mit Kehrblech und Schaufel.«

Der Salon roch nach verschüttetem Whisky. Der Fähnrich hing in einer Ecke, seine Augen waren glasig, und die Augenlider fielen ihm dauernd zu. »Er konnte das wohl nicht richtig ab«, sagte Dacre nebenher. »Whisky auf leerem Magen.«

Er hatte sich bereits bis auf seine lange Unterwäsche ausgezogen und zog jetzt eine marineblaue Flanellhose an. Seine Füße steckte er dann in schwarze Segeltuchschuhe. Er schob seinen Kopf durch einen dunkelblauen Pullover. »Aber er wird gut schlafen, fest wie die Infanterie.«

Der arme Fähnrich hatte den Kampf gegen den Schlaf endgültig aufgegeben. Seine Augenlider fielen so schwer herunter, daß man meinte, man müßte sie aufklatschen hören, sein Kopf fiel zur Seite und knallte mit einem schrecklichen Krachen gegen das Schott.

»Am besten packen Sie ihn ins Bett«, sagte Dacre und zog die Stirn in Falten, als ob er sich um seinen Gast Sorgen machte.

Mörder, dachte ich. Hinterhältiger Mörder und Bombenleger. Außerdem Giftmischer. Wir waren bisher ehrliche Leute, Sam und ich. So 'n bißchen schmuggeln, das ist was anderes, aber das hier, das war zuviel. Viel zuviel. Wir konnten das nicht mehr länger durchgehen lassen.

»Holen Sie Sam zur Hilfe«, sagte Dacre.

Wir zerrten den Fähnrich in die Schlafkajüte und deckten ihn mit ein paar Wolldecken zu. Er hatte eine ordentliche Beule am Kopf, und sein Atem roch wie die Apotheke in

Wells. Als wir ihn gerade verstaut hatten, steckte Dacre wieder seinen Kopf durch die Tür. »Muß mit Ihnen reden, Webb.«

»Das Essen ist fertig«, sagte Sam und knallte die Teller auf die Back.

»Ach«, Dacre war mit den Gedanken ganz woanders, und Sam kehrte muffig in sein Reich der Fettgerüche zurück. »Ich möchte gerne nach Hilgenriedersiel und dort ein paar besondere Vögel beobachten. Ziegenmelker.«

Als Hetty und ich damals im Sommer nach Kelling Heath wanderten, waren dort Ziegenmelker in den Ginsterbüschen herumgeschwirrt. Es mochte auch Ziegenmelker in Hilgenriedersiel geben, dort gab es aber auch, wenigstens nach Aussage der Gräfin, »besondere Anlagen«, was auch immer man darunter verstehen mochte.

»Sicher ein Ärgernis, und es tut mir leid, daß ich Sie damit belästigen muß«, sagte Dacre, »aber ich möchte, daß Sie mich auf dem Hohen Riff absetzen.«

»In Ordnung«, stimmte ich zu, »morgen früh, dann paßt das mit der Tide.«

»Heute abend. Jetzt.«

»Und was ist, wenn der Bursche aufwacht und fragt, wo Sie geblieben sind?«

»Ich glaube nicht, daß der aufwacht. Die schlafen doch wie die Bären, diese jungen Kerle.«

Er hatte diesen gewissen Blick, den Hochwohlgeborene aufsetzen, wenn sie nicht wahrhaben wollen, daß ihnen tatsächlich ein Mensch gegenübersteht.

Ich sagte, so aalglatt wie möglich: »Natürlich. Geht es gleich los?«

Wie ich schon erwähnte, war er von Kopf bis Fuß in Dunkel gekleidet. Auf dem Kopf trug er einen alten kleinen Strumpf als Mütze, auch der war schwarz. Er sah aus wie ein kleiner häßlicher französischer Akrobat, schulterte seinen Rucksack und aß noch einen Mundvoll Brot mit angebranntem Schweinefleisch, während ich einen kurzen Blick auf die Karte warf. Dann gingen wir an Deck.

Hier summte und brummte Dacre vor sich hin, während ich das Dingi an seiner Leine heranholte. »Ich ... also ...«

»Sie möchten sicher nicht, daß irgend jemand erfährt, daß Sie zu einer kleinen Rudertour aufgebrochen sind?«

»So ist es.«

In Ordnung, dachte ich. Diesmal werde ich ganz bestimmt warten, bis du mitten drin bist im Schlamassel, und dann werde ich dich einlochen lassen.

Ich legte ein paar alte Putztücher in die Dollen des Dingis, um alle Geräusche zu vermeiden. Er kletterte runter und ließ sich achtern auf die Ducht krachen. Ich warf los und orientierte mich zunächst am Ankerlicht der *Gloria* und einem Lagerfeuer, das jemand am Strand von Norderney gemacht hatte, wohl um Krabben zu kochen. Ich ruderte. Es war jetzt etwa eine Stunde nach Hochwasser. Die See war wie ein großes schwarzes Feld, das mit Sternen übersät war, ein Viertelmond spiegelte sich im Kräuseln des Heckwassers unseres Dingis. Die gelben Lichter von Norderney sackten achteraus und kamen außer Sicht. Die See war riesig, das Land lag tief, man glaubte, die Krümmung der Erde zu spüren, und hatte den Eindruck, daß wir selbst obendrauf saßen.

Dacre fühlte das auch, und das machte ihn unruhig. Er haßte das Wasser. Als wir uns am Südrand des Riffgats nach Osten bewegten, konnte ich am Sog der Tide merken, wo wir ungefähr waren; die Strömung war in der Mitte des Riffgats stark, am Südrand dagegen war sie weniger ausgeprägt. Die Pricken waren auch hier abgeschlagen worden. Noch etwa vier Meilen nahm ich eine Peilung vom Leuchtfeuer und begann in Richtung Südosten zu pullen. »Was machen Sie denn?« sagte Dacre.

Ich gab keine Antwort, sondern konzentrierte mich, um quer zum Tidenstrom vorwärtszukommen. Nach den Vermessungen aus dem schwarzen Notizbuch gab es hinter der Lütetsburger Plate, auf der Südseite des Riffgats, einen kleinen Priel, nur einen winzigen Zufluß, wie den kleinen Finger einer Hand. Ich fand die Seite des Priels mit dem einen Riemen, schubste das Dingi weiter und pullte jetzt nach Norden, immer noch gegen den Strom. Ich navigierte nach den Berührungen der Riemen an den Ufern des Priels, je nachdem, erst auf der einen, dann auf der anderen Seite.

»Wo sind wir?« kam die ängstliche Stimme von Dacre.

Ich tastete mich mit den Riemen vorwärts und war damit voll beschäftigt. Kurz darauf faßten der rechte und der linke Riemen gleichzeitig Sand, ich zog noch mal kräftig an beiden Riemen, und dann saßen wir mit dem Steven auf dem Dreck.

Das Wasser zog an uns vorbei.

Ein Dampfer fuhr das Riffgat hinauf, seine grüne Steuerbordlaterne schimmerte im schwarzen Wasser. Seine Wellen liefen den Priel hoch und bewegten unser Boot, der Bug knallte auf den Sand.

»Was ist los?« fragte Dacre. »Rudern Sie weiter, Mann.«

»Wir sind am Ufer!« sagte ich.

Die Hecksee des Dampfers lief an uns vorbei und brach sich mit leisem Rauschen. Als alles wieder ruhig war, wurde die spiegelglatte Oberfläche nur von einigen schwarzen Streifen unterbrochen, die aussahen wie Teer.

»Was ist das?« sagte Dacre.

»Sand«, sagte ich, »das Wasser läuft ab.«

Er lachte ein nervöses, schrilles Lachen. Er hatte was vor, das war klar. »Also, ich muß schon sagen«, klagte er, »wie Moses im Roten Meer, mal wieder. Sie sind ein prima Kerl, Webb.«

»Einfach Richtung Festland, und Sie kommen nach Hilgenriedersiel«, sagte ich möglichst unverbindlich.

Er stieg über das Heck des Dingis. Ich sah zu, wie der muntere kleine Schatten durch die Wasserpfützen tappte und landeinwärts marschierte. Er hatte den Schritt eines Soldaten, nicht den eines Vogelbeobachters, und er schleppte ein Paket Dynamit. Für die Ziegenmelker? Ich schob das Dingi wieder in den kleinen Priel zurück und machte eine dünne Leine an einem Stock fest, den ich mitgebracht hatte. Dann zog ich etwas Brot mit Leberwurst heraus und aß. Als ich das letzte Stück Wurst geschluckt hatte, machte ich mich hinter ihm her.

17

# Die Ziegenmelker von Hilgenriedersiel


Der Sand unter meinen Füßen war fest, das Mondlicht spiegelte sich leicht im Watt. Hinter mir verschwand das Dingi in der Dunkelheit. Bei Niedrigwasser würde das Dingi tiefer liegen als das Niveau des Hohen Riffs, und wer nicht direkt danach suchte, würde es auch nicht finden. Die Nacht war still und ruhig, bis auf das Rauschen der See und meinen eigenen Atem.

Dacre schien direkt auf die nördliche Ausbuchtung des Deichs im Westen von Hilgenriedersiel zuzugehen, wo ich die Gruppe Soldaten entdeckt hatte. Ich legte mich einen Augenblicklang flach hin, die Augen ganz dicht über dem Sand. Vorne hob sich die kleine dunkle Figur vor den Sternen ab und ging jetzt etwas nach links. Oberhalb des Deiches war so etwas wie ein Lichtschein zu erkennen. Ich hielt mich etwa dreihundert Meter hinter ihm. Er drehte sich nicht um; er hatte ja auch keinerlei Grund anzunehmen, daß ihm jemand folgen würde.

So ging ich hinter ihm her, manchmal rutschte ich auf dem Schlick aus oder blieb fast darin stecken. Ich war übelgelaunt und hatte Angst. Es war zu viel gelogen und zu viel Dynamit verpackt worden. Auch wenn ich für meinen Job bezahlt wurde, blutete ich, wenn ich verletzt wurde, und würgte, wenn man mich erhängte. Ganz wie ein Hochwohlgeborener.

Man konnte das Land riechen, bevor man es sah, den

verfaulten Geruch des angetriebenen Seetangs, gemischt mit Seelavendel und Thymian. Auch den Gestank nach faulen Eiern, den manche für Abwasser halten. Aber wer in der Marsch aufgewachsen ist weiß, daß es frisch ausgebaggerter Schlick ist.

Frisch ausgebaggerter Schlick für eine neue Eisenbahnlinie. Mit Kopfbahnhof. Auf der Karte sah Hilgenriedersiel aber aus, als ob da überhaupt nichts wäre.

Salzwiesenpflanzen wischten um meine Stiefel, dann sogar Büsche und grobes Gras. Der Deich trat vor den Sternenhimmel. Für einen Augenblick verlor ich Dacre. Dann sah ich einen Stern in seiner Rucksackschnalle spiegeln. Er ging schnell, drehte nach links. Ich folgte ihm.

Der Deich bog plötzlich nach rechts und gab ein großes schlickiges Becken frei, das halb mit Wasser gefüllt war; hier kam auch der Gestank her. Ein ausgebaggerter Priel, dessen Abschluß glatte, schwarze Sieltore bildeten. Der Deich reichte auf beiden Seiten bis an das Sieltor heran, an seinem Fuß war ein Drahtzaun. Von der anderen Seite des Deichs kam lautes Summen, wie von einem Bienenschwarm in einem geschlossenen Raum. Irgendwo in der Nähe pfiff eine Zugdampfpfeife schrill und laut. Dacre war verschwunden.

Ich hatte keine Ahnung, wo er geblieben war. Ganz still stand ich da, hörte mein eigenes Herz klopfen und suchte mit meinen Blicken den Deich ab.

Irgend etwas bewegte sich. Es waren zwei Soldaten, mit langen, schweren Mänteln und Gewehren über ihren Schultern.

Ganz langsam und leise legte ich mich flach auf den Boden.

Die beiden Kerle auf dem Deich gingen weiter, stetig und geradezu feierlich. Meine an die Dunkelheit gewöhnten Augen sahen eine Bewegung hinter ihnen. Das war Dacre, der wie eine Schlange an den Fuß des Deiches herankroch. Ich sah, wie er mit den Maschen des Zauns kämpfte. Er versuchte einzubrechen, das war klar. Mir klopfte das Herz wie wild in der Brust, genauso wie es damals geklopft hatte, als Hetty und ich als Kinder an der Pier von Blakeney Aale geangelt hatten und der Schwimmer mit dem Köder anfing, hin- und herzuwackeln. Ich holte tief Luft, um den Wachen zuzurufen: Seht her, hier kommt er, der Mörder, der Einbrecher. Aber der Punkt beim Aalangeln war, daß das Hin- und-Herwackeln eben nur ein Vorspiel ist. Man muß warten, bis der Schwimmer untergeht und im trüben Wasser nicht mehr zu sehen ist. Erst dann darf man handeln.

Ich dachte also: Noch nicht. Ich wollte ihm genug Lose in der Leine lassen, daß er sich selbst richtig aufhängen konnte.

Offenbar war er vorher schon durch solche Zäune gebrochen. Es gab ein kurzes Gefummel, und dann schlängelte er sich durch den Zaun und über den Deich. Oh, du blöder Hund, sagte ich in meiner Phantasie zu ihm. Oh, du blöder Hund, wo reißt du mich da rein? Mein Mund war völlig ausgetrocknet. Gleichzeitig stellte ich fest, daß ich fast wie von selbst dem Zaun immer näher kam.

Und das nächste war, daß ich selbst direkt vor dem Zaun lag. Es war Maschendraht zwischen Betonpfosten mit Stacheldraht als Krönung. Als ich am Zaun entlangstrich, fand ich eine Stelle, wo der Zaun lose war, und ich konnte ihn leicht nach oben schieben. Ich erinnere mich, daß ich dachte: Da kannst du nicht reinschleichen, nicht, wenn da noch extra Wachen sind, und nicht, wenn du Dacre überführen willst. Aber da war mein Kopf schon durch, und meine Schultern quetschten sich auch schon unter den Zaun.

Auf dem Deich hustete jemand.

Ich konnte das leere Watt hinter mir und ein paar Insekten im Gras hören und auch das Rascheln der Maschen des Zauns um mich herum. Die Stiefel der Wache auf dem Deich hörte ich auch.

Alles was ich tun konnte war, ganz still dazuliegen und zu denken: Ich hab' mit der Sache nichts zu tun. Aber es würde sicher schwer werden, das den Posten klarzumachen.

Die Stiefel marschierten. Die Posten meckerten. Aller Urlaub war gesperrt worden, sagten sie.

»Aber danach«, hoffte einer von ihnen.

»Scheiße«, sagte der andere übelgelaunt.

Der erste sagte irgend etwas über englische Mädchen, das völlig sinnlos war. Sie waren jetzt so nah, daß ich ihren Schweiß und Tabakrauch riechen konnte. Gleich passiert es, dachte ich. Gleich entdecken sie mich ...

Aber sie gingen weiter.

Hau bloß ab, sagte der vernünftige Teil in Charles Webb.

Aber Charles Webb kroch unter dem Zaun durch, steckte den Zaun wieder in den Boden und schlängelte sich den Deich hoch.

Die Hütten reichten bis an den landseitigen Fuß des Deichs. Dahinter lag etwas, das aussah wie ein großer Hof. Männer drängten sich unter Lichtkegeln zusammen. Soldaten marschierten, und in der Nähe beleuchtete ein Streichholz den grauen Bart eines Arbeiters, als er sich eine Pfeife ansteckte. Nur von Dacre war nichts zu sehen.

Ich ging ein paar Schritte weiter. Etwas Hartes und Schweres traf mich, schlug mich glatt um und drückte mein Gesicht in den Dreck. Ich stemmte mich dagegen, aber meine Arme und Beine waren wie festgenagelt. Ich erinnere mich, daß ich dachte: Verdammt, das ist einer, der hat es richtig gelernt. Ich kann überhaupt nichts mehr bewegen. Schrecklich harte Finger drückten mir die Luftröhre zu. Ich sagte: »Du« – dann blieb mir der Atem weg. Ich hörte einen Zug anfahren, aber vielleicht war es auch das Blut in meinen Ohren. Mein Gehirn schien sich mit Blut zu füllen, das fleckige Gesicht in dem Priel auf dem Hohen Weg stieg in meiner Erinnerung auf, das Wasser gurgelte in seinem

Mund. Und jetzt brachte man mich um. Die Sterne wurden dunkel.

Dann ließen diese Finger los, die Sterne gingen wieder auf, in der Mitte sah ich Dacres Kopf, rund wie eine Kanonenkugel vor den Sternen. Er sagte mit einer Stimme, die zischte wie ein nasser Daumen auf einer Herdplatte: »Ich habe Ihnen gesagt, Sie sollen bei dem Boot bleiben, Sie Vollidiot!«

Ich war sehr wütend. Ich hätte laut losgebrüllt, doch seine Daumen quetschten mir die Stimme aus der Kehle. Ich krächzte: »Mörder!«

»Deutsch!« zischte er. Und mir wurde klar, daß er schreckliche Angst hatte. »Sprechen Sie Deutsch!«

»Ich kündige«, sagte ich auf deutsch. »Ich diene nicht als Ihr Skipper, wenn Sie hier Leute umbringen, Sie schmutziger kleiner Blödmann.« Das war natürlich in diesem Augenblick dumm von mir, aber ich kann nur sagen, daß ich halb tot war und meinem Herzen deshalb freien Lauf ließ.

»Gehen Sie zum Boot zurück.«

»Nein.«

»Tun Sie, was ich Ihnen sage!«

»Nein. Was haben Sie vor, Mr. Dacre?«

»Das geht Sie gar nichts an.«

»Das lassen Sie mich selbst entscheiden!«

Ich spürte, wie er mich anstarrte. Ich konnte seinen Whisky- und Tabakgeruch feststellen. Er dachte nach, das merkte ich. Meine Stimme kam langsam zurück. Ich hätte jetzt losbrüllen können. Aber ich tat es nicht.

»In Ordnung«, sagte er. »Aber das wird Ihnen noch leid tun.«

»Lassen Sie mich das selbst entscheiden«, wiederholte ich.

»Gut«, sagte er. Er hörte sich verwirrt an, als ob die Welt Kopf stünde, da nun die Diener die Fragen stellten und die Herrschaften die Antworten geben mußten. »Dann kommen Sie mit. Wenn Sie jemand fragt, sind Sie ein Schiffszimmermann aus Emden. Wenn jemand merkt, daß das nicht stimmt, dann hängen Sie.«

Ich saß da und rieb mir den Hals. Eine dumme innere Stimme sagte mir: Deine Neugierde wird dich noch umbringen, Charlie Webb. Der Zug stand jetzt still, man hörte nur noch das Zischen des Dampfes.

»Komm«, sagte Dacre auf deutsch, »schnell.«

Ich folgte ihm, wir verließen den dunklen Bereich zwischen den Hütten und schoben uns auf den freien Platz, eine Art Hof, der mit Schotter bedeckt war. Dacre hatte seine Mütze abgesetzt, und seine Haare standen ab wie die Stacheln eines Seeigels. Das paßte nicht zu ihm, sonst war er immer so gepflegt. Ich schlurfte neben ihm her, rieb meinen schmerzenden Hals und grinste dabei über nichts. Die Beleuchtung endete an dem schlickigen Abhang eines weiteren Deiches. Das Ganze war ein von Deichen umgebenes Quadrat, ein Platz zwischen dem äußeren und einem zusätzlichen inneren Deich, der an den Seiten auch noch mal mit Deichen abgeschirmt war. So blieb alles hier unsichtbar, sowohl von See aus als auch von Land aus. Auf einem besonderen Areal standen die Hütten mit den Dächern, die ich schon am Nachmittag gesehen hatte. Es waren viel mehr, als ich gedacht hatte, ganze Straßenzüge. Die Straßen und der Hof waren voller Soldaten und Arbeiter, außerdem gab es Pferde und Wagen. Es mochte Mitternacht sein, aber hier wimmelte es wie in Yarmouth an einem Feiertag.

Dacre führte mich durch die Menge zu dem Bahnsteig, wo der Zug stand, bis an die Achsen der Lok, denn wir waren von Dampf umgeben. Es war eine eingleisige Strecke, so ähnlich wie man sie baute, um die Muscheln und anderes Seegetier von Wells nach London zu bringen.

Der Zug ähnelte dem, der mich an jenem Morgen auf der Strecke westlich von Norden aufgehalten hatte. Einige Waggons sahen aus, als seien sie für Passagiere vorgesehen.

Andere hatten kleine Fenster in großer Höhe mit Gitterstangen davor, zu hoch für Menschen, aber passend für Pferde. Der Rest waren Tieflader, die Fracht mit komischer Form trugen. Die Fracht war mit grünen Persenningen abgedeckt. Diese Persenninge wurden gerade abgenommen, und Männer mit Brechstangen und Taljen arbeiteten an der Ladung. Schnell und effizient.

Als ich sah, was auf diesen Tiefladern war, stand ich mit offenem Mund da und wußte nicht mehr weiter. Dacre zog an meinem Ärmel.

»Wollen zusehen, daß wir fertig werden«, sagte er auf deutsch. »Dann können wir noch eine Mütze voll Schlaf nehmen, Gott sei Dank. Hier lang.«

Er führte mich bis an die Pier.

Die Deutschen hatten das Tief in ein großes Hafenbecken erweitert. Treppen und Rampen führten vom Bahnsteig hierher, so war es möglich, die Fracht der Tieflader ohne überflüssige Arbeit zu transportieren. Aber es war das Hafenbecken selbst, was mir den Atem stillstehen ließ und meine Knie weich machte.

Das ganze Hafenbecken war voller Leichter.

Sie müssen verstehen, wenn ich sage voll, dann meine ich nicht nur längs der Pier, sondern ich meine dicht gedrängt, wie die Heringskisten auf dem Markt in Grimsby zum Höhepunkt der Heringszeit. Es waren große Leichter, fast vierzig Meter lang und glatte sechs Meter breit, gebaut, um auf hoher See genutzt zu werden. Sie hatten überhängende Bordwände und einen ausladenden Steven, so daß sie keine See übernehmen würden. Es lagen sechs Leichter längs an der Pier und zehn hintereinander, vielleicht habe ich mich aber auch geringfügig verzählt, da meine Augen vor Schreck tränten. Egal, es waren also etwa sechzig Leichter da. Manche davon waren noch leer, andere waren schon beladen.

Ich stand da, meine Knie schlotterten mir in den Hosen.

Dacres Knie hatten an dem Nachmittag auch geschlottert, als er von Norden zurückgekommen war. Ich verstand jetzt, warum.

Tut mir leid, Dacre, dachte ich. Aber ausgesprochen hätte ich das nie.

Die leeren Leichter lagen am Fuß der Rampe, die vom Bahnsteig hinunterführte, und warteten auf ihre Fracht. Dies war nicht der erste Zug, und es würde auch nicht der letzte sein. Man brachte Kanonen. Große Kanonen, kleine Kanonen, mittlere Kanonen. Genug Kanonen, um einem Land das Lebenslicht auszublasen, mit Lafetten, Munition und allem drum und dran.

Militärmanöver, sagte ich mir. Aber ich wußte, daß das nicht stimmte. Nicht bei so vielen Kanonen und so vielen Männern.

Militärmanöver, von wegen. Dies war ernst.

Ich wünschte, ich wäre auf dem Boot geblieben.

»Schießen Sie die Leinen hier auf«, sagte Dacre auf deutsch. Auf seiner Stirn stand Schweiß. »Die da«, sagte er und zeigte auf einen wirren Haufen alter Festmacheleinen auf der Pier. »Dummer Kerl.«

Es mag sich seltsam anhören, aber es war fast eine Erleichterung, jetzt einen klaren Befehl zu erhalten. Ich bückte mich und begann, den Haufen mit Eifer zu entwirren und die Leinen vernünftig aufzuschießen.

Dacre stapfte die Rampe runter zu den Leichtern, er zeigte seinen lockeren Gang wie immer und steckte sich eine Meerschaumpfeife an. Er ging zu einem Leichter, wo niemand zu sehen war, sprang an Bord, als ob ihm das Ding gehören würde, und verschwand unter dem kleinen Deck, direkt hinter dem Steven.

»Hallo«, schnappte eine Stimme, »wer sind Sie denn?«

Ich fürchtete, daß mir das ganze Blut aus dem Kopf wegsackte, und sah einen Kerl in dunkler Uniform und einer ziemlich einfach aussehenden Schirmmütze. Ein Polizist.

»Georg Schlumpf«, sagte ich. »Was dachten Sie denn, wer ich bin?« fügte ich noch dazu in dem breitesten Friesisch, das ich zustandebringen konnte. Dabei schoß ich weiter die Tampen auf.

Er trat einen Schritt zurück. Er hatte ein häßliches Gesicht mit einer langen Nase, und ich sah ihm an, daß meine Antwort vielleicht für einen englischen Bobby ausgereicht hätte, niemals jedoch für einen deutschen Polizisten. Seine kleinen roten Augen versprachen Ärger.

»Unverschämtheit«, sagte er oder etwas Ähnliches. »Ausweis?«

Ich wurde am ganzen Körper steif, wenn auch noch nicht so steif, wie ich sein würde, nachdem sie mich erhängt hatten. Und das war so gut wie sicher.

Dann hörte ich eine neue Stimme in dieser Szene. Es war eine mir bekannte Stimme, eine Stimme, die einem das Herz anhalten konnte, so scharf war sie, aber in diesem Augenblick war es für mich die Stimme eines Engels.

»Schutzmann«, sagte die Stimme. »Sie hatten Befehl, das Verladen zu überwachen, aber nicht Arbeiter zu quälen, die nur ihre Pflicht tun.«

Es war eine weibliche Stimme, mir schien sie glockenrein und wie aus höchsten Höhen. Aus dem Augenwinkel konnte ich sie sehen, groß und schlank in einem dunklen Rock, den netten kleinen Hut nach vorne etwas ins Gesicht geschoben, die Nase in die Luft. Mir stand das Blut im Hals, aber ich hob meinen Kopf nicht. Es war die Gräfin, die mein Leben rettete. Und dann kam ein anderer Mann, die Mütze über die kleinen Augen gezogen, der Hals quoll aus dem Kragen: Baron von Tritt.

»Was ist los?« sagte er.

Und ich wußte, daß jetzt alles vorbei war.

Aber ich war ein Mann der Arbeiterklasse, ich arbeitete, und deswegen war ich eben für Leute wie von Tritt gar nicht vorhanden. Der sah nur auf den Polizisten. Der Polizist stand da, als hätte er einen Stock im Kreuz. Er redete irgend etwas von Pflichterfüllung, aber das war alles zusammenhangloses Gestammel. Mir war klar, daß ich aus dieser verfahrenen Situation nur durch ein Gewaltmanöver entkommen konnte.

Ich sagte also in ausgeprägtestem Friesisch: »Ich mach' hier nur meine verdammte Arbeit, und dann kommt dieser blöde Polizist und meckert mich an. Ich weiß immer noch nicht, was er eigentlich will oder was ich ihm getan habe...«

Von Tritt sah mich nicht an. »Wie die Gräfin schon sagte, machen Sie Ihre Arbeit, und lassen Sie den dummen Polizisten die seine tun.«

»Jawohl, Herr General Baron«, sagte der Polizist. »Wie Herr General Baron es befehlen.«

Wenn das jetzt von Brüning gewesen wäre, dann hätte ich keine Chance gehabt. Aber für von Tritt war ich kein menschliches Wesen. Ich hätte sogar seine häßliche, narbige Fresse küssen können. Er ging weiter und sprach mit einem Herrn Bohm über Dampfbagger. In seinem Rücken warf mir die Gräfin einen kurzen Blick zu, und unsere Augen blieben aneinander hängen. Wir wußten beide, was wir dachten. Aber dann ging sie ohne jede weitere Reaktion.

Ich senkte wieder meinen Blick und schoß weiter die Leinen auf, wie einer, der am Ende einer Reeperbahn arbeitet.

Der Hall der Fußtritte entfernte sich. Es waren die Fußtritte von Privilegierten, langsam und gemächlich mit dem leichten Klackern von neuen Eisenbeschlägen unter den Absätzen.

Ich war in Schweiß gebadet, und die aufgeschossene Leine wollte auch nicht so wie ich. Ich nahm das ganze Ding wieder auf und begann von vorne. Neben mir bellte Dacres Stimme: »So, wir sind fertig. Jetzt trinken wir ein Glas Bier.«

Der Polizist, der zehn Meter neben uns immer noch ganz steif dastand, drehte noch nicht einmal den Kopf nach uns.

Wir mischten uns wieder unter die Menge. Die Schauerleute hatten den Zug entladen. Dacre führte mich durch Dampfwolken vorbei an der pfeifenden Lokomotive und durch den Schein von Lampen. Ich war völlig benommen, wie einer, der von einem hohen Mast fällt und merkt, daß er wider Erwarten noch am Leben ist.

»Los«, sagte Dacre und schob mich energisch zwischen zwei Waggons.

Ich stolperte in den Schatten und stieß mir das Schienbein an einer Kupplung. Dacre balancierte auf einem Tritt und flötete. Plötzlich gab es ein Rucken und Stoßen, und der Waggon hinter mir stieß in meinen Rücken. Dacres Hand schnappte mich am Kragen und zog mich auf den Tritt. Der Zug verließ den Bahnhof, die Lichter sausten an uns vorbei. Ein Posten starrte uns an. Dacre winkte. Dann passierten wir den Zaun, und das Dunkel der Nacht nahm uns auf.

»Springen«, sagte Dacre, und weg war er.

Ich sprang auch und schlug hart auf. Die zurückliegende Anlage sah jetzt aus wie eine beleuchtete Schachtel. In der Nähe rief eine Eule. Ich war nicht mehr sicher, ob ich lebte oder nicht.

Wir zogen über ein paar morastige Wiesen und durch einige kalte Wassergräben, überquerten den Deich und kamen wieder zurück ins Watt. Als wir das Dingi erreichten, waren wir zwei Stunden unterwegs gewesen.

Wir wuschen den Schlick mit kaltem Seewasser ab, und das ablaufende Wasser schob uns so weit, bis wir die *Gloria* erkennen konnten. Sam und der Fähnrich schliefen wie die Bären, und die Tide blubberte munter um das Heck. Die gute *Gloria* war wirklich ein schreckliches Ding, bunt wie eines der grellen Mädchen von Heybridge, auf denen jeder reitet, aber die keiner heiratet. In dieser Nacht fühlte ich mich an Bord wie zu Hause. Ich ging in den Salon, ohne daß Dacre mich dazu aufgefordert hätte. Ich setzte mich schwer wie ein gefällter Baum.

»Und jetzt werden Sie so freundlich sein und mir erklären, was für ein seltsames Spiel Sie hier betreiben«, sagte ich.

# 18

# Ein gelöstes Rätsel

Dacre schenkte etwas Whisky in ein Glas ein und nahm einen Schluck. Er sah müde aus, und die Abgespanntheit in seinem Gesicht ließ ihn noch härter und gerissener erscheinen als sonst. In seinen Augen stand ein häßliches Leuchten, halb energisch und halb verrückt. Er sah immer noch aus wie ein Mörder. Vielleicht war dies ja hier so ein Fall, wo Feuer mit Feuer bekämpft wurde.

Er sagte: »Was wissen Sie über den Aufbau der deutschen Marine?«

Ich dachte sofort an den Mr. Childers, der in der Bibliothek des Herzogs in der Mount Street hinter dem Tisch gesessen hatte. Der Herzog hatte ihm das Wort abgeschnitten, weil das, was er mir hatte erzählen wollen, Bediensteten niemals anvertraut werden durfte.

»Sie hatten früher überhaupt keine Marine, über die es sich lohnen würde zu reden. Aber der alte Tirpitz hat Linienschiffe gebaut wie verrückt. Ich habe gehört, daß Sie gegen den Kaiser in Kiel gesegelt haben. Noch vor wenigen Jahren hatte er englische Besatzungen. Aber wie Sie bemerkt haben werden, ist seine Besatzung jetzt deutsch. Es geht um Ausbildung. Erfahrung. Und was meinen Sie denn, warum machen die das? Damit sie fit werden? Und wozu?«

Das hörte sich bekannt an. In meinen Gedanken sah ich die großen Gefechtstürme der Kreuzer mit den schwarzweißen Flaggen, die Dacre so in Angst und Schrecken versetzt hatten. Aber ich sah auch unsere eigene Nordseeflotte bei ihren Manövern, Schiff hinter Schiff in einer endlosen Kiellinie, ein undurchbrechbares Bollwerk aus Geschützen und Panzerung, das Rauchschwaden von Horizont zu Horizont hinter sich her zog.

Ich sagte: »Das wird aber noch lange dauern, bis sie uns einholen können.«

Er nickte in der Art, wie man kleinen Jungen recht gibt. »Sie sagen, sie hätten gar nicht die Absicht, mit Großbritannien, ihrem alten Freund, in einen Krieg verwickelt zu werden. Sie sind vielmehr auf Frankreich und die östlichen Länder fixiert: Japan, Rußland, Stützpunkte in China und so weiter.« Er legte seine Hände auf den Tisch. »Aber das ist alles Quatsch. Natürlich steht ein Seekrieg gegen England für die Deutschen außer Frage. Weil sie es nicht schaffen können. Und darum planen sie eine vorher geheimgehaltene, überraschende Invasion. Dreihundert Mann in jedem dieser Leichter, mit Pferden und Geschützen. Auch mit Maschinen, Kriegsmaschinen.«

Sechzig Leichter waren dort in dem Becken hinter den Sieltoren.

»Achtzehntausend Mann«, sagte ich. »Weit werden sie nicht kommen.«

Dacre griff in die Schublade und zog die Karte heraus, meine Karte, und breitete sie auf dem Tisch aus. »Sieben Siele«, führte er aus. »Alle sind gesperrt, außer Norddeich. Das ist es doch, was man uns gesagt hat, oder?«

Ich sah auf die Karte. In der Emsmündung lag Greetsiel. Dann war da das Norder Tief. Danach kamen Hilgenriedersiel, Nessmersiel, Dornumersiel, Benserssiel, Neuharlingersiel, Carolinensiel und um die Ecke in der Jademündung Hooksiel und noch ein paar andere.

»Sehen Sie sich an, wie die Eisenbahn verläuft«, sagte Dacre.

Sie lief parallel zur Küste und verband die Tiefs miteinander, die an den Sielen in die See mündeten. Die Eisenbahn erreichte die Tiefs in Greetsiel und Hilgenriedersiel nach der Karte nicht.

Aber das hatte sich längst geändert.

Dacre erklärte: »Wenn Sie eine Invasionsflotte innerhalb einer Tide auf See bringen sollten, was würden Sie tun? Welche Häfen würden Sie wählen?«

Diese Frage beantwortete sich selbst. Ich streckte meinen Finger aus und fuhr vom Norder Tief bis Carolinensiel über die Karte.

»Genau das denken wir auch. Sieben Häfen. In jedem eine Ansammlung von Leichtern, wie Sie heute abend gesehen haben. Wenn nicht sogar noch mehr.«

Das leuchtete mir ein, diese unschuldig aussehende, auf der Karte schwarzweiß dargestellte Küste, mit dem Deich als gestrichelter Linie. Aber hinter dem Deich, in seinem Schatten, Material und Ausrüstung, das von der Eisenbahn herangekarrt wurde, und eine Viertelmillionen Männer, die in ihren Schlicklöchern auf das geheime Zeichen warteten. Und wie sollte das jemand merken, wenn er nicht gerade fliegen konnte?

Das Gurgeln der Tide war jetzt deutlich zu hören. Ich fragte: »Und nun? Was sollen wir machen?«

Dacre besah seine Hände. Er schlug vor: »Wir haben die größte und beste Marine der Welt. Und auch die dümmste Admiralität. Im letzten Jahr haben ein paar Männer von all diesen Vorbereitungen etwas mitgekriegt...«

»Mr. Childers«, sagte ich.

»Das war einer«, sagte Dacre. »Da war noch Wilson. Ihr Wilson, nach dem Sie suchen. Das waren Amateure, die alles verdorben haben. Alle beide. Seltsam. Im großen und ganzen ist nämlich diese ganze Sache von Amateuren angefangen worden, auf beiden Seiten.«

»Dollmann«, sagte ich ins Blaue.

»Mein Gott«, sagte er, dabei verzog er die Nase und zog

die Augenbrauen hoch. »Sehr schlau. Dollmann war Engländer, wirklich wahr. Aus einer guten Familie.« Er leckte sich die Lippen und senkte den Blick. Für einen Augenblick war er mehr Dacre, der Schmeichler, als Dacre, der ... na sagen wir Geheimagent. »Ausgezeichnete Familie. Ein Marinemann, also von der Royal Navy. Er hat die schwachen Stellen in unseren Verteidigungsvorbereitungen bemerkt und den Plan gebaut. Ein verdammter Verräter. Aber die Deutschen haben ihm auch nie getraut. Die dachten wohl: Einmal Verräter, immer Verräter. Also ließen sie ihn heimlich umbringen.« Sein Blick war auf mich gerichtet. »Guter Mann. Das war Krieg. Das alles hier ist Krieg.«

Mrs. de Blank mit ihren toten Kindern war auch Krieg gewesen. Und auch der erwürgte deutsche Soldat.

»Wilson und Childers haben damit angefangen«, sagte er. »Sie haben ganz gute Arbeit geleistet für Amateure, besonders Wilson. Irgendwie ein Genie auf seine Art. Die haben gesehen, was wir jetzt auch gesehen haben, natürlich in den frühen Anfängen. Sie sind gleich nach Hause gesegelt und zur Admiralität gegangen. Die Admiralität dachte: dumme Quatschköpfe. Aber sie sagten: hoch interessant. Doch ein vernünftiges Kriegsschiff hat mehr als fünf Faden Tiefgang, und jeder weiß, daß Seekriege durch vernünftige Kriegsschiffe entschieden werden und nicht von groß ausgefallenen Kanus, die in flachen Gewässern herumschleichen. Trafalgar, das ist immer noch die Vorstellung von einer vernünftigen Seeschlacht für die Admiralität. England erwartet eben von seinen Admiralen, daß sie in Kiellinie angreifen, und natürlich müssen ehrenhafte Feinde auch so handeln.

In dem Augenblick, indem Wilson und Childers die Admiralität wieder verlassen hatten, hat diese den Bericht unter U wie Unsinn abgelegt und die Sache aus ihrem Gedächtnis gestrichen. Und das ist auch jetzt noch der Stand der Dinge.«

»Wie meinen Sie das?«

»Denken Sie nach, Mann. Wir stehen etwa eine Woche vor einer überraschenden deutschen Invasion in England, die über den Wash erfolgen wird.«

Irgend jemand in der Kajüte sagte: »Über den Wash, ach?« und benutzte dabei meine Stimme.

»Die Eisenbahn bringt die Truppen zu den Leichtern. Die Truppen gehen an Bord. Schlepper ziehen die Dinger bei Hochwasser raus. Sie formieren sich hier im Wattenmeer, wo wir jetzt sind, im Schutz und hinter den Inseln. Keiner kann sie hier sehen. Der Kaiser lächelt höflich, und der Reichskanzler ist sehr verbindlich. England, verdammt noch mal, hegt keinerlei Verdacht. Eine Eskorte der deutschen Hochseeflotte trifft vor den Seegats mit den Leichtern und ihren Schleppern zusammen. Vierzig Stunden auf See und dann eine Landung in der Morgendämmerung an den Stränden zwischen Boston und Skegness! Wenn eines unserer Schiffe den Qualm sieht, wird man annehmen, daß es die Hochseeflotte bei Manövern ist. Und dann, am nächsten Morgen, der Hammerschlag. Zweihunderttausend gut ausgebildete Deutsche marschieren von Lincolnshire landeinwärts, sie zerschlagen alles und jeden Widerstand, bei Nottingham und Manchester, bei Birmingham und Sheffield, den größten Industrieanballungen der Welt. Widerstand? Welchen Widerstand kann es für solch eine Streitmacht geben? Sie zerstören beim Vorrücken die Eisenbahnverbindungen. Clausewitz, wie immer. Schnelligkeit und Entschlossenheit. Klassischer preußischer Kram. Wir brauchen schon eine Woche, um uns überhaupt zu organisieren. Bis dahin sind die Fabriken des Königreichs brennende Wracks, und das Herz des Empires wird aufgehört haben zu schlagen.«

Ich hatte bemerkt, daß er nicht mehr von »könnte und würde«, sondern von »sie zerstören und wird« sprach, und dieser Unterschied ließ es mir kalt den Rücken runterlaufen. Ich stellte mir diesen Haufen von Leichtern und Schleppern mit den vielen Männern unter dem Frühlingshimmel vor ...

»Niemals«, sagte ich. Nicht weil ich es nicht glaubte, sondern weil ich es einfach nicht wahrhaben wollte.

»Sie sind verblüffend, diese Deutschen«, erklärte er. »Was sie alles zustande bringen, wenn sie sich erst mal fest entschlossen haben. Mein Gott! Sie sind erst seit dreißig Jahren wieder eine echte Nation, und nun sehen Sie sich das an!« Er nahm einen Schluck Whisky. »Egal. Childers hat eine Art reißerischen Roman geschrieben. ›Das Rätsel von Memmert Sand‹ hat er ihn genannt. Wenn die Admiralität nicht auf ihn hört – die Öffentlichkeit wird es tun, und es wird ordentlich Ärger geben. Ich denke, er hat recht. In dem Buch steht alles. Die Namen hat er allerdings geändert, damit nicht Unschuldige belastet werden. Für die Damenwelt ist auch noch eine kleine Liebesaffäre mit dazu erfunden worden, und die Dinge sind alle etwas vereinfacht dargestellt, wenn Sie verstehen. Was er nicht genau weiß, stellt er als Tatsachen dar. Das Ende ist auch etwas aufregender als im wirklichen Leben, aber na ja, Childers will ja, daß alle das Buch lesen; es würde sonst seinen Zweck verfehlen. Und er muß natürlich vorgeben, als sei die Admiralität sehr beeindruckt von seinen Argumenten. Wir zwei, Sie und ich, wissen natürlich, daß es nicht so ist. Diese Esel. Aber sie werden noch sehr beeindruckt sein.«

»Und was machen wir hier?«

Er lächelte, mit dem eiskalten Lächeln einer Leiche. »Das Buch ist im Druck. Im Mai erscheint es. Aber die Deutschen sind jetzt schon soweit. Sie schlagen los, sobald die Tiden wieder höher werden.«

Ich nickte, die Sache war klar. Das bedeutete, daß die Sache nach weiteren zwei Tagen jederzeit losgehen konnte. Sie hatten sogar eine überdurchschnittliche Chance auf östliche Winde in dieser Jahreszeit. Ich sagte: »Entschuldigen

Sie die Frage, aber was hat denn nun der Herzog damit zu tun?«

»Er ist ein Patriot«, antwortete Dacre.

Ich spürte aber eine gewisse Verwirrung. Wir hatten unterschiedliche Rollen, aber er kannte die Gedankengänge des Herzogs nicht besser als ich, obwohl er einer seiner besonderen Mitarbeiter war. »Wahrscheinlich besitzt er auch Fabriken, die die Deutschen in Schutt und Asche legen würden, nachdem sie erst mal gelandet wären?«

»Richtig, man muß immer nach dem Hauptgrund sehen, dem Geld«, sagte Dacre. »Darum geht es bei allen Kriegen. Das britische Weltreich ist eine Sache des Handels, und der wiederum ist eine Sache des Geldes. Die Deutschen wollen diesen Geldfluß in den Griff bekommen. Unsere Regierung will das aber auch. Und so brauchen sie das Heer und die Marine.«

Ich sagte: »Es gibt im Leben noch andere Dinge als Geld.«

»Ich wüßte nicht, was«, widersprach Dacre.

Nun, die Welt würde nie wieder so sein wie vorher, aber ich konnte langsam wieder klar denken. Ich sagte deshalb: »Wenn sie eine Invasion planen, warum erlauben sie uns dann, hier noch herumzuschnüffeln?«

»Es würde nicht gut ankommen, wenn sie uns rausschmeißen würden«, sagte er. »Wir könnten dann weitererzählen, was wir gesehen haben. Sie wissen nicht, wieviel wir gesehen haben. Da ist es für sie besser, wenn sie uns hier behalten. Unter ihrer Aufsicht.«

»Und warum sperren sie uns nicht ein?«

»Deshalb mußten Sie zur Telegraphenstation«, sagte er. »Ich habe doch von Brüning gesagt, daß ich alle paar Tage einen Sachstandsbericht an Lloyd's telegraphiere. Sie können sicher sein, daß er sich unsere Berichte ansieht. Und von Brüning wird zufrieden sein, wenn Lloyd's alle paar Tage einen Bergungsbericht aus dem Bereich der ostfriesischen Inseln von einem erfahrenen Agenten erhält, und wenn dieser Agent nichts von Invasionsvorbereitungen berichtet.«

Ich dachte an den Säufer mit der schmierigen Fellmütze in der Telegraphenstation. »Ich schicke die Telegramme und Sie legen die Bomben?«

»Genau so.«

»Und was war in Norden?«

Der zufriedene Blick verschwand von seinem Gesicht, als ob ich ihm einen Eimer Wasser über den Kopf geschüttet hätte. Es paßte ihm nicht, daß ich auch eigene Augen und einen Verstand hatte.

»Die haben Sie weggejagt«, sagte ich, »stimmt's?«

»Woher wissen Sie das?«

»Ist doch offenbar. Sie konnten bei Tageslicht nicht reinkommen. Da sind Sie weggerannt und haben die Bombe in einen dieser Gräben geworfen, oder so ähnlich.«

Er sah in die Luft, und ich wußte, daß ich recht hatte.

»Wie lange dauert es, bis die Bombe von heute abend hochgeht?« fragte ich.

»Zwei Tage.« Er fühlte sich wieder als der große Bescheidwisser.

»Und wer hat das Feuer gestern abend gelegt?«

Er versuchte überlegen auszusehen, aber er schaffte es nicht. »Das war ein Zufall.«

»Oder Mr. Wilson.«

Er lachte laut. »Oh, der und seine Schachtel Streichhölzer.«

»Und warum nicht?«

»Das Zeitalter der Amateure ist vorbei«, sagte Dacre selbstzufrieden. »Wir sind heutzutage Profis. Professionelle Yachtsegler. Professionelle Geheimagenten.«

Professionelle Charakterschweine, dachte ich. Ich sagte: »Es war das Namensschild seiner Yacht, das Sie heute nachmittag verbrannt haben.«

»Was meinen Sie, wie das gewirkt hätte, wenn von Brüning das nächste Mal hier an Bord kommt? Für Gefühle ist auf dieser Welt kein Platz, guter Mann.«

Wie Mrs. de Blank auch schon hatte herausfinden müssen. »Aber Gefühle sind es, derentwegen Sie hier sind«, hielt ich dagegen.

»Was sagen Sie?«

»Die Gräfin war heute abend auch in Hilgenriedersiel«, sagte ich.

»Von Tritt auch«, sagte er. »Ich habe sie gesehen.«

»Und sie hat mich gesehen.«

Er wurde ganz blaß. »Sie hat was?«

»Sie bremste einen Polizisten, der meinen Ausweis sehen wollte. Sie hat meinen Arsch gerettet.«

Aber er hörte gar nicht zu. Sein Gesicht sah jetzt wieder grausam und versteinert aus. Mir sackte das Herz in die Hose. Er erwürgte Soldaten, Dynamit und Phosphor verursachten große Explosionen und Brände, bei denen Menschen in Stücke gerissen wurden oder am lebendigen Leibe verbrannten. Invasionen konnte man nicht aufhalten, ohne Menschenleben zu opfern. Ich hatte Angst, daß die Gräfin jetzt auch zu denen gehören könnte, die Dacre zum Schweigen bringen mußte.

Ich sagte: »Sie wird nichts sagen, sie hat mir geholfen.«

Dacre sagte: »Und seit wann sind Sie ein Experte in der Beurteilung von Gräfinnen?«

»Gräfinnen sind Frauen«, sagte ich und sah ihm dabei in die Augen.

Er wurde rot und sah zur Seite. Egal ob Herr oder Diener, ihm war klar, wo wir als Männer standen, und das gefiel ihm nicht.

Er nickte, als ob er schon an etwas anderes dachte, aber ich sah ihm an, daß ihn diese Sache noch beschäftigte. »Also, wenn Sie jetzt zu Ende gekommen sind«, sagte er, »würde ich gerne in die Koje gehen.«

Ich kratzte meinen Mut zusammen. Ich war noch nicht ganz fertig. Ich fragte: »Wegen der Gräfin?«

»Was?«

»Sie wird nichts verraten.«

»Webb«, schnarrte er, Mörder von Kopf bis Fuß, »Sie haben zu viele Liebesromane gelesen.«

Die ganze Sache schmeckte mir nicht. Ich sagte: »Mr. Dacre, wenn dieser Dame etwas passiert, werde ich an Land gehen und verraten, wo Sie die Bomben versteckt halten. Dann können Sie auch sehen, wie Sie nach Hause kommen.«

Er starrte mich an. »Aber was ist mit der Sache Ihres Vaterlands?« fragte er.

»Arbeiter haben kein Vaterland«, sagte ich, obwohl ich nicht wirklich so dachte. »Wir sind Professionelle. Uns geht es nur um das Wichtigste, das Geld. Genau wie den Herzögen, nur in kleinerem Maßstab.«

Ihm war klar, daß mir ernst war. Er sah mich aus seinen kleinen häßlichen Augen an. Dann sagte er: »Mir wurde schon gesagt, daß Sie ein Weiberheld sind. Aber meinen Sie nicht auch, daß Sie jetzt etwas hoch hinaus wollen?«

Ich antwortete: »Das ist ein Risiko, das man eingehen muß, oder?« Wir sahen einander an, von Mann zu Mann und nicht Herr zu Diener, und ich konnte sehen, daß er eifersüchtig, aber auch ein wenig erstaunt war. »Sie ist nur zur Hälfte Deutsche«, fügte ich hinzu. »Die andere Hälfte ist dänisch. Sie hat Wilson an Land geholt und betreut. Sie ist eine gute Freundin von Clara Dollmann, und die ist die Verlobte von Wilson. Darüber hinaus will sie wieder rückgängig machen, was ihr Vater getan hat. Eine Ehrensache, wie Sie das nennen.«

»Vielen Dank für diese Information«, sagte er mit herablassender Miene. Es war, als hätte ich bei ihm alle Luft rausgelassen. Dann sagte er zu seinem Whisky oder zu sich selbst: »Warum hat sie mir das alles nicht selbst gesagt?«

Nun, wenn er sich das nicht selbst erklären konnte, würde es ihm keiner erklären können. Ich ging schlafen.

Aber ich lag wach und dachte über Herzöge nach, die Invasionen verhindern wollten, um ihre Reichtümer zu beschützen, über unser Empire, einen Löwen mit vornehmem Gesicht, in dessen Adern Geld floß und nicht Blut. Und über Kriege, die geführt wurden, um solche Imperien zu schützen.

An der Bordwand spülte immer noch die Tide wie eh und je, und die Sterne schienen noch durch die Bullaugen.

Dennoch: Alles war anders geworden.

19

# Eine Ankerwache

Ich wachte am nächsten Morgen auf und stellte fest, daß eine frische Brise aus Westen wehte. Ich hörte schwach, daß Sam an einem Frühstück brutzelte und es in den Salon brachte. Als er zurückkam, kniete ich schon vor dem Waschbassin und schüttete mir warmes Wasser aus dem Kessel über den Nacken.

»Verdammt, du siehst aber übernächtigt aus«, sagte er und wartete, bis ich fertig war, dann tauchte er das Geschirr und die Töpfe unter Wasser und begann mit dem Abwasch. »Der Teufel weiß, was die letzte Nacht gemacht haben. Der Fähnrich ist beim Frühstück wieder eingeschlafen. Und Mr. Dacre zieht ein Gesicht, da könnte er glatt einen starken Dampfschlepper erschrecken. Er will mit dir sprechen, mein Junge.«

Ich füllte mir meinen Trinkbecher mit Abwaschwasser und rasierte mich. Ich hatte die feinen Leute beobachtet, von Fastnet bis zu den Färoer-Inseln. Sir Alonso, das war ein echtes Vorbild. Und auch Mr. Childers. Aber der Herzog, das war eine kalte, schleimige Type, voller gerissener Tricks. Und Dacre war die Sorte Mensch, von der man erwartete, daß sie für ihn arbeitete. Unaufrichtig in vieler Beziehung. Also, wenn er nun gesagt hätte, seht mal her, Jungs, hier warten eine Viertelmillion deutsche Soldaten nur darauf, ihre Bajonette in die Gedärme der Briten zu rammen, wären Sam und ich ihm begeistert gefolgt, vielleicht hätten wir ihn sogar Sir genannt. Aber nichts davon. Er hatte alles vor uns geheimgehalten, als ob wir kleine Kinder seien. Und unser Leben hatte er genauso in Gefahr gebracht wie seins.

Ich sagte zu Sam: »Setz dich hin, alter Junge, ich will dir was erzählen.« Und ich berichtete ihm alles ziemlich genau. Er saß hinter seinem Schnurrbart und staunte.

Als ich fertig war, starrte er in seinen Becher. Endlich sah er auf. »Wir müssen raus nach See«, sagte er, und an dem Glänzen seiner Augen konnte ich sehen, daß er nicht weglaufen wollte. »Wir müssen eins unserer ganz großen Schlachtschiffe finden und ihm sagen, daß es diesen verdammten teuflischen Hunnen hier das Scheiß-Lebenslicht ausblasen soll.«

»Schlachtschiffe haben fünfeinhalb Faden Tiefgang«, sagte ich, und mir fiel selbst auf, wie ruhig und gleichmäßig ich sprach. Gerade so, als ob ich mich darüber unterhielt, wo und wie man ein Fischernetz ausbringen sollte. Und nicht über das Ende unserer Welt. »Außerdem, wenn wir auf die Nordsee fahren, wie sollen wir wissen, ob wir überhaupt eines unserer Schiffe finden? Und wenn wir eines finden, wie willst du dann den Kommandanten überreden, das Feuer auf ein befreundetes Land zu eröffnen, das einem Neffen unseres Königs gehört? Nur weil ein paar Fischer etwas erzählen?«

»Ja, dann leck mich doch am Arsch«, formulierte Sam. Unangemessen – gewiß doch. »Und wie ist das mit deinem Herzog, den du so gut kennst? Der hat doch bestimmt Freunde in der Regierung, denen er berichten kann.«

»Der hat schon eine Abfuhr von der Marine erhalten.«

»Na, dann müssen wir das wohl selbst erledigen.« Sam klopfte seine Pfeife aus und setzte den Abwasch fort.

Ungefähr zwei Minuten später hörte man das Zischen von Dampf, und eine Dampfpfeife tutete. Es war die Pinasse der *Blitz*, die längsseits gekommen war.

Wie ich schon sagte, wehte der Wind jetzt aus Westen. Der nahm noch zu, pfiff durch die Wanten und warf eine steile, kurze See auf, die keinem Spaß machte. Ich zog meine Marinejacke an und ging nach achtern. Dort stellte ich mich wie ein Soldat neben unseren Flaggenstock, die Flagge knatterte im Wind und gegen den Flaggenstock. Ich empfing meine Feinde. In der Pinass stand von Brüning, Mützenschirm ins Gesicht gezogen, sein Bart kräuselte sich im Wind.

Ich versuchte ihn zu hassen, aber er war ein ganz normaler Mensch und mehr nicht. »Guten Morgen, Sir«, sagte ich.

Er sah durch mich hindurch, als ob ich gar nicht vorhanden sei.

Als er an Bord kam, steckte Dacre seinen Kopf aus der Luke; er sah wirklich schrecklich aus, große schwarze Ränder unter den Augen, Bartstoppeln auf dem Kinn, seine Haare sahen aus wie Polstermaterial nach einer Explosion. Ein Schwall von abgestandenem Whisky und schmutziger Unterwäsche quoll neben ihm aus dem Luk, und ich konnte sehen, wie von Brünings Nase sich verzog, als ihn der Geruch traf. Mir ging es genauso.

»Ich komme, um meinen Fähnrich abzuholen«, sagte von Brüning. »Sie sind nicht nach Norderney eingelaufen.«

»Meine Leute haben die Leinen nicht richtig festgehalten oder irgend so was. Wir haben hier geankert, wo Sie uns jetzt noch sehen, und uns einen lustigen Abend gemacht.« Dacre lachte. »Das einzige, was uns noch fehlte, war ein Billardtisch.«

»Ich hoffe nur, daß Sie ihm keine schlechten Angewohnheiten beigebracht haben«, sagte von Brüning, und er gab sich keine Mühe, seine Bemerkung durch ein Lächeln abzumildern.

Feind oder nicht, der Mann war einfach sympathisch.

»Nur ein oder zwei Gläser«, sagte Dacre mit einem hinterhältigen Grinsen, das von Brüning zusammenzucken ließ. »Fritz! Schwing deinen Arsch in das Cockpit!«

Der Fähnrich kam den Niedergang hoch und stolperte unter den scharfen Augen seines Kommandanten in das Cockpit. Mir tat der arme Kerl fast leid. Seiner Uniform sah man an, daß er darin geschlafen hatte, und von seinem Mundwinkel zog sich eine Spur von Erbrochenem bis zu seinem lächerlich hohen Kragen.

Von Brüning sagte: »Mr. Dacre, ich habe mit Ihnen zu sprechen.«

»Nur zu«, sagte Dacre. »Wie wär's mit einem kleinen Frühstück?«

Von Brüning ignorierte das Angebot völlig. Er sagte, kalt und verächtlich: »Es wird Zeit, daß Sie nach Hause segeln.«

Mir sackte das Herz in die Hose. Aber das mußte man Dacre wirklich lassen, er schaffte es, ein unbeteiligtes Gesicht zu behalten.

»Nach Hause?« fragte er. »Warum denn das?«

»Das Wetter wird schlechter«, sagte von Brüning. »Wir machen uns Sorgen um Ihre Sicherheit. Das ist hier eine üble Gegend bei einem ordentlichen Sturm. Und Norddeich und Norderney haben Sie schon gesehen. Kommen Sie doch wieder, wenn die anderen Häfen wieder geöffnet sind.«

Ich sah Dacres Augen. Es war, als ob sich ein Schleier über sie legte. Er lachte das Lachen eines Mannes, der eine Wette annimmt. »Ich versichere Ihnen, daß die Rechte meiner Gesellschaft auf die Bergung der *Corinne* gut begründet sind.« Er sah fast wütend aus. »Ist es so, daß Sie uns aus den deutschen Hoheitsgewässern verweisen?«

»So ist es.«

»Mit welcher Begründung?«

»Ihre Aktivitäten hier decken sich nicht mit dem von Ihnen angegebenen Grund für Ihren Aufenthalt.«

»Wie bitte?«

»Ihre Nachforschungen bei der *Corinne*«, sagte von Brüning. »Da haben Sie nicht die volle Wahrheit gesagt.«

»Wenn Sie unsere Berechtigung überprüfen wollen«, sagte Dacre und machte Anstalten, die Papiere zu holen.

»Das ist überhaupt nicht erforderlich«, sagte von Brüning.

»Ich muß Ihnen leider mitteilen, daß Sie sich im Widerspruch zu internationalen Gesetzen befinden«, sagte Dacre, steif und förmlich wie ein Telegraphenmast. »Ich verlange, daß ich meinen Vorgesetzten sofort ein Telegramm schikken kann.«

»Ich fürchte, die Telegraphenstation ist geschlossen.«

»Gestern war sie noch geöffnet.«

»Heute ist sie geschlossen.« Von Brüning zog die Augenbrauen hoch.

»Kann ich unter vier Augen mit Ihnen reden?«

»Aber ja doch«, sagte Dacre mit versteinertem Gesicht und führte ihn in die stickige Atmosphäre des Salons.

Mir gefiel das alles überhaupt nicht. Ich überließ es also den Matrosen von der *Blitz*, die Leinen zu halten, und ging in die Vorpiek. Dort legte ich mein Ohr an das Schott.

Die Tür der vorderen Kammer zum Salon war offen, ihre Stimmen waren daher zwar leise, aber klar zu hören, nur das Knarren der Verbände der *Gloria* störte manchmal etwas.

Dacre begann über die technischen Einzelheiten der Bergungsarbeiten zu sprechen, das waren für mich böhmische Dörfer. Und für ihn bestimmt auch, dachte ich. Dann fragte er gerade heraus, was denn der tatsächliche Grund dafür sei, daß die Deutschen ihre Haltung uns gegenüber geändert hatten.

An dieser Stelle verlor die Stimme von Brünings ihre Härte. Aber was er sagte, war ganz klar.

»Wie lange kennen Sie Ihren Skipper?« fragte er.

»Vierzehn Tage, seit wir von England ausgelaufen sind. Wieso?«

Ob er sich darüber im klaren sei, fragte von Brüning, daß dieser Mann ein Feind des ... äh, in Kiel ein paar sehr einflußreiche Leute beleidigt hatte? Dacre hörte sich nicht sehr überrascht an. Falls von Brüning den Fall meinte, als Webb den Kaiser bei einem fairen Rennen geschlagen und danach seinen Job verloren hatte und nun eine minderwertigere neue Tätigkeit hatte annehmen müssen, nämlich als Skipper der *Gloria*, ja, das sei ihm bekannt. Aber bei dem Wettsegeln in Kiel hatte nur einer die Regattaregeln verletzt, und das war der Kaiser, und der habe das auch selbst zugegeben. Also, das konnte doch wohl kein Problem sein.

Nach allem, was ich über Dacre wußte, war er wohl nur selten in der Rolle desjenigen, der die ehrenhafte Position vertrat. Es hörte sich aber ganz so an, als ob ihm diese neue Erfahrung viel Freude bereitete.

Von Brüning hörte sich jetzt verärgert an. Kein Problem, entgegnete er, wenigstens nicht für ihn. Aber es gab andere ... ohne auf weitere Einzelheiten eingehen zu wollen, Baron von Tritt habe diesen Webb wiedererkannt und wollte, daß er aus dem Bereich der ostfriesischen Inseln verschwinde. Seine Gegenwart sei eine Beleidigung für alle loyalen Untertanen des Kaisers.

Man brauchte nicht allzuviel Phantasie, um zu erkennen, warum von Brüning mir nicht hatte in die Augen sehen wollen, als er vorhin an Bord kam. Er schämte sich dafür, daß er für von Tritt die Drecksarbeit machen mußte.

Mir schoß ein Gedanke durch den Kopf. Von Tritt war sauer, als er sah, daß ich die Hand der Gräfin hielt. Sein Problem mit mir mochte etwas mit dem Kaiser zu tun haben, aber wahrscheinlich hatte es noch mehr damit zu tun, daß er einfach nur eifersüchtig war.

»Worüber grinst du?« fragte Sam.

Ich bedeutete ihm, still zu sein.

»Ich habe, insbesondere nach Ihrer jetzigen Erklärung, keine Einwendungen gegen diese Bergung«, sagte von Brüning. »Entfernen Sie aber diesen Webb aus den deutschen Gewässern. Sie können sich ja Ersatz über die Fähre nach Hook van Holland holen, das alles kann nicht länger als eine Woche dauern.« Man konnte fast hören, wie er mit den Schultern zuckte. »Das Ganze geschieht auf den ausdrücklichen Befehl des Herrn General Baron von Tritt, meinem Vorgesetzten. Also, was das Regattasegeln anbetrifft, stimme ich vielleicht nicht in allen Punkten mit ihm überein, zugegeben, aber Befehl ist Befehl. Ich muß also darauf bestehen, daß Sie den Mann entlassen. Sie können dann zurückkommen und Ihre Arbeit fortsetzen.«

»Wir setzen ihn in den Zug«, sagte Dacre. »Tut mir wirklich leid, ich hatte keine Ahnung von der Sache.«

»Der Herr General besteht darauf, daß er per Boot die Inselwelt hier verläßt. Das wird höchstens eine Woche dauern. Das Wetter wird schlechter. Die Wetterbedingungen werden das Tauchen sowieso für einige Zeit unmöglich machen.«

Ich saß da, und mir standen die Haare zu Berge. Von Brüning hatte gerade den Zeitplan für die Invasion verraten. In einer Woche würde die Leichterflotte losgefahren sein. Ob Dacre dann nach der Invasion Englands überhaupt zurückkommen wollte, war eine andere Frage.

Sie wollten *Gloria* weg haben, das war klar. Offenbar befürchteten sie aber, daß wir Lunte riechen würden, wenn sie allzu hart rangingen.

Dann sagte Dacre mit tiefer Stimme, ganz wie er sich sonst gab: »Ich muß gegen diese ungerechtfertigte Ausweisung in aller Form und aufs schärfste protestieren. Wenn ich diese Gewässer verlasse, dann nur unter Protest. General von Tritt begeht einen unverschämten Bruch internationaler Gesetze. Das wird durch höchste Kanäle verfolgt werden.«

Von Brüning entgegnete: »Ich bedaure sehr, daß Sie diese Position einnehmen. Der General besteht darauf, daß Sie noch heute abend verschwinden. Darf ich annehmen, daß Sie dem folgen werden?«

»Nehmen Sie doch an, was Sie wollen«, sagte Dacre und begann, meinen Namen zu schreien.

Als ich an Deck kam, fuhr gerade die Pinasse ab, und Dacre sah einige Zeit hinter ihr her.

»Was wollten die denn?« fragte ich, um ihn zu testen.

»Kümmern Sie sich um Ihren eigenen verdammten Kram«, blaffte er und nahm mir damit meine Unbefangenheit. »Man schmeißt uns raus.«

»Wissen die, was wir vorhaben?«

»Was ich vorhabe.«

»Entschuldigung«, sagte ich. »Das können die Deutschen nicht wissen, sonst hätten sie uns bestimmt eingesperrt. Sie wollen nur ungestört sein.« Dann hielt ich für einen Augenblick die Schnauze und sah zu, wie die Pinne an ihren Laschings zerrte. »Es wäre schrecklich, wenn wir jetzt bei Hochwasser aus Versehen auflaufen würden. Dann säßen wir wirklich fest, das ist sicher«, fuhr ich fort.

»Was meinen Sie damit, wir säßen fest?«

»Wenn wir bei Hochwasser auflaufen, geht es nicht weiter. Die Tiden werden noch zwei weitere Tage immer schwächer. Wir säßen also für mindestens vier Tage fest.«

Dacre starrte mich aus seinen müden, kleinen Augen an. Er sah aus wie einer, dem alle Ideen ausgegangen waren. »Heute abend?« fragte er.

»Wir gehen Ankerauf und warten bei Memmert Sand. Heute abend gibt es Sturm. Die werden denken, daß wir auf ein Nachlassen des Windes warten und daß wir morgen die Gewässer verlassen wollen.«

Er sah mißtrauisch und ernst aus, verärgert darüber, daß er nicht selbst auf die Idee gekommen war. »Also los, machen Sie weiter«, sagte er.

Sam und ich setzten ein paar Segel, und Sam holte den Anker ein. Die *Blitz* sah aus einiger Entfernung zu. Als wir auf Memmert zukreuzten, schien die Sonne silbern auf die schwere Brandung, die an einigen Stellen auf die Strände lief. Heute war kein geeignetes Wetter, um dort aufzulaufen.

Von Brüning hatte mit seiner Wettervorhersage recht gehabt. Das Barometer fiel stetig, als wir bei hohem Wasser über das Watt segelten, vor Memmert ankerten wir vor zwei Ankern. Der Wind drehte auf Südwesten und wurde immer stärker. Abends machten wir alles klar, als ob wir eine Sturmfahrt über See vorhätten, und holten das Dingi vorne an Deck. Kurz vor Sonnenuntergang kam noch die *Delphin* und ankerte etwa eine Viertelmeile von uns entfernt. Von der Gräfin oder von Tritt war aber nichts zu sehen. Im Cockpit erschienen nur Hans und noch ein paar Burschen, die mir von Norddeich her bekannt vorkamen. Sie achteten nicht auf uns. Um acht Uhr war es dunkel, und es regnete, ein richtiger Regen aus Westen, der eimerweise fiel, und das Wasser fand seinen Weg überallhin. Hinter dem hellen Schein des Ankerlichts war alles so schwarz wie in einem Kohlenkeller, nur viermal so naß. Der Steven stampfte auf und ab wie die Axt eines Baumfällers. Wenn er unten war, flog eine Wolke Gischt über das ganze Boot. Wenn er hochkam, zerrte er an der Ankerkette, und ein ordentlicher Ruck ging durch das ganze Boot und durch meine Knochen. Das Leuchtfeuer von Norderney war im Osten als schwacher Schimmer zu sehen, und manchmal verschwand es ganz. Das einzige Erheiternde war, daß ich hörte, wie Dacre unten sein Abendbrot wieder auskotzte.

Nach etwa einer Stunde ging ich in die Vorpiek, um eine Tasse Tee zu trinken. Hier flog alles durch die Gegend, die Glut wollte nicht im Herd bleiben, und es war aussichtslos, den Kessel auf der Herdplatte halten zu wollen. Aber immerhin war es hier unten nicht so windig, und es war sogar trocken, wenn man es schaffte, sich nicht gerade unter den lecken Stellen im Deck aufzuhalten. Ich entschloß mich also, meine Ankerwache in meiner Koje zu gehen. Dann lag ich da und dachte über die Gräfin nach; ich lauschte auf das Geräusch des in die Wellen einsetzenden Vorstevens und das Klirren der Ankerkette bei den Bewegungen der *Gloria*.

Irgend etwas stieß außen auf der Höhe meines Kopfes gegen den Rumpf. Wohl ein Stück Treibholz, dachte ich im Halbschlaf. Und dann wieder, als wenn etwas festsäße, vielleicht ein Stück von einem Baum, das im Wasserstag hängen geblieben war. Ich streckte meine Füße aus der Koje, stand auf und wollte durch die Luke an Deck, um nach dem Rechten zu sehen.

Dann ging alles sehr schnell. Ich hörte Geräusche an Deck und war zunächst erstaunt. Aber dann hörte ich ganz klar Schritte von jemandem, der an Bord kam. Ich ging zur Leiter und an Deck, aber ich war nun mal ein Fischer und kein Geheimagent oder Soldat; ich sah mich also nicht erst um, und ich dachte auch weiter nicht nach. Ich ging einfach los. Als ich dann meinen Kopf aus der Luke in den Regen und in den Schein der Ankerlaterne steckte, traf mich ein schrecklicher Schlag am Hinterkopf. Ich fiel die Leiter gleich wieder runter und fühlte, daß alle Bienen der Welt sich in meinem Kopf versammelt hatten. Ich hörte noch ein Krachen, und erst danach wurde mir klar, daß ich das selbst war, als ich auf Sams Schrank mit all den Töpfen und Pfannen aufschlug. Dann gab es an Deck wieder einen Schlag und noch einen und Geräusche von jemandem, der an irgend etwas herumfummelte. Ich lag benommen wie ein Idiot da und dachte, da macht einer Vorhängeschlösser vor die Luken. Aber irgendwie schien es mich nichts mehr anzugehen. Dacre begann im Salon herumzubrüllen und zu klopfen. Dann gab es genau vor meinem Kopf ein neues Geräusch, zuerst ein Rasseln, das in ein einziges lautes und schreckliches Rauschen und Kreischen mündete.

Sam wachte auf. Er schrie: »Die Ankerkette rauscht aus.«

Ich konnte jetzt wieder meinen Kopf heben, aber jede andere Bewegung fiel mir schwer. Sam hatte recht. Vor der Vorpiek lag der Kettenkasten, das ist eine Art kleiner Keller, in dem die Ankerkette liegt, wenigstens der Teil, der nicht zwischen Anker und Spill ist. Wer auch immer mir den Schlag auf meinen Hinterkopf versetzt hatte, hatte auch noch die Ankerkette gelöst, und die rauschte jetzt auf Nimmerwiedersehen aus.

Plötzlich stoppte sie mit einem Krachen, das das ganze Boot erschütterte. Dann blieb es für einen Augenblick ruhig. Danach folgte ein Schlurfen an Deck, und irgend etwas schlug gegen das Wasserstag, das vibrierte wie eine Geigensaite. Dann völlige Ruhe. Wer auch immer da oben gewesen war, jetzt war er weg. Ich kletterte und kletterte, mir kam es vor, als seien es hundert Fuß, bis ich saß. Ich hielt meinen Kopf fest. Unser Boot war jetzt leichter, das wilde Stampfen war vorbei. Wir bewegten uns wie eine Art Korkenzieher, als ob *Gloria* es aufgegeben hätte, gegen das Wetter zu kämpfen, und sich nun mit der See treiben ließ.

Sie hatte aufgehört zu kämpfen, weil sie bald sterben würde.

Der Kerl hatte die Kette ausrauschen lassen bis an das Ende, das mit Hanftampen an einem Auge im Kettenkasten festgebunden ist. Diese Tampen hatte er dann durchgeschnitten.

Lassen Sie mich die Situation noch einmal verdeutlichen: Wir waren unter Deck eingeschlossen. Es wehte ein kräftiger Sturm. Das Wasser war flach, und wir wurden auf immer flacheres Wasser getrieben. Ich hatte ja noch hier in der Inselwelt bleiben wollen. Es sah ganz so aus, als ob derjenige, der oben an Deck gewesen war, uns diesen Wunsch erfüllen wollte. Und als Zugabe, gratis und kostenlos, hatte er dafür gesorgt, daß für uns drei Grabsteine fällig waren.

20

# Mondschein und Gänseblümchen

Dacre schrie und klopfte immer noch, voller Panik, und er fluchte mit den schrecklichsten Ausdrücken. In gewissem Sinne hatte er ja recht, aber Schreierei hilft niemals. Bei mir fing das Gehirn auch wieder an zu arbeiten, langsam zwar, wegen meines dicken Kopfes, aber soweit ich das beurteilen konnte, in zuverlässiger Weise.

Als erstes kam mir die Idee, die vordere Luke von unten einzuschlagen. Aber das war nicht gut, denn wenn ich sie erstmal aufgebrochen hatte, gab es vielleicht keine Möglichkeit mehr, sie wieder zu schließen. Alles Wasser, das die *Gloria* sich aufs Vorschiff schaufelte, würde in die Luke stürzen.

Ich kramte also eine kleine Axt und eine Brechstange aus dem Werkzeugkasten, schob die Tür neben dem Herd auf und kroch nach achtern. Dabei hielt ich mir den Kopf, denn ich hatte das Gefühl, als könne er jeden Augenblick platzen. Im Salon war es dunkel. Ich watete durch Bücher und Seekarten, die bei dem Stampfen vor Anker aus den Regalen geflogen waren. Dann stieß ich mit jemandem zusammen; es war offenbar Dacre, denn er begann zu brüllen.

Ich fand eine Seite seines Kopfes und brüllte ihm ins Ohr: »Schnauze, Sir!« Dabei hoffte ich, daß ihn die Anrede mit »Sir« so beeindrucken würde, daß er sprachlos war.

Mit der Rückseite der Axt schlug ich das kleine Fenster aus dem Setzbord, schob meine Hand ins Freie und ertastete das Vorhängeschloß. Es war ein großes deutsches Ding, aber die *Gloria* war alt und englisch. Ich zwängte das Ende der Brechstange hinter den Riegel und drehte sie.

Das Schloß hielt. Doch die *Gloria* war zum Teil mit lächerlich kleinen Schrauben und brüchigem Holz zusammengeschustert. Der Riegel flog also mit einem Plop ab. Ich nahm das Setzbord ab und schob die Luke auf, dann kletterte ich an Deck und wünschte sofort, ich hätte das bleiben lassen.

Die *Gloria* rauschte vor Topp und Takel in eine Nacht, die immer noch genauso schwarz war wie vorhin. Der Wind erschien mir weicher, aber das ist immer so, wenn er einen vor sich herschiebt. Es stand eine unangenehme quadratische See, das heißt, die Wellen waren sechs Fuß hoch und unten sechs Fuß breit, voneinander waren sie auch nicht viel weiter entfernt. Und, ganz klar, die *Gloria* trieb nicht etwa ruhig mit dem Bug oder dem Heck zum Wind. Da ihr Mast fast genau über dem Schwerpunkt der Lateralfläche stand, lag sie quer zum Wind, mit der Seite zu den Wellen, die wie die Furchen eines riesigen Kartoffelackers erschienen. Sie rollte mit vierzig Grad zur einen Seite, dann mit vierzig Grad zur anderen Seite, sie schaufelte sich das Wasser eimerweise an Deck und dann von dort in das Cockpit und erinnerte mehr an eine schwimmende Badewanne als an die Yacht eines Gentlemans. Ich hörte, wie Dacre brüllte, und dachte, daß das Wasser unten bei ihm angekommen war. Dann hörte ich Sams Stimme. Sam war an Deck, eine Art dunkler Schatten in all dem Regen und all der Gischt, die über das Boot fetzten.

Ich hatte die Pinne losgebunden und legte Ruder in der Hoffnung, den Bug vor den Wind drehen zu können, um das Rollen etwas zu vermindern. Sam wollte etwas fragen, aber es gab nichts zu fragen; was er wissen wollte, konnte er selbst herausfinden.

»Setz ein Vorsegel«, brüllte ich ihm ins Gesicht. »Und schlag den Reserveanker an!«

Er zog ab und ging über die in wilder Bewegung befindlichen Planken des Decks wie ein Bauer, der über sein Feld zur Arbeit geht. Nach einer halben Minute hörte ich das Schlagen von Segeltuch und das Stöhnen des Stags, als er das Segel anschlug.

Sofort wurden die Bewegungen weicher, und die *Gloria* reagierte auf das Ruder. Ich drehte so vor den Wind, daß wir die Seen von achtern hatten. Der Bug kletterte die Wellen hinauf und fiel in die Wellentäler, daß es krachte, als seien die Hämmer der Hölle am Werke. Wir warfen das Wasser tonnenweise auf, und es floß fußhoch über das Deck. Aber wir machten Fahrt, wir trieben nicht mehr steuerlos. Und das war ein gewaltiger Fortschritt.

Nun wurden wir mit Macht vor dem westlichen Sturm hergetrieben. Es bestand keine Aussicht, wieder in den Wind zu drehen, nicht für ein Boot, das so stark abdriftete wie die *Gloria*, nicht mit einem einzigen Segel gegen Wind und Tide. An den Seiten konnten wir auch nicht weg, im Norden lag Juist und im Süden der Nordland Sand. Wir konnten nur nach Osten. Und verdammt, wir segelten nach Osten, wir sausten nur so dahin mit sechs oder acht Knoten, schätze ich, durch die Juister Balje...

Wenigstens hoffte ich das. Das Leuchtfeuer von Norderney war hinter all dem Regen oder Nebel oder Gott weiß was verschwunden, aber nach den Möglichkeiten, die ich hatte, eine Ortsbestimmung zu machen, konnten wir auch im Dorfteich von Dalling Green sein. Eine Bö fiel von achtern ein, und die *Gloria* legte sich stark über. Ich legte ordentlich Ruder, um abzufallen, und sie richtete sich wieder auf und raste in die Dunkelheit, immer in Richtung flaches Wasser. Der Regen ließ für einen Augenblick nach. Der Himmel an Backbord wurde abwechselnd hell und dunkel, das war das Feuer von Norderney. Und in diesem Lichtschein sah ich auch Sam in seinem Ölzeug wieder nach achtern kommen.

Ich freute mich. Jetzt konnten wir ankern, und wenn der Anker hielt, würden wir nicht auf den flachen Stellen auflaufen und dort von diesen häßlichen quadratischen Wellen in Stücke geschlagen werden ...

»Weg«, bellte Sams Stimme dicht an meinem Ohr.

»Was ist weg?«

»Der Reserveanker. Einfach weg.«

Da fiel mir das Geräusch, das ich von unten auf dem Vorschiff gehört hatte, wieder ein, und auch an ein lautes Aufplatschen konnte ich mich erinnern. Der Kerl wollte sicherstellen, daß wir aus der Inselwelt verschwanden, auch wenn das bedeutete, daß wir die irdische Welt ganz und gar verließen.

»Das ist eine Sauerei«, schrie Sam, und er hörte sich besorgt an. »Eine riesengroße Schweinerei.« Sams Manieren ließen wieder einmal zu wünschen übrig.

»Ja«, sagte ich und dachte: Nun mach schon.

»Das durften sie nicht.«

»Nein«, sagte ich, »hol ...«

»Wir werden auf das flache Wasser gedrückt«, bellte Sam, aber das half auch nicht weiter.

»Hol den Notanker raus!« brüllte ich ihn an.

Der Notanker war der vierte und letzte Anker. Es war ein lächerlich kleiner Apparat, vierzig Pfund, kaum größer als ein Zahnstocher. Mit dabei war eine Drittel Kettenlänge dünne Kette, also etwa neun Meter, und am Ende der Kette hing noch ein ordentliches Stück Leine. Natürlich sagte Sam, was richtig war, nämlich daß bei diesem Wetter so ein kleines Ding kaum von Nutzen sein würde.

Aber ich befahl: »Bring den Notanker aus und mach dein Lot klar, Junge.«

Das Setzbord ging auf, und Dacres Stimme schrie in sehr schrillem Ton: »Was ist denn bloß los?«

»Hau ab«, schrie ich zurück durch das Kreischen des Windes.

»Weitermachen«, sagte der Kerl und verschwand wieder nach unten.

Sam holte den Notanker aus der Kiste und ich klarierte die Kette.

Zwei Minuten später hörte ich ein Klatschen, das Rasseln der ausrauschenden Kette, und ich erinnere mich genau, daß ich die Pinne besonders festhielt, denn ich konnte mir denken, was als nächstes passieren würde.

Und ganz klar, das passierte auch, und noch einiges mehr. In der Dunkelheit mußte ich mir alles in meiner Phantasie vorstellen, denn sehen konnte ich nichts.

Die Ankerleine war ausgerauscht wie eine Schlange, die sich verbrannt hat, erst die Kette und dann die Leine. Sam stand vermutlich auf dem Vordeck und hatte die Leine in der Hand, mit vier Turns um den Samsonpfosten. Wenn er die Leine festhielt, konnte die Reibung den Rest übernehmen, er konnte die Leine langsam weiterfieren oder anhalten. Dann würden sich die Flunken des Ankers in den Meeresgrund eingraben und die Nase des Bootes in den Wind ziehen. So würden wir liegenbleiben können, bis der Wind nachließ und das Hochwasser ablief. Wenn sich die See erst einmal beruhigt hatte, würden wir entweder vor Anker liegen, falls wir uns tatsächlich noch in der Balje befanden, oder trocken fallen, wenn wir neben der Balje auf dem Watt lagen.

Aber in einem heulenden, wilden Sturm mitten in der Nacht und mit einem Zwanzig-Tonnen-Boot und einem nur vierzig Pfund schweren Anker ist das wohl ein bißchen zuviel erwartet.

Die Kette rauschte also aus und danach die ganze Leine, und Sam nahm die Turns, wie ich das schon erklärt habe. Das Boot ruckte ein paarmal, als ob der Anker halten wollte. Wir begannen zu drehen, bis wir etwa quer zur See lagen und die Wellenspitzen wieder in das Boot krachten. Das Cockpit füllte sich erneut mit Wasser.

Was hätte passieren müssen, war, daß wir weiter in den Wind drehten. Aber tatsächlich ging es nicht recht weiter mit dem Drehen, nachdem wir quer zur See lagen, und es gab ein paar ordentliche Rucke. Jeder, der etwas Gehirn hat, weiß, was los war: Der Notanker tanzte über den Grund, wie das auch zu erwarten war. Sie mögen denken: Entweder er faßt oder er faßt nicht. Und richtig, nach vielleicht einer halben Minute, die mir aber vorkamen wie mehrere Jahre, da faßte der Anker. Er faßte plötzlich und mit einem Ruck, als ob er sich an einem Felsen oder einem Unterseekabel verhakt hatte. Die Ankerleine kam steif und sang wie ein Cello. Der Bug drehte, und der Wind blies mir ins Gesicht, daß die Tränen liefen. Eine große Welle stürzte ins Cockpit und verlöschte die Kompaßbeleuchtung. Aber dann plötzlich wurde es wieder ruhiger, die Bewegungen ließen nach, und das Feuer von Norderney wanderte wieder an die Backbordseite. Sam kam spuckend nach achtern und sagte, was ich sowieso schon wußte: »Die Ankerleine ist gebrochen.«

Ich hätte natürlich sagen können, daß es seine Aufgabe gewesen war, für gute Leinen zu sorgen. Ich hätte ihm sagen können, daß er mit dem vielen verdammten Geld des Herzogs eine ganze Meile feinster, bester Leine hätte kaufen können, und keiner hätte daran Anstoß genommen. Aber so war Sam nun mal, er tat sein Bestes, um dem Herzog Geld zu sparen, und der bemerkte das nicht mal. Gewisse Dinge waren von einem Fischer eben einfach nicht zu erwarten, und Leinen in gutem Zustand gehören dazu.

Wir wurden weitergetrieben, in Richtung flaches Wasser; wir hatten keinen Anker mehr und keinerlei Möglichkeit, unsere Drift anzuhalten. Wir standen da, Sam und ich, der Wind schlug uns die Südwester gegen unsere Kragen, und der Regen prasselte in den Ohren, hin und wieder konnten wir das Feuer von Norderney schwach erkennen. Ich konnte Sams Zähne klappern hören, und mir selbst war auch nicht gerade warm. Von den Schmerzen, die mir eine dicke Beule an meinem Kopf machte, nicht zu reden.

»Noch zwei Stunden bis Hochwasser«, sagte Sam. Er redete nicht, um nur irgend etwas zu sagen. Vor uns lagen die flachen Stellen, das Stück, wo das Ende der Balje sich über das Wattenhoch schlängelte. Dort waren sechs Fuß Wasser bei Hochwasser, jetzt, zwei Stunden vor Hochwasser, vielleicht viereinhalb Fuß, wenn man diese Stellen in den Windungen und Richtungsänderungen der Balje überhaupt finden konnte. In einer halben Stunde würden wir in diesem Flachwasserbereich sein. Wenn wir über die Wasserscheide hinwegkommen konnten, würden wir vor dem schweren Seegang etwas Schutz haben. Das war natürlich ein großes »Wenn«, besonders da die Pricken, die die Balje markierten, abgehauen worden waren. Aber wir hatten keine andere Wahl.

Also sagte ich zu Sam: »Hol das Lot.«

Dacre reichte ich die Kompaßlaterne, und ich sah, daß das Streichholz in seiner Hand zitterte wie eine Pricke bei starker Tide. Als er die Laterne brennend zurückreichte, nahm ich die Karte und frischte meine Erinnerung über die navigatorischen Gegebenheiten wieder auf.

Die Juister Balje führte nach Osten, wurde immer schmaler, dann folgte eine Reihe von Pricken mit wechselnden Richtungen bis zum nächsten tiefen Wasser, dem Norderneyer Seegat, das wir, wenn Gott es so wollte, kurz vor Hochwasser erreichen würden. Ich prägte mir alles so gut ein, wie ich nur irgend konnte. Dann legte ich Ruder, bis ich Sam eine Tiefenangabe brüllen hörte. Von dem Punkt steuerte ich West, einen halben Strich Süd, bis die Tiefe wieder zunahm. Nun war klar, daß wir über dem Nordrand der Balje gewesen waren, und alles, was ich mußte, nur der Balje folgen, bis sie zu Ende war und in den Wattenkanal überging.

»Alles«, sagte ich, wie in ›Alles oder Nichts‹.

An Backbordseite hörten wir jetzt ein tiefes Grollen, und in einiger Entfernung, das konnten zehn Meter oder zehn Kabel sein, war das Meer weiß und schaumig, dort liefen die Seen auf flaches Wasser und zersprühten in schwerer Brandung.

»Tiefe zwei Faden«, rief Sam. »Jetzt eineinhalb Faden.«

Gischt von der Brandung kam jetzt schon an Bord geflogen, sie fühlt sich auf der Haut anders an als Regen, weil soviel Luft durch den Wind hineingewirbelt wird, wenn das Wasser auf den harten Sand stürzt und völlig zerstäubt. An Steuerbord und an Backbord war alles weiß. Was wir vorhatten, war absoluter Wahnsinn.

»Ein Faden«, schrie Sam. »In Ihren Maßen also einen Meter achtzig. Jetzt kommt's drauf an!«

*Gloria* raste weiter, sie hob ihr Hinterteil auf die Wellen, als ob es ihr Spaß machte, und vielleicht machte es ihr ja auch Spaß, aber daran konnte man eben auch sehen, daß das dumme Ding keine Ahnung hatte, zu welchem Ende das Ganze führen konnte. Sie brauste einen schwarzen, holperigen Weg zwischen zwei Schaumfeldern lang. Diese Felder sahen aus wie Heuwiesen, auf denen Gänseblümchen im Sturm hin- und hergeweht wurden. Voraus, vor dem Bug, wurde aus dem Weg eine Allee. Das Heck brach nach Backbord aus, als einer der Brecher es erfaßte, aber ich steuerte *Gloria* wieder in die Mitte des Kanals zurück.

Doch gab es kaum noch eine Mitte des Weges oder Prieles. Sam lotete immer noch weiter, und seine Meldungen lagen zwischen sechs und acht Fuß, aber die Brecher donnerten und knirschten rund um uns herum. Das Cockpit war seltsam von grauer Helligkeit beleuchtet. Der Bugspriet zog in das letzte Stück schwarzen Wassers. Und dann plötzlich war alles weiß, hier an dieser Stelle war eine Kursänderung nach Steuerbord im Priel. Ich fand sie bald darauf ein paar Strich nach Backbord. Der Wind drehte uns wieder vor die

See. Die größte Sorge war, daß wir ausliefen und dann von den Brechern zerschlagen wurden.

»Sechs Fuß hier«, brüllte Sam. »Vier Fuß.«

Dann erfaßte uns eine Welle, hob uns an, und als sie uns diesmal wieder fallen ließ, schaukelte und rollte die *Gloria* nicht, sondern wurde mit solchem Krachen auf den Sand geschlagen, daß alle unsere Knochen durchgeschüttelt wurden. Geschirr in der Kajüte ging in Scherben, und Dacre schrie unten wie blöd. Die nächste Welle hob uns wieder an und setzte uns wieder mit lautem Krachen auf den Meeresgrund. Wir legten uns über, fast ganz auf die Seite; ich kann mich genau erinnern, daß ich dachte: Jetzt fliegt die *Gloria* auseinander, und wir ersaufen. Aber die Fock zog den Bug rum, es folgte ein langes Rutschen und Ziehen, wir kamen wieder in tieferes Wasser, vielleicht eine Art Priel. Weiter gings. Wir saßen auf einer Welle, einer großen Welle, die sich auf beiden Seiten neben uns brach, und ich nehme an, daß sie uns ein ganzes Stück mitnahm, denn plötzlich war alles ruhig, nur Dacre beschwerte sich unten mit hoher Stimme darüber, daß er naß geworden war.

Ich merkte, daß das Ruder keine Wirkung mehr zeigte, als wir und das Wasser uns mit gleicher Geschwindigkeit fortbewegten. Ich wartete darauf, daß das Heck ausbrechen würde und daß wir uns stark überlegen würden, um auf den Sand geknallt zu werden und zu zerschellen.

In diese Stille hinein sagte ich zu Sam: »Du mußt noch ein bißchen durchhalten, mein Junge!« Ich merkte, daß ich an Joe, Hettys Bruder, denken mußte; und ich dachte auch, na, irgendwann mußte das passieren, egal wie vorsichtig man auch ist, aber es ist zu früh ...

Dann brach die Welle.

Sie stürzte auf uns ein wie tausend Backsteine. Unsere Köpfe wurden herumgeschleudert. Das Wasser war einfach überall, in meiner Nase, es lief mir den Nacken runter und schob mich irgendwohin. Ich krabbelte zurück an die

Pinne, und an der Art, in der Dacre unten rumschrie, konnte ich hören, daß auch er noch lebte.

Das Wasser strömte vorne in großen Massen über das Deck, aber man konnte bald das weiße Feuer von Norderney wieder sehen. Der Regen hatte plötzlich aufgehört, und das Feuer warf einen langen Schein auf die See. Und eine ganze Strecke vor uns ragte eine Pricke aus dem Wasser, wie der Finger einer Hexe. Das Wasser wurde jetzt fast ruhig.

Vielleicht sind wir schon tot, dachte ich, und im Himmel. Dann drehte ich mich um.

## 21

# Trocken gefallen

Hinter dem Heck schien die Brandung von Horizont zu Horizont zu reichen, und im Wind konnte ihr Donnern einem die Zähne im Mund klappern lassen. Aber sie lag hinter uns. Wir hatten die Wasserscheide überquert, man konnte kaum sagen wie, und wir hatten den Bereich der hohen Wellen verlassen. Die einsame Pricke voraus hatten wir auf der Karte identifiziert. Die Tide lief immer noch auf, die Wolken wurden zu großen, dichten Haufen zusammengeschoben, und wir bewegten uns von dem flachen Teil des Watts wieder in tieferem Wasser. Wir lebten. Wir grinsten sogar.

Dacre steckte seinen Kopf aus der Kajüte und klagte mit unsicherer Stimme: »Hier ist alles naß.«

»Mein Arsch auch«, erwiderte Sam, der mal wieder sein gutes Benehmen vergaß. Verständlicherweise.

»Das Wasser steht mir bis zu den Knien«, sagte Dacre fast ängstlich.

Ich übergab Sam die Pinne und bat ihn, das Norderneyer Feuer in seinem Backbordauge zu behalten. Dann ging ich nach unten und steckte ein Streichholz an, um mir die Katastrophe anzusehen.

Das gelbliche Licht des Streichholzes fiel auf Wasser, das über dem Kajütenboden stand. Darin hatte sich eine Art Brei gebildet, ein Brei aus Geschirr und Besteck, aus ein paar Büchern, die aus den Regalen gefallen waren, einer ganzen Menge von Dacres Kleidung und Gott weiß was sonst noch. Das alles klapperte und schwappte zwischen den zwei Bänken in der Kajüte hin und her. Es war fast eine Erleichterung, als das Streichholz verlosch.

Ich schnappte mir den Pumpenschwengel und machte ein paar Schläge. Und dann noch mal zweihundert Pumpenschläge dazu. Wenn ich pumpte, bis mir der Arm schmerzte, schaffte ich es vielleicht, den Wasserspiegel bis unter den Kajütenboden zu senken. Sobald ich aber nachließ, stieg er wieder.

»Sehen Sie«, sagte Dacre, gerade als ob er etwas besonders Schlaues getan hätte.

Es war klar: Wir hatten uns irgendein Leck geholt, als wir auf die Sandbank geknallt worden waren. Ich erklärte Dacre das.

»Und was sollen wir jetzt machen?« fragte er. Es war offenbar, daß er nicht mehr der harte Mann war, er hatte Angst.

»Wir setzen die *Gloria* auf den Strand«, schlug ich vor, um ihn zu beruhigen. »Sammeln Sie aber erst das ganze Zeug auf und lassen Sie es trocknen.«

»Wir sitzen also fest«, sagte er.

»Wie geplant«, wies ich ihn hin und machte aus der Notwendigkeit eine Tugend.

Er nickte, als ob es sein Plan gewesen wäre. Ich ging wieder an Deck. Nach der Peilung des Norderneyer Feuers überquerten wir jetzt die Grenze zum Seegat hin, und es war Hochwasser. Es wehte immer noch eine steife Brise aus Westen, aber der Wind war längst nicht mehr so stark. Wir liefen weiter in das Seegat hinein, ohne Lichter, wir stampften und rollten, das Wasser war überall. Die Tonne an der Hafeneinfahrt von Norderney war nur schwach an Backbord zu erkennen und fiel achteraus. Wir segelten weiter in das Riffgat, vorbei an der Stelle, wo wir letzte Nacht geankert hatten, und hinein in die Enge des nächsten Priels.

Dieses Stück Watt zeigte sich aber harmloser als das

letzte. Der Wind hatte erheblich nachgelassen. Es gab keine Brecher mehr, das Wasser war tiefer, und wir genossen sogar Mondschein, der sich in der schwarzen Wasseroberfläche widerspiegelte. Sam fand die Pricke am Anfang des Priels, und wir suchten einen Weg den Priel hinauf, bis unser Kiel im Watt mit dem Schlick in leichte Berührung kam. Aber die *Gloria* zog gerade darüber weg, ein Glück, und weiter ging's auf der anderen Seite der Wasserscheide. Wir waren jetzt an Juist und Norderney vorbei. Irgendwo hinter all dem Wasser lag Baltrum, die kleinste der deutschen Inseln, ein ruhiges Fleckchen mit einem Hafen am Westende und einem kleinen Ort im Inneren. Dort war noch alles wild und naturbelassen, es war kein Ferienort wie Norderney. Dort konnten wir uns prima trocken fallen lassen. Und es lag auch genau in der Mitte der ganzen Inselkette, wenn Darcre also noch irgendwohin wollte, würde es von dort günstig sein.

Sam sagte: »Was nun?«

»Wir laufen auf den Strand auf und lassen uns trocken fallen.«

»Und dann?«

Das war eine gute Frage. Wer auch immer unseren Anker hatte ausrauschen lassen wollte, daß wir ersoffen. Wenn er erst mal merken würde, daß wir nicht ersoffen waren, würde er sehr beunruhigt sein.

Ich war müde. Und mit der Müdigkeit kam die Mutlosigkeit. Vielleicht steckte ja die Gräfin dahinter? Vielleicht hatte sie mich verraten und gemeldet, daß sie mich in Hilgenriedersiel gesehen hatte. Vermutlich hatte sie uns nur laufen lassen, um jedes Aufsehen zu vermeiden, hatte uns in Sicherheit gewiegt, nur damit sie ihrem Freund von Tritt alles in Ruhe berichten konnte. Der wollte uns dann heimlich verschwinden lassen, ohne lange Gerichtsverfahren ...

Sam reichte eine Tasse mit schrecklichem Tee hoch. Der vertrieb die schlechten Gedanken. Die Gräfin war in Ordnung. Eine Sache, mit der Webb sich wirklich auskannte, waren Frauen, schon seit vierundzwanzig Jahren. Natürlich, es gab ein paar Ausnahmen, Hetty zum Beispiel. Wir bretterten vor dem Wind gegen die Tide durch die Wichter Ee, das ist das Loch zwischen dem Ostende von Norderney und dem Westende von Baltrum. Obwohl wir erst kurz nach dem Hochwasser waren, konnte man schon Brandung an den Rändern der Balje sehen. Dann passierten wir Baltrum. Jenseits des Hafens brannten ein paar Lichter, und wir hielten auf die nächste Wasserscheide südlich von Baltrum zu.

Das Watt von Baltrum ist flach, und die Tide ließ uns im Stich. Die Wirkung des Tees ließ auch nach. Die ganze deutsche Marine hätte jetzt hier vorbeifahren können; ich hätte sie freundlich begrüßt und mich nur gefragt, wann es endlich Frühstück gab. Als die Lichter des Ortes gut achteraus lagen, änderte ich Kurs nach Norden und gab so viel Lose in die Großschot, daß das Großsegel nur noch halb zog. Ungefähr eine Meile vor der Insel, deutlich südlich der Hochwassermarke, lief die *Gloria* mit Rutschen und einem kleinen Bums auf den Wattboden auf. Dann gingen wir schlafen, Dacre maulte wegen des Ausgucks, aber wir kümmerten uns nicht darum.

Als ich aufwachte, stand die Sonne kupferrot am Osthimmel, der Wind war nur noch eine schwache Brise von Süden, der Horizont war diesig, das Festland ein grauer Streifen wie eine verwischte Bleistiftlinie. Einzelheiten waren nicht zu erkennen. Ich sprang über die Seite auf den Sand.

Wir lagen prima. Ich sah mir das Boot von unten an. An Steuerbordseite, das war die Seite, die nicht auf dem Sand lag, klaffte in der Planke neben dem Kiel ein langer Riß. Ich legte mich auf den harten, braunen Sand und sah, wie da über die Innenkante weg das Wasser rausleckte. Eine üble Sache, und wir mußten das erst reparieren, bevor wir weiter konnten, aber gefährlich war es nicht wirklich. Ich sagte Sam, er solle die Augen aufhalten, und machte mich über das Watt in Richtung des Randes der Vegetation, die den Beginn der Insel markierte, auf die Socken.

Jetzt konnte ich mir eineinhalb Meilen die Füße vertreten, die Möwen kurvten um mich herum, und Lerchen sangen am Himmel. Ich erreichte den Ort, kleine Häuser aus Stein und Strandholz, jedes hatte ein kleines Stückchen Land mit Gemüsepflanzen, von wilden Rosen eingezäunt. Frauen in Holzschuhen und mit Mänteln und Hüten putzten nach dem nächtlichen Sturm vor den Häusern. Ich suchte den Hafenkapitän auf, einen knöcherigen Kerl mit blonden Haaren und versoffen aussehenden Augen. Der verwies mich an einen lumpigen Schiffshändler mit einer Tonpfeife unter der Nase. Ein schweigsamer Kerl, der sich alles gut bezahlen ließ. Um die Geschichte kurz zu machen: Um halb zehn saßen er und ich auf einem seltsamen Wagen, der von einer alten Mähre gezogen wurde, die eine perverse Vorliebe für Seetang hatte. Hinter uns lagen ein alter Anker, der fast eine Tonne wog, und hundert Faden bester Drei-Zoll-Manilaleine; außerdem zwei Kettenlängen, also etwa dreißig Faden, leicht gebrauchte Dreiviertel-Zoll-Ankerkette.

*Gloria* lag auf goldgelbem Sand auf der Seite, das Wasser der neu auflaufenden Flut war noch etwa eine halbe Meile entfernt. In der Brise kräuselte sich eine Rauchfahne von blauem Qualm, der einem kleinen Feuer entstammte, das neben ihr brannte. Als wir näher kamen, konnte man Bekleidung und Seekarten erkennen, die über dem Baum hingen und trockneten. Auf dem Strand suchten an diesem herrlichen Morgen Leute nach Wrackteilen, aber soweit man das sehen konnte, hätten sie auch auf dem Mond suchen können. Dacre gab dem Schiffshändler eine Pfeife voll Tabak und bezahlte ihn aus einer Tasche voller Geld, seine Augen standen dabei vor wie Orgelregister. *Gloria* würde heute in den Gesprächen auf Baltrum eine wichtige Rolle spielen. Wir holten das letzte Ende der Ankerleine an Deck und verbrachten den Anker und die Kette mit Hilfe von Pferd und Wagen weiter hoch auf den Strand. Der Schiffshändler besah sich unsere *Gloria* mit Kennerblick und begann ein Fachgespräch. Ich nahm ihn mit unter den Rumpf und erklärte ihm, wie wir uns bei Hochwasser auf den Strand packen und sie reparieren wollten. Er würde es bestimmt weitererzählen, und es hatte die gleiche Wirkung, als hätte ich überall mit einem Megaphon herausposaunt, daß wir nun hier waren und für die nächsten drei Tage festsaßen.

Als das Hochwasser kam, verwarpten wir die *Gloria* den Strand hoch, bis es nicht weiter ging. Die Brise nahm zu und vertrieb den Dunst. Das Festland war jetzt ein scharfer grüner Streifen unter dem südlichen Himmel, der Kirchturm von Dornum ragte in Richtung Süden oder Südosten über den Deich. Dacre hatte sich zusammengerissen. Man konnte ihm anmerken, daß er sich überwunden hatte und nach einem Augenblick der Schwäche wieder seinen eigentlichen Auftrag wahrnehmen wollte, egal, wieviel Angst er hatte. Man konnte ihn dafür bewundern.

Er sagte: »Fassen Sie doch mal mit beim Dingi an.«

»Wozu?«

»Ich will zum Festland.«

»Was wollen Sie denn da?«

»Meine Pflicht tun«, sagte er, dabei fummelte er mit seinen ignoranten Fingern an der Vorleine des Dingis herum.

»Die werden Sie sehen, wenn Sie kommen«, sagte ich ihm.

»Wie die Eier bei einem Rüden an einem klaren Tag wie heute«, fügte Sam hinzu, in nicht sehr eleganter Ausdrucksweise, aber er hatte recht.

Dacre aber war stur. »Ich will da hin«, und er begann, an dem Dingi herumzuzerren, natürlich ohne Erfolg.

Es sah wirklich so aus, als müßten wir ihm helfen, damit er sich nicht zum Idioten machte. Die Hilfe konnte aber nur darin bestehen, daß wir ihn nicht unterstützten und so sein Vorhaben vereitelten. Das wiederum mußte hier zu unangenehmen Szenen führen. Just in diesem Augenblick sah ich über seine Schulter hinweg Richtung Norderney. Ich sagte: »Also, jetzt geht das ganz bestimmt nicht.«

Da war ein grauer Punkt unter einer Rauchfahne zu sehen, vor seiner Nase sah man etwas Weißes: Das war die Dampfpinasse der *Blitz*, sie kam mit voller Fahrt auf uns zu.

*Brief von Hauptmann Eric Dacre, ehemals bei den Ulanen, an Miss Erica Dacre, St. Jude's, Eastbourne, Sussex.*

*O mein Gott, Schwesterchen. O mein Gott. Alles geht schief. Glaubst Du mir, daß es eines deutschen Kanonenbootes bedurfte, um zu verhindern, daß ich einen Vollidioten aus mir machte? Und das alles nur, weil ich die Dinge nicht mehr im Griff habe. Mir gleitet alles aus der Hand. Wenn das der Herzog erfährt...*
*Sie haben versucht, uns umzubringen. Die Deutschen. Nicht mit Feuer oder Schußwaffen: nein, viel einfacher. Sie haben uns einfach in einem Sturm auf Drift geschickt. Die ganze Nacht sind wir getrieben; es hat gerollt und gekracht. Ich war natürlich seekrank. Der Boden des Bootes ist jetzt eingedrückt, alles ist naß, und ich bin halb ertrunken. Wir liegen zur Zeit auf dem Strand außerhalb der Reichweite des Wassers. Webb sagt, wir sind trocken gefallen, das heißt wohl, daß wir für ein paar Tage festsitzen. Ich weiß genau, daß wir nur noch ein Wrack haben. In jedem Sinne.*
*Ich bin hier nicht zu gebrauchen. Ich muß Landluft atmen, ich verstehe nichts von Booten. Meine Angst paralysiert mich.*

*Ganz anders bei Webb. Der hat keine Angst. Je größer die Gefahr, desto stärker wird er. Und genauso ist es bei Sam, der impertinent und frech auf eine Art und Weise ist, von der er glaubt, daß ich es nicht bemerke. Er hat aber durchaus das Recht dazu. Was auch immer unsere angeborene Stellung sein mag: Ich muß zugeben, daß sie die besseren Männer sind. Aus ihrer dreckigen kleinen Höhle vorne im Bug, in der es stinkt und die feucht und schwarz von Ruß ist, steigen sie strahlend, tapfer und ruhig. Ja, sie sind die besseren Kämpfer...In jeder Hinsicht, mit einer Ausnahme. Ich habe die besseren Beziehungen zum Herzog, und ich habe Zugang zu ihm. Er wird mir zuhören und die Version der Ereignisse akzeptieren, die ich ihm präsentiere. Vielleicht ist es nicht ehrenhaft, so etwas zu sagen. Aber wir werden sehen, wie sich die Sache am Ende entwickelt.*

*Wenn sie sich überhaupt noch entwickelt. Wenn, wenn, wenn.*

*Um Erfolg zu haben, bin ich von diesen Fischern abhängig.*

*Bete für Deinen Bruder, der Dich liebt,*

*Eric*

## 22

# Carolinenhof

Der Pinass kam direkt auf uns zu und lief auch auf den Strand auf. Von Brüning kam über den Strand zu uns. Unter seinen Augen waren graue Säcke, und er bewegte sich irgendwie steif wie ein Mann, der sehr müde ist.

Er sagte: »Darf ich bitte an Bord kommen?« und kletterte auch gleich zu uns an Bord, bevor irgendeiner überhaupt Gelegenheit hatte, ihm die Erlaubnis zu gewähren.

Er fuhr fort: »Ich muß Sie daran erinnern, daß ich Sie angewiesen hatte, das Gebiet um die Inseln zu verlassen.«

»Das haben wir versucht«, sagte Dacre mit Entrüstung, und dabei brauchte er kaum zu schauspielern. »Und während wir auf besseres Wetter warteten, hat uns jemand den Anker geslipt und den Reserveanker außenbords geworden. Ich muß gegen diese Gewalttätigkeit und Rechtsverletzung auf das schärfste protestieren.«

Von Brüning sah verblüfft aus, und das konnte man von ihm nicht oft sagen. Er war offenbar nicht informiert. Von Brüning war Seemann, und zwar ein guter. Wenn der sich jemals entscheiden würde, einen Menschen umzubringen, dann würde es auch klappen. »Wann war das?«

»Gestern abend.«

»In der Juister Balje?«

»Sie wissen also Bescheid«, sagte Dacre mit ätzendem Ton. Man merkte, daß Dacre die Oberhand in diesem Gespräch gewann; er beklagte sich über die uneffektive Überwachung der Inselwelt, in der so etwas vorkommen konnte.

»Und Sie sind in der Nacht über zwei Wasserscheiden hinter den Inseln weggekommen? Bei dem Wetter?« Von Brüning war Seemann vor allen anderen Funktionen, die er haben mochte. Es sah fast so aus, als ob er wirklich beeindruckt war.

»Uns wurde dabei ein Loch ins Boot geschlagen.«

»Trotzdem«, sagte von Brüning.

»Webb hat es geschafft, halbwegs heil hinter den Inseln durchzukommen«, sagte Dacre.

»Und Sam«, sagte ich. Ich entschloß mich, die Wahrheit zu sagen und dann zu beobachten, was geschah. »Ein paar Kerle haben mir eins auf die Rübe gegeben, unsere Ankerleine gekappt und den Reserveanker außenbords geworfen. Ich hätte leicht mein Boot verlieren können. So etwas ist nicht in Ordnung.«

Von Brüning zog die Stirn in Falten. Man munkelte, daß von Tritt ihm vor die Nase gesetzt worden war. Das Verbrechen war ganz klar die Idee einer Landratte gewesen. Ein Seemann würde uns nicht so treiben lassen. Er wußte auch, daß Boote immer schwimmen, auch bei einem Wetter wie in der letzten Nacht. Nur eine Landratte glaubte, daß so etwas zum sicheren Tod führte.

Von Brüning versuchte, die Sache zu verschleiern, wie das seine Pflicht war. Er sagte: »Es tut mir leid, die Leute hier sind arm. Die versuchen alles. Ich werde entsprechende Untersuchungen einleiten.«

Ich wies ihn darauf hin, daß wir hier trocken gefallen waren und Reparaturen durchführen mußten. »Da werden wir uns kaum entsprechend Ihren Anweisungen bewegen können«, sagte ich, und ich hoffte wirklich, daß es sich nicht allzu besserwisserisch oder hochnäsig anhörte. »Ich werde im Dingi zurücksegeln oder pullen und nach meinen Ankern suchen.«

In den Tagen, bevor die Motoren kamen, war der Anker die Bremse, die Rettungseinrichtung und auch die Maschine. Niemand fuhr ohne wenigstens zwei funktionsbereite Exemplare los. Aber, wie das Sprichwort sagt: Wer zuletzt lacht, lacht am besten.

»Ich glaube nicht, daß Sie die noch finden werden«, sagte von Brüning; und mir war klar, daß, falls nicht schon ein anderer die Anker bei Niedrigwasser eingesammelt hatte, er sie an sich nehmen würde, sobald er um Juist herumdampfen konnte. »Ich fürchte auch, daß Yachtanker hier auf den Inseln wohl nur schwer aufzutreiben sein werden. Aber Sie liegen ja sicher.«

Er sah wieder besser gelaunt aus, und mir wurde klar, warum. In unserem trocken gefallenen Zustand und mit dem riesigen Anker, an dem wir jetzt hingen, konnte uns jeder überwachen, der ein brauchbares Fernglas hatte.

»Ich bin jedoch nicht gekommen, um mich hier über Anker zu unterhalten. Die Gräfin hat Sie hier heute morgen gesehen, und sie bittet Sie zum Essen, während Sie hier liegen. Ihre Leute werden doch nach all der Zeit an Bord bestimmt auch etwas Bequemlichkeit zu würdigen wissen. Sie hat einen ausgezeichneten Koch. Wir treffen uns alle dort. Ich bin gespannt darauf, von Ihnen zu hören, was Sie bis jetzt in Sachen Bergung erreicht haben.« Er sah Dacre herausfordernd an, in seinen Blick konnte man alles mögliche hineininterpretieren.

Ich war sehr froh. Wenn sie versucht hätte, uns umzubringen, dann hätte sie uns jetzt nicht eingeladen. Es war also von Tritt gewesen. Und wenn es von Tritt war, dann hatte er es bestimmt zum Teil auch aus Eifersucht getan.

Du hast dir das also ausgedacht, du alter glatzköpfiger Teufel, dachte ich. Aber warte nur, wenn du dich mit Webb anlegst ...

»Ich freue mich sehr«, dankte Dacre, und sein Blick verriet das genaue Gegenteil. Ich begann wieder mit dem Gehirn zu denken statt mit den Drüsen. Es bestand natürlich die Möglichkeit, daß wir uns in die Hände des Feindes begaben. »Ich würde wirklich gerne das Boot besichtigen.«

»Nein, auf das Boot kommen Sie nicht«, sagte von Brüning. »Sie werden also auch nicht die Bootsbesatzung fragen können.« Sein Ton war leicht, aber sein Gesichtsausdruck war ernst. »Bitte glauben Sie mir, daß ich das selbst durchführen werde. Wir essen also auf dem Carolinenhof. So heißt das Haus der Gräfin. Ich hole Sie heute abend ab, sobald die Tide richtig steht; acht Uhr, ist das in Ordnung?«

Die Pinass dampfte in Richtung Wichter Ee.

»Mein Gott«, sagte Dacre, und für diese Formulierung gab es keinerlei Grund.

»Sie bleiben natürlich hier an Bord.«

»Zur Hölle, nein«, sagte Sam.

»Fluch nicht«, sagte ich.

»Die werden unser Boot durchsuchen.«

»Und nichts finden.«

»Wir können das Boot doch nicht einfach unbewacht zurücklassen.«

Ich befand: »Wenn wir keine Schwierigkeiten machen, wird von Brüning denken, daß wir nichts zu verbergen und nichts zu befürchten hätten.«

»Ein Test, was?« sagte Dacre. »Ich verstehe, ich verstehe. Na gut, Webb, dann machen wir es so, wie Sie vorschlagen.«

»Jawohl, der Herr«, sagte Sam, um ihn zu veräppeln.

Aber Dacre bemerkte das natürlich nicht.

Nachdem wir uns entschlossen hatten, blieb das kalte Gefühl in der Magengegend aber unverändert bestehen. Letzte Nacht hatte jemand versucht, uns absaufen zu lassen, und er war dem Erfolg verdammt nahe gewesen. Heute abend wollten wir uns wie Daniel in die Löwengrube wagen.

Den Rest des Tages verbrachten wir mit allerlei notwendigen Arbeiten und Reparaturen, dabei vergruben wir auch die verbliebenen »Rindfleischdosen« von Dacre, die in der Bilge unter dem Boden der Kajüte gelagert hatten, in den Dünen hinter dem Anker. Mit dem Einsetzen der Ebbe erschien die Pinass der *Blitz* mit dem Fähnrich an der Pinne. Er gab sich diesmal sehr förmlich, wohl weil er sich beim letztenmal am Hohen Riff so zum Idioten gemacht hatte. Dacre hatte sich in seine besten Klamotten geworfen, und Sam und ich hatten auch unsere Sonntagsanzüge angezogen.

»Wollen Sie alle drei mit?« fragte der Fähnrich.

»Wir wollen gern mal an Land«, sagte ich.

»Ah«, sagte der Fähnrich und wurde ganz rot, gesegnet sei sein unschuldiges Herz.

Von Brüning hatte ihm sicher gesagt: »Letztes Mal haben sie dich besoffen gemacht und Gott weiß, was sie eigentlich vorhaben. Aber diesmal wirst du ihr Boot durchsuchen, wie du das anfängst, ist mir egal.«

Wir gingen über den Sand zur Pinass, und die dampfte mit uns zur Außenmole in Dornumersiel. Dort wartete eine Kutsche auf uns, der Hafen war schon trocken gefallen bei dem Tidenstand. Und weiter ging's auf den hohen grünen Deich. Dacre hatte uns am Nachmittag gesagt, wie wir uns verhalten sollten. »Sagen Sie die Wahrheit. Lassen Sie Dinge aus, erfinden Sie nichts hinzu. Reden Sie nur, wenn Sie gefragt werden. Daran müssen Sie sich überhaupt gewöhnen.«

»Jawohl der Herr«, sagte Sam und verbeugte sich ergeben, Dacre aber merkte natürlich wieder nichts.

Die Kutsche klapperte einen Weg hinauf, der auf den Deich führte, und auf der anderen Seite wieder runter. Die Brise, die vom Land her wehte, roch nach Gras und stehenden Gewässern. Die Straße führte zwischen Gräben entlang, in denen junges Schilf wuchs, und an Eschen und Weiden mit frischem Grün vorbei. Zwischen den Bäumen erkannte man die roten Dachpfannen einer riesigen friesischen Scheune mit tief herabhängendem Dach, an ihrem Nordende ragte sie in den Abhang des Deiches hinein.

Wir fuhren zwischen zwei hübschen weißen Torpfosten hindurch und kamen auf einen Hof mit Kopfsteinpflaster. Das mochte hier als Bauernhof gelten, aber es war ein Bauernhof, wo man vom Boden essen konnte, so sauber war alles. Das Haus sah seriös aus, es war an den südlichen Giebel der Scheune angebaut, und sein First war eine Fortsetzung des Firstes der Scheune. Die Fenster zeigten zu einem kleinen Garten und einem Teich, in dem eine Mandarinente ihre Jungen spazieren führte, alles sehr sauber und frühlingshaft.

Auch sehr sauber, aber gar nicht frühlingshaft waren zwei Soldaten in Knobelbechern, grauen Mänteln, Pickelhauben und mit aufgepflanzten Bajonetten, die auf beiden Seiten des Haupteingangs standen.

Der Kutscher öffnete die Tür. Dacre schluckte, knöpfte sich die Manschetten zu und stolzierte mit wehenden Rockschößen zwischen den Soldaten in das Haus. Der Kutscher klemmte sich seinen Daumen, als er die Tür wieder schloß. Wir gingen um das Haus herum und kamen an einem Gesellschaftszimmer vorbei, aus dem Tabakrauch und das Knallen von Sektkorken drangen. Ich bemerkte das Blitzen von Diamanten, ließ aber lieber meine Augen gesenkt, weil mir das Blut ins Gesicht stieg.

Vor der Küchentür standen natürlich keine Soldaten. Wenn hier ein geheimer Krieg zugange war, dann war es ein Krieg der Oberschicht unter sich. Das Talent der unteren Klassen lag im Sterben, nicht im Denken. Hinter der Tür war die Küche, etwas dunkel, mit roten Fliesen und mit Schinken und Bündeln von Gewürzpflanzen, die von der Decke hingen. Nach den teuflischen Gerüchen, die bei Sams Kocherei unserem Herd an Bord entstiegen, roch es hier wie im Paradies. Drei Frauen mit weißen Schürzen klapperten mit Holzschuhen zwischen Herd und Hackklotz hin und her, eine vierte stand am Tisch, und Elly, die Zofe der Gräfin, nähte in dem schwachen Licht, das durch das einzige Fenster hereinfiel. Als wir sie begrüßten, bat sie uns, Platz zu nehmen. Sam brachte sie einen Krug mit Bier und mir ein Glas Milch, danach begann sie, mit ihm auf friesisch zu parlieren. Ich saß da und schlürfte die Milch, die schmeckte vorzüglich und frisch nach all dem Dosenzeug. Ich versuchte verzweifelt, diese gemütliche Szene mit den Leichtern in Einklang zu bringen, die wie Geschosse in einem Magazin in den Tiefs lagen.

Plötzlich merkte ich, daß Sam und Elly mit neuem Eifer klönten. Sie lachten und griffen nacheinander, dann schnappte Elly sein Bier und trank es aus.

»Das haut mich um«, sagte Sam. »Sie ist die Nichte von meiner Tante Elisabeth. Also, sie ist fast meine Cousine.«

»Ja«, sagte Elly, und dabei sah das arme dumme Ding so lustig aus wie Kasper persönlich. »Und Sie sind der Kapitän. Ja, der Kapitän.« Sie legte ihre Hand auf meine. »Wie schrecklich doch das Leben ist.«

»Was ist los?« sagte ich.

»Meine Lippen sind wie versiegelt«, sagte sie. »Meine arme Herrin hat ein Herz, das ist so weich wie Heringsmilchner.« Sie sah irgendwie gerissen aus in diesem Augenblick. »Meine Herrin hat eine Schwäche für Engländer. Aber der Herr General Baron von Tritt wird wohl seinen Willen bekommen, und das ist jammerschade.«

Ich merkte, daß ich rot anlief. »Das wollen wir abwarten.«

»Wie bitte?«

»Nichts weiter.«

Sam hatte jetzt seinen Pullover ausgezogen, und Elly begann, ein Loch im Ellbogen zu stopfen, und das, obwohl ich genau wußte, daß Sam sehr gut selbst stopfen konnte. Auf einmal kamen eine ganze Reihe männlicher Diener in die Küche, die Köche schrien und knallten große Räucheraale auf die Teller. Ich erinnerte mich daran, daß im Speisesaal unser weiteres Schicksal entschieden wurde. Dacre war es, der diese Sache entschied, in der Auseinandersetzung mit von Brüning, von Tritt und vielleicht anderen, wohl auch mit der Gräfin.

Ich schaffte es nicht, ruhig zu bleiben. Nach kurzem Zögern ging ich hinter den Dienern her. In einem langen Korridor stand am Ende eine Tür offen, aus der Lichtschein in die Dämmerung fiel. Außerdem kamen auch Stimmen durch die offene Tür. Einige kannte ich. Ich hörte Dacres gedehnte Sprechweise, von Brünings klang wie immer kurz und präzise. Daneben war das von langem Sekt- und Zigarrengenuß geprägte Gegrunze des Herrn von Tritt zu hören. Andere Stimmen hörten sich knapp und militärisch an.

Viele Diener sausten an mir vorbei. Teller wurden abgeräumt, ganz leise innerhalb des Speisesaals, aber klappernd und laut auf dem Anrichtetisch, neben dem ich hier im Korridor stand. Die nächsten Gänge wurden aufgetragen, Dutzende von Tellern. Die feinen Leute bedienten sich gegenseitig mit diesem und jenem. In dem ganzen Hin und Her schob ich mich langsam bis zur Tür. Dies war kein normaler Bauernhof, und der Speisesaal war kein normaler Raum. An den Wänden hingen große seltsame Bilder, mit unklaren Darstellungen und leuchtenden Farben. Kandelaber leuchteten mit farbigem Glas, das die Form von Blättern und Weintrauben hatte. Nach dem grellen, oberflächenhaften Licht war das hier wie eine grüne Weide und eine Wohltat für die Augen.

Von Tritt saß am Kopfende des Tisches, und die Gräfin saß ihm gegenüber. Sie sah blaß aus, ihre Augen waren groß und leuchteten, als ob ihr etwas Sorgen machte. Dacre saß an ihrer Seite und von Brüning auf der anderen. Am Tisch saßen außerdem noch ein paar Kerle, die aussahen wie Soldaten, und der alte Knacker mit dem Schafsgesicht, den ich schon in Kiel gesehen hatte. Bei ihm war eine ältere Frau mit dunkelblondem Haar und einem Gesicht, das von der vielen Schminke ganz spröde war. Dacre stand im Zentrum der Aufmerksamkeit, und er schien sich dabei unwohl zu fühlen. Offenbar wurde gerade über Vögel gesprochen. Auf von Brünings Gesicht stand ein lustiges Grinsen. »Na, Mr. Dacre«, sagte er, »haben Sie denn nun Ihre Kaspischen Seeschwalben auf Memmert gefunden?«

»Alle Seeschwalben auf Memmert sind deutsch«, bellte von Tritt.

»Ich habe keine einzige gesehen«, sagte Dacre. »Nicht daß ich wüßte.«

»Vielleicht weil Sie immer nur in den alten Buden, die von dem Bergungsversuch bei der *Corinne* vom letzten Jahr stehen geblieben sind, gesucht haben.«

Dacre grinste betreten, als ob von Brüning ihn erwischt hätte.

»Mr. Dacre hat ein paar ungewöhnliche Vorstellungen«, ergänzte von Brüning. »Er hat ein neues System erfunden, bei dem er einen Taucheranzug anzieht, um Seeschwalben zu beobachten.«

Dacre senkte den Blick und schüttelte den Kopf. Danach nahm er, wie aus Verlegenheit, einen Schluck Sekt. Man mußte es ihm lassen, er spielte den ertappten Agenten vorzüglich.

»Nun«, sagte er, »irgend jemand ist ganz offenbar der Meinung, daß wir unserem Ziel recht nahe gekommen sind. Der hat uns nämlich gestern abend die Ankerleinen gekappt.«

Von Brüning zog die Augenbrauen hoch. Von Tritt saß vornübergebeugt mit runden Schultern über seinem Teller und schaufelte das Rindfleisch in sein flaches Gesicht. Jetzt richtete er seine Schweineaugen auf Dacre. »Da sollten Sie sich gar nicht wundern«, warf er ein und kaute dabei mit offenem Mund. Ich dachte in dem Augenblick, daß ich noch nie einen Mann mit schlechteren Manieren gesehen hatte. Außerdem war von Tritt großmäulig und versuchte jeden einzuschüchtern.

»Dieses Wrack ist in deutschen Gewässern. Ergo, das ist doch ganz klar, ist es ein deutsches Wrack.«

»Nicht nach internationalem Gesetz«, sagte Dacre mit einer Art unterwürfiger Bescheidenheit.

Von Tritt putzte sich die Nase. »Internationale Gesetze sind nur so lange international, wie England davon profitiert«, setzte er dagegen. »Wundert Sie das wirklich, daß es einen deutschen Patrioten ärgert, wenn Sie hier rumschnüffeln?«

Du bist es gewesen, blöder Kerl, dachte ich, und ich war mir jetzt ganz sicher. Du hast unsere Ankerleinen gekappt, und das wirst du noch bereuen.

»Gesetz ist Gesetz«, beharrte Dacre mit einer Sturheit, die man bewundern mußte.

Von Tritt schnaufte, dabei versprühte er Fleischbrocken über seine Hälfte des Mahagonitisches, und dieses Thema war beendet. Die Gräfin hatte die ganze Szene mit ihren aufmerksamen Augen verfolgt.

Ich wäre gerne bei ihr gewesen, um ihr zu sagen, daß alles halb so schlimm war. Ich hätte gerne für sie gegen den Kerl angekämpft. Es trat ein Augenblick unangenehmer Ruhe ein.

»Sagen Sie«, sagte einer der anderen soldatesken Typen, »wie lange wollen Sie denn noch hier bleiben?«

Dacre rechnete mit seinen Fingern, allzu lange nach meinem Geschmack. »Das hängt vom Wetter ab«, sagte er. »Wir sitzen auf dem Trocknen und haben ein Leck. Sobald unser Boot wieder schwimmt, werden wir nach Holland absegeln.« Er grinste ein Grinsen, das sicher offen und entwaffnend sein sollte. »Wir müssen den Anteilseignern Rechenschaft ablegen über das, was wir herausgefunden haben. Der Mann mit den meisten Anteilen kommt dann sogar von England rüber. Das ist der Herzog von Leominster. Bei dem empfiehlt es sich, den Termin einzuhalten.«

Es gab ein allgemeines Kopfnicken. Jeder hatte seine Berechnungen gemacht, und sie waren offenbar zufrieden.

»Was haben Sie denn herausgefunden?« fragte von Brüning.

»Sie müssen uns auch unsere kleinen Geheimnisse lassen«, antwortete Dacre mit aalglattem Lächeln. Er hatte jetzt sein Selbstbewußtsein wiedergewonnen. »Ich hatte ja gehofft, daß sich genug Zeit finden würde, damit mir jemand diese ›Verbesserungen‹ an den Sielen und Deichen zeigen könnte.«

Einen langen Augenblick lang herrschte Totenstille.

Dann sagte von Brüning: »Ja, das ist schade, wir schaffen es nicht. Aber es wäre auch nicht interessant für Sie. Es geht nur darum, die Verkehrswege zu verbessern, für die landwirtschaftlichen Produkte und solche Sachen. Die größte Schwierigkeit in der Gegend liegt darin, die Produkte der Bauern zu den Märkten und Häfen zu bringen. Und da wir nun mal die Sache in Angriff genommen haben, nutzen wir die Gelegenheit auch, um die Deichanlagen und Siele zu verbessern.« Er lächelte: »Sie müssen uns auch unsere kleinen Geheimnisse lassen, Mr. Dacre.«

»Touché«, sagte Dacre. »Ich habe von der Landwirtschaft sowieso keine Ahnung. Ist wohl zu kompliziert für mich, was?«

Von Tritt wandte sich verächtlich von diesem Exemplar der Nichtgrundbesitzer ab. »Auf die Gesellschaft des schöneren Geschlechts, Gott segne ihre liebevollen Herzen«, sagte er und warf der Gräfin eine Kußhand zu. Weiter kam er aber nicht, denn in diesem Augenblick sauste Elly an mir vorbei zur Gräfin und flüsterte ihr etwas ins Ohr. Nach von Tritts Gesichtsausdruck zu urteilen, entsprach das nicht ganz der Etikette.

Aber die Gräfin stand auf und sagte: »Großes Desaster in

der Küche.« Dabei lächelte sie entwaffnend und drehte sich um, um den Speisesaal zu verlassen.

Ich raste auch zurück in die Küche und schaffte es, zwanzig Sekunden vor ihr dazusein. Sie blieb aber nicht, sondern nahm eine Laterne und ging hinaus. Ich konnte hinter der Tür im Schein der Lampe die hölzernen Griffe von Gartengeräten erkennen, die draußen an der Wand hingen. Dann schloß sich die Tür.

Der dicke Koch sah mit wohlwollender Neugier hinter ihr her.

»Was ist denn jetzt?« fragte die dickste Frau. Sie hatte ein Muttermal mit Haaren auf ihrer riesigen Backe.

»Sie ist immer für Überraschungen gut«, äußerte der Oberdiener, und die anderen nickten.

Die Tür ging wieder auf, und die Gräfin kam zurück. Sie trug ein blaues Kostüm aus Seide, etwas weiter ausgeschnitten, als es eigentlich Mode war. Das Ganze erweckte einen Eindruck der Freiheit, ganz anders als die bis obenhin zugeschnürten Frauen in ihren Abendkleidern. Sie blieb stehen und strich ein paar Strohhalme ab, die an ihrem Rock hängen geblieben waren. Dann traf ihr Blick den meinen. Ihre Augen hatten das gleiche Blau wie ihr Kostüm, und sie waren entschlossen und fast hektisch. Es blieb keine Zeit, die Augenfarbe länger zu bewundern.

Ihre Stimme klang, als wolle sie Glas damit schneiden: »Ich nehme an, daß Sie noch nie vorher Gelegenheit hatten, einen unserer großartigen deutschen Generäle zu sehen.« Obwohl ich sicher war, daß alle in der Küche mitgekriegt hatten, daß ich in den Speisesaal geguckt hatte, war das etwas anderes.

Ich sagte: »Nein, gnädige Frau«, und starrte verwirrt auf meine Stiefel.

»Dann kommen Sie mit.«

Sie führte mich durch den Korridor zum Speisesaal. Als wir im Halbdunkel waren, nahm sie meinen Arm. Sie nahm tatsächlich meinen Arm. Ich konnte kaum noch atmen, so betörte mich ihr Duft, ein schwaches Bouquet des Sekts war noch in ihrem Atem. Ihre Hand zitterte.

Dann waren wir kurz vor der Tür des Speisesaals, und sie hielt mich fest. Ich merkte, daß ihre Hand etwas in meine Tasche steckte. Und dann, Wunder über Wunder, strichen ihre Lippen über meine, leicht wie eine Feder, und ebenso schnell waren sie wieder weggeflogen.

»Helfen Sie mir«, sagte sie.

Ich legte meine Hand auf ihre Hüfte, und ich spürte eine Taille aus Haut und Muskeln und nicht aus Walbarten, wie sie sonst die feinen Damen in ihre Röcke einarbeiten ließen. Sie entzog sich mir. Durch die Tür blitzte ein kurzer Lichtschein, wie das Feuer von Norderney. Dann war sie verschwunden, und ich stand allein im Dunkeln mit dem, was sie mir in die Tasche gesteckt hatte. In meinen Ohren hämmerte der Pulsschlag, und ich ging langsam wieder zurück in die Küche.

»Na, sieht der General gut aus?« fragte Sam.

»'ne Schönheit«, antwortete ich.

Der Koch fing an davon zu erzählen, wie viele Kriege der General schon gewonnen hatte oder so ähnlich. Ich besorgte mir noch ein Glas Milch und setzte mich so, daß mir alle den Rücken zuwandten. Dann sah ich mir an, was die Gräfin in meine Hosentasche geschoben hatte.

Es war ein kleines Stück Papier, auf dem etwas geschrieben stand. Die Handschrift kannte ich, es war die, die ich in den Notizbüchern gesehen hatte, die der Rechtsanwalt des Herzogs mir vor nun so langer Zeit in London gegeben hatte.

Die Notiz lautete: *Hinten in der Scheune. Jetzt. Bitte. Wilson.*

## 23

# Im Bullenstall

Ich sprach kurz mit Sam, auf englisch. Dann stand ich auf und legte mir die Hand auf den Mund, als ob ich gähnte. »Ich brauch' etwas frische Luft«, sagte ich.

»Na, denn mal schnell«, sagte der Koch. »Das Essen wird in zehn Minuten zu Ende sein, und heutzutage sitzen die Herrschaften hinterher nicht mehr sehr lange beieinander.«

Ich glitt hinaus in die Nacht und fummelte mir vorne an der Hose rum, damit alle etwas vermuten konnten.

Es war dunkel. Der Himmel war klar und sternenübersät – Halbmond. Ich konnte Stiefel auf dem Kies hören und das Geklapper von Militärgerät. Als ich an der Mauer der Scheune entlangging, konnte ich die Silhouette eines Soldaten vor dem Himmel sehen. In der Scheunenmauer war eine Tür. Als ich dem Soldaten näher kam, rief er: »Wer da?«

»Ein Mann von der Bootsbesatzung der Gäste der Gräfin«, antwortete ich. »Ich mache was, ah, ganz Privates.«

Der Posten lachte und sagte noch etwas über glückliche Kerle, die während der Arbeit Bier trinken konnten. Ich ging um die ganze Scheune. Auf der anderen Seite, die nicht bewacht war, lag ein großes Feld. Dann trat ich wieder ins Haus.

In der Küche achtete niemand auf mich. Der dicke Koch las den ›Ostfriesischen Kurier‹. Die Mägde waren in der Abwaschküche beschäftigt. Sam und Elly hatten über zwei

Gläsern Bier die Köpfe zusammengesteckt. Ich ging an allen vorbei und durch die Tür, die die Gräfin genommen hatte, in eine Art Vorraum. Hier hingen Gartenwerkzeuge und standen große Schüsseln mit Kartoffeln, Wurzeln und Rüben. An einem Haken über der Tür brannte eine Laterne. Die nahm ich und trat damit durch die nächste Tür.

Jetzt war ich in der Scheune. Das Ding war riesig, und es roch nach Kühen. Und da standen sie auch, aufgereiht auf der einen Seite, große schwarzweiße Tiere. Im schwachen Licht meiner Laterne sah ich, daß sie Heu fraßen. Es war still bis auf ihr Mampfen und das leise Getucke von Hühnern irgendwo oben im Dach. Das Licht der Lampe spielte sich auf den Sparren des Dachs.

Ich rief: »Ist hier jemand?« Aber meine Stimme schien vom Stroh völlig verschluckt zu werden.

»Hier«, antwortete eine Stimme, eine zögernde, vorsichtige Stimme, eine englische Stimme.

Ich hielt die Laterne hoch. »Mr. Wilson?« fragte ich.

In der Ecke war eine Art kleiner Schuppen, ein stabiles Viereck aus schweren Brettern und Balken, in so einem Ding konnte man einen Bullen halten. Die Tür war von außen verriegelt.

»Wer sind Sie?« fragte eine Stimme. Der Mann, dem diese Stimme gehörte, stand hinter dieser verschlossenen Tür.

»Kapitän Webb von der Yacht *Gloria*«, sagte ich. »Warten Sie.« Ich zog den Riegel zurück.

Drinnen war der zerlumpte Mann, der mich in Hilgenriedersiel vor den Soldaten gewarnt hatte. Jetzt, da ich ihn aus der Nähe sah, erkannte ich, daß er ein kleiner Kerl war, nur etwa so groß wie ich. Er stand da und fühlte sich offenbar nicht wohl. Seine Bekleidung hatte die Farbe von Schlick, die Haare standen ihm zu Berge wie die Stacheln bei einem Igel, und das, was man von seinem Gesicht hinter dem struppigen Bart sehen konnte, war braun und dunkel, eben die Farbe, die jemand annimmt, der draußen lebt.

»Freut mich wirklich sehr, Sie hier zu treffen«, sagte er.

An der Sprechweise erkannte man, daß er zur besseren Gesellschaft gehörte, und es kam mir sehr seltsam vor, daß ein vom Wetter gegerbter, zerlumpter Mann so sprach. Er hielt eine halbabgenagte Lammkeule in der Hand.

»Das Essen wird in fünf Minuten zu Ende sein«, informierte ich ihn, »was ist los?«

»Ich habe in einem Schuppen geschlafen, wie ein alter Taugenichts«, sagte er. Er hatte einen ernsten, geradezu reuevollen Blick und Tonfall, als ob er sich entschuldigen wollte, daß er nicht hart genug war. »Die denken hier, ich sei ein Landstreicher. Und Landstreicher werden hier in der Gegend nicht geduldet. Man will mich verhören. Aber ich kann kaum Deutsch. Also muß ich hier raus. Ich habe wichtige Neuigkeiten. Aber von Brüning darf mich auf keinen Fall sehen.«

»Neuigkeiten worüber?«

Er zog die Stirn in Falten. Er konnte nicht wissen, ob es sicher war, mir das anzuvertrauen.

»Über die Leichter?« fragte ich.

»Woher wissen Sie das?«

»Uns hat der Herzog von Leominster geschickt«, entgegnete ich.

»Ach.« Er hatte noch nie etwas vom Herzog gehört, soviel war klar.

»Ein Freund von Mr. Childers.«

»Der gute alte Childers«, sagte er, und in seine Stimme kehrte eine gewisse Wärme zurück. Es war die Wärme, die ein Mann verspürt, der Hilfe kommen sieht. »Mit wie viel Männern sind sie hier gekommen?«

»Noch zwei, außer mir.«

»So, so.« Das hörte sich plötzlich erschöpft und niedergeschlagen an. Und wer wäre wohl nicht niedergeschlagen gewesen, wenn er das gesehen hätte: sieben Siele, eine Viertelmillion Soldaten mit ihren Kanonen, und dagegen standen nur ganze vier Mann. »Irgendwie muß einer von uns es schaffen«, sagte er mit der Stimme desjenigen, der das Beste aus einer verfahrenen Situation machen will, »und hier rauskommen, um unsere Flotte zu warnen.«

»Wir haben ein Dingi«, sagte ich. »Wir liegen bei Baltrum auf dem Strand.«

»Ich habe Sie schon beobachtet.«

Ich ging zurück zum Geräteschuppen und holte eine Brechstange, damit lockerte ich eine der Planken. Während ich arbeitete, redete er. Dann legte ich die Brechstange zurück. Wilson ging an die östliche Mauer der Scheune. Er ging schwerfällig, als ob er erst über jeden Schritt nachdenken müßte. Ich hörte ein deutliches Quietschen, als der rostige Riegel entfernt wurde. Ich ging an die große Tür der Scheune und klopfte.

Eine deutsche Stimme sagte: »Wer ist da?«

»Ich. Kapitän Webb. Von der Yacht *Gloria*.«

Am abgewandten Teil der Scheune war ein Rascheln im Stroh zu hören, und ein Fenster wurde geöffnet und wieder geschlossen.

»Irgend jemand hat gesagt, hier sei ein Landstreicher«, sagte ich. »Ich kann ihn nicht finden. Als ich die Scheune betrat, ist aber jemand aus dem Fenster geklettert.«

Es herrschte frostige Stille. Dann wurde die Tür geöffnet. Das Gesicht des Soldaten unter seiner Pickelhaube war weiß und blaß. Er rannte an mir vorbei und riß die Tür des Bullenstalls auf. Er machte den Mund auf und wollte schreien. Aber dann fragte er: »Wo ist er hingelaufen?«

Ich konnte die Patronen in seiner Patronentasche klappern hören, so zitterte der Mann. Er hatte Angst um sein Leben.

Ich zeigte an ihm vorbei in die Nacht.

»Er hat die Planke abgerissen«, sagte der Soldat, seine Stimme war verzweifelt. »Oh, ich armes...«

»Hier gibt's ja ganz schön viele Generäle«, sagte ich.

Aber der Soldat war zu sehr damit beschäftigt, sich vorzustellen, wie ihm selbst die Haut abgezogen wurde, da er den Gefangenen hatte entkommen lassen. Daher nickte er nur.

»Das war doch nur ein Landstreicher, haben Sie doch gesagt.«

Stille, man konnte fast die Gedanken im Gehirn dieses armen Dummkopfes knistern hören.

»Was ich nicht weiß, macht mich nicht heiß«, sagte ich ihm, »und das gilt für jeden.«

Er zog die Stirn in Falten. »Wie meinen Sie das?«

»Wenn die Generäle den Kerl sehen wollen, dann sagen Sie einfach, daß er nur ein Rumtreiber war und daß Sie ihn haben laufenlassen. Und wenn sie ihn nicht sehen wollen, dann sagen Sie eben gar nichts.«

Sein Gesicht wurde freundlich, und er machte jetzt im Licht der Laterne einen deutlich erleichterten Eindruck. Dann wurden seine Augen wieder kleiner: »Sie sind wirklich sehr hilfreich«, sagte er.

Ich sah auf meine Fingernägel. Es war fast wie bei einer Regatta. Je mehr auf dem Spiel stand, desto umnebelter wurde der Verstand der Leute und desto leichtgläubiger wurden sie.

»Verdammter Mist ist das«, sagte ich, »ich habe einmal gesehen, wie ein Mann ausgepeitscht wurde. Ein Soldat wie Sie. Sie haben ihn geprügelt, bis man seine Rippen und all die kleinen Röhren und Adern sehen konnte wie Gedärme in einem Korb.«

Sein Gesicht war weiß und völlig erstarrt. »Machen Sie das Tor zu«, sagte er. »Kein Wort mehr über die Sache!«

»Ich schweige«, sagte ich und ging zurück in die Küche. Der Koch las immer noch in der Zeitung. Sam und die

Magd flirteten immer noch. Ich zischte etwas in Sams Ohr und setzte mich an den Küchentisch. Draußen hörte man Schritte, dann kamen all die feinen Leute in die Küche. An von Tritts Gesichtsausdruck konnte man sehen, daß er wohl noch nie eine Küche von innen gesehen hatte.

»Wo ist der Mann?« sagte er.

»Mann?« fragte eine Köchin und wischte sich ganz aufgeregt die Hände in der Schürze ab. »Ich weiß nicht...«

»In der Scheune«, sagte Sam, »wenigstens war er da.«

Von Tritt sah ihn gar nicht an. »War?« sagte er.

»Das war doch Pieter Wugsma«, sagte Sam. »Aus Lewsum. Der die Gerda Mausbutte geheiratet hat, in dem Jahr nach...«

»Halt die Schnauze, alter Schwätzer«, schrie von Tritt.

Sam machte ein gequältes Gesicht. »Kein Grund zur Unhöflichkeit«, sagte er und »Eh!«, denn der dicke, fette Baron hatte einen Schritt auf ihn zu gemacht und ihn mit seinem kleinen Stock auf ein Ohr geschlagen. Mir war klar, daß das nicht gutgehen konnte. Sam stützte sich mit einer Hand auf dem Tisch ab und faßte sich mit der freien Hand an sein Ohr. Er sagte auf englisch: »Das wirst du noch bereuen, alte Fettbacke«, und er sah sich nach etwas Hartem um. Dann griff er nach einer eisernen Bratpfanne.

Zum Glück gingen Dacre und von Brüning dazwischen. Die Gräfin hielt sich mit einer Hand den Mund zu. Brüning sah wirklich sehr müde aus, und in diesem Zustand konnte man seine Gedanken leicht erraten. Ganz offenbar hatte er die Nase voll von solchen Szenen, und ihm stand ins Gesicht geschrieben, daß er den Baron für einen Idioten hielt. Aber er konnte natürlich nichts sagen, weil der Baron sein Vorgesetzter war.

Ich nahm Sam am Arm und sagte: »Nimm's nicht so ernst, mein Junge.«

Von Tritt sagte zu Dacre in herausforderndem Ton: »Sie sollten mal was für die Erziehung Ihrer Bediensteten tun.«

Ich konnte fühlen, wie Sams Arm zuckte, und das war ja auch nicht erstaunlich, denn was auch immer sie in Preußen für richtig halten, es ist eben einfach unklug, einen geborenen Engländer mit einem Stock zu schlagen.

»Gib her«, sagte ich zu Sam und nahm ihm die Pfanne ab.

Da meldete sich die Gräfin zu Wort: »Das stimmt«, sagte sie, »es war Wugsma. Elly hat ihn auch gesehen.«

Und im Hintergrund nickte Elly fleißig, Gott segne ihr edles Herz.

Von Tritt sah die Gräfin an, jetzt war er unter Gleichgestellten. »Sind Sie sicher?« fragte er.

»Deshalb habe ich es ja gesagt.« Sie hatte einen entschlossenen Gesichtsausdruck, wie man im Licht der Küchenlampe gut erkennen konnte. Ihr Gesicht war blaß, die Augen glitzerten. Sie sah aus wie eine Frau, die entschlossen ist, jeden Konflikt in Kauf zu nehmen.

Der Baron schlug die Hacken zusammen. Dacre hatte wieder sein freundlichstes Gesicht aufgesetzt. Von Brünings kluge Augen wanderten von einem Gesicht zum anderen; und es war völlig klar, daß er bemerkt hatte, daß irgend etwas an der Sache nicht stimmte. Aber er wußte nicht genau was. Ich sorgte mich ernstlich, daß er nachhaken würde. Aber vorerst war sein Vorgesetzter mit der ganzen Situation zufrieden, und das bedeutete, daß auch er vorerst zufrieden zu sein hatte.

»Wie wär's jetzt mit einem Kaffee?« fragte die Gräfin, und die ganze Anspannung verschwand. Die Gesellschaft zog wieder ab, Dacre blieb als letzter. Man spielte überhöfliche »Aber bitte nach Ihnen«-Spiele, und Dacre stellte es so an, daß jeder das auch mitbekam. Ich stand da und hörte mein eigenes Herz klopfen. Was für ein kriecherischer, erbärmlicher Kerl Dacre doch war, und ich war bestimmt nicht der einzige, der das bemerkte. Mit von Brüning hätte ich jederzeit lieber zusammen gekämpft als mit Dacre, wenn wir nur auf der gleichen Seite gewesen wären.

»Aua«, schrie Sam. Er wurde von einer der Helferinnen in weißer Schürze an dem Ohr, an dem ihn der Stock getroffen hatte, mit Essig und anderen Mitteln behandelt. Sie hatte vorne ordentliche Rundungen, und Sam schien gegen die Behandlung nichts zu haben, auch wenn er hin und wieder jammerte.

»Wir sprechen da noch drüber, wenn wir zurück sind«, sagte ich.

Eine der Köchinnen schien sehr neugierig; sie wollte alles mitkriegen, was hier in der Küche gesagt wurde.

Aber Sam war nicht nur am Ohr, sondern auch in seinem Stolz verletzt. »Nun hör mir mal gut zu«, sagte er. »Du bildest dir ein, daß du die ganze verdammte Welt rettest. Wir sind nur zu dritt, wir zwei von Norfolk und der blöde Dacre, und wenn du glaubst, daß das dem deutschen Heer auch nur das geringste ausmacht, dann bist du ganz schön beknackt, mein Junge.«

Ich sagte: »Halt die Schnauze, Sam.«

»Mir sagst du nicht, daß ich die Schnauze halten soll«, schrie Sam. »Du siehst den Wald vor Bäumen nicht. Du denkst, jetzt, wo du den blöden Dacre an die Wand gespielt hast, wärst du der Boss. Ein Scheißdreck bist du. Da wird wohl keinem mehr was Gescheites einfallen, und es wird wohl kein verdammter Hund mehr was dagegen machen können. Wenn du mal deinen Verstand einschalten würdest, dann würdest du das auch merken.«

Ich war stinksauer. Aber der merkte das gar nicht. Ich blieb also sitzen und verkniff es mir, ihm zu sagen, daß er ein versoffener Stinkhals war, der nichts aus sich selbst gemacht hatte. Mochte die Köchin auch kein Englisch verstehen, sie hätte doch gemerkt, wenn wir uns stritten, und ihre Zunge hing ihr vor Neugierde schon aus dem Hals. Ich hielt also die Klappe und sah zu, wie Sam verarztet wurde, schlürfte meine Milch und ging meinen Gedanken nach.

Die Nacht kam schnell. Man konnte förmlich spüren, wie die Soldaten und ihr Gerät in Massen auf die Leichter verladen wurden, ganz Ostfriesland war so vollgestopft mit Kriegsgerät, daß die Nähte krachten. Und dagegen standen nur Wilsons Feuer in Nessmersiel und Dacres Bombe, die vielleicht hochgehen und eine Reihe Leichter in Hilgenriedersiel entflammen würde. Nach meiner Erfahrung war es so, daß alles, was schiefgehen konnte, schiefging.

Ich verfluchte Sam im stillen und ärgerte mich sehr. Nichts ist ärgerlicher, als wenn man genau weiß, daß der andere recht hat.

Ich dachte noch über unseren zweiten Verbündeten, Wilson, nach.

Als ich an der Tür des Bullenstalls herumarbeitete, hatte ich ihn gefragt: »Was machen Sie eigentlich hier?«

»Ich war segeln«, sagte er seltsam abgehackt, wie einer, der nicht gewohnt ist, mit anderen zu sprechen. »Ich hatte da so eine Vorstellung, also, eine Vorstellung... Letzten Herbst war ich mit Childers hier. Wirklich kluger Kopf. Der hat ein Buch geschrieben. Um die Leute zu warnen. Natürlich ist ein richtiger Roman daraus geworden; er nennt darin sich selbst Carruthers und mich Davies.« Man konnte merken, daß er selbst hier noch, in diesem Bullenstall und mit der Aussicht, gehängt zu werden, stolz darauf war, in einem Buch vorzukommen. »Die Nachricht ist da«, sagte er. »Aber ich fürchte, sie kommt zu spät. Ich bin hierher zurückgekommen, um die Entwicklung im Auge zu behalten. Von Brüning ist ein anständiger Kerl. Aber jetzt ist dieser von Tritt da. Ein ganz übler Deutscher. Der hat mein Boot in die Luft sprengen lassen.«

Er sagte das gerade heraus und ohne jedes Anzeichen von Ärger. Er empfand nur noch Trauer wie bei dem Verlust eines guten Freundes.

»*Dulcibella*«, sagte ich. »Ich hab' gesehen, wie Sie letztes Jahr aus Kiel ausgelaufen sind.«

Sein Gesicht erhellte sich. »Tatsächlich? Ich erinnere mich genau daran.« Er sprach davon, als sei es schon Jahre her. So fühlte es sich auch für mich an. »Da waren tolle Boote. Etwas zu fein für mich allerdings.«

»Und danach sind Sie hierhergekommen und haben diese Karten gemacht.«

»Ich und Childers«, berichtete er. »Childers hat mir sehr geholfen. Natürlich haben wir damit von Brüning beunruhigt. Damals waren sie alle auf Memmert und taten so, als würden sie Bergungsarbeiten an dem alten Goldwrack machen: Bohm, der Ingenieur, von Brüning, ein Mann namens Grimm, ein unangenehmer Kerl. In Wirklichkeit diente Memmert aber nur als Basis der Vermessungsarbeiten für die Siele.«

»Und Dollmann.«

»Ja. Hab' ich den nicht erwähnt?«

»Der Vater Ihrer Verlobten«, sagte ich.

Er wollte das wohl nicht gerne ansprechen. Sein eichefarbenes Gesicht hatte sich in die Farbe von bestem Mahagoni aus Honduras verändert. »Woher wissen Sie das?«

»Miss Dollmann hat uns besucht, bevor wir losgesegelt sind.«

»Clara? War sie wohlauf?«

»Sie machte sich Sorgen um Sie, Sir.«

»Gott segne ihr gutes Herz.« Er schwieg und vermied es, mir in die Augen zu sehen. »Entschuldigen Sie«, sagte er schließlich, »wo waren wir stehengeblieben?«

»Bei Miss Dollmanns Vater.«

»Ach ja«, er legte eine Pause ein. »Ich muß Ihnen leider sagen, daß von Tritt ihn umgebracht hat. Er hat seinen Kopf unter Wasser gehalten, bis er ertrank. Childers hat das natürlich nicht in seine Handlung aufgenommen.« Er lächelte. »Der will einen angenehmen Handlungsfluß, da ist so was natürlich störend. Dollmann ist auf dem Friedhof von Esens beigesetzt.«

»Mein Gott.«

»Der Mann war ein Verräter, das ist klar.«

Ich wartete.

»Dennoch«, sagte er, »dieser von Tritt ist ein Tier. Von Brüning hatte hier das Kommando, bis von Tritt ihm vor die Nase gesetzt wurde, und er ist ein anständiger Mensch. Von Tritt dagegen ist ein, aber mein Gott, wir haben alles gesagt, was erforderlich ist.«

Ich hatte die ganze Zeit an der Tür gearbeitet. In seinem Gesicht war wieder dieser zufriedene Gesichtsausdruck des Mannes in seinem Boot, der einen unbrauchbaren Herd außenbords wirft und sich zufrieden die aufsteigenden Blasen ansieht. Jetzt aber wartete der Tod auf ihn, und zwar nur zwei Zimmer und einen Flur von ihm entfernt.

»Haben Sie Nessmersiel in Brand gesteckt?« fragte ich.

»Ja. Aber Sabotage wird immer schwerer. Die Posten stehen so dicht, daß kein Stück Papier mehr dazwischen paßt. Wir müssen hier raus. Wir müssen nach Holland und ein Telegramm an unsere Flotte senden.«

»Wir sitzen fest mit unserem Boot«, sagte ich. »Wir liegen auf dem Trocknen und werden überwacht. Und wenn Sie es schaffen, rauszukommen, wie wollen Sie denn die Admiralität von der Sache überzeugen?«

»Childers wird einen Weg wissen«, sagte er, aber er war sich seiner Sache auch sicher. Dennoch, in seiner Stimme lag eine Art blindes Vertrauen, er war gewillt, sich in dieser Frage voll auf einen anderen zu verlassen. »Haben Sie ein Dingi?«

»Ja.«

»Das werde ich stehlen und damit nach Holland segeln. In Ordnung?«

»Klar.«

Er ergriff meine Hand. »Vielen Dank, alter Junge.«

Das war alles gewesen. In der Scheune suchte er noch ein paar brauchbare Dinge zusammen. Dann verschwand er, und ich trat wieder in die Küche. Die Milch war alle. Ich mochte Angst haben oder nicht, ich wurde verdammt müde. Der Oberdiener saß hinter einer Flasche Doppelwacholder in einer Ecke. Der Ton einer Klingel ließ ihn aufschrecken wie ein Kaninchen, hinter dem ein Frettchen her ist. Aber er kam genauso schnell wieder zurück. »Webb, Sie werden gewünscht«, sagte er.

Ich ging also los. Mit erheblichem Magengrimmen. Sie waren alle im Gesellschaftsraum, der war voller Zigarrenrauch. Von Tritt hatte sich auf ein Sofa gequetscht, das stand unter diesen Bildern, die so gar nicht der Wirklichkeit entsprachen, in anderer Beziehung aber die Dinge irgendwie exakt interpretierten. Sein fetter Leib quoll an mehreren Stellen aus der Uniform. Er sah unendlich spießig und selbstzufrieden aus, genauso der alte Kerl mit dem Schafsgesicht. Die Soldaten waren offenbar gegangen. Von Brüning versteckte sich mit grauem Gesicht hinter einer dichten Wolke aus Zigarrenrauch. Dacre saß auf der Kante seines Stuhls und hatte ein Lächeln aufgesetzt, das zu einem Leichnam gepaßt hätte, der jedermann gefallen wollte.

»Baron von Tritt hat uns freundlicherweise einen Führer angeboten«, sagte er.

»Einen Führer für was?« fragte ich.

»Für die Sandbänke. Für die Vogelbeobachtung.«

»Wir brauchen keinen Führer«, sagte ich. »Wir haben zuwenig Platz. Unser Boot ist klein. Wir können uns selbst ohne jede Schwierigkeit orientieren.«

»Der Kerl ist impertinent«, sagte von Tritt zur Gräfin. »Wenn er mir gehören würde, dann würde ich ihm das Fell über die Ohren ziehen lassen.«

Ich sah ihn an und zischte: »Ich gehöre niemandem, das können Sie sich merken.« Vielleicht war das dumm von mir, aber ich hatte die Schnauze voll. Zuerst Sam und jetzt die Gräfin, sie sahen mich alle in der Situation eines Dieners, der einen Anpfiff bekam.

Die Narben in von Tritts Gesicht begannen zu leuchten wie die Glühfäden in einer Glühbirne. Ich sah ihn fest an, und ich konnte meine wahren Gedanken dabei beim besten Willen nicht verbergen. Es war ohne jede Frage völlig klar, daß er wußte, was ich dachte.

Sogar Dacre bekam mit, was passierte. Er sah nervös zur Decke, als ob er erwarte, daß ganze Placken von Gips von oben herunterfallen könnten. Er sagte: »Ich bin sicher, daß wir so einen Führer unterbringen können. Und jetzt sollten wir uns auf den Weg zurück zum Boot machen.«

»Ja, das sollten Sie«, sagte von Tritt, seine kleinen blauen Schweineaugen starrten mich an. »Ich habe Ihre Gesellschaft sehr genossen. Das sage ich für mich selbst, aber auch«, er schnappte mit seiner riesigen Tatze die Hand der Gräfin wie eine Wurst, »für meine Verlobte.«

Dann war Stille, mir kam es vor, als höre ich die Glocken der Kirche in Dalling. Ich sah die Gräfin an. Sie sah zu mir, mit weit aufgerissenen Augen. Sie sahen aus wie die Augen einer Frau in großer Not, die um Hilfe bat.

Aber was konnte ich denn bloß machen?

Von Tritt sagte: »Stimmt was nicht?« Und er lächelte mit dicken breiten Lippen.

»Ich wünsche Ihnen viel Spaß«, sagte ich so sarkastisch, wie ich konnte. Und dann waren wir draußen in der kühlen, klaren Nacht.

24

# Eine schreckliche Folgerung

Ich dachte kaum noch an irgendwelche Invasionen, Leichter oder Eisenbahnverbindungen, ich dachte nur noch an die Gräfin.

»Seltsam«, sagte Dacre, »dieser Prolet von Tritt und dieses phantastische Mädchen. Welche Gegensätze. Wie paßt das zusammen?«

Die Kutsche klapperte den Deich hinunter und kam auf die Steine der Außenmole.

Ich stimmte ihm zu: »Er ist überhaupt nicht nach ihrem Geschmack.«

Dacre lachte. »Frauen, wer will das wissen?« Bei meinem augenblicklichen Zustand wäre ich ihm am liebsten an die Kehle gefahren, aber Sams Hand auf meinem Arm hielt mich zurück. Er wußte genau, was zwischen der Gräfin und mir lief. Und wenn Sam das wußte, mußte ich damit rechnen, daß viele andere es schon längst gemerkt hatten.

Von der Außenmole ging es gleich in die Dampfpinasse der *Blitz*. Der Dampf zischte, Kolben bewegten sich, und ab ging es in das Wattgebiet. Der Mond war hinter den Wolken verborgen, und die Nacht war schwarz wie ein Kohlenkeller. Die Brise wehte jetzt wieder aus Westen und fühlte sich so rauh und regnerisch an, daß man glauben konnte, da saß noch mehr schlechtes Wetter drin. Und dann war da auch noch Wilson, der ja auch hier weg wollte, um das

Dingi zu klauen. Damit plante er zu einer Telegraphenstation in Holland zu segeln ...

Wenn sich das Wetter aber zu einem Sturm entwickeln sollte, dann würde natürlich nichts daraus werden.

Sie brachten uns mit Hilfe ihres Azetylen-Scheinwerfers, der die Pricken anleuchtete, aus dem Hafen. Schon bald konnte man Regentropfen im Scheinwerferlicht sehen, nach etwa zwanzig Minuten eine Küstenlinie wahrnehmen, und die *Gloria* grüßte mit dem schwachen Gelb ihres Ankerlichtes. Sie lag immer noch auf einer Seite am Strand.

Der Maat im Heck des Bootes war eine kräftige Type, wie Bob Fitzsimmons, der Boxer. Er sah mißmutig auf die *Gloria*, und das tat auch ich, nur aus anderen Gründen. Für Fitzsimmons war sie ein Gefängnis für die nächsten Tage. Ich dachte an Wilson, der sich hier irgendwo herumtrieb und vermutlich nur holländische Telegraphenstationen im Sinn hatte. Zwischen England und all diesen Leichtern stand wirklich nur noch Wilson. Das mag sich seltsam anhören, aber bei Niedrigwasser kann man ganz von Bensersiel nach Baltrum über das Watt laufen. Ich erwartete halbwegs, daß er das Dingi schon in seine Hände gebracht hatte und in Richtung Holland unterwegs war. Aber das war etwa so, wie ich als Kind erwartet hatte, daß der Weihnachtsmann durch den Kamin gesaust käme und Geschenke brachte.

Der Weihnachtsmann kam natürlich nicht. Die *Gloria* lag auf dem Strand, und das Dingi schwamm im Priel an seiner Festmacheleine.

Wir kletterten an Bord, klopften uns den Sand von den Schuhen und fielen in unsere Kojen. Unseren neuen Aufpasser, an dem der Name Fitzsimmons hängengeblieben war, schickten wir im Salon auf die Bank. Sam machte noch Tee und schüttete ihn auf all das Bier, das er schon im Magen hatte. Dann löschten wir die Lichter.

Ich war wirklich müde. Aber Fitzsimmons redete im

Schlaf, das ist eine Angewohnheit, die auf kleinen Booten sehr stört wegen der dünnen Schotten. Vermutlich war ich auch nervlich ordentlich angespannt. So lag ich also da und hörte mir an, was er von Paraden faselte. Der Regen klopfte auf das Deck fünfundzwanzig Zentimeter über meiner Nase. Mir gingen alle möglichen Gedanken durch den Kopf. Zunächst dachte ich natürlich an die Gräfin; ich erinnerte mich an die gehauchte Berührung ihrer Lippen im Korridor vor dem Speisesaal. Einerseits war da dieser angedeutete Kuß, aber andererseits war da von Tritt mit seinem schrecklich fetten Hals, der ihm aus dem Kragen quoll. Immerhin behauptete von Tritt, ihr Verlobter zu sein.

Nun, dachte ich, das eine weiß ich von ihrem eigenen Mund, und das andere hat nur er behauptet. Und ich wußte genau, wem ich glauben wollte.

Aber das brachte mich dazu, an den verdammten Herzog zu denken: an seine Dummheit, uns nicht die volle Wahrheit über unsere Fahrt zu sagen, weil wir eben Handlanger waren, denen man so etwas nicht anvertrauen konnte. Wenn ich in Hilgenriedersiel meinen Mund aufgemacht und Dacre zur Anzeige gebracht hätte, wäre alles vorbei gewesen...

Je länger ich darüber nachdachte, desto verworrener wurde die Sache. Ich flüsterte: »Sam?«

Ein Schnarchen, ein Räuspern, und er war wach. »Was is'n los?« wollte er wissen.

Ich beruhigte ihn, bevor er sofort in seine Stiefel fahren und an Deck sausen konnte.

»Wie lange kennst du schon den Herzog?« fragte ich.

»Ich kenne keinen Herzog, so einen verdammten...«

»Weiß ich alles«, sagte ich, um ihm das Wort abzuschneiden, damit er nicht mit seiner scharfzüngigen Schimpfkanonade die Farbe an den Schotten beschädigte.

»Der war doch mal in Dalling, verdammt, das weißt du doch am besten!« sagte Sam.

»Der kannte dich also und wußte, daß du in Friesland viele Verwandte hast und all das.«

»Vermutlich«, stimmte Sam zu.

»Ob der auch das mit Elly wußte?«

»Woher? Und jetzt will ich schlafen, mein Junge, bevor ich dicke Ränder unter den Augen bekomme.«

»Denk mal nach.«

Er dachte und gähnte dabei. Nach einiger Zeit sagte er: »Ja.«

»Ja, was?«

»Er hat mich zu sich gerufen und erwähnte sie«, sagte Sam. »Vielleicht treffen Sie ja Ihre Cousine Elly, hat er gesagt.« Sam hörte sich jetzt hellwach an. »Warum fragst du?«

»Als du damals den Mieterstreik angefangen hast«, fragte ich, »wer war der Hausbesitzer?«

»Sir Albert Birkbeck.«

»Ein Freund des Herzogs?«

»Woher soll ich das wissen?«

Vor meinem geistigen Auge erschien ein Bild von zwei Herren mit Jagdgewehren, die vor einer Strecke von toten Fasanen auf dem Rasen vor Schloß Sandringham standen. Das war damals in der ›Morning Post‹ veröffentlicht, und einer der beiden war der Herzog gewesen. Und der andere Sir Albert auf der Jagd mit dem König.

»Er wußte auch bei mir Bescheid«, sagte ich, »daß ich die Gräfin kannte. Ich war bei ihm, als wir sie in Kiel trafen. Er wußte, daß man uns hier erkennen würde. Wir sind beide alte Rennsegelhasen, und nun sind wir hier auf diesem alten Eumel von einem Boot. Hätte er gewollt, daß wir nicht erkannt werden, hätte er uns knallgelb anstreichen und mit Indianerkopfschmuck losschicken sollen.«

Ich bemerkte, daß ich die Decksversteifungen über mir angrinste, und konzentrierte mich sehr, um nicht die ganze Zeit an die Gräfin zu denken. Ich verdrängte das Bild, wie von Tritt mit seinen dicken Wurstfingern ihre Hand ergriff. Statt dessen versuchte ich herauszufinden, warum der Herzog wohl ausgerechnet Sam und mich hierher geschickt hatte. Er mochte mich nicht, weil ich ein Freund von Hetty war. Ich hatte ihm schon im Kindesalter widersprochen und dann noch einmal im Kaiser-Wilhelm-Kanal. Und ich hatte den Kaiser entgegen den Anweisungen des Herzogs besiegt ...

Ich starrte in die Dunkelheit. Irgendwann, so nehme ich an, schlief ich dann ein. Als ich wieder aufwachte, fiel durch die kleine Öffnung in der Luke das Licht der Morgendämmerung.

Der Wind pfiff in den Wanten. Er nahm zu. Wir saßen fest. Und die Wurstfinger, die gestern die Hand der Gräfin gegriffen hatten, hielten auch uns fest in ihrer Umklammerung. Aber war das die einzige Umklammerung, die über uns bestimmte?

Fitzsimmons unterbrach sein Schnarchen nur, um danach ordentlich weiterzusägen. Man konnte die Stagen und Fallen schlagen hören, das Rauschen der Brandung am Strand, all die normalen Geräusche an einem windigen Morgen ...

Nicht ganz normal.

Ich hörte noch etwas, etwas Neues. Jeder, der die normalen Geräusche der *Gloria* nicht so gut kannte wie ich, hätte es überhört. Ganz klar. Fitzsimmons' Schnarchen war jetzt stetig und ruhig. Ich stand leise auf, löste die Halterung der Luke, öffnete sie vorsichtig und streckte meinen Kopf raus.

Es war noch eine Stunde bis zur Dämmerung, aber nach der Dunkelheit in unserer kleinen Vorpiek schien es hier draußen schon recht hell. Ich sah zum Festland hinüber, über den Strand hinweg und auf den metallfarbenen Übergang vom Sand zum Schlick. Es war kalt und naß, und der Regen trommelte. Ich sah auf unser Dingi, das nicht mehr ruhig und leer vor Anker lag. Ein Mann saß darin. Ich erkannte Wilson. Und bei diesem Wetter war er auf dem direkten Weg zum Meeresgrund.

Ich hätte ihm gern zugerufen, er solle hierbleiben, aber Fitzsimmons schnarchte unten im Salon, und mein Geschrei hätte ihn geweckt.

Ich sah Wilson also im Dingi herumarbeiten; er bewegte sich sicher und effektiv und hatte die Tolpatschigkeit, die er an Land zeigte, abgelegt. Hier war er in seinem Element. Als er das Segel setzte, gab es ein kurzes Flattern und Rauschen. Dann kletterte ich aus der Luke, lief barfuß auf den Strand und winkte. Nicht daß er nicht alles allein geschafft hätte, das konnte er bestimmt, aber ich wollte aktiv zum Gelingen beitragen.

Er winkte zurück. Das Segel füllte sich schlagartig. Ich sah, daß er ein doppeltes Reff eingelegt hatte. Er kannte das Boot nicht, und es war dunkel, er hatte alles nach Gefühl machen müssen, und das Ergebnis war eine gute Leistung. Dann wurde das Segel ordentlich nach Lee gedrückt, und er segelte mit dem ablaufenden Wasser nach Westen. Ich sah ihn kreuzen, er wechselte den Bug mehrfach und verschwand dann im Regen wie das Licht einer verlöschenden Petroleumlampe, das man langsam herunterdreht.

Das Dingi, in dem er unterwegs war, war nur gut dreieinhalb Meter lang, zu groß eigentlich für die *Gloria*, aber zu klein für die Untiefen und die kabbelige See in der Wichter Ee. Außerdem mußte er vierzig Meilen gegen den Wind in Richtung Holland kreuzen.

Viel Glück, mein Junge, dachte ich. Du wirst es brauchen.

Ich kehrte in die Koje zurück. Und konnte nun gut schlafen. Wilson war zwar im Begriff, sich mit hoher Wahrscheinlichkeit selbst zu ertränken, und wir waren so gut wie im Gefängnis, aber der kleine Hoffnungsschimmer reichte, mein Gemüt zu beruhigen. Ich schlief wie ein Baby und wachte erst wieder auf, als es längst heller Tag war: Graues Wetter, der Wind trieb den Regen über den Strand.

Als erstes gab ich Sam ein paar Anweisungen zum Mittagessen. Danach sollte ich mich bei Mr. Dacre melden. Der saß in seiner Kajüte, ich setzte ihm Tee vor.

»Das Dingi ist weg«, sagte ich.

Er sprang auf und stieß sich den Kopf an einem Decksbalken.

»Mit Mr. Wilson«, ergänzte ich.

Dacre legte seinen Kopf wieder auf das Kissen und hielt ihn mit beiden Händen fest.

»Ich wünsche ihm wirklich viel Glück«, sagte ich.

Aus dem Salon waren Geräusche zu hören. Fitzsimmons steckte seinen Kopf durch das Schott, Augen wie Gummi, aber voller Mißtrauen. »Was ist los?« fragte er.

»Hau ab«, sagte ich. »Der Herr schläft noch.« Ich jagte ihn an Deck.

Er bemerkte sofort, daß das Dingi weg war, sah verärgert und nervös aus. Sein Haar wirbelte ihm im Wind um den Kopf, denn es wehte immer noch sehr kräftig.

»Hier klauen alle wie verrückt«, sagte ich. »Neulich hat man sogar unseren Anker gestohlen.«

»Völlig unmöglich«, widersprach er, »hier wohnen nur ehrliche Deutsche.« Aber er hatte keine Ahnung, am Vorabend hatte er zugegeben, daß er aus Hamburg war, er kannte die Inseln gar nicht.

»In Ordnung, in Ordnung«, beruhigte ich ihn. »Wir haben wahrscheinlich unser eigenes Dingi gestohlen. Aber jetzt entschuldigen Sie mich, ich habe noch zu tun.« Ich konnte das Rauschen der Brandung in der Wichter Ee hören.

Sam stiefelte an uns vorbei, als wir in das Cockpit gingen. Er hatte sein Ölzeug an und trug einen Eimer. Ich ging in den Salon und erledigte dort ein paar Reparaturen, während Fitzsimmons oben in Wind und Regen saß. Dann schwabbelte ich das Deck ab, und dabei gelang es mir, ihm eine ordentliche Menge Wasser in die Stiefel zu schütten. Er bot sogar an, mir zu helfen, aber ich lehnte es ab. Ich wollte, daß er fror und sich langweilte, vielleicht bekam er ja auch Kopfschmerzen vom vielen Wind.

Sam war inzwischen eine ganze Meile entfernt auf dem Strand. Der Sand war jetzt nicht mehr golden wie gestern, sondern graubraun, die steingrauen Wolken, die von Westen herangetrieben wurden, saugten alle Farben in sich auf. Sam ging in seinem stinkigen Ölzeug im Regen am Strand hin und her; von hier aus wirkte er wie ein kleines Männchen. Er sammelte Muscheln.

Dacre hatte sich in seiner Kajüte eingeschlossen. Ich setzte mich in den Salon und klopfte fortgesetzt mit einem Hammer gegen einen Spant. Dabei sah ich mir die Seekarte an, insbesondere die Flüßchen und Tiefs, die sich als schwarze Linien durch die Moor- und Marschgebiete hinter den Deichen schlängelten. Dann klopfte ich an Dacres Tür und trat ein.

Er lag in der unteren Koje der schräg gekippten *Gloria*, eingekeilt in den Winkel zwischen Koje und Bordwand, und schrieb in seinem Notizbuch. Als er mich wahrnahm, legte er es schnell weg. Sein Gesicht sah verschwiemelt und übel aus. »Wir können die Hunde nicht selbst packen«, sagte er, vielleicht weil er meinen mißbilligenden Blick sah. »Wir müssen hoffen, daß Wilson durchkommt.«

Ich nickte und versuchte, optimistisch auszusehen. »Entschuldigen Sie, wenn ich so direkt frage, Sir. Wie kommt es, daß Sie hier sind?«

»Sie haben mich doch hierhergebracht.«

»Ich meine – vorher?«

»Wie bitte?« Er versuchte, herablassend zu blicken, aber das ist sehr schwer, wenn man auf dem Bauch in einer Koje liegt.

»Der Herzog«, erklärte ich. »Wieso hat er ausgerechnet Sie für diese Aufgabe gewählt?«

»Ich bin Soldat«, sagte er. »Ich habe Erfahrung im Geheimdienst.«

Ich blieb geduldig. »Haben Sie schwere Fehler begangen, so daß man Sie hierher schickte?«

Sein Gesicht wurde ablehnend. »Ich habe es nicht nötig ...«

»Sam ist hier, weil er ein Sozialist ist und dem Herzog in die Quere gekommen ist. Ich bin hier, weil ich den Kaiser gerammt habe. Wir haben beide eine unerwünschte Vorgeschichte, also müssen Sie auch ein Sündenregister haben.«

Dacre bekam einen roten Kopf und blieb unzugänglich. »Ich lehne es ab, mich vor meiner Besatzung zu rechtfertigen«, schrie er, aber ich wußte, daß ich einen wunden Punkt getroffen hatte.

»Sie wissen, warum wir hierher geschickt worden sind?« blieb ich hartnäckig.

»Natürlich«, sagte er. »Stellen Sie sich doch nicht so kurzsichtig, Mann. Da kommen Sie selbst drauf.«

»Mir ist schon klar, welche Gründe Sie vorschieben«, beharrte ich. »Aber ich glaube nicht, daß der Herzog wirklich will, daß wir Erfolg haben.«

»Das ist doch Unsinn«, widersprach er ungeduldig und verärgert.

»Entschuldigen Sie, Mr. Dacre, aber hören Sie mir nur ein paar Minuten zu ...«

»Bin gespannt, was Kapitän Webb denn jetzt so Wichtiges herausgefunden hat«, sagte er mit arrogantem Gesichtsausdruck.

Ich lächelte ihn frech an, um ihn noch mehr herauszufordern. Dann sagte ich: »Ich denke, man hat uns hier rüber geschickt, damit wir verhaftet werden und im Gefängnis vermodern.«

# 25

# Hühnchen mit Muschelsauce

»Was sagen Sie?« Es war klar, daß Dacre völlig verwirrt war, das konnte ich an der Art erkennen, wie er mich ansah. Seine Augen starrten mich absolut erstaunt an, aber noch mehr wurde seine Verwirrung an seinen Gesichtszügen deutlich: Der Mund stand offen, und die Wangen hingen schlaff herab.

»Vogelbeobachtung, das ist doch unglaubwürdig«, sagte ich. »Wir können kaum den Hintern von einem Vogel von seinem Schnabel unterscheiden. Und Bergungstauchen! Sie allein mit ihrem Taucheranzug. Bei drei Knoten Strömung. Das glaubt doch niemand. Sam und ich sind den Leuten wohlbekannt, und darauf spekuliert der Herzog. Er weiß auch, daß Sam und ich normalerweise nicht auf so einer gammeligen Badewanne wie der *Gloria* fahren würden. Vielleicht können Sie mir erklären, was hier eigentlich gespielt wird.«

Dacre sah mich mit haßerfülltem Blick an. Und schlagartig wurde mir klar, welcher Fehler mir unterlaufen war. Ich hätte mich selbst verfluchen können, wenn ich fluchen würde.

Er war ein stolzer Mann, dieser Dacre. Man brauchte nur seine übertrieben gepflegte Bekleidung, sein ganzes Getue und Gehabe zu beobachten. Formloser Kontakt mit einem Herzog, das war so das Richtige für ihn. Und was hatte ich mir gerade erlaubt! Ein Untergeordneter wie ich hatte ihm gesagt, daß der Herzog ihn benutzt hatte wie eine alte Schubkarre. Ich hatte seinen Stolz verletzt, und sein Stolz war das einzige, was ihm noch verblieben war. Ich hatte nicht mehr die geringste Chance auf seine Mithilfe.

»Vielleicht glauben Sie, daß Sie von der ganzen Sache am meisten verstünden, nur weil Sie von der Gräfin ernst genommen worden sind?« Er lächelte sarkastisch mit den Gesichtszügen eines Mannes, der sein ganzes Leben lang kleine Rennen gewonnen, aber alle großen verloren hatte. »Webb, Sie sollten sich nichts einbilden. Ich will Ihnen einen Rat geben: Führen Sie Befehle aus und lassen Sie sich nicht von diesem Mädchen an der Nase oder anderen Körperteilen herumführen.«

Nennen Sie mich meinetwegen naiv, aber ich hatte geglaubt, daß niemand bemerkt hatte, was sich zwischen mir und der Gräfin abspielte. Dacres Satz entweihte unsere Gefühle. Mein Blut raste vor Wut.

In diesem Augenblick hörte man, wie ein Eimer an Deck abgestellt wurde, und Sams Stimme, die sagte: »Na, siehst du, mein lieber Hamburger. Hier habe ich Muscheln. Gut, was?«

Fitzsimmons grunzte, und es hörte sich ganz so an, als ob er Muscheln mochte.

»Wir lassen sie bis zur Teatime im Wasser«, ergänzte Sam, »dann setzt sich nämlich der Sand am Boden ab.«

Sams nüchterne, sachliche Stimme wirkte auf mich beruhigend. Ich fuhr fort: »Darf ich Sie fragen, Sir, was der Herzog Ihnen versprochen hat?«

»Ich verstehe nicht, was Sie wollen«, erwiderte Dacre.

»Sie haben eine Frau durch Kopfschuß getötet«, führte ich aus. »Man hat Sie aus dem Heer verstoßen. Hat er Ihnen versprochen, dafür zu sorgen, daß Sie rehabilitiert werden?«

Er wurde knallrot. Ich hatte den Nagel auf den Kopf getroffen, ganz klar.

»Dann sind wir ja alle drei hier Bedienstete«, sagte ich. »Und es liegt im Interesse des Herzogs, uns spurlos verschwinden zu lassen. Niemand wird nach uns suchen.«

Dacre schnappte nach Luft.

»Der Herzog hatte erwartet, daß wir verhaftet würden, sobald wir mit dem Dynamit, mit unseren Seekarten, den geheimen Notizen und all dem Kram hier ankamen. Wir sind nur hierher beordert worden, um die Deutschen zu informieren, daß man in England ihre Vorhaben kennt. Hätte man Sie erwischt, wie Sie die Leichter in die Luft sprengen, würde man glauben, daß wir im Auftrag der britischen Regierung handelten. Doch wenn England durch Geheimagenten über die Invasion informiert ist, würde England natürlich seine ganze Flotte bereithalten, um dem Spuk in kürzester Zeit ein Ende zu setzen. Wir sind sozusagen eine diplomatische Leuchtschrift, das ist alles. Keiner bräuchte jemals ein Wort über die Sache zu verlieren. Da wären sich die Regierungen absolut einig.« Ich hatte leise gesprochen, und Dacre hatte sich angestrengt, bei dem Pfeifen des Windes alles zu verstehen. Er verzog das Gesicht verächtlich. Aber er war sich seiner Sache nicht mehr sicher.

»Aber es hat nicht geklappt«, fuhr ich fort. »Wir waren zu gut, oder, was auch sein kann, die Deutschen sind zu klug. Vielleicht sind wir aber viel gewitzter, als der Herzog plante.« Ich sah, wie Dacre sich quälte. »Ein Deutscher ist tot, ein Satz Bomben ist gelegt, eine Sielanlage ist in die Luft gesprengt oder verbrannt. Vielleicht sind auch die Deutschen zu gerissen für den Herzog. Sie werfen uns nicht aus dem Lande, und sie nehmen uns auch nicht fest. Sie verhalten sich undurchschaubar. Sie haben uns nur lahmgelegt. Sie sind die Auster, wir sind das Körnchen Sand. Sie haben eine Perle um uns gebildet, sehr glatt und sehr zivilisiert. Und wir können nichts unternehmen, bis die Leichter unterwegs sind, es sei denn, Wilson kommt durch.«

»Welche Chancen hat er?«

Ich gab keine Antwort.

Dacre hatte verstanden. Er sah auf seine Hände, als ob sie in Handschellen lägen. Ihm war klargeworden, wie der Herzog ihn verschaukelte. Sein Leben war ein einziger Scherbenhaufen. Er sagte kleinlaut: »Und was sollen wir jetzt machen?«

»Viel bleibt uns da nicht«, sagte ich. »Wenn wir das Boot verlassen, wird man uns einsperren.«

»Ja.«

»Aber ich habe eine Idee«, schlug ich vor.

Dacre liebte es nicht, wenn andere Leute Ideen hatten. »Ich hoffe, daß sie was taugt«, sagte er.

»Sie bleiben hier«, sagte ich und hoffte, daß mich eine geschickte Schmeichelei weiterbringen würde. »Von Tritt weiß, daß Sam und ich einfache Seeleute sind. Und er kennt Sie als Gentleman.«

Dacres Schultern wurden wieder breiter.

»Also, passen Sie auf Fitzsimmons auf. Ich ahne da etwas.«

»Ich soll auf den Kerl aufpassen?«

»Ja, und Sam wird kochen.« Ich grinste und hoffte, daß ich die nötige Überzeugungskraft zeigen konnte. »Sie bleiben hier und zeigen mir, wie Ihre Rindfleischdosen funktionieren.«

»Wollen Sie das wirklich versuchen?«

»Heute mittag gibt es Hühnchen mit Muschelsauce, das ist eine von Sams Spezialitäten«, sagte ich.

»Hoffentlich wird das was«, sagte er.

Sam ging außenbords, um die Reparaturen an der *Gloria* zu beenden, und der gelangweilte Fitzsimmons folgte ihm. Jetzt nahmen die Tiden wieder zu, und wir würden bald aufschwimmen. Während die beiden arbeiteten, bildete mich Dacre im Umgang mit dem Sprengstoff in den Fleischdosen aus.

Dann schlief ich noch einen Augenblick, das tat mir sehr

wohl nach den zurückliegenden kurzen Nächten, und wie es aussah, würde die nächste Nacht auch nicht viel Schlaf bringen. Ich war aufgeregt. Außerdem mußte ich immer an die Gräfin denken. Da gab es viele offene Fragen. Wie weit war ich bei ihr gekommen? Und würde sie halten, was ihr Blick mir versprochen hatte?

Nachmittags gingen Sam und Fitzsimmons in den Ort. Ich setzte das Flachboot mit dem Fockfall auf den Sand; es war durch den vielen Regen und das Spritzwasser gut aufgequollen und dicht, zu meiner großen Freude.

Gegen sechs kam Sam mit zwei Hühnchen aus dem Ort zurück. Er hatte ihnen das Genick abgedreht, und während er über den Strand ging, rupfte er sie. So zog er eine Spur von Federn hinter sich her. Es regnete immer noch, aber weniger stark, und die Brise war nur noch ein besserer Windhauch. In Südosten erkannte ich nur Strand und graues Wasser, das in den grauen Himmel und den Regen überging. Vom Festland war nichts zu sehen, das war wie eine andere Welt. Ich machte im Salon ordentlich Reinschiff und bereitete mich für meine Pläne vor. Alles glänzte und blitzte, und mit ihren grünen Vorhängen, der Messinglampe und dem glänzenden Bootslack sah *Gloria* aus wie die Tourenyacht irgendeines Hochwohlgeborenen. Nur der vermaledeite Gestank aus der Bilge störte noch. Sam kochte seine berühmte Muschelsauce, sauce mousseline, die ihm ein französisches Mädchen beigebracht hatte, als er auf einer Yacht von Sir Thomas Lipton segelte. Die Hühnchen brutzelten im Backofen, und er hantierte auch mit Porree, Kartoffeln und was er noch alles aus dem Ort herangeschleppt hatte.

Um sechs Uhr bot Dacre Fitzsimmons einen Whisky an, dieser lehnte aber ab. Sicherlich wollte er nicht den gleichen Fehler machen wie der arme Fähnrich. Um halb sieben, als ich die Petroleumlampe in der Kajüte ansteckte, dozierte Dacre gerade über die Freude, die kleine Boote bereiten können; Fitzsimmons betrachtete den stetig sinkenden Flüssigkeitsstand in der Whiskyflasche mit Mißtrauen.

Um sieben holte ich eine Flasche weißen Burgunder aus der Bilge, breitete das Tischtuch aus und sagte: »Das Dinner ist angerichtet.«

Es war viel besser als üblich auf kleinen Booten, aber Fitzsimmons tat völlig unbeeindruckt. Er saß still da, seine Fäuste ruhten auf dem Tischtuch, und er ertrug gelassen das Gerede von Dacre. Als wir die Schüsseln mit dem Essen brachten, gab er jedoch ein Grunzen von sich, und eine Art hungriger Gier zeigte sich in seinen Augen.

Dacre zerlegte die Hühnchen. Ich sah zu, wie er die Muschelsauce über Fitzsimmons Hühnchen löffelte, und fragte: »Genug?«

»Mehr«, bat Fitzsimmons und haute wie ein Bergarbeiter in den Kohleflöz rein.

Dacre und Fitzsimmons nahmen zweimal nach, und nicht zuwenig. Sam und ich saßen in der verrußten, engen Vorpiek und aßen Reste. Sam trank Bier, und ich trank Tee. Draußen regnete es immer noch. Ein warmer, feiner Regen. Der Wind war völlig eingeschlafen.

Nach dem Essen kroch ich in meine Koje und sah mir die Seekarte an. Dabei schlummerte ich ein.

Um elf Uhr erwachte ich, öffnete die Augen, und für eine Sekunde lag ich verwirrt da und fragte mich, was mich geweckt hatte. Wir schwammen, zum erstenmal seit drei Tagen. Aber davon war ich nicht wach geworden. Ich lauschte angestrengt und hörte es wieder: das Geräusch eines Mannes, der sich erbrach.

»O Mann, o Mann«, murmelte Sam in der Dunkelheit. »Das müssen die Muscheln gewesen sein. Mich würd's nicht wundern.«

»Sam«, sagte ich mit ernster Stimme, »hast du die Dinger oberhalb oder unterhalb der Niedrigwassermark gesammelt?«

»Na, oberhalb natürlich«, sagte Sam, »sonst hätte ich mir ja die Hände naß gemacht.«

»Das war ein Fehler«, sagte ich laut. Achtern war schreckliches Würgen zu hören. Es hörte sich so an, als seien Sams Muscheln schlecht gewesen, wie das bei Muscheln, die oberhalb der Niedrigwassermarke eingesammelt werden, häufig so ist...

Es gibt eben noch andere Methoden, jemanden außer Gefecht zu setzen, als ihn mit Schlafmitteln zu betäuben.

Ich sagte Sam, er solle das Boot in tieferes Wasser bringen, sobald das möglich war. Dann zog ich Socken und Pullover an und nahm meine Stiefel sowie die Tasche, die ich schon vorher gepackt hatte. Danach steckte ich – völlig geräuschlos – meinen Kopf durch die Luke.

Das Ankerlicht leuchtete in einer Art schottischem Nebel. Ich schnappte mir ein paar Eimer, einen gab ich Fitzsimmons und den anderen Dacre. Der Gestank in ihrem Salon war furchtbar. Dann ging ich in das leere Cockpit, löte die Festmacheleine des Flachbootes und kletterte samt meiner Tasche hinein. Das Wasser war jetzt knapp einen Meter tief. Ich stieß das Boot ab und ließ mich von der Tide wegtreiben. Das Ankerlicht der *Gloria* schien wie ein goldener Kreis in der schwarzen Nacht, bald war es nur noch ein kleines Licht und verschwand kurz darauf ganz.

Ich machte die Riemen klar und begann zu pullen. Ein Flachboot ist etwa dreieinhalb Meter lang und sechzig Zentimeter breit, zur Hälfte hat es ein Deck, einem breitgedrückten Eskimo-Kanu vergleichbar. Es ist niedrig und elegant in seiner Linienführung und grau angestrichen, denn die Enten sollen es nicht bemerken.

Es machte Spaß, das Ding zu pullen. Der Tidenstrom versetzte mich nach Südosten, über den Südrand der Steinplatte hinweg. Nach kurzer Zeit fand ich eine Pricke. Das war zwar wegen des geringen Tiefgangs von nur fünfzehn Zentimetern nicht wichtig, aber immerhin wußte ich jetzt, wo ich war. Das Pullen wurde anstrengender, weil ich gegen die Tide arbeiten mußte, um über den Dornumer Nacken hinweg hin zur Neiderplate zu gelangen, südlich der Insel Langeoog. Zwischen die Accumersieler Balje und den Damsumer Sand wollte ich: Da gab es ein zwei Meilen langes Stück Wasser, das bis auf eine halbe Meile an den Deich heranreichte.

Ich mußte mich beeilen. In den Wolken über mir zeigten sich helle Flecken, und der Regen ließ nach. Bald würde der Mond durchkommen, der Morgen würde sogar einen klaren Himmel und Sonnenschein bringen. Vielleicht gab es noch ein paar Schauer aus dem Westen oder Nordwesten, aber man würde auf jeden Fall ein Flachboot auf große Entfernung wie einen Leuchtturm sehen können.

Ich pullte weiter gegen die Tide, hin und wieder spürte ich, wie der Steuerbordriemen den Schlick berührte. Dann wußte ich, daß ich am Rand der Balje war. Ich konnte den Deich hinter mir schon spüren.

Eine Stunde nach Hochwasser lief der Steven des Flachbootes auf den Schlick auf. Ich sprang hinaus. Es nieselte immer noch, ich war naß und fröstelte.

Aber das hatte weniger mit der Kälte zu tun. Ich fröstelte, weil die *Gloria* fünf Meilen weg und sicher schon wieder trocken gefallen war. Dort befand sich mein Freund Sam mit den beiden Herren, die an allen Enden Flüssigkeit absonderten. Vielleicht verwandelte sich das Leben an Bord gerade in die Hölle, aber im Vergleich zu dem, was mich hinter dem Deich erwartete, war es sicher der Himmel...

Ich verstaute die Riemen und nahm die Festmacheleine über meine Schulter. Dann zog ich das Flachboot Richtung Deich.

So ein Flachboot ist leicht und hat einen flachen Boden. Man kann es leicht durch flaches Wasser und über Schlick ziehen. Ich hoffte, daß am Morgen meine Fußspuren und die Rinne, die das Flachboot zog, verschwunden sein würden. Jetzt war es zu dunkel, um das sicher voraussagen zu können.

Der Deich ragte hoch vor mir auf. Direkt vor mir war eine Kante, etwa einen Meter hoch, der Wind und die Springtiden hatten kleine Buchten hineingenagt, die fast die Form von Särgen hatten. Ich zog das Flachboot in eine dieser kleinen Nischen und legte meinen Kopf auf den Boden, um die Deichkrone gegen den Himmel sehen zu können. Ich wollte sichergehen, vielleicht stand ja auch in dieser verlassenen Ecke ein Posten...

Tatsächlich, da stand ein Posten. Zwei große, schwarze Gestalten mit spitzen Köpfen und weiten Mänteln. Sie standen unterhalb der Deichkrone. Für einen Augenblick dachte ich, sie würden mich beobachten. Dann leuchtete ein Streichholz hinter einer Hand auf, und ich konnte sehen, daß der eine Posten sich eine Pfeife ansteckte. Eines der Dinge, die mich immer am Rauchen störten, war, daß es die Fähigkeit zur Nachtsicht vermindert; ich habe erlebt, daß Leute glatt zwanzig Minuten brauchen, um sich wieder an die Dunkelheit zu gewöhnen, nachdem sie sich eine Pfeife angesteckt hatten. Die Posten waren also jetzt blind wie neugeborene Kätzchen.

Ich lag da, lauschte auf meinen Herzschlag und das leise Geräusch des Regens, hoffte, daß ich recht hatte...

Der Posten hatte endlich seine Pfeife zu seiner eigenen Zufriedenheit in Gang gebracht. Die Männer gingen auf dem Deich weiter, und ich blieb im Gras liegen, das Gesicht in einem Haufen alten Seegras verborgen, und der Schweiß lief mir aus den Poren wie das Wasser aus dem Wasserhahn.

Ich kletterte die Kante direkt vor mir hinauf, zog das Flachboot hinterher und begann, es über das Land vor dem Deich zu ziehen. Das lief hier wegen des Grases leichter als draußen über dem Schlick. Ich kletterte auf Händen und Knien den Deich hoch. Oben schaute ich nach rechts und links. Die Posten waren im Regen verschwunden. Ich wartete, damit mein Atem wieder ruhiger wurde, und stieg dann auf der Innenseite den Deich hinunter.

Man konnte jetzt das Marschenland riechen, grünes Land und flache Gewässer. Es war der gleiche Geruch wie am Vorabend, als ich in der Kutsche der Gräfin über den Deich gefahren war. Der Wind war nur schwach, hin und wieder ein leichter Stoß, der das Schilf im Graben an der Deichinnenseite rascheln ließ. Ich bewegte mich jetzt schneller, es ging bergab, ich wurde fast unvorsichtig. Neben mir tauchte plötzlich eine Gestalt auf. Mein Herz raste, und die Knie wurden mir weich. Ich ließ mich fallen. Als ich halb unten war, hörte ich ein »Mäh« und begriff, daß ein Schaf mit seinem Lamm in der Nacht Schutz suchten.

Es war beruhigend, daran zu denken, daß es in diesem Land, das sich auf den Krieg vorbereitete, überhaupt noch Schafe gab. Ich kroch den Rest des Weges auf dem Boden lang, das Rascheln des Schilfs wurde lauter, als ob man den Kopf in ein Glas mit Heuschrecken steckt. Ich ließ die Riemen im Flachboot und nahm an deren Stelle die kleinen Handpaddel ...

Jetzt stelle ich fest, daß ich meinen Lesern meine Pläne zu erläutern vergaß. Am Fuß des Deichs läuft ein besonderer Graben oder Schlot entlang, etwa drei Meter breit und, wie ich schätzte, einen Meter tief. Darunter ist schwarzer Schlick, vermutlich bis ins Innerste der Erde. Der Graben war auf der Karte eingezeichnet, genau wie die anderen, die zu ihm hinführten. Entwässerungsgräben führten zu den Tiefs, die schlußendlich in den Sielen oder Schleusen in das Meer münden. In dem absolut flachen Land gaben mir diese Gräben eine Möglichkeit, mich vorwärts zu bewegen, ohne selbst gesehen zu werden, wenigstens hoffte ich das. Zu meiner Rechten war eine Stelle, wo das Schilf dünner stand. Da schob ich das Flachboot hinein und kletterte ins Innere. Ein paar Blasen stiegen aus dem Wasser, und es roch nach faulen Eiern. Ich begann, nach Westen zu paddeln.

*Brief von Hauptmann Eric Dacre, ehemals bei den Ulanen, an Miss Erica Dacre, St. Jude's Eastbourne, Sussex.*

*Liebstes Schwesterchen,*
*schreckliche Neuigkeiten. Sie sind so schlecht, daß ich sie gar nicht weitergeben mag, auch an Dich nicht. Zerstörend, unangenehm, tödlich – aber urteile selbst.*
*Ich habe an einem ganz üblen Essen mit dem deutschen Oberkommando teilgenommen. Sie wollten mich ausfragen. Von Tritt war da, ein plumper, grober Kerl, und von Brüning, der viel gefährlicher ist, weil er Deine Gedanken liest; ich fürchte, bei mir hat er an dem Abend nicht die Gedanken eines feinen Herrn gefunden. Die Gräfin war auch da, aber sie hat mich überhaupt nicht beachtet. Jetzt sind wir wieder an Bord, Webb hat mir ein Licht aufgesteckt.*
*Der Herzog, mein Schutzherr, hat mich den Löwen zum Fraße vorgeworfen. Er hat mich schrecklich hintergangen! Mein lieber Dacre, alter Freund, pflegte er zu sagen, und was hatten wir für gute Zeiten zusammen! Wir verstehen einander. Wenn Du noch diese kleine Sachen für mich erledigst, werde ich mit dem Oberst Deines Regimentes sprechen, um Deine Wiedereinstellung sicherzustellen...*
*Alles ein leerer Wahn. Man wollte mich nur an die Deutschen verfüttern als ein Beweis dafür, daß die Invasionspläne längst durchschaut sind und ihre Landungsflotte dem Untergang geweiht ist. Man hat sich ganz auf meine Inkompetenz und Hochnäsigkeit verlassen, Schwesterchen, in einem Wort: auf meine Blindheit. Was mich vielleicht noch retten kann, sind die Pläne meines Skippers. Ein Bediensteter, aber ein klarer Denker, kurz: der bessere Mann, Schwesterchen, ein besserer Mann, als Dein Bruder es jemals sein wird.*
*Der verdammte Herzog hat uns geangelt wie Fische, bei*

*Webb und Gidney ist der Haken aber nur durch die Lippen gegangen, das sind vorsichtige Leute, die kennen den Trick mit dem Köder. Ich aber habe fest an die Sache geglaubt und den Haken geschluckt. Jetzt sitzt er in meinem Magen. Ich fürchte, ich werde ihn nie wieder los.*
*Man soll sich nicht den Prinzen anvertrauen, das ist wirklich wahr. Aber ich habe es eben nicht glauben wollen.*
*Dein liebender Bruder*

*Eric*

# 26

# Reise in einem Flachboot

So ein Flachboot ist dazu gedacht, sich an Enten anzuschleichen. Enten lieben das Geräusch von Riemen nicht, und überhaupt lieben sie nichts, was irgendwie auf Menschen hinweist. Das kann man ihnen auch nicht verübeln, denn normalerweise ist vorne auf einem Flachboot ein vierrohriger Vorderlader aufgestellt, der mit fast einem Pfund alter Nägel und Schwarzpulver geladen ist.

Für das letzte Stück beim Anschleichen benutzt man daher ein paar kleine Paddel, die nicht größer sind als kleine Gartenschaufeln. Mit ein bißchen Übung kann man mit ihrer Hilfe mit brauchbarer Geschwindigkeit einen kleinen Bach oder einen Graben entlangfahren, man macht kaum Wellen und ist fast unsichtbar, denn das Graublau des Flachboots entspricht ziemlich genau der Farbe des Himmels, wenn er sich im Wasser spiegelt. Jedenfalls in der Marsch ist das so, zum Beispiel in den Gräben in der Gegend von Dalling.

Mir blieb also nichts anderes übrig als zu hoffen, daß das auch in Ostfriesland nicht anders war.

Nachdem ich das Flachboot über den Deich gezerrt und wieder ins Wasser gesetzt hatte, holte ich meine Uhr aus der Tasche und wartete auf eine Lücke in den Wolken. Es war halb zwei. Ich aß etwas Schwarzbrot und Hühnchen und nahm einen ordentlichen Schluck kalten Tee aus meiner Flasche. Der Tee war für mich eher Medizin als Verpflegung, denn meine Nerven lagen bloß. Ich sah mir den Horizont an, soweit ich etwas erkennen konnte, und brach auf.

Ich paddelte zunächst nach Westen, wie ich schon sagte. Der Regen hatte aufgehört, das war ärgerlich, es wehte aber wieder etwas Wind, er bog das Schilf und verursachte kleine Wellen auf dem Wasser. Bald begann ich zu keuchen, und mir taten die Knochen weh.

Wie erwähnt, hatte ich mir die Karte genau angesehen, bevor ich loszog. Nach ein paar hundert Metern erblickte ich eine Einbuchtung im Ufer des Grabens, auf der linken Seite. Ich steuerte sie an, ganz leise. Die Stelle war in der Karte verzeichnet. Ich schob das Flachboot in den Graben. Es paßte wie das Geschoß in ein Kanonenrohr, das Schilf schloß sich über mir. Als ich mich umsah, sah ich den Deich dunkel vor dem Hintergrund des Himmels langsam achteraus sacken.

Bald darauf kam ich an eine Rechtskurve. Dann erstreckte sich das schmale Gewässer wieder vor mir wie eine Straße in einer Moorlandschaft, und das war es ja in gewissem Sinne auch. Ich paddelte weiter, meine Bewegung wurde durch das Rauschen des Schilfs restlos überdeckt.

Nach ein paar hundert Metern war der Graben zu Ende. Irgendwo bellte in der Nähe ein Hund. Ich steuerte das Boot an die Seite, ließ mich austreiben und blieb in Deckung. Am Ende des Grabens stampften und rasselten berittene Männer vorbei. Vermutlich Kavallerie. Sie preschten durch die Nacht, als gehöre sie ihnen allein, wahrscheinlich auf dem Weg zu ihren Leichtern und dem bedauernswerten England entgegen. Meine Wut verdrängte die Angst.

Nachdem sie verschwunden waren, paddelte ich bis an das Ende des Grabens.

Das Ende bildete aber, wie sich herausstellte, die Einmündung des Grabens in einen weiteren Graben, der an der Küstenstraße entlanglief. Auch er war in der Karte verzeichnet gewesen. Aus irgendeinem guten deutschen Grund hatte man jedoch das Schilf am Ufer ganz kurz geschnitten. Der Graben lief also völlig ungeschützt neben der Straße her, er war breit und tief, nur hätte er eben nicht einmal einem Haubentaucher Deckung geboten.

Es nützte alles nichts. Ich paddelte weiter. Der Wind blies mir jetzt genau ins Gesicht. Er wurde durch die hohen, sauberen Ufer regelrecht kanalisiert. Jeden Meter mußte ich bitter erkämpfen. Voraus waren Häuser zu erkennen, sie hoben sich scharf vor dem Himmel ab. Es waren jedoch keinerlei Lichter zu sehen, denn es war zu spät in der Nacht. Aber den Hund hörte ich immer noch. Er bellte in kurzen, heftigen Stößen; sein Herr schien sich also daran gewöhnt zu haben, denn es folgte keine Reaktion.

Dann war da wieder das Rasseln und Stampfen, und ich fuhr ganz dicht an das Ufer an der Straße heran. Dann lag ich schwitzend, bis die Kavallerie vorbei war. Schwadron um Schwadron, wohl bald ein ganzes Regiment, nach dem Lärm zu urteilen. Der Hund bellte wieder die Pferde an. Das Rasseln verlor sich in der Ferne. Der Hund wurde ruhiger. Als alles still war und nur noch das Rauschen des Windes zu hören war, paddelte ich weiter.

Das Gewässer verlief zwischen Haus und Straße. Es war ein sauber aussehendes Haus; es gehörte wahrscheinlich jemandem, der reicher war als der durchschnittliche kleine Bauer, vielleicht einem Viehhändler. Wer auch immer da wohnte: Die normale Balkenbrücke war ihm nicht gut genug. Es gab eine richtige Unterführung, das Wasser lief durch eine Art großes Rohr. Oben sah ich eine Stein- oder Klinkermauer. Es sah eng aus, aber das Flachboot würde passieren können. Der Köter hatte nun aufgehört zu bellen, sicher war er überzeugt, daß er die Kavallerie vertrieben hatte. Ich lenkte also mein Flachboot unter die Brücke.

Der Eingang der Unterführung verschluckte mich, und dann kam auch schon der Vorsteven des Flachbootes auf der anderen Seite wieder raus. Aber man soll den Tag nicht vor dem Abend loben. Als ich etwas weiter als halb durch war, gab es erst auf der rechten und dann auf der linken Seite ein Kratzen, und ich saß fest, die Wölbung der Brücke war gerade fünfzehn Zentimeter über meinem Gesicht.

In dem Augenblick wünschte ich mir, wie Sam fluchen zu können. Ich hätte dann den Maurer verflucht, der diese Unterführung in der Mitte enger gebaut hatte als am Eingang. Ich hätte auch den Kerl verflucht, der das Flachboot einen Zentimeter zu breit ausgelegt, und den Kerl, der dieses Gewässer auf der Karte eingezeichnet hatte ...

Mir wurde klar, daß alles nur Anzeichen von Panik waren, und ich zwang mich, ruhig nachzudenken. Die breiteste Stelle bei meinem Flachboot waren die Scheuerleisten, die außen entlangliefen. Ich mußte also die Breite des Bootes vermindern. Und das wurde durch Schräglage möglich. Ich schob mich also auf die Backbordseite des Flachbootes. Sofort gingen die Backbordseite runter und die Steuerbordseite hoch. Ich hörte das Kratzen von Holz, das sich an Stein reibt, und spürte, daß das Boot wieder frei schwamm.

Aber es gab auch noch eine schlechte Neuigkeit. Der Hund hatte die Geräusche gehört und kam am Grabenufer angaloppiert. Dann erschien sein riesiger Kopf in dem halbrunden Ausgang der Unterführung. Er bellte in den Hohlraum, daß mir fast die Trommelfelle platzten, und versuchte, in den Steven des Flachbootes zu beißen. Er war mir so unangenehm nah, daß ich das Pferdefleisch riechen konnte, das er ganz offenbar zum Abendbrot gefressen hatte.

Ich zog mich in die Unterführung zurück, die war gerade lang genug, um das Flachboot darin zu verstecken. Es war schrecklich unbequem, und ich mußte mich ganz in den engen Rumpf hineinzwängen. Die Tasche mit dem »Rindfleisch« von Dacre war mir unter die Hüfte geraten. Ich hatte das Gefühl, sie breitzudrücken. Das beunruhigte mich. Dann kam zu all dem Lärm, den der Köter machte, noch etwas hinzu, das mir das Blut in den Adern gefrieren ließ: die Stimme eines Mannes, der etwas auf friesisch brüllte. Der Besitzer des Hundes, ein Viehhändler, wie ich jetzt überzeugt war, sah nach seinem Hund und würde mich bestimmt entdecken.

Er hörte sich sehr verärgert an. Ich hörte das Schlurfen seiner Schritte und sein dauerndes, feuchtes Husten. Plötzlich wurde mir jedoch klar, daß er nicht verärgert, sondern schlicht betrunken war.

Mir kam es in diesem Augenblick so vor, als sei es noch nicht lange her, seit Hettys Bruder Joe und ich das Bettlaken des Pfarrers mit Puderzucker eingestreut hatten. Der Pfarrer hatte damals genauso geschrien wie jetzt dieser Viehhändler, nur daß wohl er noch betrunkener war. Es folgten ein Knurren und Winseln, offenbar hatte der Viehhändler seinem Hund einen ordentlichen Tritt versetzt. Der Köter hörte auf zu bellen und rannte weg. Dann gab es ein lautes Aufklatschen. Die Wellen schaukelten mein Flachboot in der Unterführung hin und her. Am Ausgang der Unterführung sah ich einen riesigen Mann, der bis zu den Schultern im Wasser stand und sich mit seinen Händen am Gras des Ufers festhielt. Er versuchte, sich hochzuziehen, seine nackten weißen Füße kamen zum Vorschein, die ganze Zeit verfluchte er seinen Hund, kaum mehr als zwei Meter von mir entfernt. Ich lag da, von unten drückten mich die Bomben, und ich war fast in Panik. Doch kletterte er endlich aus dem Graben. Ich hörte den Hund winseln, als er in seine Hütte gesperrt wurde, und eine Haustür knallen.

Dann, und wirklich erst, nachdem die Luft wieder völlig rein war, wagte ich mich aus der Unterführung, entlastete die Sprengmittel von meinem Gewicht und paddelte weiter an der Straße entlang. Das Ganze konnte nicht länger als fünf Minuten gedauert haben, ich war aber in Schweiß gebadet und fühlte mich glatt zwanzig Jahre älter. Immerhin, ich hatte gelernt, wie man am besten in einem Flachboot durch eine Unterführung fährt, und da es an noch mehr Häusern vorbeiging, war es gut, das zu beherrschen. Diese fünf Minuten waren nicht verschwendet.

Zehn oder fünfzehn Minuten später verlor der Graben seinen künstlichen Charakter, er lief nicht mehr schnurgerade, sondern wand sich durch die Landschaft. Er war zum Pumptief geworden, das nach etwa einer weiteren Meile ganz gerade wurde und zwischen zwei Deichen verlief, dem eigentlichen Seedeich und einem zweiten Deich, der wie eine Art Reserve dahinter angelegt war: ein Schlafdeich. Es war so ähnlich wie in Hilgenriedersiel: ein erweitertes Tief zwischen den Deichen, von außen nicht einsehbar. Ein äußerst interessanter Ort.

Ich paddelte weiter an den jetzt stark bewachsenen Ufern des Tiefs entlang. Plötzlich weitete es sich in einen großen grauen Kanal. Er war verlassen, bis auf ein paar Enten. Weiter voraus sah ich einen Lichtschein am Himmel und hörte Lärm: Der Wind trug Geräusche von Stimmen, Hufen und Maschinen herüber, das gleiche bienenkorbartige Summen, das wir in Hilgenriedersiel gehört hatten.

Die Enten nahmen mich überhaupt nicht wahr, als ich leise dicht am westlichen Ufer entlangpaddelte. Entweder war ich so gut wie unsichtbar, oder sie waren an Menschen gewöhnt. Ich zog meinen Kopf soweit wie möglich nach unten. An den Deichen, den inneren und den äußeren, waren Leute. Viele Leute. Und ich erkannte so etwas wie einen Drahtzaun.

Voraus verlief das Tief hinter dem inneren Deich. Dort standen ein paar Bäume, Weiden, die Zweige hingen zum Wasser herunter. Langsam und vorsichtig arbeitete ich mich im Schatten des Ufers bis unter die Zweige. Von dort aus konnte ich den Rest des Pumptiefs übersehen.

Das Tief war voll von Leichtern! Von meiner Perspektive dicht an der Wasseroberfläche konnte ich nicht schätzen, wie viele es waren. Die Achtersteven der letzten Reihe ragten hoch über das Wasser, acht Stück lagen in dieser Reihe. Weiter hinten war Licht zu sehen, Männer und Pferde und ein Summen und Brummen wie von einem Bienenschwarm. Ich hörte auch das Zischen von Dampf, es gab also auch einen Eisenbahnanschluß. Auch das Rumpeln von Geschützlafetten auf den Rampen glaubte ich zu hören.

Ich blieb unter den Weiden und wagte kaum zu atmen. Auf dem Wasser saßen ein paar Stockenten. Sie paddelten herum, und schläfrig wie sie waren, sorgten sie sich dennoch um ihre kleinen Entchen. Ich sah wieder auf die Uhr. Viertel nach zwei. Mein Magen fühlte sich an, als sei er voll lebendiger Mäuse. Das Wasser, das ich durch den Vorhang der Weidenzweige sah, war so glatt wie ein schwarzer Spiegel. Die Wellen meines Flachbootes wären darauf sofort zu sehen gewesen.

Warum sollte ich das Weitere nicht Dacre überlassen? Das waren seine Arbeit und sein Problem.

Aber es ging alle Engländer an.

*Oh, wir wollen gar nicht kämpfen,*
*doch wenn zum Kämpfen zwingt die Not,*
*dann sind Sam und Webb bei uns die Recken,*
*und uns're Stärke ist das flache Boot.*

Doch mit Webb war im Augenblick nicht allzuviel los. Er starrt auf die dicken Leichter, die ihre Ladung in England an Land setzen würden, wenn nicht bald etwas geschah. Die Stockenten schwammen weg, sie liebten wohl die Gesellschaft unter den Weiden nicht. Sie schwammen nach links in die Mitte des Tiefs, in den westlichen Teil, alle zusammen. Ihre Kielwasser bildeten sich überlappende Pfeilspitzen, und die störten die ruhige, spiegelglatte Wasseroberfläche. Ich schob die Weidenzweige vorsichtig zur Seite und paddelte hinterher. Tatsächlich, hier waren ein Flachboot und eine Flottille deutscher Stockenten im Dienste

Großbritanniens unterwegs. Ich steuerte das Boot so dicht am Ufer entlang, daß mich das lange Gras zeitweise im Ohr kitzelte, und benutzte meistens nur ein Paddel. Auf der anderen Seite des Tiefs reichte der Zaun bis ans Wasser. Ein Mann stand da, dicker Uniformmantel, Pickelhaube, das übliche Bild. Über mir ertönte plötzlich eine Stimme, und ich wäre vor Schreck fast aus dem Boot gesprungen. Aber die Stimme sagte nur »quak, quak«, und das ist auf deutsch und englisch dasselbe. Weil eben Enten sich unterhalten. Dann waren die Enten und ich an dem Posten vorbei, und die Leichter lagen vor uns, sie nahmen die ganze Breite des Tiefs ein.

Wie ich schon sagte, es waren Hochseeleichter und nicht etwa Flußkähne. Wer auch immer sie konstruiert hatte, er hatte Sorge getragen, daß die Ladung trocken bleiben würde. Über der Wasserlinie wurden sie nach oben stetig breiter, wenn sie in eine Welle einsetzten, würde das Wasser zur Seite und nicht nach oben wegspritzen. Jetzt, da sie längsseits aneinanderlagen, berührten sie sich oben an der Reling, aber in der Wasserlinie hatten die Rümpfe etwa einen Meter Abstand. Dazwischen entstand eine Art Tunnel, gerade richtig für ein Flachboot. Von oben war ich nicht zu sehen.

Ich schlich also langsam weiter am Ufer entlang, bis die Achtersteven der Leichter direkt vor mir emporragten. An dieser Stelle verließ ich meine treue Enteneskorte und begab mich in das Reich der Dunkelheit zwischen den Leichtern.

Es war wirklich stockdunkel, nur voraus war eine kleine helle Stelle, wo der Vorsteven des Leichters an den Achtersteven des Leichters vor ihm stieß. Ich hörte Stimmen und ein Rumpeln, das durch die Bordwand schallte, das Stöhnen der Festmacheleinen und das Reiben der Scheuerleisten. Die Leichter wurden beladen, offenbar so schnell, wie es nur irgend ging. Es war zwar laut hier, aber ich war unentdeckt, und das war alles, was ich brauchte.

Ich hielt einen Augenblick inne und stützte mich seitlich mit den Händen an den Leichtern ab. Ich konnte kaum selbst glauben, was ich jetzt vorhatte. Daß es soweit mit mir gekommen war: Charles Webb, vierundzwanzig, Yachtsegler, ein erfolgreicher Geheimagent! Hol die Bombe raus, setz den Zünder ein und nichts wie rein damit in den nächsten Leichter. Und dann weg! So hast du deine Pflicht getan, und das ist in diesem Fall viel mehr, als dir irgendwer bezahlen wird.

Aber es wäre eine riesige Pfuscherei gewesen, die Sprengladung einfach hier am Heck in den hintersten Leichter zu packen. So wie die Beladung war, hätte das auch nicht viel genützt. Um die Sache vernünftig zu machen, mußte man die vorderste Leichterreihe, die direkt an der Schleuse lag, in die Luft jagen. Das würde dann auch den dahinter liegenden Leichtern den Weg versperren, und es würde lange dauern, alles wieder aus dem Wege zu räumen. So konnte man nicht nur das Pumptief absperren, sondern auch noch das Gewässer bei Dornumersiel, das sicher auch noch voller Leichter war. Ich war aufgeregt wie bei einer Regatta, wenn ich eine Möglichkeit sehe, den anderen die Backbordseite zu zeigen.

Mir gefiel die Vorstellung. Alle diese Leichter, vollgepackt mit Männern und Waffen, steckten hinter einem Haufen Wracks und konnten nicht vorwärts. Von Tritt würde wie verrückt mit Dampfkränen und allem möglichen Werkzeug arbeiten, um den Weg wieder freizubekommen. Und die Pleite mußte er erstmal seinem verrückten kleinen Kaiser klarmachen. Sack und Asche, das würde ihm seine dicken roten Narben ordentlich anschwellen lassen... Aber ich wollte nicht vulgär werden.

Dann spielten Mäuse Fangen in meinem Bauch, und ich hätte mich über die Vorstellung kaputt lachen können. Also paddelte ich weiter.

Die Leichter lagen zu acht nebeneinander, wie ich schon

sagte. Bevor ich in die zweite Reihe kam, schob ich mich zwischen den vierten und fünften Leichter. Ich arbeitete ganz langsam, sah niemanden und zählte die Leichter sorgfältig. Nach einem halben Dutzend schienen die Bordwände niedriger zu werden. Da lagen also die beladenen Schiffe. In Hilgenriedersiel hatten sie vorletzte Nacht mit dem Laden angefangen. Der Zeitpunkt der Invasion mußte also ziemlich nahe sein. Nach zehn Reihen ging es um eine Kurve. Ich wußte, daß ich jetzt in dem großen Wasserbecken von Dornumersiel, dem Mahlbusen, war. Irgendwas Niedriges, Schwarzes war voraus zu sehen und versperrte den Weg: das Heck eines Schleppers.

Es war jetzt ganz ruhig hier draußen, die Truppen waren noch nicht an Bord. Ich hielt am Heck eines Schiffes.

Ich konnte jetzt zwei Decks entlangsehen, die Reling an Reling festgemacht waren. Auf den Decks liefen Lukenkummings entlang, das sind Erhöhungen, die verhindern sollen, daß Wasser in die Luken läuft, wenn es von der See an Deck gewaschen wird. Diese Kummings waren recht hoch, und hier mitten auf dem Tief war es dunkel. Ich hing mir also den Rucksack um den Hals und belegte die Vorderleine des Flachbootes auf einem der Poller am Heck des Leichters. So kletterte ich an Deck und hielt mich flach wie ein Butt, immer unterhalb der Höhe der Lukenkummings. Über den Luken war eine Abdeckung, oben drüber eine dicke Persenning mit sehr festen Laschings. Ich öffnete einen der Knoten, hob einen Deckel an und schlängelte mich hinein wie ein Seehund, der von einer Sandbank ins Wasser gleitet.

Ich hatte eine kurze Kerze bei mir, die ich ruhig ansteckte, da die Persenning über mir dick und lichtundurchlässig war. Ich sah, daß ich in einer riesigen Luke stand, zwanzig Meter lang und etwa sechs Meter breit. In der Mitte sah ich eine Art Kasten oder Kiste, die auch mit Persenningen bedeckt war. Ich öffnete die Verzurrungen an dem Kasten und zog die Persenning mit kräftigem Ruck zurück.

Zum Vorschein kam ein Stahlzylinder, der gut eingefettet war und in dem sich mein Kerzenlicht spiegelte. Es war ein Feldgeschütz, und bei den Kisten, die hier standen, handelte es sich um Geschosse oder Treibladungen. Ich bin kein Soldat, so ganz genau identifizierte ich es also nicht, aber ich hatte den Eindruck, daß ich mich mit meiner brennenden Kerze lieber nicht weiter nähern sollte.

Ich setzte also meine Kerze auf einem kleinen Zinnteller, den ich mitgebracht hatte, an Deck ab und schnürte meinen Rucksack auf.

Meine Finger zitterten, als ich die getarnten Dosen herausholte, »BUTTERBLUME«, »BEEFSTEAK« und »KAKAO«. Ich öffnete den Deckel einer Kakaodose, das war der Barograph, wenn Sie sich erinnern. Ich stellte ihn ein und verlegte die Zündschnur. Dann öffnete ich die BUTTERBLUME, das Dynamit, und steckte die Enden der Zündschnur hinein. Soweit so gut. Zum Schluß nahm ich das Rindfleisch.

BEEFSTEAK, Sie werden sich erinnern, bedeutete Phosphor und Wasser in einem Wasserglas. Das Wasserglas reichte innerhalb der Dose eigentlich bis auf etwa einen Zentimeter an die Öffnung heran, da sollte noch genug Platz für den Dosenöffner dazwischen sein. Dacre hatte gesagt, ich solle diese Dose offen hinstellen. Das Wasserglas würde bei der Explosion zerplatzen, und der Phosphor würde brennend durch die Gegend fliegen.

Aber bei dieser Dose war der Deckel des Wasserglases beschädigt, und das Glas war innerhalb der Dose verrutscht.

# 27

# Feuer

Ich war natürlich aufgeregt, das dürfen Sie nicht vergessen, so aufgeregt, daß mein Verstand nicht richtig arbeitete. In dem Flackerlicht der Kerze dauerte es eine Weile, bis ich verstand, was passiert war. Ich hielt die Dose an meine Nase, um zu prüfen, ob nicht vielleicht eine falsche Dose dazwischen geraten war. Aber es roch nach Phosphor. Und dieser Geruch stieg mir durch die Nase in den Kopf, und ich mußte niesen.

Es war kein lautes Niesen, aber es reichte. Die Kerze verlosch. Und meine Hand bewegte sich derartig stark mit der Phosphordose hin und her, daß das Wasser über den Phosphor lief, und ich ungewollt einen Teil durch die Gegend schleuderte.

Ich hätte geflucht, wenn ich diese Angewohnheit nicht abgelehnt hätte. Mir wurde klar, was passiert war. Ich hatte in der Unterführung auf dem Rucksack gelegen. Ich hatte gemerkt, daß etwas im Rucksack nachgegeben hatte, und das mußte wohl diese Phosphordose gewesen sein, als das Wasserglas darin verschoben wurde. Beim Öffnen hatte dann der Abstand nicht mehr gereicht, und ich hatte den Deckel des Wasserglases ungewollt beschädigt. Nun waren Phosphor, Wasser und Luft zusammengekommen, und die brennenden Phosphorplacken waren bereits hier in der Luke verteilt...

Der Ärmel meines Pullovers brannte mit grünweißer

Flamme, die Flamme verschob sich, wenn ich meinen Arm bewegte, aber sie ging nicht aus. Es stank nach verbrannter Wolle. Ich begann zu schreien, dann riß ich mir den Pullover vom Leib und rannte zum Ausgang. Es war genug Licht da, um sich zu orientieren. Es kam von diesen grünweißen Phosphorflecken auf Deck. Die leuchteten wie die Eingeweide eines Tiefseefisches, wenn man ihn ausnimmt. Wenn man genau hinsah, erkannte man, daß sie rote Ränder hatten. Ich rannte so schnell ich konnte.

Ich ließ den Pullover und den Rucksack zurück, und im Lichte des brennenden Phosphors rannte ich zu der Ecke, durch die ich reingekommen war. Für einen Augenblick dachte ich daran, die Laschings von der Persenning wieder dichtzumachen, aber dann siegte in mir die Überzeugung, daß es hier nichts mehr zu verbergen gab. Ich löste die Vorleine, ließ mich in das Flachboot fallen und begann, zwischen den Leichtern hindurch zurückzupaddeln. Dabei sagte ich im stillen dem Hund, der mir diesen eiligen Rückzug eingebrockt hatte, ordentlich meine Meinung; wohl auch, um mich von dieser Leichterladung mit Artilleriemunition abzulenken, die da hundert Meter von mir entfernt in Brand gesetzt war.

Aber ich sah die roten Flammen doch, die sich an der Persenning entlangfraßen und in die offene Nacht hinauszüngelten...

Das Geschrei drang bis zu mir. Vor mir lag bereits offenes Wasser. Auf der Oberfläche sah man bereits die Reflexionen der glühenden roten Funken, die in den Himmel flogen. Die Posten standen immer noch auf ihren Stationen an den Enden des Zauns auf beiden Seiten des Tiefs. Steif verharrten sie, angespannt sahen sie auf das Feuer. Zwischen ihnen und mir schwammen wieder die Enten. Ich konnte sehen, wie die Flammen sich in ihren Augen wie kleine Rubine spiegelten.

Irgend jemand mußte den Posten einen Befehl gegeben

haben, sie nahmen ihre Gewehre in Vorhalt und liefen den Pfad auf den beiden Seiten des Tiefs entlang, bis sie völlig aus meinem Blick verschwanden. Ich biß die Zähne zusammen, ergriff die Paddel und machte mich auf den Weg zu den Weiden. Mir sträubten sich zwar die Haare, und ich erwartete jeden Augenblick, beschossen oder zumindest angerufen zu werden, aber ich konnte nicht wissen, was passieren würde ...

Doch dann hatte ich die wohltuende Dunkelheit unter den Weiden erreicht. In der Ferne hörte ich eine Dampfmaschine und das Zischen eines Kessels. Über der dunklen Masse der Leichter waren jetzt Funken zu sehen, und wie bei einem Freudenfeuer züngelten gelbliche Flammen in den schwarzen Himmel. In ihrem Licht konnte ich kleine Figuren in weiten Mänteln rennen sehen. Sie stolperten auf den Leichtern und den Ufern des Tiefs herum. Tapfere Kerle.

Ich paddelte kräftig weiter auf die Ecke des Tiefs zu, bloß weg von dem hellen Lichtschein, in die schwarze Nacht, die voraus lag. Vor mir lag mein eigener Schatten, er wurde langsam weniger sichtbar, als ich mich vom Feuer entfernte. Die Ufer traten wieder dichter zusammen. Eine Ansammlung von Leichtern war in Flammen aufgegangen, bei einer anderen war die Zeitbombe gelegt, und eine dritte war jetzt wohl dem Untergang geweiht. Entspricht das deinen Vorstellungen, du stieläugiger Teufel, haderte ich in Gedanken mit dem Herzog.

Langsam nahmen das schwarze Wasser und das grüne Ufer zusammen mit dem grauen Himmel die Farben des Tages an. Alles war jetzt klar zu sehen, jeder Grashalm, jeder kleine Wirbel im Wasser. Und dann folgte ein Krachen, daß sich die Trommelfelle in der Mitte des Kopfes trafen. Danach ein langes Klingen in den Ohren und der heftige Atem eines Paddlers ...

Und da war noch ein anderes Geräusch, eine Art Rauschen, das man mehr fühlen als hören konnte. Für einen Augenblick wußte ich wirklich nicht, was los war. Dann verstand ich, aber da war es zu spät. Das gab natürlich eine große Welle, durch die Explosion. Ein Geräusch warnte mich, dann hatte ich gerade noch Zeit, über meine Schulter zu schauen. Ich sah die Front einer Welle, eine zwei Meter hohe Wasserwand, die durch die enger werdenden Ufer noch verstärkt wurde, die Vorderseite war schwarz und grau, die Welle brach sich, und es war ein lautes Rauschen zu hören. Dann schlug der Wellenberg über mir zusammen und pflückte mich förmlich aus dem Flachboot. Ich wurde mitgerissen, bis ich irgendwo hängenblieb. Ich betete und wartete darauf, daß ich starb oder vielleicht doch weiterlebte, ich hatte keine Ahnung, was geschehen würde.

Es hatte jedoch allen Anschein, als ob ich überleben sollte; wie bei der Sintflut traten auch hier die Wasser zurück, und ich hing in einer Weide zwischen zwei Ästen. Jenseits des Deichs sah ich den unteren Teil des Himmels, der sich feuerrot gefärbt hatte. Vom Flachboot war nichts mehr zu sehen.

Ich kletterte mühsam aus dem Baum. Unten angekommen, merkte ich, daß mein Leidensweg gerade erst begonnen hatte. Meine Streichhölzer waren naß; doch auch wenn sie trocken geblieben wären, konnte ich jetzt kein Licht machen. Ich hatte keine Chance, das Flachboot zu finden, falls ich nicht zufällig darüber stolperte, und das war sehr unwahrscheinlich. Sicher, ich lebte. Aber irgendwie mußte ich ja auch von hier wegkommen.

Nach Osten, dachte ich. Aber ich hatte kein Boot. Also war alles witzlos.

Bei Niedrigwasser konnte ich vielleicht über das Watt laufen; aber Niedrigwasser war erst einige Zeit nach Sonnenaufgang; und ein Mann, der über das Watt lief, würde genauso auffallen wie ein leuchtender Tannenbaum. Egal, das Flachboot war weg, und das würde auch auf der *Gloria* zu unangenehmen Fragen führen, die ich nicht beantworten wollte.

Hatte Wilson nicht auf dem Carolinenhof Unterschlupf gefunden? Also konnte dort auch meine Rettung liegen. Das Hauptquartier der Deutschen war der letzte Ort, wo man einen Saboteur suchen würde. Wenigstens redete ich mir das ein, um die Furcht zu verdrängen. Es waren nur ein paar Meilen bis dahin. Wenn ich den Deich finden konnte, konnte ich auch den Hof finden.

Es war immerhin möglich, daß die Gräfin mich aufnahm. Sicherlich war das etwas viel verlangt. Dennoch, sagte ich mir, ein ängstliches Herz hat noch nie eine schöne Dame erobert oder: Wer nicht wagt, der nicht gewinnt. Verdammt, das hörte sich blöde an.

Ich machte mich trotzdem auf den Weg.

Mit zügigem Schritt ging ich am Nordende des Tiefs auf Dornumersiel zu. Dort war eine Brücke, über die ich auf die Westseite gelangen konnte, und dann lagen keine Hindernisse mehr zwischen mir und dem Carolinenhof. Nach wenigen Minuten traf ich auf einen Weg, der mit Metallplatten befestigt war. Auch hier standen Häuser, schwarz und ohne jedes Licht. Ich ging vorsichtig vorbei, immer auf der Hut vor irgendwelchen Hunden. Aber die Hunde schliefen alle, oder sie hatten Angst vor dem Feuerwerk bei den Leichtern. Dann hörte ich Füße trampeln, und ein Haufen Infanterie kam vorbei. Ich hatte mich in den Graben geworfen und beobachtete die lange Schlange marschierender Schatten. Sie trugen ihre Ausrüstung auf dem Rücken, feldmarschmäßig.

Die Straße bog nach links. Ich ging um die Kurve und sah, daß ich eine Brücke über das Tief gefunden hatte. Ich blieb stehen auf dem Grasstreifen neben dem Weg und lauschte.

Auf der Brücke standen zwei Posten.

Sie sahen aufgeregt zu dem orangefarbenen Leuchten am

Himmel. Hinter ihnen konnte ich noch mehr marschierende Soldaten hören. Ich überquerte die Straße, dabei ging ich im Tritt mit den anderen Marschierern. Danach schlug ich mich weiter in Richtung Süden, also in die falsche Richtung, da ich hier nicht unbemerkt über die Brücke konnte. Nach etwa fünf Minuten erreichte ich einen mit Basaltsteinen gepflasterten Uferweg; vielleicht war das ein ehemaliger Treidelpfad, dahinter spiegelte sich ganz schwach das graue Wasser.

Diesem Pfad folgte ich landeinwärts, ich wartete darauf, daß das Tief schmaler wurde oder eine Brücke auftauchte. Soweit ich mich an die Karte erinnern konnte, gab es jedoch bis Dornum keine Brücke. Schmaler wurde das Tief natürlich nicht, das war eine eitle Hoffnung. Es sah vielmehr so aus, als habe man es erst gerade erweitert, um es als Schiffahrtskanal benutzen zu können. Es war viel zu tief, um hindurchzuwaten. Und schwimmen? Na, Sie haben bestimmt schon gehört, wie das ist mit dem Schwimmen bei den Berufsfischern. Sie haben es nie gelernt. Ich war da keine Ausnahme. Es sah also so aus, als ob ich mein Glück in Dornum versuchen oder die Sache eben aufgeben mußte.

Aber so weit kam ich nicht.

Hinter mir hörte ich Hufeschlagen. Ich sprang vom Weg in ein kleines Gebüsch, gerade noch rechtzeitig. Ein Pferd mit Reiter donnerte vorbei, pechschwarz, der Reiter vornübergebeugt im Sattel, und die Hufe des Pferdes schlugen so hart, daß die Funken nur so aus den Pflastersteinen flogen. Sicher, ich hatte keinen Grund, diesen Reiter mit mir in Verbindung zu bringen. Aber ich muß zugeben, daß mir seine Erscheinung ordentlich Angst einjagte.

Mich packte eine Art Panik. Das Glühen des Himmels bewies meine Schuld, und die Geschehnisse dieser Nacht belasteten mich sehr. Ich war ein Fischer, ein Mann, der vor Angst Dosen flach drückte, wenn er von einem Hund in einer Unterführung angekläfft wurde. Ich war kein Soldat oder Geheimagent und auch kein Brandstifter. Aber für die vielen Männer, die hier unterwegs waren, war ich natürlich alles das, und natürlich hätten sie mich aufgehängt, wenn sie mich erwischten.

Oder hielten sie vielleicht die Explosion für einen Unfall? Das wäre der zweite Unfall in einer Woche gewesen. Nein. Sie würden alle Fremden hier genau unter die Lupe nehmen. Das war gründlich, das war deutsch.

Dieser blöde Köter!

Als ich zitternd und bibbernd weiterging, kam ich an ein paar Leichter, die hier im Tief festgemacht waren. Normale Leichter, unschuldige Transportmittel für Kalk und Rüben, keine Leichter, mit denen man sich auf die offene See hätte hinauswagen dürfen. Ich sah sie müde an, der Wind blies mir ins Gesicht. Ich dachte noch, daß man sich auf ihnen sicher ganz gut verstecken konnte. Aber dort würde man natürlich zuerst suchen.

Diese Leichter waren wohl fast zwanzig Meter lang, das Tief war höchstens fünfzehn Meter breit. Wie die Deutschen immer wieder bewiesen, konnte man so einen Leichter nicht nur als Transporter, sondern auch als Brücke benutzen.

Plötzlich war ich wieder voller Aktivität.

Ich raste den Abhang hinunter, löste eine Achterleine und stieg an Bord. Dann stieß ich den Leichter vom Ufer ab, so daß das Heck auf die gegenüberliegende Seite zugeschoben wurde. Aber mein Stoß war bei weitem nicht stark genug gewesen. Ich suchte also, bis ich einen dünnen Baumstamm fand, den benutzte ich als Hebel zwischen Bordwand und Ufer. Ich riß daran, bis mir der Schweiß über das Gesicht lief. Stückchen um Stückchen gelang es mir, das Heck des Leichters ganz langsam über das Wasser zu schieben.

Das schien eine ganze Stunde zu dauern. Aber endlich gelangte das Heck doch an die andere Seite des Tiefs. Ich sprang von Bord und warf den dünnen Baumstamm an

Bord. Während der Leichter durch den Wind langsam wieder auf die andere Seite getrieben wurde, hörte ich das Trampeln von Füßen und das Rasseln von Gerät. Ich preßte mich wieder an den Boden und drückte mein Gesicht in das hohe Gras. Aus dem Augenwinkel sah ich, daß der Leichter an seinem ursprünglichen Platz ankam und nur noch ganz leicht schlingerte. Eine Reihe von Männern marschierte nach Norden, dunkel, schweigend und voller Energie. Bald entschwanden auch sie meinem Blickfeld.

Die nächsten paar Stunden will ich übergehen. Es genügt, zu berichten, daß ich durch Schilffelder ging und Gräben durchwatete, Heufelder durchquerte und besiedelte Gebiete umging. Einmal war ich nur noch ein bibberndes Häufchen Elend, als mich wieder ein Hund anbellte. Langsam wanderte das rote Glühen am Himmel von Steuerbord voraus bis nach Steuerbord querab.

Endlich sah ich auch den Deich vor mir, eine große schwarze Wand, die dieses üble Gebiet von Dreck und Büschen von dem herrlichen Wind und dem Mondschein trennte. Es nieselte jetzt. Zur Linken stand, an den Deich gelehnt, der Carolinenhof. Das Licht aus den Fenstern warf einen schwachen Schein auf die Bäume.

Ich ging darauf zu, hielt mich aber in der Deckung des hohen Grases an der Straße. Die See rauschte auf der anderen Seite des Deichs, und der Wind heulte in den Dachgauben. An den Toren standen ein paar Männer. Ich schlich auf die Rückseite, durch ein Loch in der Hecke und dann auf das Haus zu.

Als ich nahe genug heran war, ging ich gerade und pfiff ›Deutschland, Deutschland über alles‹. So kam ich zu einer kleinen Tür innerhalb des großen Scheunentors. Als ich meine Hand nach dem Griff ausstreckte, sah ich einen Soldaten, der unter einem der Bäume stand. Nun, wenn ich jetzt weglief, würde er auf mich schießen. Also ging ich ruhig weiter, öffnete die Tür und rief ihm ein fröhliches »Guten Morgen« zu. Dann trat ich ein, in Schweiß gebadet. Aber es folgte mir niemand. Ich fühlte mich unsäglich müde, meine Knie wurden weich, und zwischen meinen Ohren summte es. Ich mußte ausruhen und nachdenken, ob ich es wirklich wagen konnte, mich der Gnade der Gräfin auszuliefern.

Vielleicht würde sie mich verstecken, bis Wilson nach Holland durchgekommen war, falls er überhaupt noch lebte. Das konnten wir nur hoffen, es war die einzige Chance ...

Ich stolperte herum, bis ich an einen Heuhaufen kam. Ein Huhn gackerte, und eine Kuh trat beim Wiederkauen hin und her. Ich kletterte oben auf den Heuhaufen und legte mich hin. Wilson kannte die Inselwelt. Es konnte gut sein, daß er es geschafft hatte. Vielleicht lief unsere Flotte ja schon mit Kurs Helgoland. Meine Sprengsätze auf den Leichtern würden die ganze deutsche Operation wahrscheinlich verzögern. Und falls nicht, konnte ich über das Watt zur *Gloria* zurücklaufen, irgendwie würden wir schon Alarm schlagen können ...

So schlief ich unter all diesen Wahnvorstellungen ein.

Ich träumte lauter dummes Zeug: Ich wurde über eine Ebene gejagt und fiel im Dunklen in Gräben; meine Jäger konnten mich aber immer sehen, weil mein Hemd brannte. Dann schrie auf einmal eine Stimme, und ich erwachte mit lautem Niesen; die Stimme schrie aber immer noch, und das Ganze war auch gar kein Traum mehr.

»Kommen Sie da raus!« schrie eine laute friesische Stimme von unten.

Ich blieb ganz still.

»Ich hab' Sie schnarchen gehört!« brüllte die Stimme. »Und jetzt schnarchen Se nicht mehr, also sind Se wach! Kommen Se runter, oder ich schieß' Ihnen ein Loch in den Bauch.«

Nun, da war nichts zu machen. Ich kroch in den Lichtkreis seiner Laterne. Dort stand der alte Oberdiener, mit Glatze und Backenbart, aber auch mit einem Vorderlader, mit dem er auf meinen fünften Hemdenknopf zielte.

»Was machen Sie hier?« fragte der Oberdiener.

»Ich versuche, etwas Schlaf zu bekommen«, erklärte ich sanft.

Er sah mich in unangenehmer Weise an. »Kommen Se mal mit, will sehen, was mit Ihnen los ist«, sagte er. Er zog die Stirn in Falten. »Ich hab Se doch schon mal irgendwo gesehen?«

Ich legte keinen Wert darauf, daß er mich wiedererkannte. »In Wilhelmshaven«, sagte ich.

Das letztemal war er betrunken und ich in meinen schönsten Sonntagssachen, diesmal war er nüchtern und ich über und über mit Dreck beschmiert und hemdsärmelig.

»Mein Herr«, sagte ich, »ich suche nur irgendwo 'ne Arbeit, das ist alles. Solange muß ich mich aber durchschlagen.«

»Seltsame Methode, 'ne Arbeit zu suchen«, brummte er. »Da bricht man doch nicht in fremde Scheunen ein.«

»Wenn das Wetter gut ist«, sagte ich, »schlafe ich unter freiem Himmel. Aber bei so einem Wetter, da dachte ich, der Herr Bauer würde einem wohl ein Dach über dem Kopf gewähren...«

»Da hätten Se eben erst fragen sollen«, sagte der Oberdiener. »Hier ist auch kein Herr Bauer. Hier ist 'ne Gräfin. So, nun mal weiter, ich will Se richtig sehen können.«

Mir gefiel das überhaupt nicht. »Nein«, sagte ich. »Lassen Sie man. Ich ziehe weiter, es ist ja auch Morgen...«

Er stieß mir die Mündung seiner schrecklichen Flinte in die Rippen. »Das machen Se nicht«, sagte er sehr energisch. »Hier geht's weiter.« Und auch wenn er alt und klapperig war und seine Hände zitterten, es nützte nichts. Ich mußte mich durch den Geräteraum vorbei an den Kartoffelkisten an die Küchentür führen lassen.

»Machen Se die Tür auf«, sagte er.
Ich öffnete sie.

In der Küche sah es aus wie immer, an den Balken hingen die Schinken an ihren Haken, und die Bündel mit Gewürzgräsern waren auch noch da. Ein anregender Kaffeegeruch strömte uns entgegen, und ich bekam einen unheimlichen Heißhunger. Die Köchin mit dem knallroten Gesicht war auch wieder da und all die anderen Mägde: Nur Elly fehlte.

Eines allerdings war anders und ungewöhnlich: An den Wänden saßen mit aufgeknöpften Mänteln und abgesetzten Gewehren mehr als zwanzig deutsche Soldaten.

28

# Liebe und Urteil

Als erstes dachte ich natürlich: Jetzt haben sie dich erwischt und du wirst hängen. Sie starrten mich alle an, zumindest im ersten Augenblick. Aber ich fand bald heraus, daß sie nicht ernstlich an mir interessiert waren. Also sagte ich, so munter und fröhlich, wie ich das hinkriegen konnte: »Guten Morgen, euch allen.«

Etliche grüßten sogar zurück. Und da ich nun einmal damit angefangen hatte, schien die »Muntere-Kerlchen-Tour« auch gut geeignet, damit durchzukommen. Also sagte ich: »Was macht ihr hier bloß alle?«

Der Oberdiener sagte mit wichtiger Stimme: »Hier ist das Hauptquartier des Heeres!«

Das wußte ich längst, aber scheinbar hatte das auch einen Feldwebel aufgeweckt. Er kam zu mir, heftete seine Glotzaugen auf mich wie ein Butt und untersuchte mich von oben bis unten und von vorn bis achtern in allen Details.

»Wer«, fragte er schließlich, »sind Sie?«

»Ein Rumtreiber«, sagte der Oberdiener mit großem Selbstbewußtsein. »Den hab' ich beim Schlafen in der Scheune erwischt.«

»Sehr aufmerksam«, sagte der Feldwebel mit seiner unangenehmen hohen Stimme, und mir wurde klar, daß er so 'ne verbissene Type war. Mir gefiel die ganze Situation überhaupt nicht. »Also, wo sind Sie her?«

Ich stand da und hielt die Schnauze. Meine Munterkeit war schnell verstoben, und um ehrlich zu sein, ich hatte Angst.

»Wilhelmshaven«, sagte der Oberdiener.

»Ich auch«, sagte der Feldwebel.

Mir sackte das Herz in die Hose, denn ich war noch nie in Wilhelmshaven, und jeder konnte mich mit ein paar gezielten Fragen als Lügner überführen.

»Wo haben Sie denn gearbeitet, bevor Sie auf Wanderschaft gegangen sind«, fragte er mich.

»Auf der Kaiserlichen Werft«, sage ich, und mehr wußte ich auch nicht über Wilhelmshaven.

»In welcher Abteilung?«

Es gilt die alte Regel, daß der Angriff die beste Verteidigung ist. Ich sagte: »Wenn Sie mich was fragen wollen, können Sie das tun, wenn ich eine Tasse Kaffee in der Hand habe, aber nicht vorher. Für euch Soldaten ist das alles einfach, ihr bekommt drei Mahlzeiten am Tag, aber ich bin ein armer Zivilist auf der Wanderung, ich brauche einen Kaffee.«

»In welcher Abteilung?«

»Kaffee, ich verdurste.«

»Los, gib ihm Kaffee«, sagte der Feldwebel, und seine Stimme verriet, daß er viel Zeit hatte.

Ich sah auf den Fußboden, als die Köchin mir eine Tasse randvoll mit Kaffee gab, und hoffte, daß sie den schicken englischen Yachtskipper nicht wiedererkennen würde, der zwei Abende zuvor in seinen besten Sonntagsklamotten an ihrem Tisch gesessen hatte. Aber sie zeigte keine Lust, ein derartig unhygienisches Objekt, wie ich es jetzt war, auch nur näher anzusehen. Ich schlürfte geräuschvoll, und auch in meiner jetzigen Lage schmeckte mir das Zeug wie der reine Nektar.

»Welche Abteilung«, sagte der Feldwebel mit der Stetigkeit eines leckenden Wasserhahns.

Plötzlich wurde mir der Kaffee bitter. Was sollte ich sagen?

»Die haben mich rausgeschmissen«, versuchte ich mein Glück. »Wo ist denn die Dame des Hauses, die Sie vorhin erwähnten?«

»Welche Abteilung?«

»Kümmern Sie sich doch um Ihren eigenen Kram. Ich möchte die Gräfin sehen, von der der Oberdiener erzählt hat.«

»Die Herrin kleidet sich gerade an«, sagte der Oberdiener. Er wollte mich mit seinem Wissen über die intimsten Dinge der Haushaltsführung beeindrucken.

»Für Leute wie Sie hat sie sowieso keine Zeit.«

Der Feldwebel lehnte an dem Pfosten der Tür zum Flur, in dem sechsunddreißig Stunden zuvor mir die Gräfin den zarten Kuß auf die Lippen gedrückt hatte. Ich ging auf ihn zu. »Die Abteilung, aus der ich rausgeworfen worden bin«, sagte ich, »war die Schmidtsche Abteilung, wenn Sie's wirklich wissen wollen. Ich war da als Nieter beschäftigt.«

»Von der Abteilung hab' ich noch nie was gehört«, staunte er.

»Das ist nicht mein Problem, lieber Mann«, sagte ich. Ich sah in seinen Augen das Nagen des Zweifels, und ich sah auch seine Entschlossenheit. Mir wurde klar, daß sie mich erwischt hatten. Es gab nur noch einen Weg aus der Klemme, und der konnte nur bei blindem Selbstvertrauen funktionieren, und wahrscheinlich würde er trotzdem fehlschlagen. Aber ich mußte es probieren. Wer nicht wagt . . . . Ich machte also die Tür auf und ging hinaus. Sie ließen mich gewähren, wenigstens für die halbe Sekunde, die dieser Vorgang dauerte. Wahrscheinlich, weil das die Tür war, die die feine Gesellschaft von der Dienerschaft trennte; da kam es ihnen gar nicht in den Sinn, daß einer der Diener hindurchgehen würde, wenn er nicht irgend etwas putzen sollte oder gerufen worden war.

Im Flur begann ich zu laufen. Als ich im Speisesaal war, hörte ich, daß die Küchentür aufging, und ich hörte Stiefel trampeln und laute Stimmen. Die Türen standen fast alle offen, und die Gesichter im Gesellschaftsraum drehten sich nach mir um. Ich kannte sie; das waren die Generäle, die ich am vorletzten Abend hier beim Essen gesehen hatte. Es roch nach Zigarrenrauch, und ich sah auch kurz eine große Wandtafel, daneben ein offenes Fenster, durch das die Morgenluft hereinkam; durch das Fenster konnte ich das rote Glühen bei Dornumersiel sehen.

All das nahm ich in wenigen Sekunden wahr. Dann wurde die Tür zugeknallt, und eine Stimme fragte: »Was ist hier los?«

Sie war eiskalt, klang wie kaltes Metall und war die Stimme eines Angehörigen der besitzenden Klasse, der vor dem Morgengrauen durch den Lärm des Volkes in seiner Ruhe gestört worden war. Sie ließ jeden auf der Stelle erstarren, mich auch. Es war die Stimme der Gräfin.

Ihre Blicke schweiften über das Treppenhaus und den Flur wie der Scheinwerfer der *Blitz*. Die einzigen Augen, die sie ansahen, waren meine. Und wieder begegneten sich unsere Blicke; es war wieder, als ob eine Arbeiterhand Seide berührte; nur diesmal, auch wenn sich das unwahrscheinlich anhören mag, war es so, als ob die Hände die Seide streichelten. Unsere Blicke blieben geradezu ineinander verschlungen, ihr Gesicht errötete und meines auch.

Sie sagte zu mir: »Was machen Sie hier?«

Immer die Wahrheit sagen, hatte Dacre uns gepredigt. Nur das weglassen, was einen an den Galgen bringen könnte. »Ich habe in Ihrer Scheune geschlafen, meine Dame«, sagte ich also. »Ihre Leute haben mich geweckt, und nun wollen sie wissen, was ich hier will.«

Sie nickte, als wisse sie das längst. »In meinem Haus stelle ich selber die Fragen.«

Der Feldwebel war schockiert. »Aber Frau Gräfin werden doch nicht...« Ihm versagte die Stimme unter ihrem Blick. »Wie Frau Gräfin wünschen«, sagte er übernervös. »Aber bei solchen Rumtreibern sollten Frau Gräfin...«

»Vielen Dank für Ihre Sorge«, sagte die Gräfin, und ihre Stimme war durch Eisberge gekühlt. »Aber ich darf Sie doch sehr um Erlaubnis bitten, selbst meine Entscheidungen zu treffen. Ich bin sicher, Sie haben noch andere Dinge zu tun und müssen hier nicht nutzlos im Flur herumstehen.«

Ich war geistesgegenwärtig genug, beschämt auf den Boden zu sehen und mit der Menge zurück in Richtung Küche zu gehen.

»Sie da«, schnappte sie, »kommen Sie hierher.«

Also stieg ich die Treppen hoch; dabei strengte ich mich ordentlich an, um so auszusehen wie einer, der im Begriff ist, die Höhle der Löwin zu betreten, und nicht etwa wie einer, der sich von den Flügeln der Engel getragen auf dem Weg zur sehnsüchtig erwarteten Erlösung befindet.

»Dort«, sagte sie mit scharfer Stimme, und zeigte auf die Tür ihres Ankleidezimmers. »Sagen Sie mir, wozu Sie überhaupt leben, Sie komischer Kerl.« Sie schloß die Tür hinter mir.

Sie hatte ihr üppiges Haar auf ihrem Kopf aufgetürmt und trug einen mit Bändchen versehenen Peignoir, der um die Hüfte eingeschnürt war und bis zum Boden reichte. Elly, ihre Zofe, war im Raum und sah mich an, einen Mann in ledernen Seestiefeln, blauen Sergehosen, einem blauen Flanellhemd und mit einer kleinen Schirmmütze, wie Segler sie tragen. All diese Bekleidungsgegenstände konnte man aber nur jeweils für ein paar Quadratzentimeter sehen, weil der Rest von Dreck zugeklebt war.

»Um Himmels willen, nun starr ihn doch nicht so an«, rüffelte die Gräfin sie, »du hast doch in Paris noch ganz andere Sachen gesehen. Hol dem armen Mann einen Bademantel, nimm seine Bekleidung und mach sie sauber!«

Elly machte den Mund erst auf und dann wieder zu.

Die Gräfin fügte hinzu: »Und bereite ein Bad vor.«

Elly dampfte ab, die Augen zum Himmel gerichtet, aber kommentarlos. Es war eine Emaillebadewanne, lang genug, sich darin auszustrecken, mit Messinghähnen, einer für warmes und ein anderer für kaltes Wasser. Der Bademantel mit aufgesetztem Kragen, den sie über den Stuhl gehängt hatte, trug eine Art Kaulquappenmuster. Ich hätte Grund gehabt, mir ernste Sorgen zu machen, aber ich war tatsächlich nur eifersüchtig auf den, für den dieser Mantel gemacht war, und ich zerbrach mir den Kopf darüber, was wohl in Paris passiert war.

Als ich in das Zimmer der Gräfin zurückkam, saß sie an einem kleinen Tisch und beschrieb ein Stück Papier. »Hochverrat in der Kaiserlichen Werft«, sagte sie. »Tod durch Erhängen.«

Meine Gesichtszüge erstarrten, diese Frau war immer noch die Verlobte des Herrn von Tritt, das durfte man nicht vergessen. Wir mochten ja Geheimagent und Gräfin der jeweils anderen Partei sein, wir waren aber auch Menschen in Morgenmänteln, wenn Sie verstehen, was ich meine. Ich nahm ihren Geruch wahr, ein neues Parfum, das Bett, die Essenz des Weibes. Plötzlich, und ich wußte gar nicht wieso, war ich ihr so nahe, daß ich ihren Atem spürte. Ich merkte auch, daß mein eigener Atem schneller ging. Eine Drossel sang vor dem goldenen Glühen über Dornumersiel. Ich sah ihr in die Augen, und sie erwiderte den Blick. Irgendein dummer Teil meines Gehirns sagte mir: Jetzt liefert sie dich an von Tritt aus, und bald wirst du hängen, aber der weitaus größte Teil meines Gehirns war mit ganz anderen Gedanken beschäftigt.

»Gräfin«, begann ich.

»Ich heiße Katya«, sagte sie, erfaßte den Kragen meines Morgenmantels und zog mich an sich heran.

Es wurde klar, daß es keine Rolle spielte, wessen Verlobte

sie war. Es zählte nur die Tatsache, daß sie eine Frau war, die sich allein fühlte und das Leben öde fand. Sie war zufällig einem Mann begegnet, dem es genauso ging. Und so fühlten wir uns beide nicht mehr einsam.

Ich nahm ihr Gesicht zwischen meine Hände, ihre Wangen waren wie Seide, meine Hände waren hart, eben Arbeiterhände. Ich küßte sie, und sie erwiderte den Kuß. Sie war in keiner Weise ängstlich oder schüchtern. Wir bewegten uns auf das große Bett zu, und irgendwo auf dem Wege fielen die Morgenmäntel. Die Sache konnte Ärger bringen, aber das war mir völlig egal. Ihr Körper war weiß wie Milch, ihre Augen waren blauviolett, und draußen brannte Dornumersiel. Hier drinnen, im Haus der Gräfin, standen wir beide auf dem großen Bett lichterloh in Flammen...

Aber ich will Ihnen ja die Geschichte weitererzählen und nicht die innersten Details meines Schlafzimmers oder meiner Gedanken aufdrängen.

Ihr Atem verriet mir, daß sie schlief. Ich starrte auf die Rundung ihrer Wangen in den Kissen und hatte das ausgeprägte Gefühl, daß sie nicht nur irgendein Mädchen war, das ich durch die sauberen Betten gewälzt hatte, sondern etwas sehr viel Großartigeres und Besseres. Hetty erschien wieder in meinen Gedanken, ganz klar, aber diesmal nicht als eine Art Heimsuchung der Gegenwart, sondern als reine Vergangenheit. Bei Hetty war alles Feuer und Jugend gewesen. Bei der Gräfin war es... na, voller Feuer schon, wir waren beide nicht alt. Aber bei uns war eben alles falsch: Sie war Deutsche, ich war Engländer, sie war Gräfin, ich war Untergebener; aber es war trotzdem geschehen. Es war eben Liebe. Aber was sollte nur aus so einer Liebe werden? Nichts Gutes, falls es bekannt würde.

Aber es gab noch andere Dinge auf dieser Welt. Zwei Siele waren lahmgelegt, ein dritter mit Sprengmitteln versehen, also zwei Siebtel der Invasionsflotte, vielleicht sogar drei Siebtel. Ich wußte wenig über solche Dinge, aber ich dachte mir, daß man doch wohl in einer Invasion behindert war, wenn man solche Ausfälle hatte.

Außerdem gab es noch Wilson. Aber große Hoffnung setzte ich nicht auf ihn. Inzwischen mußte er entweder ertrunken oder in Holland in einer Telegraphenstation angekommen sein. Es blieb nichts übrig, als bis zur Dunkelheit zu warten und dann zur *Gloria* zurückzulaufen.

Vor dem Fenster hörte ich es rasseln und klappern, und alles, was hier im Schlafzimmer völlig klar erschien, war es plötzlich nicht mehr. Draußen war eine ganze Armee klar zum Krieg. Das merkte man auch in der Ruhe des Zimmers, denn die Stimmen schallten herein. Man hörte nur kurze, abgehackte Sprechweisen, militärische Befehle. Dieses Zimmer lag über dem Saal, in dem die Soldaten um den Tisch gesessen hatten, samt Karte und Wandtafel. Es hörte sich an wie eine Art Besprechung, vielleicht handelte es sich um eine Lagebesprechung.

Vorsichtig, um Katya nicht aufzuwecken, kroch ich aus dem Bett.

Der Morgen dämmerte, und der neue Tag hatte einen frischen Charakter. Ich zog den Vorhang zurück. Von unten kam leichter Zigarrengeruch, und die Stimmen wurden klarer. Es wurden viele Meldungen gemacht, so hörte sich das wenigstens an: An den Orten A, B, D, E, F und G war alles klar und beladen. Dann verstand ich wieder nur ein Durcheinander von Codewörtern. Leider machte es keinen Sinn für mich. Es stand zu vermuten, daß die Buchstaben für die einzelnen Siele standen, wie das ja auch in Dacres Notizbuch der Fall war. Sechs Siele. Aber Wilson hatte Nessmersiel in Brand gesteckt, und der schwarze Rauch über Dornumersiel bewies, daß ich unterwegs gewesen war. Mein Kopf war etwas durcheinander, weil ich zuwenig Schlaf gehabt hatte, aber egal, sieben minus zwei macht fünf, das wußte ich immer noch ...

Unten hörte die Diskussion auf. Man hörte nur noch eine

einzelne Stimme, eine harte Stimme, ohne jede Wärme, echter Kasernenhofton. Von Tritt. Ich mußte unwillkürlich den Atem anhalten.

»Ich will mich kurz fassen«, sagte er. »Seine Majestät kommt mit dem Acht-Uhr-Zug. So wird er den Beginn unseres Unternehmens beobachten können. Die Stunde ist gekommen! Alles ist bereit. Meine Herren, Gott segne unsere Mühen mit dem Erfolg des heutigen Tages. Hoch!«

»Hoch!« riefen auch die anderen, und vom Flur her konnte ich das Trampeln der Stiefel hören.

Ich stand da im Adamskostüm und atmete die frische, angenehme Luft des jungen Morgens. Heute war also der Tag.

Ich war in höchstem Maße alarmiert.

Ich hörte, daß sich ein Körper im Bett bewegte, und bemerkte, daß Katya mich ansah und ihren Kopf in eine Hand gestützt hatte. Sie erwiderte meinen Blick, wie sie das immer machte, und es schien einen Augenblick lang nur uns beide auf der Welt zu geben. Ich beruhigte mich wieder. Das ganze militärische Gerede wurde unwichtig wie das Summen einer Fliege.

Ich ging zu ihr und setzte mich. »Heute«, sagte ich.

»Was können wir tun?«

Es war jetzt halb acht. Wir waren von einer Viertelmillion Deutschen umgeben. Die *Gloria* saß bestimmt noch für drei Stunden auf dem Strand fest.

»Alles hängt an Wilson«, beschloß ich mit einem selbstsicheren Ausdruck, der eigentlich nicht so recht stimmte.

Dann gab es plötzlich ein schreckliches Klappern und Rattern im Hof. Ich sprang vom Bett und raste zum Fenster.

Vielleicht hielt ich mich für unsichtbar, vielleicht dachte ich auch nicht richtig nach. Es hätte mir klar sein müssen, daß jemand, der sieht, meistens auch gesehen werden kann.

Eine Schwadron Ulanen war durch das Tor gekommen. Sie saßen mit Augen geradeaus und steifem Rücken auf ihren Pferden und manövrierten sie mit ›Voraus ganz langsam‹ vorsichtig längsseits. Sie hatten sich um jemanden geschart, dessen Gesicht ich nicht sehen konnte, jemanden ohne Uniform, der vornüber im Sattel hing. Eine Tür wurde zugeschlagen. Auf dem Kies erschien jetzt von Tritt mit einer Zigarre im Mund.

Die Ulanen saßen ab. Der Mann in der Mitte blieb im Sattel; ich konnte erkennen, daß seine Beine unter dem Bauch des Pferdes zusammengebunden waren.

Seine Stiefel waren Seestiefel. Seestiefel, die eigentlich auf dem Parkett einer holländischen Telegraphenstation hätten stehen oder vielleicht auf dem Grund der Wichter Ee liegen sollen.

Wilson!

Von Tritt zog seine Uhr und runzelte die Stirn. Er hatte das Gesicht eines Siegers, eines Mannes, der auf etwas wartete und weiterkommen will. Dann, und das ist ja auch ganz normal für einen Mann, der vor dem Haus seiner Verlobten steht, sah er zu ihrem Fenster empor.

Die Vorhänge waren auf, und die Geliebte war wach. Aber auch ihr heimlicher Liebhaber stand splitternackt an ebendiesem Fenster, und er war zu Tode erschrocken, als er die letzte Hoffnung Englands an ein Pferd gefesselt sah.

Das erste, was also Baron von Tritt im Fenster seiner Verlobten sah, war ich. Katyas Hand erfaßte meinen Arm und zog mich zurück; aber an seinem Gesicht hatte ich erkennen können, daß er mich gesehen hatte. Und nur einen oder zwei Augenblicke später hörte ich auch schon Militärstiefel, die die Treppe hochgerannt kamen.

Ich hatte mich rasend schnell angezogen. Katya hatte wieder ihren Morgenmantel an und tat so, als schlürfe sie kalten Kaffee. Die Tür ging auf, von Tritt stand da wie eine tickende Zeitbombe.

»Guten Morgen, Herr Baron«, sagte ich.

Er blickte mich nicht an, wahrscheinlich war das unter

seiner Würde. Er sah auf Katya. Wenn ich Liebesromane schreiben würde, dann würde ich seine Blicke als ›Brennendes Eis‹ bezeichnen. Hier will ich nur sagen, daß er sehr verärgert aussah und daß ihm das Blut ins Gesicht schoß.

»Was hat das zu bedeuten?« schrie er.

Katya sah ihn völlig unterkühlt an, eine Augenbraue hochgezogen. Sie äußerte mit glasharter Stimme: »Man klopft wenigstens an.«

»Was macht dieser . . . Mensch in deinem Zimmer?«

»Er macht nur das, was ihn auch etwas angeht. Und damit gibt er dir ein gutes Beispiel«, sagte Katya.

Dann erst sah er mich an. Ich grinste breit, von Mann zu Mann. Seine Adern auf der Stirn traten vor wie die Regenrinnen an einem Haus.

»Also, bitte, geh jetzt«, forderte ihn Katya auf.

Von Tritt schlug die Hacken zusammen. »Nicht bevor ich dir etwas . . . Neues erzählt habe«, sagte er.

»Deine Umgangsformen lassen zu wünschen übrig«, sagte die Gräfin.

»Hure«, sagte von Tritt.

Ich sah, wie sie blutrot wurde und danach weiß wie die Farbe an der Decke. Er sah, daß das gesessen hatte.

Was er da gesagt hatte, konnte nicht hingenommen werden. »Benimm dich, Glatzkopf«, explodierte ich.

Er sah mich mit blutunterlaufenen Augen an. »Ihre Zeit wird schon noch kommen«, sagte er, »und zwar sehr bald. Ich werde Sie ganz langsam umbringen.«

Ich sagte: »Ist es heutzutage schon ungesetzlich, in deutschen Gewässern zu segeln?«

Er lächelte wie ein Krokodil. »Natürlich nicht«, sagte er leise. »Aber es ist illegal, ein Spion zu sein.«

»Ein Spion?« Katya war immer noch aschfahl.

»Dieser Wilson«, sagte von Tritt, »wurde von dem Kanonenboot *Blitz* aufgegriffen, in einem Dingi, das seltsamerweise zur Yacht dieses Herrn gehört. Er wollte gerade die deutschen Gewässer nördlich von Borkum verlassen. Ich denke, Sie sind der nächste, den wir schnappen werden.«

»Das Dingi ist gestohlen worden«, sagte ich. »Ich habe das Kapitän von Brüning gemeldet.«

»Wieso ist denn der Mann da draußen überhaupt ein Spion?« fragte die Gräfin.

Von Tritt lächelte. »Bevor er festgenommen und vernommen wurde, hat er versucht, vor der *Blitz* zu entkommen.« Seine Augen ruhten auf uns beiden; unangenehme, kalte, aber wissende Augen. »Letzte Woche hat es einen Brand in einer Holzfabrik gegeben. Da ist viel Schaden entstanden. Das Gebiet hier steht unter Ausnahmerecht. Dieser Wilson ist des Hochverrats schuldig. Und jetzt«, schloß er, »habe ich zu tun.«

»Dieser Wilson«, sagte Katya, und wenn ich es nicht besser gewußt hätte, hätte ich schwören können, daß sie diesen Namen zum erstenmal benutzte, »was wird nun aus ihm werden?«

Von Tritt zeigte uns schon die dicken Falten in seinem Nacken. »Er ist verurteilt, er ist schuldig. Er wird hängen. In zwanzig Minuten. Wenn Sie wollen, können Sie zusehen. Ich werde mich später um Sie kümmern. Jetzt muß ich erst zu einem anderen wichtigen Termin.«

Seine dicken Stiefel donnerten die Treppen hinunter.

29

# Die schimmernden Reiter

Sie führten Wilson unter eine Esche neben der Scheune und banden ein Seil an einen Ast. Irgendwoher hatten sie einen Geistlichen geholt, einen glatzköpfigen Kerl, der völlig benommen aussah. Das konnte man auch ganz gut verstehen, sicher übernahm man eine solche Aufgabe nicht häufig, wenn man auf dem Lande eine kleine Gemeinde hatte...

Alle waren ganz benommen, sogar die Soldaten und am meisten Wilson selbst.

Er stand unter dem Baum, der arme Teufel, seine Hände waren auf dem Rücken zusammengebunden, und er mußte zusehen, wie man eine Trittleiter aus der Scheune heranschleppte. Es war eine Haushaltstrittleiter, wie man sie zum Apfelpflücken oder für Anstreicharbeiten benützt, aber doch nicht, um Leute umzubringen. Man konnte sehen, wie Wilson seine Nase in den Wind hielt, gerade als wolle er rausfinden, wie das Wetter wohl werden würde. Und dann wurde ihm plötzlich klar, daß er und das Wetter in zehn Minuten nichts mehr miteinander zu tun haben würden.

Wir standen im Kreis um ihn herum, die Gräfin und ich, ein halbes Dutzend Soldaten, von Brüning und der Geistliche. Von Brüning sah sehr angespannt aus. Er hatte Wilson eine Zigarette gegeben, und Wilson rauchte mit kräftigen Zügen.

Ich sagte: »Das können Sie nicht machen.«

Keiner kümmerte sich darum, außer von Brüning, der

sich etwas entfernt hatte, sein Gesicht erschien gelblich über dem rotbraunen Bart. Als er mich hörte, bewegten sich seine Augen, und sein Mund öffnete sich. Einen Augenblick dachte ich, er würde dem ganzen Verfahren widersprechen. Aber er machte den Mund wieder zu und beobachtete die Szene mit versteinertem Gesicht.

Dann meldete sich die Gräfin: »Das ist falsch«, sagte sie. Der Geistliche begann zu beten.

Wilson sah an ihm vorbei, wie ein in die Ecke getriebenes Tier. Ihm war die Situation ganz klar, seine Lippen waren weiß und dünn. Er lächelte mich und die Gräfin an, und dann sah er auf von Brüning. »Es tut mir leid, daß ich Ihnen das alles eingebrockt habe«, sagte er. »Sie sind ein guter Mann.«

Von Brüning deutete eine Verbeugung an, nur ganz knapp, die Verbeugung eines Spartaners mit einem Iltis im Hemd. Der Wind pfiff durch die Zweige, die See rauschte am Deich, und ich dachte, dieser arme Kerl wird gleich sterben, und keiner von uns hier will das.

Ich sagte: »Was wollte er denn überhaupt ausspionieren?«

Aber keiner kümmerte sich darum.

Ich war verzweifelt und hatte kaum noch Hoffnung. »Sie können hier Ausnahmerecht verhängen, bis Sie schwarz werden. Aber es herrscht tiefster Frieden, und Sie können doch nicht Engländer an Bäumen aufknöpfen, ohne formales Urteil von einem ordentlichen Richter! Auch wenn ich hier ungefragt rede, weise ich darauf hin, daß der englische und der deutsche König Vettern sind, Kapitänleutnant von Brüning.«

Von Brüning richtete seine faszinierend klaren Augen auf mich, und er schien mich glatt zu durchschauen.

Ich hielt aber seinem Blick stand und sagte: »Wenn Sie Wilson tatsächlich hängen, wird es Ihnen noch leid tun.« Es war ein Versprechen von Mann zu Mann, schon fast eine Drohung.

Ein Feldwebel trat zu Wilson und legte ihm die Schlinge um den Hals. Katyas Finger und Hände verkrampften sich in ihrem Schoß. Es war schließlich der Verlobte ihrer Freundin Clara, den man hängen wollte; und Clara war auch einer der wesentlichen Gründe, warum Katya ihr Vaterland hinterging und zu uns hielt.

Sie hob ihren Kopf und sagte mit ruhiger Stimme: »Kapitänleutnant von Brüning, das ist illegal.«

Von Brüning sagte: »Unglücklicherweise habe ich eindeutige Befehle.«

»Diese Befehle sind illegal und ohne Sinn und Zweck.«

»Ohne Sinn und Zweck?«

»Die Sache ist doch erledigt. Es kann nichts mehr verraten werden.«

Sie wollte damit sagen, daß die Invasion so oder so ablaufen würde, ob Wilson mit dem Tod bezahlte oder nicht.

Ich stand da, hielt den Atem an und versuchte so unbeteiligt auszusehen, als habe ich die Bedeutung von Katyas Worten nicht verstanden.

Von Brüning hatte seinen Kopf gesenkt.

»Nun bringen Sie es endlich zu Ende«, sagte Wilson.

Von Brüning sah wie paralysiert aus. Er war ausgebildet worden, um Befehle durchzuführen und seinem Land und seiner Klasse zu dienen. Aber man hatte ihm von Tritt vor die Nase gesetzt. Und nun hatte dieser von Tritt Befehle erteilt und es ihm überlassen, einen Menschen zu töten, nur weil er den Haß des Barons auf sich gezogen hatte. Wenigstens sah es für mich so aus.

Egal, welche Worte von Tritt dafür fand: Alles in allem war das glatter Mord. Und von Brüning war Marineoffizier und kein Mörder.

Es gab eine lange Pause des Schweigens, der Wind sang in den Zweigen der Esche.

Dann brachte von Brüning mit würgender Stimme heraus: »Nehmen Sie die Schlinge vom Hals dieses Mannes.«

Der Feldwebel sagte: »Aber der Herr General ...«

»Was haben Sie bei Ihrem Heer gelernt?«

»Befehl ist Befehl!«

»Na also.«

Man sah dem Feldwebel an, daß er glaubte, seinen Sinnen nicht mehr trauen zu können. Aber er nahm die Schlinge ab.

»Sie können gehen«, sagte von Brüning.

Wilsons Gesicht hatte sich grünweiß gefärbt, seine Augen verdrehten sich in alle Richtungen. »Gehen? Wohin soll ich gehen?«

»Nach England oder was es davon noch gibt.«

Die Nordsee rauschte auf der anderen Seite des Deichs.

Katya schien plötzlich zu einer Entscheidung gekommen zu sein. »Kommt mit«, sagte sie.

Wilson und ich sahen sie an.

»Die *Delphin* liegt in Dornumersiel.« Sie sagte zu von Brüning: »Sie sind ein ehrenwerter Mann.«

»Ich habe nur meine Pflicht getan.« Und er hatte sicher seine Position verloren, außerdem gab es auch ein Verfahren gegen ihn, wenn ich von Tritt richtig einschätzte.

Wilson sagte: »Hoffentlich bekommen Sie nicht noch Schwierigkeiten in dieser Sache.«

Brüning lachte, und es war ein sehr hartes Lachen. »Ich hab' gern mit einem echten Amateur zu tun gehabt«, sagte er. »Ich will nur hoffen, daß die Ereignisse der nächsten Tage Leute wie Sie nicht restlos von der Erdoberfläche vertilgen werden.«

Er verbeugte sich und ging, die Soldaten folgten ihm. Der Geistliche sah ganz erleichtert aus und wollte offenbar jedem die Hände schütteln. Plötzlich gingen wir auf den Deich zu, und wir mußten unseren Instinkt zu laufen unterdrücken.

Ich sagte zu Katya: »Dornumersiel ist dicht. Da verstopfen gesunkene Leichter die Ausfahrt.«

»Nein«, sagte sie, »es gab wohl ein Feuer in der Nacht, aber man hat es geschafft, die brennenden Leichter nach der Explosion alle auf eine Seite zu schleppen. Die Hälfte ist hinüber, aber die andere Hälfte ist einsatzbereit und kann auslaufen.«

»Oh«, sagte ich, und mein Magen krampfte sich dabei zusammen. All die Mühe und das Risiko vergeblich. Das also war der Grund, warum immer noch sechs Siele einsatzbereit waren. Vielleicht fiel noch Hilgenriedersiel aus. Dann waren es aber immer noch fünf. Würden die Deutschen mit fünf noch eine Invasion versuchen?

Von Tritt war kaum zu bremsen. Der würde es versuchen.

Wilson sah über seine Schulter, als erwarte er jeden Augenblick, daß von Tritt auf seinem Pferd mit einem neuen Strang aus dem Gebüsch galoppiert käme. Es war jetzt nicht der geeignete Augenblick, mich noch länger hier herumzutreiben und über Strategien nachzudenken. Wir gingen zügig an der Seeseite des Deichs entlang, und der Wind blies uns ins Gesicht.

Es war ein junger, herrlicher Morgen, das Wetter würde sich bald ändern, der Wind wehte aus Osten, und der Himmel war so blau wie die Augen eines kleinen Kindes. Der Kaiser hatte sich wohl mit dem Teufel verbrüdert, denn auch der Wind half mit, daß er seine verdammte Flotte dahin bekam, wo er sie haben wollte. Hinter dem Deich erstreckte sich das Watt in Blau und Braun, Langeoog und Spiekeroog waren hinter den weißen Stränden zu erkennen. Das Wasser lief noch ab. Und wenn es erst mal wieder auflief, dann würden 200 000 Soldaten sich in diesem herrlichen Licht sonnen und auf die Landung in England vorbereiten.

Die *Delphin* lag am seewärtigen Ende des Dornumersieler Fahrwassers. Wir gingen schnell den Deich entlang und dann in das schlickige Watt – Katya, Wilson und ich. Vom

Tief her wurde Rauch herübergeweht. Wir sahen auf die Schleuse, aber keiner sagte etwas. Unsere Gedanken waren auch beschäftigt, ohne daß wir redeten.

Da war von Tritt, zum Beispiel.

Nachdem die Besatzung der *Delphin* uns im Dingi abgeholt hatte, schickte Katya alle Männer an Land. Sie sahen uns an, und offenbar gefiel ihnen die Situation nicht, aber da sie tun mußten, was ihnen gesagt wurde, gingen sie über den Strand zum Deich.

»Wir wollen die armen Kerle nicht wider ihren Willen zu Verrätern machen«, sagte Katya.

Ich setzte die Fock, und Wilson kurbelte den Anker hoch. Katya stemmte ihre mit blauem Serge bedeckte Hüfte gegen die Pinne. Der seitliche Damm des Fahrwassers glitt vorüber, und wir waren unterwegs.

Wilson hatte vorne alles seeklar gemacht, plötzlich wurde sein Gesicht blaß, und er setzte sich schwer auf den Hintern. Katya sah das zuerst. Sie holte ihm einen Schluck Schnaps, den trank er wie ein Araber, der in einer Oase ankommt. Es schien ihm gut zu tun.

»Und nun?« fragte er.

»Wir verlassen die Inselwelt. Wir versuchen, nach Holland zu kommen. Wir telegraphieren. Ich kann Sie auch bei der *Gloria* absetzen, dann haben wir unsere Chancen verdoppelt.«

Er sagte: »Die werden Geleitschutz von Zerstörern und anderen Geleitfahrzeugen haben.« Er sprach wie von einem Regenschauer und nicht wie von einer tödlichen Gefahr. Aber wir konnten natürlich sonst nichts machen gegen all die Leute. Wir kamen zu spät, viel zu spät. Das war uns allen klar.

Wir glitten die Accumersieler Balje runter, dem tiefen Wasser entgegen, die Ebbe nahm uns zügig mit. Wir alle hatten das schöne Gefühl, das sich eben einstellt, wenn man ein Boot in Fahrt unter sich fühlt. Die Balje war ein Streifen blaugrauen Wassers, vom Watt ragten braune Sandfinger in sie hinein. Vor uns lag ruhiges Wasser, dort mündete die Balje in die Accumer Ee, das Seegat zwischen Baltrum und Langeoog. Auch in der Mitte der Balje war der braune Rücken einer Sandbank zu sehen. Ich glaube, Katya sah das alles überhaupt nicht. Wenn es ihr so ging wie uns, dann belebte ihr die Phantasie den Geist: Ein volles Wattenmeer, alles nur Wasser zwischen den Inseln und dem Festlandsdeich, die großen Sieltore öffneten sich, und aus ihnen quollen fortgesetzt Schlepper, Leichter und Menschen hervor ...

Die *Delphin* hatte sechs Stunden Vorsprung.

»Gleich raus auf See«, sagte ich, »das wird das beste sein.«

Wilson nickte. Es war zu früh, als daß man nur über das Watt hätte nach Holland kommen können. Außerhalb der Inseln waren die Chancen besser, dort konnte man zu den holländischen Inseln segeln, Tide und Wind standen günstig, die Dampfschiffe würden uns verfolgen.

Katya schnappte nach Luft. Als ich zu ihr hinsah, ging ihr Blick in Richtung Land, über das Ruder hinweg nach achteraus.

Das Grün des Deichs schien irgendwie zwischen Himmel und Erde aufgehangen, wie oft. Die Sonne stand am Himmel, noch ganz niedrig, es war gerade erst kurz nach sieben. Sie schien einer Reitergruppe voll in die Gesichter, die auf dem Deich erschienen war, im Westen der Dornumersieler Schleuse. Es blitzte in der Sonne; wie die Spielzeugsoldaten eines verrückten Potentaten sah alles aus, blitzende Emaille, wertvolles Metall, Diamanten. Soldaten waren aber keine Spielzeugartikel.

Wilson machte ein gelangweiltes Gesicht, doch seine Augen brannten, als er mir das Fernglas weiterreichte.

Da waren Adjutanten mit Federschweifen, die Orden blitzten, und die losen Jacken flatterten über den schneeweißen Hosen. In der Mitte war ein Mann mit dicken Stiefeln, weißen Hosen, schwarzem Umhang und einer Fellmütze mit einem Totenkopf und gekreuzten Knochen als Abzeichen. Diesen Mann hatte ich schon an Deck der *Meteor* in Kiel gesehen, zwar in anderer Uniform, aber damals hatte er genau wie jetzt seinen verkrüppelten Arm verdeckt. Er trug einen schwarzen Schnurrbart mit eingewachsten und hochgedrehten Enden, die in den Himmel ragten.

»Herrgott«, sagte Katya auf deutsch.

Wir drehten uns alle um. Und wir schrien alle durcheinander.

Denn der Bugspriet der *Delphin* war nicht mehr auf die offene See gerichtet, sondern auf eine sandige Untiefe, die aus dem Wasser ragte und auf der auch eine Pricke stand. Das war eine reichlich seltsame Aufstellung für die Pricke, aber darauf kam es jetzt nicht an. Denn bevor Katya die Pinne herumreißen konnte, hörte man den Kiel über den Grund schleifen, das Deck erhob sich leicht, und das konnte nur eines bedeuten, wirklich nur eines.

Wir waren nicht mehr unterwegs auf die hohe See. Unter den Augen des Kaisers von Deutschland waren wir drei mit unserem Fünfzig-Tonnen-Boot *Delphin* aufgelaufen, und wir saßen fest bei ablaufendem Wasser.

30

# Im Dunkeln pfeifen

Eine ganze Zeitlang sagte keiner was, außer den paar Dingen, die eben gesagt werden müssen, wenn man ein Dingi ins Wasser setzt, einen Anker mit diesem Dingi ausbringt und sich an der Winde anstrengt und stöhnt. Zehn Minuten lang kurbelten und schwitzten wir, aber wir erreichten nur, daß wir den Anker zweimal wieder ans Boot hievten. Währenddessen konnten wir das Wasser am Rumpf fallen sehen, und man hörte dabei Geräusche wie ein Klopfen aus dem Grab, als es um Rumpf und Bilge gurgelte. Wir kurbelten wie die Verrückten, doch ohne Erfolg. Wilson und ich waren knallrot und schwitzten, Katya war blaß, und ihre Gesichtszüge waren wie bei einer Marmorfigur in der Kirche.

»Kapitän«, sagte Wilson schließlich keuchend, »das hat doch alles keinen Zweck. Wo liegt die *Gloria*?«

»Immer noch dort, wo Sie das Dingi gefunden haben.«

»Sie sollten versuchen, dorthin zu kommen. So wie es aussieht, wird die *Gloria* vor uns wieder schwimmen.«

Er hatte recht. Aber bis endlich genügend Wasser die *Gloria* über die Wasserscheide in die Accumer Ee brachte, würden wir vier Stunden nach Niedrigwasser haben, und dann würden sich auch die Siele öffnen, um die Invasionsflotte herauszulassen. Für die Wichter Ee zwischen Baltrum und Norderney würde das Wasser dagegen schon viel früher ausreichen.

Das Rauschen und Donnern am Ufer der Wichter Ee, das

wir auf unserem Weg nach Baltrum gehört hatten, tauchte wieder in meiner Erinnerung auf. Nur wer schon mal bei Niedrigwasser da langgelaufen war, konnte den Weg über die Wichter Ee finden.

Wilson konnte es.

»Sie kennen doch die Wichter Ee«, sagte ich. »Führen Sie uns. Wir kommen durch die Accumer Ee, wenn wir erst wieder aufgeschwommen sind.«

Er sah wieder zum Deich. Die Reitergruppe war immer noch vor dem grünen Hintergrund zu erkennen. Er machte einen besorgten Eindruck, und alles andere wäre nur ein Zeichen von Dummheit gewesen.

»Zwei Versuche haben mehr Aussicht auf Erfolg als einer«, sagte ich. »Nehmen Sie die Gräfin mit.«

»Ich bleibe hier«, sagte sie.

»Sei doch nicht ...«

»Wenn du willst, daß ich gehe, mußt du mich tragen.«

Darüber konnte man nicht mit ihr reden. Das sah auch Wilson. Er ergriff meine Hand und schüttelte sie, der Dussel, und er wünschte mir Glück, Gottes Segen und so weiter. Das war Zeitverschwendung, aber es schien ihm zu gefallen. Dann zog er mit schnellem Schritt los, rund um die südlichen Enden der Baljen und Priele, Richtung Nordwesten, nach Baltrum und zur *Gloria*. Das waren nur fünf Meilen, etwas mehr als eine Stunde, wenn er das Tempo beibehielt und nicht unterwegs ertrank. Er wurde in der schimmernden Luft in der Ferne immer kleiner, dann konnte ich ihn sogar in einer Luftspiegelung doppelt sehen, und schließlich verschwand er.

Um die Wahrheit zu sagen, ich wäre gern mit ihm gegangen, aber hier war Katya, und wir würden zumindest noch eine ganze Stunde festsitzen. Von Tritt würde bestimmt schon viel früher hier sein, ich war überzeugt, daß ich sie gegen von Tritt unterstützen müßte.

Das erscheint im nachhinein lächerlich. Ich wandte jedoch meine Aufmerksamkeit wieder Katya zu und sagte etwas Dummes wie: »Ja, ja, so ist das denn.«

Sie antwortete: »Das tut mir wirklich leid.«

Ich lächelte, obwohl mir nicht nach Lachen zu Mute war in diesem Augenblick. Ich sagte: »Wenn der deutsche Kaiser auf den Deich kommt, während man ein Boot einen Priel entlang steuert, dann ist das ein guter Grund, aufzulaufen.«

Sie sagte: »Du hast ihn schon einmal besiegt. Nimm das Dingi und sieh zu, daß du zur *Gloria* hinkommst.«

»Nur wenn du mitkommst.«

Sie gab keine Antwort. Wenn ich aber das Dingi nahm, würde von Tritt hinter uns herjagen und wahrscheinlich die *Gloria* erwischen, und das wäre unser aller Ende gewesen. Wenn wir dagegen hierblieben, stieg die Chance der *Gloria* durchzukommen.

»In Ordnung«, sagte ich, »wir warten. Und wenn von Tritt kommt, werde ich ihm den Kopf abschlagen.«

Aber als wir darauf warteten, daß die Tide kenterte, war mir klar, daß ich mir nur hatte selbst Mut machen wollen und sozusagen im Dunkeln gepfiffen hatte.

Wir saßen schweigend und hielten uns an den Händen. Dann sah ich, wie ihr Kopf sich zum Deich drehte und ihre Hand an ihren Mund fuhr. Es ist gut möglich, daß auch meine eigene Hand sich ganz in der Nähe meines Mundes befand.

Die im Sonnenlicht glitzernde kleine Gruppe von Reitern bewegte sich auf den Deich und auf der anderen Seite wieder hinunter. Vier Gestalten blieben aber auf dieser Seite, die Pferde stampften, und das Metall reflektierte die Sonnenstrahlen. Vorne auf der Brust war bei den Reitern Gold zu erkennen, und in den Händen blitzte silberner Stahl. Sie kamen im Galopp auf uns zu, schneller als die Tide sich auf dem Strand bewegte.

Unten im Boot fand ich ein Fernglas. So sah ich drei einfache Soldaten. Vor ihnen ritt, mit gezogenem Säbel und hochrotem Gesicht, von Tritt. Er sah nicht glücklich aus.

Wenn er so klug wie von Brüning gewesen wäre, wäre er jetzt hinter der *Gloria* hergejagt. Aber er ließ sich von seiner Eifersucht leiten. Ich nahm an, daß er der Gräfin nichts antun würde, wenigstens nicht mit seinem Schwert. In Wirklichkeit jagte er mich.

Ich sagte: »Gibt es ein Gewehr an Bord?«

Katya schüttelte den Kopf. Sie war weiß wie Papier, bis jetzt hatte ich immer gedacht, diese Farbe gäbe es nur in Büchern. Sie sah auf den Sand, das Wasser und die Pferde und kniff die Augen im grellen Sonnenlicht zusammen.

Die Soldaten waren jetzt nahe genug, ich konnte das Geräusch der Pferdehufe hören. Etwas blitzte auf, und ich hörte einen Knall, etwas flog an meinem Ohr vorbei wie eine mit einer Dampfturbine getriebene Biene. Dann knallte es wieder, und es kam noch so eine Biene angeflogen. Dann schlug von Tritt mit seinem Schwert auf den Kerl ein, der geschossen hatte. Ich nehme an, daß er ihn mit der flachen Seite des Schwerts getroffen hatte, denn der Kerl fiel vom Pferd in den Sand und blieb liegen.

Ich konnte das unangenehme Gefühl nicht loswerden, daß von Tritt mich ganz allein für sich und seine Rachegefühle aufsparen wollte.

Ununterbrochen hatte ich natürlich darauf gehofft, daß die *Delphin* endlich wieder aufschwimmen würde, da das Wasser jetzt auflief. Aber man hörte die Strömung immer noch unter dem Boot gurgeln, und das hieß, daß es leider noch eine halbe Stunde dauern würde, bis wir uns vom Grund lösten.

Wenn mir jetzt nicht etwas Entscheidendes einfiel, würde ich das Ende dieser halben Stunde nicht mehr erleben. Hier ging es um Leben und Tod, das war kein Wettsegeln. Ganz plötzlich verzichtete ich darauf, ein Held zu sein. Ich wollte nur am Leben bleiben.

Das Dingi war auf der seewärtigen Seite festgemacht, halb lag es noch auf dem Sand, halb schwamm es schon. Pferde können bekanntlich nicht auf dem Wasser laufen. Ich lief also die Reling entlang und löste die Vorleine. Der Hufschlag übertönte alles andere, von Tritts fetter Schatten erschien über dem Dingi, und er hielt seinen Säbel in der Hand. Ich ließ mich platt an Deck fallen, während der Säbel mit einem schrecklichen Surren über mich hinwegsauste. Als von Tritt zum nächsten Schlag ausholte, rollte ich mich zur Seite, meine Hand landete auf dem Bootshaken. Den riß ich aus seiner Halterung, einen Bronzehaken auf einem fünf Zentimeter dicken Eschenstiel. Dann drehte ich mich um und sah von Tritt an. Sein Gesicht ähnelte einer Schweizer Flagge, knallrot mit weißen Duellnarben. Sein Pferd setzte einen Fuß ins Wasser und scheute dann. Ich sagte mit großer Freundlichkeit, obwohl ich große Angst hatte: »Guten Morgen, Graf Idiot.« Dann stach ich mit dem Bootshaken nach ihm.

Es war ein kurzer Angriff, dem er auswich. Für einen Augenblick standen wir uns gegenüber, er auf seinem Pferd und ich auf dem Seitendeck des Bootes, und sahen uns in die Augen. Es war keine Frage, von Tritt wollte, daß ich noch heute morgen starb. Ich stieß also noch mal heftig mit dem Bootshaken nach ihm. Das war aber vielleicht gar keine gute Idee, denn er schlug erneut mit seinem scharfen, kriegstüchtigen Kavalleriesäbel zurück. Ich fühlte nur ein kurzes Zucken in meinen Händen, und schon zerbrach der Bootshaken in zwei Teile. Da ich kein geübter Kämpfer war, verlor ich das Gleichgewicht, kippte zur Seite, knallte mit der Schulter auf die Scheuerleiste und fiel außenbords mit dem Rücken voran in fünfzehn Zentimeter tiefes Wasser.

»Steh auf«, brüllte von Tritt.

Von dem Punkt, an dem ich lag, sah er glatt fünf Meter hoch aus, irgendwie irritierte mich das. »Sag: bitte, bitte«, verhöhnte ich ihn trotzdem.

»Das war ein Befehl.«

»Hau bloß ab«, schrie ich wütend.

Er schlug wieder mit dem Säbel nach mir, ich rollte mich unter das Heck der Yacht. Dort war ich für einen Augenblick sicher, es war eine Art hölzerne Höhle zwischen Wasser und Außenhaut des Bootes. Es ertönte ein Klatschen und Grunzen, denn er war vom Pferd gesprungen. Jeden Augenblick würde er mit seinem Schwert herumstochern wie ein Mann, der bei Niedrigwasser nach Krabben sucht. Ich war nicht mehr wütend, ich hatte nur noch Angst.

»Charlie!« kreischte Katya.

»Halt dich da raus«, brüllte ich zurück.

Sie hatte gar keine andere Wahl, die anderen drei Burschen sahen auch zu, während ihr Chef seinen Schlachtergelüsten nachging.

Wenn ich auf das Watt geflohen wäre, hätte er mich mit seinem Pferd verfolgt und in Stücke zerschnitten. Wenn ich hier unter dem Boot blieb, würde er mir die Behandlung nach dem Muster der Krabbensucher zukommen lassen. Wenn ich versuchte, das Dingi ins Wasser zu ziehen, würde er mich dabei als Beute für die Fische vorbereiten.

Es blieb nur ein Ausweg, und der war nicht die reine Freude für jemanden, der nicht schwimmen konnte.

Ich war auf der dem Wasser zugewandten Seite des Bootes. Der Priel verlief vor mir und füllte sich jetzt: Etwa in zwanzig Minuten würde das Boot aufschwimmen. Zwanzig lange Minuten.

Ich stützte mich auf Knie und Hände, und dann sprang ich unter dem Boot hervor wie ein Floh unter einer Katze. Ich hörte noch das Surren seines Schwertes, dann wälzte ich mich im Wasser. Der Stahl erreichte mich, aber durch das Wasser wurde der Schlag so gedämpft, daß ich nur eine kleine Abschürfung davontrug. Ich rannte über den Schlick, der meine Füße fast festsog. Erst verlor ich einen Stiefel und dann den anderen. Schließlich wurde das Wasser tiefer, in meinem Gesicht spürte ich Salz, und ich wurde vom Tidenstrom von den Beinen gekippt. Ich keuchte und würgte, verlor die Orientierung, wie es jedem ergeht, der nicht schwimmen kann, in tiefes Wasser gerät und von einem Mann mit einem Schwert verfolgt wird.

Ich sah ihn, als mich der Strom umwarf, in seiner ganzen Größe. Von Tritt stand knietief am Rand im Wasser, der untere Rand seines Uniformmantels war von der Feuchtigkeit dunkel gefärbt, sein fetter Leib war bis zum Kinn durch seine Klamotten zusammengeschnürt, und seine goldenen Knöpfe blitzten. Hinter ihm lag die *Delphin*, golden, weiß und elegant, die Seitenschwerter glänzten in der Sonne. Und im Cockpit sah ich Katya...

Ich konnte aber nicht sehen, was sie vorhatte. Von Tritt kam auf mich zu, langsam, aber sicher wie der Tod. Ich fand wieder Grund unter den Füßen. Das Wasser stand mir bis unter den Achseln. Ich trat einen Schritt zurück, und plötzlich hatte ich den Grund unter den Füßen verloren. Die Tide erfaßte mich wie ein loses Blatt. Das kalte Salzwasser schloß sich über meinem Kopf.

Ich ertrank. Keine Frage mehr, ob ich zum Teufel oder in die tiefe See gehen würde. Die See hatte mich erwischt.

Jeder normale Mensch an von Tritts Stelle hätte gewartet. Aber ich hatte seine Verlobte berührt, und er wollte mich unbedingt zu Hackfleisch verarbeiten.

Meine Füße spürten den Boden. Das Wasser mochte zweieinhalb Meter tief sein, ich stieß mich vom Boden ab und durchbrach die Wasseroberfläche wie ein blasender Wal. Vom Heck der *Delphin* hörte ich ein Kreischen, achtete aber weiter nicht darauf, da ich damit beschäftigt war, Atem zu holen und außerdem von Tritt hinter mir herwatete.

Der Tidenstrom war jetzt sehr stark. Als ich wieder unterwegs zum Meeresgrund war, hatte mich die Strömung schon ein ganzes Stück den Priel hochgetragen, auf das

Festland zu. Von Tritt rannte hinter mir her, und er holte langsam auf, dabei knurrte er wie verrückt.

Eigentlich hätte mich das freuen können, aber ich schluckte heftig Wasser, bekam den Boden des Priels nicht mehr zu fassen, und sank und sank. Alles um mich erschien mir ruhig und friedvoll. Dann bekam ich doch wieder Kontakt mit dem Grund, dickem, schwerem Schlick, und ich stieß mit dem Fuß zu. Wieder ging ich nach oben, ich sah das Tageslicht, holte Luft und war so gut wie sicher, daß das mein letzter Atemzug gewesen war.

Von Tritt aber wartete mit seinem Schwert, bereit zuzuschlagen. Als er mich auftauchen sah, machte er einen Schritt auf mich zu. Dann warf er die Arme in die Luft, rief etwas und verschwand mit lautem Platschen. Das Weitere konnte ich nicht sehen, weil auch ich wieder unterging, mein Mund stand offen, und das Salzwasser verschloß mir die Kehle. Um mich herum schien alles voller Blasen zu sein, die Welt erschien mir als schreckliches Tal des Elends, das die Farben von Hellgrün nach Rot und Schwarz änderte ...

Ich sah Tageslicht, hatte starke Kopfschmerzen und sah Holz vor meinen Augen: die Klinkerbeplankung eines Bootes. Das Dingi. Und während ich keuchte und spuckte, merkte ich, daß meine Kopfschmerzen von einer Hand herrührten, die meine Haare gepackt hatte, und eine Stimme brüllte mich an, ich solle durchhalten. Man sagt, daß Ertrinkende sich an jedem Strohhalm festklammern, viel Überredungskunst war daher auch bei mir nicht erforderlich. Die Hand ließ los, irgend jemand ruderte, es war Katya, die über den Priel ruderte und mich von der *Delphin* wegzog, die auf der anderen Seite des Priels lag.

Meine Füße berührten den Grund.

»In das Boot«, schrie Katya.

Ich zog mich über das Heck des Dingis an Bord. Das Keuchen und Würgen ließ nach, ich konnte wieder an etwas anderes als an Atemluft denken. Man hatte mich in Stücke schneiden oder erschießen wollen. Wie war ich entkommen?

Ich saß auf der achteren Ducht des Dingis, und das Wasser lief aus meinen Klamotten. Katya saß auf der vorderen Ducht und pullte. Der Bug des Dingis zielte genau auf den Zwischenraum von Baltrum und Langeoog. Ich drehte mich um.

Neben der *Delphin* standen drei Pferde im Sand. Zwei Soldaten standen bis zur Hüfte in dem strömenden, schmutzig-grauen Wasser des Priels. Sie sahen hilflos und maßlos erschreckt aus und suchten verzweifelt etwas im Wasser.

Von Tritt war nirgends zu sehen. Langsam dämmerte mir, daß die Soldaten nach ihm suchten. Dann bewegte sich etwas in der Mitte des Priels. Etwas mit Pickelhaube, offenem Mund und vorstehenden Augen über einem Körper, der in einen nassen grauen Militärmantel eingewickelt war. Dann entwich eine ganze Menge Luft aus diesem Körper, und ein Stiefel mit Sporen ragte für einen Augenblick aus dem Wasser. Dann verschwand der Stiefel, es stiegen noch einmal Luftblasen auf, und dann sah man nichts mehr.

Katya pullte stetig seewärts.

»Wollen wir ihm denn nicht helfen?« fragte ich.

»Nein.« Ihr Gesicht war hart und fest, fast siegesfreudig. Sie sah auch nicht mehr so einsam aus.

Ich saß da und bibberte. Da ich den größten Teil meines Lebens zur See gefahren war, ging es mir gegen den Strich, zuzusehen, wie ein Mensch ertrank.

Die Soldaten wateten auf und ab, verloren aber jede Hoffnung. Die Pferde hatten sich alleine in Richtung Deich auf den Weg gemacht.

Katya mußte wohl erraten haben, was ich dachte: »Er hätte dich umgebracht.«

Ich gab keine Antwort. Das stimmte. Dennoch...

»Ich habe erfahren, was er mit Dollmann gemacht hat, Claras Vater«, sagte sie. »Von Tritt nahm ihn mit auf eine Wattwanderung vor Wangerooge. Er schlug ihn mit der flachen Seite seines Schwerts um, stieß ihn in ein Wasserloch, in eine Art kleinen Tümpel.«

Sie pullte ein paar Schläge, stärker, als es eigentlich erforderlich war. »Claras Vater lag mit dem Gesicht nach unten. Von Tritt stemmte ihm seinen Stiefel ins Genick, bis er ertrunken war. Einer der Soldaten, die dabei waren, hat es Elly erzählt. Dollmann zappelte wie ein Butt, haben sie gesagt. Es dauerte zehn Minuten.« Sie pullte weiter, in unsauberen Schlägen, und sah nur auf den Boden des Dingis. »Dollmann war zwar ein Verräter«, fuhr sie fort, »aber er war auch ein Mensch, der Vater meiner Freundin.« Als sie wieder aufsah, war ihr Gesicht naß von Tränen. »Jetzt, da von Tritt selbst in ein Dreckloch gefallen und ertrunken ist, bin ich sehr, sehr glücklich.« Sie begann heftig zu weinen.

Ich übernahm die Riemen und pullte weiter. Diese körperliche Anstrengung brachte mein Blut wieder in Bewegung, vielleicht gelangte es jetzt auch wieder bis zum Kopf. Wir kamen langsam voran, sogar gegen die Tide. Am Ufer erschienen die Soldaten wie kleine Figuren, sie waren vom Schrecken immer noch ganz durcheinander. Einer von ihnen schoß auf uns, aber wir waren schon weit weg. Ohne Pferde hatten sie keinerlei Chance, uns einzuholen, doch die Pferde hatten sich auf den grünen Deich geflüchtet, ihre Zügel hingen lose herab, und sie fraßen das vom Wind plattgedrückte Gras. Von Tritt war jetzt seit zehn Minuten unter Wasser, und wahrscheinlich hatte er seinen letzten Atemzug längst hinter sich. So hatten wir eine Sorge weniger, aber auch nur eine. Ein Tropfen auf dem heißen Stein...

Die Gräfin gewann langsam die Selbstbeherrschung wieder. Sie lächelte mich an, schüchtern und nervös. Wir hatten ihre angestammte Welt verlassen und in gewissem Sinne auch meine. Aber wenigstens, das schien das Lächeln zu sagen, waren wir zusammen.

Sonst gab es wenig zu lachen. Die Soldaten würden die Nachricht verbreiten, daß ihr Oberbefehlshaber von der Gräfin von und zu Marsdorf und einem ziemlich hart aussehenden Kerl von einem Dingi aus ertränkt worden war. In zwei Stunden würde außerdem die Invasionsflotte auslaufen. Eine Invasionsflotte ohne Oberbefehlshaber, die außerdem durch Feuer und Explosionen dezimiert war. Dennoch eine Invasionsflotte. Besonders dringlich war die Tatsache, daß das Hochwasser vor uns bei der *Gloria* ankam, und sie dann durch die Wichter Ee gesegelt war, ehe wir sie erreichten. Wir müßten dann im Beiboot einer Yacht den Geleitschutz der Zerstörer durchbrechen, um in freundliche Gewässer zu gelangen...

»Sieh mal dort hinten«, sagte Katya.

## 31

# Wichter Ee

Wir bewegten uns auf das Seegat zu, die Wichter Ee. Es waren graue Schiffe zu sehen, nicht die üblichen Fischerboote und Mutten, sondern Schiffe mit geringem Freibord und hohen schmalen Schornsteinen, mit Geschütztürmen und Barbetten und langen, vorne schräg verlaufenden Torpedorohren. Das waren die ersten Geleitfahrzeuge, Kanonenboote mit geringem Tiefgang, Zerstörer und Torpedoboote, die die Leichterflotte schützen sollten. Hinter dem Deich begannen Rauchwolken aufzusteigen wie aus einem Vulkan, die Schlepper machten Dampf auf.

Das Ufer der Balje verlief jetzt in Ost-West-Richtung. Katya hatte ihr Glas an den Augen. Der Wind hatte zugenommen, aber nicht viel. Es war immer noch ein herrlicher Tag für einen Bootsausflug, und auch für eine Invasion ...

»Ich sehe die *Gloria*«, triumphierte Katya.

»Ist sie schon aufgeschwommen?«

»Liegt noch auf Grund. Dauert aber nicht mehr lange.«

Die Tide lief jetzt sehr stark. Ich schwitzte und nicht nur, weil ich pullte. Sam mußte es irgendwie fertiggebracht haben, die *Gloria* in tieferes Wasser zu bringen. Sie war noch über eine Meile von uns entfernt. Wenn Dacre und Sam die Segel setzten und lossegelten, ohne sich umzusehen, dann hatten Katya und ich ein ziemliches Problem.

»Flache Stelle voraus«, sagte Katya an.

Eine Erhebung aus Sand und Schlick lag genau zwischen

uns und der *Gloria*. In ihrer Mitte war Wasser, ein Priel, der Richtung Wattenhoch führte. *Glorias* Mast war dahinter zu sehen wie ein dünner Halm, aber er lag noch schräg, das konnte man mit dem bloßen Auge erkennen. Ich steuerte den Priel an, Wind und Tide kamen jetzt von achtern. Die Ufer traten dichter zusammen, das ging recht schnell, fast als ob ein Zug in eine Schneise fährt.

»Die Segel gehen hoch«, sagte Katya. »Sie ist aufgeschwommen.«

Wir waren jetzt noch eine dreiviertel Meile entfernt. Ich sah das Großsegel flattern und am Mast hochwandern. Mein Herz schlug wie ein Dampfhammer.

»Wink mal kräftig!« bat ich Katya.

Sie stellte sich ins Heck und winkte mit einem roten Taschentuch. Ich pullte noch zweimal, dann liefen wir auf den Sand auf. Katya fiel in meinen Schoß. »Raus«, sagte ich, »und los!«

»Aber das Dingi«, widersprach sie.

»Laß doch das Dingi.« Es war sicher nicht soviel wert wie unsere beiden Leben.

»Renn los«, schrie sie. »Ich komme mit dem Dingi nach. Wir brauchen es, um zur *Gloria* rüberzukommen.«

Da hatte sie recht. Ich rannte los.

Die *Gloria* hatte jetzt das Großsegel vollständig gesetzt, und Sam trimmte das Segel, das heißt, er zog es so zurecht, daß das Boot auch die volle Kraft bekam, wenn sich das Segel erst mal mit Wind füllte. Auf geradem Wege waren es nur noch drei Kabellängen bis zur *Gloria*. Aber man konnte hier nicht auf geradem Wege laufen, weil das Ufer des Priels mit dickem Schlick besetzt war. Ich versuchte einen Weg über sandigen Grund zu finden. Katya strengte sich ordentlich an und schleppte sich hinter mir her. Sie glänzte schon von dem schwarzen Schlick, die Vorleine hatte sie über die Schulter gezogen.

Der schwere Schlick erinnerte mich deutlich daran, daß

ich seit vierundzwanzig Stunden nicht mehr geschlafen hatte. Mein Herz hämmerte, und der Schweiß lief mir in die Augen, daß die *Gloria* vor mir verschwamm und hin und her tanzte. Ich war jetzt über die höchste Stelle weg, vor mir lag eine Sandfläche mit einer breiten Wasserbalje. In deren Mitte schwamm die *Gloria*, das Großsegel, die Fock und der Klüver, das Toppsegel gingen gerade den Mast hoch. Wenn es jemals einen Tag gegeben hatte, an dem man das Toppsegel gut fahren konnte, dann heute. Wilson arbeitete vorne an der Ankerwinde. Ich schrie. Verdammt, ich schrie. Aber *Gloria* lag mit dem Steven im Wind, die Segel killten, und ich konnte das Schlagen und Donnern gegen den Wind hören. Der Schuh am Ende des Baums geigte bestimmt wie die Zimbeln von Baal hin und her. Sam schrie vermutlich Wilson an, weil er niemandem traute außer sich selbst und mir. Die Chance, daß sie mich in vierhundert Meter Entfernung rufen hörten, war die Chance eines Windhauchs im Sturm.

Die Segel hörten auf zu schlagen, weil nun der Anker aus dem Grund war. Wilson hatte den Klüver back gehalten und so den Steven rumgebracht. Die Segel füllten sich mit Wind. Hinter dem breiten Heck der *Gloria* sah man die Hecksee. Langsam und absolut geräuschlos hatte *Gloria* die Fahrt aufgenommen und segelte über die kleine Wasserfläche gegen die schwachen Wellen in Richtung Wichter Ee.

Sie bewegte sich von mir weg.

Ich stand wie angewurzelt, mit den Füßen im Sand, ich sog die Luft durch meine versalzene Kehle und schrie.

Wilson arbeitete an Deck, er klarte die vielen Tampen auf, die man in jenen Tagen auf einer Yacht an Deck hatte. Sam saß an der Pinne. Von Dacre und Fitzsimmons war nichts zu sehen. Wilson hing die letzte Leine über ihre Klampe und ging nach achtern, er bewegte sich über das Deck wie einer, der an das Leben auf Booten gewohnt war.

Ich riß meinen Arm so hoch wie ich konnte, es war die Geste eines Ertrinkenden, der das dritte- und letztemal wieder untergeht.

Die kleine Figur an Deck blieb stehen. Dann rannte sie ins Cockpit und holte Sam, denn ich konnte beider Gesichter als helle Flecken ausmachen, als sie zu mir herübersahen. Sam schob die Pinne über, die Segel begannen zu schlagen, und ich hörte die Kette rasseln, als sie wieder vor Anker gingen.

Ich rannte vierhundert Meter zu Katya und dem Dingi zurück, spannte mich mit vor die Vorleine und half ihr, das Boot bis an den schaumigen Rand des Wassers zu ziehen. Plötzlich schwammen wir wieder, wir wuschen mit dem kalten Wasser den dicksten Schlick ab und pullten dann so schnell wir konnten zur *Gloria*, Gräfin und Yachtmatrose im gleichen Boot, beide beschmiert mit dem gleichen schwarzen Schlick.

Dann waren wir an Bord, das Dingi wurde mit dem Fockfall eingesetzt, die Segel füllten sich wieder mit Wind, wir bewegten uns wieder. »Laß doch Mr. Wilson die Pinne nehmen«, bat ich Sam. »Die Gräfin und ich brauchen ein Frühstück.«

»Da seid ihr aber spät dran«, spottete Sam, als ob wir von einem kurzen Spaziergang zurückkämen. Er stolperte nach vorn. Dacres Kopf kam aus der Luke, er war ganz grün im Gesicht.

»Was ist hier los?« fragte er. Dann sah er Katya. »Euer Ehren, darf ich Sie jetzt einladen, mit mir...«

»Danke sehr, es geht mir gut«, unterbrach ihn Katya, und man merkte, daß sie ihn nicht leiden konnte.

Ich sagte: »Wo ist denn Fitzsimmons?«

»Auf Koje.«

»Schmeiß ihn über Bord.«

Nun war es soweit: Ich erteilte Dacre die Befehle, und der zuckte nicht einmal zusammen. Die Rollen waren neu verteilt; ich war der Kapitän, und er tat, was ihm gesagt wurde. Fitzsimmons kam wie der Blitz an Deck. Dacre hatte ihm in gemeiner Weise den Arm umgedreht und schob ihn vor sich her. Fitzsimmons brüllte auf.

»Einen Augenblick«, griff ich ein, denn heute waren schon genügend Leute ertrunken. »Können Sie schwimmen?«

Fitzsimmons konnte.

»Dann rüber mit ihm.«

Dacre führte ihn an die Reling, und Fitzsimmons plumpste mit einem lauten Klatscher ins Wasser. Das letzte, was wir von ihm sahen, war, als er über das Stück Watt watete, über das wir soeben noch das Dingi gezogen hatten.

Dann gab es ein Frühstück und trockene Kleidung. Die *Gloria* schlich sich südlich von Baltrum nach Westen. Der Baum berührte die Wanten, die Fock hatten wir mit einer Stange ausgebaumt. Wir tranken Tee, wie das die Fahrtensegler machen: Dacre, Sam, Wilson, die Gräfin und ich. Es war ein herrlicher Frühlingstag, der Himmel war hoch und blau mit ein paar kleinen Schäfchenwolken. Die See war leer, wenn man von den paar Eiderenten absah, die wie zufällig auf dem Wasser verteilt waren. Niemand ahnte, welche schrecklichen und blutigen Überraschungen noch heute auf uns zukommen würden.

Sah man die Gesichter im Cockpit an, dann handelte es sich eben nur auf den ersten Blick um ein Segelvernügen. Es waren schon eher die Strapazen einer sehr harten Regatta; und schlimmer als bei jeder Regatta würde in diesem Fall der Verlierer sterben. Hier fuhren auch Segel und Dampf um die Wette, und es gab keine Handicaps. Da brauchte man kein besonderes Genie zu sein, um vorherzusagen, wer gewinnen würde.

Wilson saß an der Pinne, er hatte die Seekarte vor sich mit etwas Holz beschwert. Wir fuhren in die Wichter Ee.

Für mich gab es nicht viel zu tun, ich ging also in die Vorpiek und setzte den Wasserkessel auf. Ein Schatten verdunkelte die Luke, Sams Schatten. Er sagte: »Was hast du denn alles zustande gebracht?«

Ich erzählte ihm, was zum Erzählen geeignet war. »Und bei dir? War alles ruhig?« fragte ich, als wären wir auf irgendeiner Schönwetterpassage. »Alles ruhig«, sagte er mit der bekannten Ruhe vor dem Sturm.

Das Wasser im Kessel kochte. Ich legte die alten Teeblätter noch einmal in den Topf und packte noch ein paar neue dazu, dann schüttete ich Wasser darüber. »Nur mal aus Neugierde, mein Junge, wer hat dir eigentlich zum erstenmal gesagt, was wir hier machen sollen?«

»Wie bitte?«

»Dacre haßt das Wasser«, erklärte ich. »Er glaubt, daß die Flut völlig überraschend kommt und ihn aus Böswilligkeit ersäufen will. Aber der Soldat, den wir erwürgt auf dem Hohen Weg gefunden haben, ist von jemandem ermordet worden, der durch den Priel gewatet ist, damit man seine Fußabdrücke nicht sieht. Das kann Dacre nicht, ich war es auch nicht, und das arme Schwein hat sich doch nicht selbst erwügt.«

Sam gab eine Art Seufzer von sich, kramte seine Pfeife raus, zündete sie an und machte dabei ein Geräusch wie die Hauptentwässerungsanlage einer Großstadt.

»Was ich also gerne wissen möchte«, sagte ich ruhig, »warum hast du den Soldaten auf dem Hohen Weg umgebracht?«

Sam ließ seine Pfeife in widerwärtiger Weise gurgeln, aber er antwortete nichts. »Wir werden wahrscheinlich abkratzen, zehn zu eins«, sagte ich. »Da kannst du doch dein Gewissen erleichtern, sonst muß sich Petrus um deine Sünden kümmern.«

»Das mußte sein«, brummte Sam. Er sah mir nicht in die Augen, sondern auf seine Hände, auf die dreckigen Daumen, die den Zuluftkanal des armen Soldaten dichtgekniffen hatten.

»Du taugst nicht recht zum Mörder, mein Junge, du hast das Soldbuch nicht mitgenommen. Ob da nun Wasser war oder nicht, Dacre ist hingegangen und hat es an sich genommen, damit niemand feststellen konnte, wo der Soldat eigentlich herkam.«

»Ich bin überhaupt kein Mörder«, sagte Sam, und ich merkte ihm an, daß ich ihn beleidigt hatte. »Es ist kein Mord, wenn Krieg herrscht.«

»Du wußtest also schon die ganze Zeit, was wir hier eigentlich erledigen sollten und worum es wirklich ging?«

»Mehr oder weniger.«

»Von wem?«

»Vom Herzog.«

Ich rührte noch einmal den Tee um, damit er eine dunklere Farbe annahm. »Also wußte es jeder außer mir.«

»Der Herzog verließ sich darauf, daß du es selbst herausfinden würdest.«

»Wieso?«

»Das hat er selbst gesagt. Er wußte, daß du keine Befehle annehmen, aber daß du dich freiwillig ordentlich ins Zeug werfen würdest. Er sagte auch noch, ich solle dich bloß nicht aufklären, sonst ... na ja.«

»Was heißt na ja?«

»Meine alte Mutter«, erklärte Sam, »lebt in dem Altenheim in West Thornham. Es wird von der Kirchengemeinde betrieben. Aber die Häuser und Einrichtungen gehören dem Herzog.« Er klopfte seine Pfeife im Herd aus. »Und er hat dich ja richtig eingeschätzt. Er mag ein Charakterschwein sein, aber er ist ein verdammt schlaues Schwein.«

Ich dachte, daß das zwar vulgär, aber gleichzeitig auch die einzige angemessene Beschreibung für den Herzog war. Er hatte erreicht, daß wir hier in die Höhle des Löwen liefen. Er hatte alles so angelegt, daß wir uns selbst in die Sache verstrickten, und jetzt standen wir vor dem Ergebnis dieses ganzen Schlamassels.

Aber er war ein Snob, dieser Herzog. Er konnte es nicht vertragen, daß Bauernburschen wie wir genauso schlau waren wie er, obwohl wir keinen Grundbesitz hatten. Sam hatte gemordet, Dacre und ich hatten Sprengstoffanschläge verübt, und die Deutschen hatten uns noch immer nicht enttarnt. Die Invasion hatten sie jedoch nicht aufgegeben. Und das war der mißlungene Teil der Aktion, man konnte es drehen und wenden, wie man wollte.

Ich klopfte Sam auf die Schulter. Der Herzog hatte uns alle zu schmutzigen Teufeln gemacht.

»Komm mit«, sagte ich, »wir gehen an Deck.«

Und wir tranken unseren Tee: drei Mörder, Katya von der anderen Partei und Wilson, der Amateur. Dacre verlangte für seinen Tee ein extra Kännchen heißes Wasser und wollte damit sein Raffinement demonstrieren. Die Gräfin, das fügte der Zufall, wollte ihren Tee ganz dunkel, mit drei Kandisstücken.

Wir standen jetzt im Seegat, am Südausgang. Es hatte sich eine Art Lagune gebildet, und das Fahrwasser war völlig problemfrei. Die Schwierigkeiten beginnen erst weiter im Norden, wenn man zwischen den Inseln durch ist und glaubt, man sei schon in der freien Nordsee. Wir steuerten mit halbem Wind, das heißt, daß der Wind von querab einfällt; es ist dann ein angenehmes, bequemes Segeln, wenn man genug Wasser unter dem Kiel hat. Der Wind hatte zugenommen, wir hatten alle Segel, einschließlich des Klüvers gesetzt und liefen etwa fünf Knoten gegen die Tide, die mit ungefähr zwei Knoten gegenan stand. Vor uns lag die offene See.

Aber keiner von uns blickte in diese Richtung. Wir alle sahen über das Heck hinweg Richtung Festland. Die Sandbänke verschwanden jetzt, das Watt war eine geschlossene Wasseroberfläche, blau und grün, stellenweise auch braun; dunkel erschien es da, wo die Wolkenschatten hinfielen. Und dort, wo der Wind die See ein wenig aufrauhte, erschien des Kaisers Invasionsflotte.

Vorneweg fuhren die Schlepper, sie stießen grauschwarze Rauchwolken aus und zogen je vier Leichter hinter sich her. Sie quollen aus den Sielen hervor wie die Eier aus einer Ameisenkönigin, sie dampften bis in die Baljen. Dort warteten sie, mit dem Steven gegen Wind und Tide, bis alle Schleppzüge klar waren. Es war ein schreckliches Gefühl, diese platten viereckigen Dinger auf Kriegszug zu sehen. Sie brachten Tod und Verderben.

Es waren aber weniger Leichter, als ich gedacht hatte. Trotzdem bedeckten sie die Wasseroberfläche wie ein dunkler, schmutziger Teppich. Nach dem ersten Schwung ging es deutlich langsamer weiter. Viel langsamer.

»Toll organisiert«, sagte Dacre, und diesmal sah man gleich, was er meinte. Das Unternehmen war ein perfekt vorbereitetes Schlachtfeld.

Dann plötzlich gab es im Südosten einen großen Blitz, eine hohe Zunge aus orangefarbenem Feuer schoß in den Himmel, und große Wolken schwarzen Rauchs stiegen auf. Einige Zeit später fühlte man einen Stoß in den Augen, den Ohren und der Brust, überall gleichzeitig.

»Hilgenriedersiel«, sagte Dacre.

Wir nickten und starrten alle mit noch größerer Spannung auf den Aufmarsch, um festzustellen, ob Dacres Attentat irgendeine Auswirkung auf das Geschehen gehabt hatte. Es war jetzt eine Stunde vor Hochwasser. Das ganze Gebiet innerhalb der Inseln wurde vom Rauch der Schlepper abgedunkelt, der Rauch zog in dicken Wolken nach Osten ab. Nach einiger Zeit konnte man den Anblick einfach nicht mehr ertragen, doch draußen auf See bot sich auch kein besseres Bild. Die grauen Boote hatten sich in erstaunlicher Weise vermehrt. Sie standen in Gruppen da und waren auf dem Wasser offenbar nach einem vorbereiteten Plan verteilt. Weiter draußen standen die Großkampfschiffe, um die Leichter zu begleiten und die Anlandung an den Stränden von Lincolnshire zu unterstützen.

Und eingezwängt zwischen den Leichtern südlich der Inseln und den Geleitfahrzeugen nördlich der Inseln, wie in einer breiten Badewanne und gemächlich zwischen den Untiefen und Wracks, die die Wichter Ee säumen, segelten wir, die Verteidiger der Freiheit, auf der *Gloria*.

Ich fühlte, daß jemand meine Hand ergriff. Katya. Sie war blaß, und dazu hatte sie auch jedes Recht. Ich lächelte sie an, als sei alles in Ordnung, und sie lächelte zurück. Dacres Augen beobachteten uns angespannt. Er hatte Schwierigkeiten mit den Tatsachen des Lebens, als Katya und ich uns die Hände reichten. O ja, an diesem Tag war alles ungewiß, und die Karten wurden neu verteilt. Aber es sah nicht so aus, als ob wir noch lange genug leben würden, damit das für uns noch eine große Bedeutung hatte.

*Brief von Hauptmann Eric Dacre, ehemals bei den Ulanen, an Miss Erica Dacre, St. Jude's, Eastbourne, Sussex.*

*Liebstes Schwesterchen,*
*dies ist der Brief, den wir alle einmal schreiben müssen. Der Tod ist nah; ich höre schon das Schlagen seiner Flügel. Ich hoffe, daß er mit dem Feuer und nicht mit dem Wasser kommt, ich habe zuviel Wasser in letzter Zeit ertragen müssen.*
*Was Seine Gnaden anbetrifft, ist das Zeitalter der Gentlemen vorüber, falls er als solcher angesehen wird. Er hat sowohl jede Hoffnung für die Zukunft als auch den Stolz für die Vergangenheit zerstört, er hat mich gedemütigt und in die Dunkelheit gestoßen. Dafür verfluche ich den Herzog.*
*Schwesterchen, wir werden bald zusammensein, Du und ich. Bis diese gesegnete Zeit kommt, bleibe ich*
*Dein Dich liebender Bruder*
                                                                    *Eric*

## 32

# *Blitz* eröffnet das Feuer

Wir segelten auf die offene See, und um uns herum schien alles ruhig und friedlich zu bleiben.

An Backbord leuchtete eine helle Wasserfläche. Als ich sie sah, drückte Wilson auch schon die Pinne über, *Gloria* fiel vom Wind ab und zog eine enorme Hecksee hinter sich her.

»Die Sandbänke haben sich verlagert seit dem letzten Jahr«, stellte Wilson fest und ließ die *Gloria* wieder etwas höher an den Wind rangehen. Eine Bö lief über das Wasser und warf über den Schatten auf den Sandbänken eine kleine Brandung auf. Weiter draußen, auf der Othelloplate, einer großen Sandbank, die die Wichter Ee nach Norden abschließt wie ein Korken eine Flasche, sah die Brandung noch größer und weißer aus. Diese Ee ist wirklich ein seltsames Gewässer. Zwischen den Inseln ist sie eng, aber sonst macht sie keine Schwierigkeiten. Erst wenn man zwischen den Inseln durch ist und denkt, man hat es geschafft, dann wird es wieder flach, als wolle die Ee dem Segler eins auswischen.

Aber wir hatten ganz andere Sorgen als Untiefen und Sandbänke.

Wilson hatte offenbar die gleichen Gedanken wie ich. »Ich halte nach Westen«, sagte er. »So bleiben wir in flachem Wasser, und sie können nicht längsseits kommen und uns entern.«

Ich muß zugeben, daß es nicht meine größte Sorge war,

daß einer längsseits kommen würde, um zu entern. Nicht, solange die Kanonenboote funktionierten. Wenn wir uns im Westen hielten, konnten wir die Deutschen nur noch für wenige Minuten auf größerem Abstand halten; was auch immer diese paar extra Minuten uns bringen sollten.

»Wenn wir ihnen noch ein bißchen aus dem Weg gehen können«, sagte ich, mehr um den anderen Mut zu machen, »dann werden die Kerle auf den Kanonenbooten bald andere Dinge zu tun haben, als sich um uns zu kümmern.«

Wilson gab noch ein Stück Lose in die Großschot, damit sich das Segel richtig füllte. Er kannte sich aus mit der Segelei, nur das würde uns auch nichts gegen die dampfgetriebenen Boote nützen.

Katya stellte fest: »Die haben alle ihre vorbestimmte Position.« Sie sprach englisch mit einem angenehmen und weichen Akzent, das fiel mir schon von Anfang an auf. »Und die werden sie nicht verlassen, solange wir keine direkte Bedrohung für die Leichter sind.«

Das war natürlich auch ein richtiger Gesichtspunkt. Wir mochten feindliche Ausländer sein, aber solange wir hier mit der *Gloria* rumbutscherten, waren wir völlig harmlos und bedrohten niemanden. Nach der Ruhe, die auf einmal bei uns eintrat, hatten wir alle dieselbe Idee zur selben Zeit.

Die Böen wurden jetzt stärker. Wilson war ziemlich hoch an den Wind gegangen und steuerte etwa Nordost. Wir liefen auf der westlichen Seite des Fahrwassers auf den schmutzig-grauen Horizont zu.

Der Wind war nicht sehr stark, aber wir erreichten jetzt die offene See. Von Nordosten lief uns eine Dünung entgegen, eine schwache Dünung, doch bei einer Wassertiefe von nur zwei Metern bricht auch die. Und genau das passierte auf den braunen Stellen mit dem flachen Wasser. Das braunweiße Gemisch schien sich überall vor uns zu erstrekken, genau wie sich Deutschland hinter uns über den ganzen Horizont erstreckte.

»Hilgenriedersiel brennt wie verrückt«, sagte Dacre.

Uns war das im Augenblick egal. Die Leichter mochten auslaufen oder brennen, wir trimmten die Segel und wußten dabei, daß es um unser Leben ging. Sam war vorn bei Fock und Klüver, ich trimmte Großsegel und Toppsegel, und wir gaben uns Mühe, als ob wir eine Regatta gegen den Kaiser segeln würden ...

Und das taten wir ja eigentlich auch, schoß es mir durch den Kopf.

*Gloria* fing wieder eine Bö ein, einen längeren Windstoß aus östlicher Richtung, die blutfarbenen Segel legten sich über, bis die Eisenteile zur Befestigung der Wanten weiße Schaumspuren durch die See zogen. Die Hecksee brodelte unter den dicken Backen des Hecks gurgelnd und rauschend hervor, und wir näherten uns den braunen Stellen im Wasser und den Brechern mit hoher Geschwindigkeit.

Katya lächelte mich auf ihre besondere Art an, ihre Zähne blitzten weiß in ihrem hübschen Gesicht. In meiner Brust platzte aber diese Blase des Hochgefühls auseinander wie ein Luftballon, und an diese Stelle trat eine graue Niedergeschlagenheit; ich war überzeugt, daß wir dem Tod und der Zerstörung entgegensahen und daß alles Schöne vernichtet werden würde.

Plötzlich begann das Vorliek des Toppsegels leicht zu killen, schwach wie das Zittern der Oberschenkel eines jungen Mädchens, wenn Sie mir diesen Vergleich gestatten. Ich holte also die Schot fünfzehn Zentimeter durch, bis das Segel wieder ordentlich stand. Ich glaube, ich erinnere mich, daß meine niedergeschlagene Stimmung dabei verschwand. Offensichtlich war es mir nicht gegeben, mich in Depressionen zu verlieren. »White Ensign«, sagte ich zu Sam, und er setzte sofort unsere britische Seekriegsflagge an der Gaffel.

Dann spähte Dacre unter dem Baum durch nach Backbord voraus und sah die Brecher auf der Othelloplate. Er sagte, und ich entschuldige mich dafür: »Mein Gott!«

Denn da stand, auf halbem Weg vor der Küste von Baltrum, die *Blitz*. Sie schien auf der Lauer zu liegen wie ein Hecht zwischen Wasserpflanzen.

Ich sah, wie Wilson sich umdrehte. Er bewegte die Pinne, der Bug ging rum, die Großschot sauste mir durch die Finger, und der Wind blies in mein rechtes Ohr. Vor dem Bug sah ich nichts als helles Wasser.

Ich staunte: »Was machen Sie denn?«

»Es gibt hier eine Abkürzung über die Barre«, antwortete Wilson, zurückhaltend wie immer. »Da könnten wir rüber bei diesem Tidenstand.«

Ich wollte gerade fragen, was er mit ›könnten‹ meinte. Aber als ich zur *Blitz* sah, lagen ihr Mast und der Schornstein auf einer Linie, und sie sah aus wie ein großes, schmales Ding, das auf den Wellen tanzt. Vorne puffte Rauch heraus. Kurz darauf kam der Knall. Es war das harte dumpfe Knallen eines Geschützes von mittlerem Kaliber, das jemand voller Wut abgeschossen hat.

»Ducken«, schrie ich.

Aber keiner zog den Kopf ein. Ich sah, wie Dacres Hand nach der Schwimmweste auf der Luke tastete. Er haßte das Wasser wirklich. Einige Sekunden verstrichen, sie kamen mir vor wie Jahre. Ich glaube, wir dachten alle das gleiche. Falls wir weiter Richtung offene See steuerten, würden wir in Stücke geballert werden. Wenn wir uns ergaben, würden wir gefangen und später würde man uns erhängen. Das stand fest. Auch Katya würde mitgefangen sein, nicht zuletzt hatten zwei Soldaten beobachtet, daß sie Webb gerettet und gleichzeitig untätig zugesehen hatte, wie von Tritt hilflos Blasen an die Wasseroberfläche geschickt hatte...

Das Geschoß ging vorbei, es gab ein Geräusch, als ob Papier zerreißt, und die Munition schlug eine halbe Kabellänge vor uns in die See, explodierte dort und warf eine Säule von gelbem Wasser und Sand auf. Das war der berühmte Schuß vor den Bug: Wir sollten beidrehen.

Dacre hatte etwa die gleiche Farbe wie die Geschoßexplosion. Ich bemerkte, wie er uns alle ansah, dann riß er den Mund auf; ich glaube, er wollte uns auffordern, aufzugeben. Aber dann schloß er den Mund wieder. Aufgeben würden wir nie! Wir würden dem Tod durch hochexplosiven Sprengstoff oder auf dem Wasser ins Auge sehen, wenn nötig. Wir waren jetzt in hellem Wasser, und an Backbord und Steuerbord brach sich unsere Bugwelle auf den Sandbänken. Wilson hatte uns in eine besondere Passage gesteuert...

Das Deck blieb mit einem Ruck unter uns stehen, man kann nicht anders erklären, was geschah und wie es sich anfühlte. Die Wanten und das laufende Gut stöhnten, der Toppmast quietschte in seiner Halterung.

»Grund«, konstatierte Sam, aber das hätte er sich sparen können. Dann schüttelte *Gloria* sich hin und her, rutschte weiter und zwängte ihren Steven durch die sich brechende Dünung. Plötzlich waren wir wieder frei und in Fahrt, alle Segel waren noch gesetzt, der Schweiß lief uns in die Stiefel.

»Das war die flachste Stelle dieser Durchfahrt«, sagte Wilson mit einer Stimme, der man nichts anmerken konnte.

Erneut schoß die *Blitz*. Sie war dichter herangekommen. Diesmal lagen der Knall, das Aufblitzen am Geschütz und der Aufschlag des Geschosses sehr dicht zusammen. Wir hörten oben ein Krachen, und plötzlich war ein ausgefranstes rundes Loch im Toppsegel, durch das man den blauen Himmel sehen konnte.

»Der schießt uns in Stücke«, jammerte Dacre. Das half zwar auch nicht weiter, entsprach aber der Realität. Wilson steuerte und sah abwechselnd den Kompaß und die Wellen mißbilligend an. Katya hatte ein kleines Skizzenbuch geholt, aber sie kaute mehr auf ihrem Bleistift, als daß sie zeichnete.

»Ich glaube, wir sind über die Barre«, sagte Wilson, sich wieder mal entschuldigend.

Ich hatte nachgedacht. »Streich die Flagge«, forderte ich.

»Sie sind verflucht, wenn Sie das machen«, sagte Wilson wütend.

»Tun Sie, was ich Ihnen sage«, beharrte ich. »Und dann drehen Sie bei.« Und ich erklärte ihm die Gründe.

Er sah mich an, als sei mein Vorhaben äußerst unsportlich, und das war es auch. Aber als ich fragte, ob er denn eine bessere Idee hätte, wußte er keine Antwort. Wir strichen also die Flagge, holten das Toppsegel nieder und drehten bei. *Blitz* hörte auf zu schießen, da wir die Forderung erfüllt und uns damit (nach dem wenigen, was ich von den Regeln des Krieges verstand) ergeben hatten. Wir waren außer Gefecht.

»Was nun?« fragte Dacre.

»Abwarten«, sagte ich.

»Worauf sollen wir denn warten?«

Aber das schien mir immer der Witz beim Abwarten, daß man nicht wußte, wie es weiterging. Keiner antwortete.

Ich sah die Situation recht optimistisch. Wir hatten zwischen einigen unangenehmen Sandbänken beigedreht, aber drifteten seewärts, und das war kein Zufall. Wir hofften, daß die *Blitz* irgendeine feste Rolle in dem großen Plan spielte, so daß sie nicht endlos hinter irgendwelchen Segelyachten herjagen konnte. Und wir konnten auch nur hoffen, daß sie die Sorge mit uns nicht einfach loswerden wollte, indem sie uns in Stücke schoß, ob wir uns nun ergeben hatten oder nicht.

Von Brüning würde sich dazu nicht hergeben, dazu war er viel zu sehr Gentleman. Ich vermutete aber, daß er mich ebenfalls für einen Gentleman hielt.

Und damit, das würde sich zeigen, hatte er sich geirrt.

Da saßen wir also und warteten auf die Einschläge weiterer Geschosse, auf das Verschwinden der *Blitz* oder das Erscheinen ihrer Dampfpinasse.

Aber nichts dergleichen geschah.

Die *Blitz* begann, auf uns zuzudampfen. Zuerst glaubte ich meinen Augen nicht zu trauen. Dann erkannte ich, daß ihre Dampfpinasse nicht in den Davits hing.

»Sie kommt niemals bei diesem Tidenstand über die Sandbank«, sagte Wilson.

Doch der graue Schatten bewegte sich immer weiter. Die Dampfpinasse mußte für andere Aufgaben unterwegs sein. Wenn *Blitz* um die Sandbank herumfuhr, dann waren das fünf Meilen. Die Abkürzung, die wir genommen hatten, sparte etwa vier Meilen. *Blitz* dampfte stetig über die braungefärbten flachen Stellen, ihre Fahrt hatte sie erheblich vermindert. Sie kam immer näher ... Plötzlich stoppte sie. Das Schraubenwasser gurgelte an ihr entlang und überspülte fast die niedrige Back, die sowenig seefähig war. Aus ihrem Schornstein stiegen dicke Qualmwolken auf, und das Wasser an ihrem Heck wurde weiß wie Sahne. Sie saß fest.

Wilsons Mund stand offen. »Nicht von Brüning«, stammelte er. »Das kann dem Alten nicht passiert sein. Er kennt diese Gewässer wie seine eigene Westentasche.«

Ich richtete mein Fernglas auf die Brücke der *Blitz*. Der Mann dort oben trug einen blonden Bart, der Bart des alten Seebären war aber dunkelbraun. Zusammen mit der Tatsache, daß die Dampfpinasse weg war, bedeutete es, daß von Brüning nicht an Bord war. Vielleicht war er an Land, wo man von Tritt aufgebahrt hatte, steif und bewegungslos. Man würde Kriegsrat halten. Der Stellvertreter würde das Kommando übernehmen. Von Brüning kannte die Gewässer und den ganzen Operationsplan. Man brauchte seine Erfahrung. Gewiß gab es allerlei Verwirrung in einer solchen Situation.

In diesem Augenblick begann sich meine Stimmung zu heben. Ich hatte mich kalt und ausgebrannt gefühlt. Aber man sagt ja, Hoffnung gibt es immer. Ich fühlte die Hoffnung wieder aufkeimen, sie durchströmte meinen Körper wie Whisky einen Trinker.

Wir gaben uns keine sonderliche Mühe, die Befreiungsversuche der *Blitz* im Detail zu beobachten.

»Setz die Fock«, wies ich Sam an. Unter unserem Heck blubberte wieder das Kielwasser, ein kleines bißchen nur, sehr diskret, aber in unseren Ohren war das Musik.

»Aber Sie haben doch die Flagge gestrichen und beigedreht«, Wilson war schockiert über meine List.

Ich wußte genau, was er dachte. Er war eben ein echter Gentleman. Von Brüning hatte ihm das Leben gerettet, indem er sich strikt an die Regeln des Krieges gehalten hatte. Jetzt sah es so aus, als ob die *Gloria* vielleicht entwischen konnte, aber eben nur, wenn sie sich nicht an die Regeln hielt. Gleich würde Wilson mir sagen, daß das nicht dem guten Sportsgeist entprach.

Aber es ging hier nicht um Sportsgeist, es ging um Leben und Tod.

»Da drüben ist nicht von Brüning«, sagte ich.

»Aber wir haben nun mal die Flagge gestrichen«, protestierte er mit dem Fernglas vor den Augen.

»Das war eine eigenmächtige Aktion eines Besatzungsmitgliedes«, rechtfertigte ich mich.

Katyas Gesichtsausdruck änderte sich nicht. Sie kaute weiter auf ihrem Bleistift, sah auf die *Blitz* zurück und tat so, als sei das hier eine Malschule. Mir tat der Mann leid, der da drüben das Kommando hatte. Wirklich. Aber wir hatten unsere eigenen Sorgen. »Wir könnten«, sagte ich zu Mr. Wilson, »mal ein bißchen Zickzack fahren.«

Er war immer noch nicht einverstanden mit meinen Plänen, das war klar. Aber er bewegte die Pinne hin und her, und dadurch war die *Gloria* nun nicht mehr ein einfaches Ziel, das drei Meter breit war, sondern ein Ziel, daß sich in unberechenbarer Weise auf der Wasseroberfläche hin und her bewegte, das die Artilleristen auf der *Blitz* verwirrte.

Denn wenn auch die *Blitz* in etwa einer Meile Entfernung auf dem Dreck saß – schießen konnte sie immer noch.

Wir steuerten jetzt nach Nordwesten. Das letzte bißchen Flut kam aus Westen, der Wind wehte aus Osten, wir entfernten uns von der *Blitz* mit ungefähr sieben Knoten. Sam setzte das Reservetoppsegel, in das erste hatte die *Blitz* uns ja ein Loch geschossen. Der Horizont lag klar vor uns, wenn man von den vielen Zerstörern und Kanonenbooten absah ...

Doch das Geschütz der *Blitz* schwieg nicht, und wieder sauste ein Geschoß an uns vorbei, hoch über uns und nach Steuerbord versetzt.

»Halte auf den Einschlag zu«, empfahl ich Wilson. Die Artilleristen würden verzweifelt versuchen, Verbesserungen für das Ziel einzugeben ...

Wieder krachte das Geschütz. Diesmal hatten die Männer das Problem mit der Entfernung besser berechnet, aber das Geschoß schlug weit an Backbord ein, wie ich mir das gewünscht hatte. Man merkte jetzt, daß der Wind gegen die Tide wehte, es stand eine steile Windsee. Dacre war grün wie Gras. Katya hatte ihren Bleistift weggeworfen, und ich sah, daß sie etwas aufgeregt war, aber das waren wir natürlich alle.

»Backbord zwanzig, und zeig ihm unser Heck«, sagte ich zu Wilson.

Als wir drehten, schlug das nächste Geschoß so dicht neben uns auf, daß das Spritzwasser ins Cockpit flog, aber dank der Gnade Gottes prallte es von der Wasseroberfläche ab und explodierte erst etliche Kabel vor uns. Die *Blitz* hatte wohl den Abpraller gar nicht wahrgenommen, sondern nur die Explosion vor uns. Deshalb nahm sie die Entfernung ordentlich zurück, und der nächste Aufschlag lag eine Kabellänge hinter uns.

»Beschissenes Schießen«, sagte Dacre, er schüttelte dabei die Gischt von seiner Mütze ab und versuchte ohne Erfolg, breit zu grinsen.

Das nächste Geschoß kam mit dem Gesurre eines Rebhuhns an und riß die Steuerbordreling vor den Wanten ab.

Überall flogen Holzsplitter herum, es roch widerlich, und gelber Rauch entstand. Es schienen aber alle weitgehend unverletzt zu sein, nur Katya hatte einen kleinen Blutflekken auf der Stirn. Wilson riß an der Pinne, bis ihm der Schweiß auf dem Gesicht stand, und Sam gab Bemerkungen über die Deutschen von sich, die ich jetzt nicht wiederholen will, da ich annehme, daß dieses Buch auch in Friedenszeiten gelesen wird.

Nur Dacre lag mit dem Gesicht nach unten und schrie wie eine Frau.

Ich kniete mich daneben und drehte ihn um, nicht gerade zart. Vorne war er ganz warm und naß, und ich dachte: Das ist Blut, nun ist doch noch Blut geflossen. Dann erst wurde mir klar, daß das nicht Blut, sondern Erbrochenes war. Fast hätte ich gelacht, und ich sah, daß es Katya genauso ging, aber jetzt war nicht der richtige Augenblick. Dacre war schon genug gedemütigt durch diesen Vorgang. Wir kicherten wie Kinder, die nicht laut lachen dürfen, bis wir Sam von vorne rufen hörten: »Feuer!«

Auf einem Boot aus Holz, Segeltuch, Farbe und Teer erregt nichts größere Aufmerksamkeit. Wir stürmten mit drei Eimern hin, setzten das Dingi, das wie durch ein Wunder nur durchlöchert, aber nicht zerstört war, an einem freien Fall außenbords, dabei atmeten wir die heiße, nach verbrannter Farbe riechende Luft. Das Vorschiff tanzte auf den Windseen, die *Gloria* machte weiter ordentlich Fahrt, und durch das Loch in Höhe der Reling strömte massig frische Luft in das Innere des Bootes. Das Loch war über einen Meter lang und fast einen Meter breit, wirklich eine üble Sache. Die *Blitz* schoß immer noch, aber sie traf nicht mehr, und als ich mich umsah, war ich erstaunt, wie weit wir schon weg waren. Drei Meilen waren das bestimmt, und drei Meilen sind ganz schön weit für ein so kleines Geschütz, wie die *Blitz* es hatte. Alles in allem hatte sie ganz gut geschossen, ob von Brüning nun da war oder nicht.

Aber diese Gedanken beanspruchten nur einen kleinen Teil meiner Aufmerksamkeit, sagen wir einen Teelöffel. Der Großteil war damit beschäftigt, daß das Geschoß nicht nur unser Vorschiff ruiniert, sondern auch den Herd auseinandergerissen hatte. Die Glut war in der Vorpiek verteilt. Sam hatte sie noch vom Essen übergelassen; er war und blieb eben ein schlampiger Fischer, da war nichts zu ändern. Wie es aussah, war Glut auch in die Toilette und den Salon geflogen, und wären die Lukendeckel nicht dicht gewesen, hätte das Cockpit auch was abgekriegt.

Ich holte das Wasser von außenbords, Katya (ihr Haar wehte wild, es hatte sich wohl von seinen Pollern losgerissen) reichte es hinunter zu Sam. Der fluchte und hustete wie verrückt und verteilte das Wasser großzügig. Nach einiger Zeit hörte das Fluchen auf, Sam nahm auch kein Wasser mehr an. Da Rauch in dicken weißen Schwaden aus der Luke und dem Loch in der Bordwand quoll, streckte ich meinen Arm hinunter und suchte blind nach Sam. Ich bekam seinen Pullover zu fassen, und Sam bewegte sich nur noch ganz schwach. Katya und ich zerrten ihn gemeinsam an Deck, damit er einer Rauchvergiftung entgehen konnte.

Wir hatten also ein Feuer an Bord, das wir nicht unter Kontrolle bekamen. Achteraus gab es weitere Probleme. Das war zwar nicht auf den ersten Blick zu erkennen, weil sich der Rauch, der aus unserem Boot austrat, zwischen den Segeln nach achteraus verzog, aber die Seegats sahen schon recht belebt aus, weil die Invasionsflotte mit ihren Leichtern die Tide richtig nutzen wollte.

Unsere Vorteile waren mehr kurzfristiger Art. Erstens machte die *Gloria* ordentliche Fahrt, man konnte fast glauben, sie hätte eine Maschine im Bauch. Zweitens hatte die deutsche Marine, obwohl sie zahlreich vertreten war, im

Augenblick offenbar ganz andere Dinge zu tun, als sich um eine einzelne Yacht zu kümmern, die ohnehin bald absaufen würde. Und drittens – das war der einzige Pluspunkt, der uneingeschränkt erfreulich war – hatten wir Katyas Dingi längsseits. Es hatte zwar ein paar Löcher, aber es lief nur halb voll Wasser, und wir konnten froh sein, daß es nicht verloren war.

»Was ist das?« rief Wilson von der Pinne.

Zwischen den Aufbauten von zwei deutschen Linienschiffen gab es etwas zu sehen. Es war groß und schlank, gebaut für Freude und Zeitvertreib, nicht für den Krieg.

»Geben Sie mir das Fernglas«, bat ich Wilson.

Er reichte es mir, und mir blieb das Herz fast stehen.

»Signalraketen«, schrie ich.

»Was?« fragte Dacre.

Ich schob ihn von dem Locker weg und holte die Signalraketen. Dann zog ich an der Zündschnur, und die Raketen schossen wie rote Stecknadeln in den Himmel. Vom vorderen Teil unseres Bootes zog dicker Rauch mit dem Wind. Das Feuer breitete sich langsam aus. Wenn die da draußen uns nicht bemerkten, würden wir bald gekocht werden.

Ich starrte wieder durch das Glas auf die schlanken Aufbauten. Und dann hielt ich den Atem an.

Denn nun waren zwei Masten zu erkennen, die Masten einer riesigen schwarzen Dampfyacht mit einem Klipperbug und braungelbem Schornstein. Die Masten kamen immer dichter zusammen, bis sie eine Linie bildeten. Man lief also direkt auf uns zu. In Höhe der Saling war ein kleiner Fleck, die Farben des Bluts und der Brandung, rot und weiß, waren da im Frühlingssonnenschein zu sehen: das White Ensign, die britische Seekriegsflagge.

Da krachte es vor dem Mast der *Gloria*, und eine helle Stichflamme schoß aus der Luke in den Himmel.

## 33

# Das Ende der *Gloria*

Die Fock fing sofort Feuer. Die *Gloria* rollte stark, als der Segeldruck nachließ, und sie machte wilde Bewegungen in der steilen See. Das Vorliek des Großsegels wurde bräunlich, und ich schüttete einen Eimer Wasser darüber. Aber der Zeitpunkt, zu dem man mit Wassereimern noch etwas hätte retten können, war vorbei. Bald brannte auch das Großsegel wie Zunder, und der Teer in den Decksnähten kochte, der Lack und das Kajütendach warfen Blasen, und selbst der Boden des Cockpits wurde langsam heiß.

Das war eine grimmige Sache, und jedes fünfjährige Kind konnte vorhersehen, was passieren würde: Die *Gloria* würde bis zur Wasserlinie runterbrennen und dann sinken.

Ich befahl also: »Alle Mann von Bord.«

Sam ging zuerst mit einem Eimer, um das Dingi auszulösen. Es stampfte wie verrückt – Steven in den Himmel, Steven Richtung Meeresgrund – immer hin und her. Als er das Wasser entfernt hatte, schickte ich Katya hinunter und dann Wilson.

»Mr. Dacre«, sagte ich dann.

Aber Dacre konnte sich nicht recht entschließen. Sein Gesicht war von Angst und Sorgen gezeichnet. »Mein Notizbuch«, klagte er völlig verunsichert, »und meine Papiere.«

Was ihn aber wirklich beschäftigte, war das verrückt stampfende Dingi, glaube ich.

»Ist alles längst verbrannt«, sagte ich hart. »Also los, Mr. Dacre.«

»Nein, nein«, wehrte er sich. Er sah auf die dünnen Masten, als ob sie ihm mehr Sorgen machten als die ganze deutsche Invasion. »Ich habe versagt.«

»Wieso?« fragte ich und wurde ungeduldig, denn die Hitze nahm zu und der Rauch auch.

»Es gibt keine Entschuldigungen, und es werden auch keine angenommen«, sagte er. »Kapitän Webb, ich danke Ihnen für Ihre hingebungsvollen Dienste.«

Also, ich hatte ihm eigentlich gar nicht gedient. Nun stand er da in seiner Marinejacke mit Messingknöpfen vor dem Hintergrund der verkohlten Reste des Großsegels und der Flammen, die aus dem vorderen Teil unseres Bootes schossen. Vorne war seine Bekleidung bekotzt, und sein Haar schien fast zu brennen.

Ich merkte, daß er kurz vorm Durchdrehen war, tippte also mit einem Finger an meine Mütze und sagte: »Es freut mich, wenn ich mich nützlich machen konnte«, und dann ziemlich energisch: »Jetzt ist es aber Zeit zu gehen, Sir.«

Als er hörte, daß ich ihn Sir nannte, strahlte er.

»Muß meine Aktentasche holen«, entgegnete er. Und bevor ich mich versah, hatte er sich auch schon umgedreht und die Niedergangstür geöffnet.

Dort schlugen die Flammen heraus, als ob man den Dekkel von der Hölle nimmt. Er stieß etwas hervor, Erica oder so ähnlich, den Namen einer Frau, vielleicht wollte er aber auch nur das Feuer anbrüllen. Ich sah, wie er regelrecht Feuer fing. Dann muß er wohl vornüber gefallen sein, ich hörte es krachen und einen schrecklichen Schrei, aber ich konnte nichts sehen, weil meine Augen verrußt waren und ich sie unwillkürlich zukniff. Alles, was ich registrierte, waren ein Paar braune Stiefel, die aus dem Feuer herausragten und bei denen es aus den Sohlen qualmte.

Ich sah zu, daß ich in das Dingi kam.

Irgendwie war alles etwas seltsam, wie im Zentrum eines Orkans. Alles war wie ein Traum: Das kleine weiße Dingi auf der blaugrauen See schaukelte ordentlich auf der kabbeligen See, und die Inseln hinter ihren weißen Stränden in fünf Meilen Entfernung waren mal oben und mal unten. Rundum auf dem Wasser hörte man das Geräusch der Maschinen wie das Schlagen der Herzen einer Tierherde, weiter hinten drängten sich die Leichter. Im Vordergrund war immer noch die *Gloria*, ihr Mast und die anderen Teile der Takelage erschienen wie schwarze Linien, die jemand vor eine orangefarbene Feuerpyramide gezeichnet hat.

Achtern saß Katya mit Ruß auf den Wangen. Vorne hustete Sam immer noch, aber er schöpfte fleißig mit seinem Eimer. Auf der Mittelducht saßen Wilson und ich, leicht versengt und pullend. Wir sahen zu, daß wir von der *Gloria* wegkamen, Richtung offene See. Aus *Gloria* quoll starker Rauch und breitete sich über dem Wasser aus.

Wir konnten aber den Blick nicht von unserer Yacht lassen. Die Flammen liefen an ihren Seiten entlang wie brennende Lava, sie hatte auch schon etwas Schlagseite. Und dann plötzlich war sie sehr schnell weg und hinterließ nur eine lange Rauchfahne und eine seltsame Dampfwolke, die über der Untergangsstelle hing, bis der Wind sie auflöste.

»Der arme Mr. Dacre«, sagte Katya.

»Hauptmann Dacre«, verbesserte Wilson, denn nun stand ja auch fest, daß er nicht mehr weiter befördert werden würde.

»Er wollte unbedingt noch seine Aktentasche holen«, sagte ich.

»Die habe ich geholt«, sagte Sam, »als ich unten war.«

Nun war es zu spät, Dacre nützte das nichts mehr.

Dann kam die Dampfyacht längsseits, und wir konnten ihren Namen in goldenen Buchstaben an ihrem Klipperbug sehen: *Fata Morgana*. Ich hatte sie letztes Jahr in Kiel gesehen, als wir den Kampf gegen den Kaiser gewonnen hatten, den ersten Kampf sozusagen.

Ein Fallreep wurde herabgelassen, und wir enterten auf, Katya zuerst und ich zuletzt. So standen wir auf den weißen Teakplanken einer britischen Yacht, als die ganze Macht Deutschlands zwischen den Inseln hervorquoll. Von der Brückennock kam ein Kerl mit Marinejacke und Seglermütze von dem Uniformausstatter Gieves den Niedergang herunter, ein Kerl mit einem Schmerbauch und einem Schnurrbart, aus dem eine Abdullah ragte. Über dem Schnurrbart saßen zwei Schellfischaugen und waren auf mich und Katya gerichtet. Sie stand so dicht neben mir, wie das eben möglich war, ohne daß wir uns berührten.

»Sie haben sich ja verbessert, wie ich sehe«, verhöhnte er mich und blies Rauch in die Gegend.

Es hatte keinen Zweck, darauf einzugehen. »Die Invasion hat angefangen, Euer Gnaden«, sagte ich.

»Ja«, sagte er. »Ja, ja.« Dabei steckte er sich eine Zigarette am Stummel der vorherigen an. Der Kerl stand hier mit seiner britischen Yacht in der Mitte dieser riesigen deutschen Flotte, aber es schien ihn überhaupt nicht aufzuregen.

»Hier kommen die Deutschen«, sagte Sam.

»Gidney«, lächelte der Herzog, »lassen Sie sich von dem Steward einen Drink geben.«

Aber Sam machte keine Anstalten. Das Land war von hier aus eine lange Linie am Horizont. Davor mahlte die *Blitz* mit ihren Schrauben.

Ich warnte den verdammten Herzog: »Die werden auf Sie schießen.«

Und: Kaum hatte ich es ausgesprochen, da blitzte es auch schon, es surrte, und vor dem Klipperbug der *Fata Morgana* stieg einer dieser kleinen Bäume aus Gischt aus dem Wasser auf.

»Da haben Sie recht«, kommentierte der Herzog. »Stoppen Sie das Schiff!« rief er einem Mann auf der Brücke zu.

Man hörte das Klingeln von Maschinentelegraphen, und sie blies ordentlich Dampf ab.

»Entschuldigen Sie, aber wir sollten uns entfernen«, schlug ich vor.

Der Herzog lächelte. Er reichte mir wortlos sein Fernglas und zeigte auf die Inseln. »Es ist nach Hochwasser«, sagte er, und zuerst wußte ich nicht, was er meinte.

Dann richtete ich das Fernglas auf das Gebiet hinter den Inseln, und da sah ich es.

Es kamen drei Reihen Leichter aus der Accumer Ee, nur drei. Weiter im Osten, wo die Ötzumer Balje hätte schwarz sein müssen von all den Leichtern und den Rauchfahnen der Schlepper, waren nur ein paar wenige schwarze Raupen auf der silbernen Oberfläche des Wassers zu sehen. Nur im Westen, im Norderneyer Seegat, gab es so was wie eine Ansammlung, aber es schien alles stillzustehen, als ob man sich nicht entschließen konnte, ob man losfahren sollte oder nicht. Der meiste Rauch kam aus dem Gebiet innerhalb der Inseln. Aber warum waren sie da immer noch? Das Wasser lief jetzt wieder ab. Wenn die Leichter jetzt nicht durch die Gats waren, dann war es zu spät.

Die Invasion Englands stand still, lag gestoppt im Wasser.

Ich setzte das Fernglas ab und sah Sam an. Der blinzelte mir zu. Und ich sah den Stamm einer jungen Birke, eine Pricke, die Navigationsmarke zur Kennzeichnung der Steuerbordseite eines Fahrwassers. Normalerweise standen die Pricken dicht an der Kante des Niedrigwasserstandes. Aber diese lief oben auf der Sandbank, hundert Meter vom Fahrwasser entfernt.

Sam hatte sie dahin versetzt. Es gab nicht mehr viele Pricken im Wattenmeer, weil die Deutschen die meisten abgeschlagen hatten. Die wenigen, die es noch gab, waren um so wichtiger.

Und Sam hatte sie versetzt.

Ich fragte: »Wie viele hast du versetzt?«

»Ein Dutzend? Weiß nicht mehr. Aber alle habe ich auf flache Stellen versetzt.«

In meinen Gedanken stellte ich mir vor, wie die *Gloria* schräg auf dem Watt lag und Dacre und Fitzsimmons unten schliefen. Ich sah eine kleine schwarze Gestalt im Halbdunkel vor der Morgendämmerung arbeiten, während hinter dem Deich ein paar Leichter brannten. Sam hatte einen Spaten geschultert und wanderte über Schlick und Sand wie einer, der Wattwürmer sammelt, nur daß er eben Pricken ausgrub und sie von den Prielen und Baljen auf die flachen Stellen versetzte. Ich sah in Gedanken die Sonne aufgehen und die Flut kommen. Die Schlepperfahrer liefen bei steigendem Wasserstand aus, ihre Gedanken waren bei den riesigen Schleppzügen, die sie hinter sich herzogen, und sie waren auch durch die Explosionen und den Rauch in Hilgenriedersiel abgelenkt. Sie waren von Gott weiß woher zusammengezogen worden und nicht vertraut mit diesen Gewässern, deshalb konnten sie nur nach den dünnen Birkenstämmen steuern, die die Fahrwasser markierten.

Dann folgte die erste Grundberührung am Rand des Priels oder der Balje, die Leichter gerieten durcheinander und kollidierten mit anderen, die Schlepper versuchten wieder freizukommen, andere Leichter gerieten auf Grund. Nach einiger Zeit lag das Watt voller gestrandeter Schlepper und Leichter, und als die Ebbe einsetzte und das Wasser ablief, strandete der Rest.

Bensersiel war stark beschädigt. In Hilgenriedersiel hatten starke Explosionen gewütet. Die Hälfte der Priele und Baljen waren verstopft, von Tritt war tot, und der größte Teil der Landungsflotte hatte wegen der versetzten Pricken das Hochwasser verpaßt. Im Carolinenhof tagte bestimmt der Kriegsrat. Die Invasion glich einem Tier, das nur die Hälfte seiner Gliedmaßen hatte und dem der Kopf fehlte. So ein Tier war nicht lebensfähig.

»Vielen Dank, Mr. Gidney«, sagte ich.

»Vielen Dank, Captain Webb«, entgegnete er.

Da standen wir nun, auf dem Promenadendeck, und die *Blitz*, die sich von der Untiefe befreit hatte, kam auf uns zu. An ihrem Buggeschütz standen ein paar Männer, die sahen wütender aus als eine Hornisse. Ich fühlte Katyas Finger, die sich um meine krampften; ich wußte, wie sie sich fühlte auf diesem großen hilflosen Kasten, der gestoppt im Wasser lag und von wo man genau in das Kanonenrohr hineinsah. Ich denke, wir waren in den vergangenen Tagen dem Tode des öfteren nahe gewesen. Aber nie hatten wir ihn so intensiv gespürt wie in diesem Augenblick.

Dann sagte der Herzog etwas zu einem Seemann, der dicht bei ihm stand, der trottete auf die Brücke. Plötzlich wurden kleine Bündel an den Flaggleinen hochgezogen, gleichzeitig aufgerissen, und sie flatterten im Wind: Signalflaggen, zwei Wimpel und eine Flagge. EDV, das bedeutet Botschafter. Natürlich war das ein schmutziger Trick, der Herzog war sowenig ein Botschafter wie ich, und wer wußte schon, ob der Trick klappen würde.

Aber es gibt Regeln. Wir waren gespannt, ob die *Blitz* sie einhalten würde. Sie kam schnell näher. Ich bin überzeugt, wäre von Brüning an Bord gewesen, der hätte uns versenkt mitsamt den Flaggen. Wenn von Brüning die Invasion befehligt hätte, würden die Leute in Birmingham heute Bratwurst essen und deutsches Bier trinken.

Aber von Brüning war an Land. Die große Bugwelle am Steven der *Blitz* wurde kleiner, als sie die Fahrt verminderte, und dann lag sie grau und zögernd in der See. Hinter ihr, am Horizont, blitzten die elektrischen Signalscheinwerfer, die Geleitfahrzeuge hatten offenbar ein Thema, über das man sich unterhalten konnte. Auf der Brücke der *Blitz* sagte ein Signalgast etwas zu dem Offizier mit dem gelben Bart, der Offizier zog bedrohlich die Augenbrauen zusammen und biß sich auf die Fingernägel. Sie waren so nahe, daß man das sehen konnte. Der Herzog lächelte freundlich herablassend hinüber und hob seine Hand, ganz Botschafter. Dann machte er ein Geräusch wie ein Seehund, der ausatmet, und steckte sich eine Zigarette an.

»Gleich verschwinden sie«, sagte er.

»Es sei denn, sie versenken uns vorher«, gab Sam zu bedenken.

»Warum sollten sie das tun? Ihre Invasion ist doch ohnehin vergeigt, oder nicht?«

Da hatte er recht. Das Hochwasser würde morgen etwas höher stehen als das heutige, aber nicht viel. Es mochte eine ganze Woche dauern, alles wieder flott zu machen, was auf Grund gelaufen war. Und die Deutschen hatten immer noch keinen neuen Oberbefehlshaber. Außerdem wußte man nie, wie das Wetter werden würde, und die ganze Streitmacht war nur zur Hälfte einsatzbereit. Es waren viele Münder zu stopfen ...

»Wenn sie sich entschließen sollten, es noch mal zu versuchen, dann werden sie einen Zerstörer hinter uns herschicken«, sagte der Herzog. »Aber daran glaube ich nicht. Sie wissen, daß jetzt alles bekannt ist. Sie haben die Invasion stoppen müssen, und dabei wird es bleiben. Wir haben es geschafft.«

Während er sprach, rief der Offizier mit dem gelben Bart etwas in ein Sprachrohr. Die *Blitz* drehte langsam und zeigte mit ihrem lächerlich niedrigen Vorschiff jetzt wieder Richtung Inseln. Auf der *Fata Morgana* klingelten ebenfalls die Maschinentelegraphen, und sie begann, dem Horizont entgegenzugleiten. Der Herzog paffte seine Zigarette mit großer Selbstzufriedenheit.

»Wir«, hatte er gesagt, so sah das für mich aber nicht aus.

Der Herzog wußte, was ich dachte, aber das war ihm egal. »Ich bin schon hier draußen seit der letzten Nipptide«, erklärte er. »Nur für den Fall, daß Sie ganz allein ...

die Verantwortung hätten übernehmen wollen.« Sein Ton machte völlig klar, daß wir jetzt wieder in seine Welt zurückgekehrt waren, wo eine Meinung das Privileg der herrschenden Klasse war. Er schnippte seine Zigarette in die See. »Gräfin. Sie möchten sicher gerne ein Bad nehmen. Webb, Sie schlafen vorne in den Mannschaftsdecks.«

Katya nahm meine Hand. »Ich habe es lieber, wenn der Kapitän dicht bei mir ist«, sagte sie.

Der Herzog lachte über die Dummheiten, die manche machen, nicht etwa, weil er die Situation lustig fand. »Gut«, sagte er, »da ist noch eine leere Kammer auf dem Hauptdeck. Aber seien Sie doch bitte so freundlich und ziehen Sie Ihre Stiefel aus, bevor Sie ins Bett gehen, Webb. Wir benutzen Bettlaken.«

Aber mir war das egal. Ich stand neben Katya und sah zu, wie die *Blitz* zurückdampfte und wie schnelle Fahrzeuge hinter den Inseln Wellen durch das Wasser zogen. Wir sahen auch, wie die wenigen Leichter, die es bis auf See geschafft hatten, vor Anker gingen. Wie ich später erfuhr, wurden sie nachts beim nächsten Hochwasser in die Sielhäfen zurückgeschleppt. Es dauerte eine Woche, das ganze Durcheinander wieder zu entwirren, und bis dahin übte sich die britische Flotte in Manövern vor der Ostküste Englands. Mir wurde auch noch erzählt, daß der Handelsverkehr auf den Flüssen und Wasserstraßen in Deutschland in den nächsten Jahren mit neuartigen Leichtern durchgeführt wurde, die etwa fünfunddreißig Meter lang und sechs Meter breit waren. Sie hatten einen ausladenden Steven und überhängende Bordwände, gerade so, als ob sie für die Benutzung auf hoher See gebaut worden wären. Natürlich gab es eine ganze Reihe unsinniger Gerüchte. Aber sie starben langsam aus, wie das bei den Gerüchten so ist. Sie werden von der Zeit kleingehackt und dann in den großen Hochofen der Geschichte geworfen.

Und dann fuhren wir zurück nach England.

# Nachwort

Kurz nachdem wir zurückgekehrt waren, hörte ich, daß das Buch des Autors Carruthers – oder sollen wir besser von Childers sprechen –, von dem Wilson mir im Bullenstall des Carolinenhofs berichtet hatte, erschienen war. Überall sprach man davon, aber wie bei den meisten Neuigkeiten kümmerte ich mich nicht darum; ich hatte keine Zeit, es zu lesen. Denn ich führte wieder die *Doria* und verbrachte eine Menge Zeit an Bord, auch, weil mir dauernd jemand in den Ohren lag, welch ein tolles Paar Katya und ich doch seien.

Eines Tages ankerten wir vor Queenstown in Irland. Plötzlich kommt ein Dingi von Land herüber, ein verdammt großer Kerl pullt das Ding, und achtern sitzt Childers. Blaß und müde sieht er aus, aber seine Augen blitzen hinter seinem Kneifer. Peter Bracket brachte uns Tee, und wir nahmen im Salon am Tisch Platz.

»Ich habe gehört, wie Sie Wilson gefunden haben. Wir freuen uns sehr, daß der alte Bursche wieder bei uns ist. Wir sind Ihnen alle sehr dankbar«, sagte er.

Mir hatten inzwischen viele Leute dafür gedankt, daß ich Wilson zurückgebracht hatte; obwohl ich nur wenig und Katya viel dazu beigetragen hatte. Er war sehr bekannt, dieser Wilson, und er wurde überall hoch geachtet. Ich wechselte daher lieber das Thema und gratulierte Mr. Childers zu dem Erfolg, den sein Buch gefunden hatte. Ich gab auch zu, daß ich es selbst nicht gelesen hatte.

»Für Sie ist das auch nichts«, antwortete er. »Es handelt eigentlich nur davon, wie man mit Booten herumspielt.«

Da war er wohl etwas zu bescheiden, aber ich hatte schon davon gehört, daß das Buch die Freude am Yachtsegeln schildert, und das war nun wirklich kein Thema, das mich sonderlich interessierte. Childers wollte offenbar nicht über sein Buch sprechen. Das schien nicht mehr seine Sache, sondern es gehörte den Lesern. Er hatte es vom Stapel laufen lassen wie ein Bootsbauer ein Boot.

»Sie sollten Ihren Teil dieser ganzen Sache zu Papier bringen«, schlug er vor.

Darüber konnte ich nur lachen. Ich bin nun mal kein Autor. Er entgegnete, das sei er eigentlich auch nicht, aber er fühle sich verpflichtet, mich zu warnen. Ich bestätigte, daß die Warnung angekommen war. Er insistierte aber und hoffte, daß mehrfache Warnung mehr Eindruck machen würde, und redete noch eine Zeitlang auf mich ein, er sei doch sicher, daß ich ein Logbuch geführt hätte. Natürlich hatte ich das. Aber auch wenn ich das Logbuch zur Grundlage machte, würde mir keiner die Geschichte glauben. Außerdem würde es keiner für ruhmreich oder großartig halten, wie wir im Geheimauftrag hinter den Inseln herumschlichen. Das war weder sportlich noch fair. Amateure unter den Yachtseglern mochten allgemein beliebt sein, aber niemand würde sich um Auftragssegler kümmern. Da gab er auf, sprach noch darüber, daß Deutschland den Kaiser-Wilhelm-Kanal verbreiterte, und über Irland. Er war wohl der Meinung, daß die Regierung in dieser Frage allerlei falsch machte. Nach etwa einer Stunde kehrte er wieder in sein Dingi zurück und verschwand.

Aber er hatte mich zum Nachdenken gebracht. Ich kam dennoch zu dem Schluß, daß ich so eine Geschichte nicht selbst schreiben konnte. Vielleicht sollte ich sie Katya diktieren, und sie würde sie aufschreiben? Später, falls überhaupt. Vergessen Sie bitte nicht, daß ich damals noch sehr jung war, ein Regattasegler, und dank des hohen Honorars des Herzogs arbeitete ich jetzt auf eigene Rechnung. Wie jeder andere Mann zwischen zwanzig und dreißig, war ich an der Zukunft mehr interessiert als an der Vergangenheit.

Eines Tages, in der ersten Augustwoche, kamen wir mit der *Doria*, die ordentlich schräg im Wasser lag, den Solent rauf, über uns thronte ein Turm aus ägyptischer Baumwolle, der bis an die Pforten des Himmels reichte, und David Davies, unsere Geheimwaffe, saß wieder am Hals des Toppsegels. Sam war achtern mit Sir Alonso, dem Eigner. Die Crew lag sauber aufgereiht auf dem Wetterdeck, denn an diesem Tag wollten wir sowohl den König von England als auch den deutschen Kaiser schlagen. Das war, als ob man dreimal den Kaiser schlüge, hatte Sam ganz leise gesagt. Neben mir stand in marineblauem Anzug mit Messingknöpfen meine Ehefrau Katya und unterhielt sich mit ihrer Freundin Clara Wilson, geb. Dollmann. Und sie war ganz rot vor Begeisterung über die Brise und den bevorstehenden Sieg. Am Ruder stand Wilson wie ein Junge mit einem neuen Spielzeug. Childers war auch anwesend, im perfekten Flanellanzug und mit ruhelosem Blick. Es war das große Wiedersehen.

Wir näherten uns den anderen Yachten vor dem Königlichen Yachtclub. Die *Hohenzollern* war da und die *Victoria and Albert* mit der Königlichen Standarte im Topp und einem Musikkorps der Marineinfanterie an Deck. Und weiter hinten bei Gurnard, mit blitzendem Anstrich, schwarzem Rumpf und gelbbraunem Schornstein, wartete die *Fata Morgana* des Herzogs von Leominster. Für einen kurzen Augenblick dachte ich an den armen Dacre.

Aber nur einen Augenblick lang.

Denn als ich mit meinem Fernglas den ganzen Aufwand ein wenig näher studierte, entdeckte ich eine kleine Menschenansammlung auf dem Promenadendeck der *Fata Morgana*. Der verdammte Herzog war da, Feldmarschall

Lord Roberts, Admiral Fisher und Lord Northcliff, der Inhaber des ›Daily Mail‹. Dann war da noch Mrs. Keppel – und eine weitere Frau in einem cremefarbenen Kostüm und mit einem kleinen Sonnenschirm, eine Frau mit roten Haaren und Augen, die genau zu den Smaragden paßte, die sie um ihren Hals trug.

Hetty!

Nicht etwa als Dienstmädchen einer Dame oder als Dame zur Begleitung oder als Gouvernante. Nein. Diese Hetty nahm gleichberechtigt und zu ihren eigenen Bedingungen an dem Ereignis teil. Eine echte Lady! Und das war sie immer schon gewesen.

»Was gibt's?« fragte Katya. Sie merkte immer gleich, wenn etwas Besonderes los war.

»Da ist jemand, den ich längere Zeit nicht gesehen habe«, antwortete ich, dabei hatte ich ein Gefühl, als ob man auf mich geschossen hätte. Aus dem Hinterhalt. Aber man hatte nicht ins Herz getroffen, denn das gehörte meiner Frau Katya und stand für Schießübungen nicht zur Verfügung.

Ich weiß nicht mehr, wie ich es schaffte, mit der *Doria* richtig in den Wind zu schießen, die Segel wegzunehmen und am richtigen Ort vor Anker zu gehen. Ich weiß nur noch, daß ich Katya sagte, daß ich bald zurück sein würde und daß sie schon mal auf die *Delphin* gehen solle. Wir hatten die *Delphin* bringen lassen. Ich sagte ihr noch, daß ich später dort hinkommen würde, denn wir mußten noch zu einem Essen mit ein paar Holländern, mit denen ich als Reeder Geschäfte machen wollte. Lassen Sie mich noch am Rande erwähnen, daß ich auf der *Doria* nur noch zeitweise und zu meinem Vergnügen als Kapitän fuhr, ich hatte das Kommando an Sam abgegeben, als ich heiratete.

Aber das alles ist in diesem Zusammenhang unwichtig und hielt mich auch nicht auf. Ich pullte selbst im Dingi der *Doria* bis an die schwarze Bordwand der *Fata Morgana*.

Dort legte ich eine kurze Pause ein und lauschte dem Geschrei der Möwen und dem Schlagen der Flaggen. Die Schiffe hatten alle über die Toppen geflaggt. Dann sah ich nach oben.

Der verdammte Herzog starrte auf mich hinunter. Er gab ein Zeichen, und ein Bootsmaat der Wache pfiff, als ich an Bord kam.

Ich ging das Fallreep hoch und nahm immer zwei Stufen auf einmal.

Hetty kam mir auf halbem Wege entgegen, sehr wenig damenhaft. »Charly«, sagte sie mit diamantenklarer Stimme, und ich schob sie das Fallreep wieder rauf. Das war nicht das feine Benehmen! Oben tauschten wir Floskeln aus und unterhielten uns über bangloses Zeug. Wir saßen auf einer Bank auf dem Deck unter dem Promenadendeck, die Leute konnten uns dort nicht sehen.

Sie hatte sich verändert, war jetzt eine richtige, ausgewachsene Dame. Wie eine Galleone unter Segeln. Wir saßen da, und phasenweise fanden wir es schwer, Gesprächsstoff zu finden.

Ich versuchte wieder, die Unterhaltung in Gang zu bringen. »Was machst du denn nun bloß hier?« fragte ich.

Sie antwortete mit völlig normaler Stimme: »Ich schlafe mit dem verdammten Herzog«, in breitem Norfolker Dialekt.

Also, da war ich platt, das können Sie sich denken. Ich fragte, was sie denn damit meine.

»Genau das, was ich sage.« Sie grinste mich über ihren Smaragden an, frech wie immer. »Joe hat mich an ihn verkauft.«

»Verkauft?

»Er war damals in einer verzweifelten Situation, mit Vater war es genau das gleiche. Er sagte mir also, ich solle zum Herzog gehen und mit ihm schlafen. Er tat das nicht gerne, bestimmt nicht.«

»Und du doch auch nicht.«

»Ach, weißt du«, lächelte Hetty, und sie wurde etwas rot dabei, »ich war gar nicht so abgeneigt.«

»Wie bitte?«

»Im Bett gibt es keinen Herzog. Und Herzöge haben im Grunde viel für sich. Wenn man ihn einmal näher kennt, ist er eigentlich ein ganz netter Kerl. Um die Wahrheit zu sagen, es hat mir Freude gemacht.«

Ich starrte sie an. Ich dachte an das Pumpenhaus nach dem Begräbnis. Sie war damals weggelaufen, nicht weil Joe tot war, sondern weil der verdammte ...

»Oh, ich habe dich immer gemocht«, sagte sie. »Darum war ich ja auch damals im Pumpenhaus so traurig. Und auch beim nächstenmal.« Ihre normale Gesichtsfarbe kehrte wieder zurück. »Damals, als wir nach Newmarket gefahren sind.«

»Zur Hölle«, fluchte ich, »zur Hölle!«

»Seit wann fluchst du?«

»Nur jetzt, wirklich nur jetzt.«

»Es war aber nicht die Hölle«, lächelte sie. »Es war der Himmel. Und ich versteh nicht, was es da zu fluchen gibt. Du hast doch selbst eine Adelige geheiratet, mein Junge.«

Natürlich, da hatte sie recht.

Ich antwortete: »Warum bist du denn in Newmarket verschwunden und hast nichts mehr von dir hören lassen?«

»Ich wußte doch, daß du 'ne Kämpfernatur bist«, sagte sie. »Mir war völlig klar, daß du keine Ruhe gegeben hättest, wenn du gewußt hättest, wo ich war und was ich machte. Du hättest einen Streit mit Buffy angefangen, und den hättest du verloren.«

»Wer ist Buffy?«

»Der Herzog.«

»Oh«, sagte ich und wußte nicht, wo mir der Kopf stand.

»Das war damals die endgültige Verabschiedung«, erklärte Hetty. »Unsere ganz besondere Abschiedsvorstellung. Vielleicht interessiert es dich ja, daß mich der Abschied damals fast umgebracht hat. Der Herzog nahm mich mit nach Le Touquet. Er hatte Angst vor dir, mein Junge. Er wußte, daß du mich gern hattest und ich dich auch. Ein Herzog, der sich vor dir fürchtete, stell dir das vor.«

Ich erinnerte mich an das Haus des Herzogs in London, den Geruch von Blumen oder Parfum im Treppenhaus, der mich an Hetty erinnert hatte; Hetty hatte dort gewohnt. Ich fragte mich, ob der Herzog wohl aus der Affäre mit Emma neben seinem geschäftlichen Vorteil auch sonst noch Beruhigung gezogen hatte.

Hetty stand schweigend auf, und ich glaube, sie hätte auch nicht mehr sprechen können, selbst wenn sie es gewollt hätte. Wir waren beide keine Engel gewesen, das war wahr. Sie streckte mir ihre Hand im weißen Handschuh entgegen – man stelle sich das früher vor, Hetty und weiße Handschuhe! – und sagte: »Komm doch mit.«

Sie führte mich zu einem Fenster, von dem man in eine Kammer sehen konnte. Die Kabine war als Kinderzimmer eingerichtet, mit einer Wiege, einem Schaukelpferd und einem Kindermädchen. In der Wiege lag ein Baby, das viel zu klein war für das Schaukelpferd, das Geschenk des stolzen Vaters.

»Der Marquis von Blakeney«, stellte Hetty vor.

»Wer?«

»Mein Sohn.« Sie sah mir gerade in die Augen. »Der Erbe des Herzogs.«

Ich sah sie an, und ich merkte, daß sie mir etwas sagen wollte, ohne es auszusprechen. Aber ich glaubte es nicht. So etwas glaubt man nicht so einfach, niemals.

»Wenn ich dir damals alles gesagt hätte«, flüsterte sie, »dann wäre ein Kampf ausgebrochen, du gegen den Herzog. Und wenn ich es jetzt dem Herzog sagen würde, dann wäre es genau dasselbe. Und es würde niemandem nützen, sondern nur Unglück bringen.«

»Du hast ihn geheiratet?« fragte ich.

»Zwei Tage nach unserem Newmarket-Abenteuer. Mit einer Sondergenehmigung in Le Touquet.«

Das kleine Baby hinter dem Fensterglas schwamm mitten in meinen Gedanken, es waren die Erinnerungen eines Fischers und Yachtmatrosen. Aber auch die Gedanken des Vaters eines zukünftigen Herzogs und des Ehemanns einer Gräfin, die in sechs Monaten sein Kind gebären würde.

»Soso«, sagte ich. »Euer Gnaden. Laß uns reingehen und Seine Königliche Hoheit, oder wie man den Wurm sonst nennen muß, begrüßen.«

Die Herzogin von Leominster sah mich fest an.

»Er heißt ganz einfach Charlie«, sagte sie.

Und das ist nun eigentlich alles. Nur eine kleine Ergänzung will ich mir noch gönnen. Drei Monate zuvor hatten Katya und ich den Zug nach Eastbourne genommen. Vom Bahnhof waren wir nach St. Jude's spaziert, das war eine Kirche, die vor etwa fünfzig Jahren aus harten grauen Steinen gebaut worden ist. Sie sah ganz annehmbar aus, und das war schon eine freundliche Formulierung. Von dort gingen wir auf den Friedhof neben der Kirche. Alles war sehr sauber, die weißen Grabsteine waren sorgfältig aufgestellt und gepflegt, als ob die toten Bewohner der Anlage Wert darauf legten, ihr äußeres Erscheinungsbild zu wahren. Der Küster half uns und führte uns einen sauberen Kieselsteinweg entlang. Wir fanden das Grab, auf dem Grabstein stand die Inschrift: IN LIEBENDER ERINNERUNG – ERICA DACRE 1872–1898.

Ich bückte mich und nahm das schwarze Buch, in das Dacre seine Notizen eingetragen und seine niemals abgesandten Briefe an seine arme Zwillingsschwester geschrieben hatte. Sie waren unglückliche Zwillinge gewesen.

Ich buddelte ein kleines Loch in die Erde des Grabes und begrub das Buch. Katya steckte einen Strauß Frühlingsblumen in eine Vase und nahm meine Hand. Wir verließen die tödliche Ordnung dieses Friedhofs in einer Flut aus Sonnenlicht, die uns von der großen, ruhigen, blaugrauen See entgegenströmte.

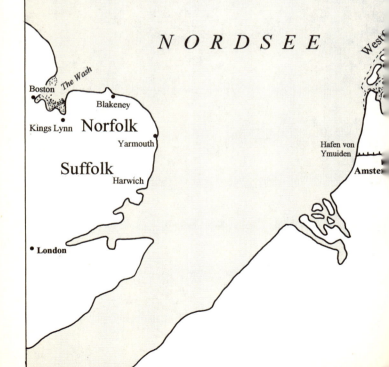

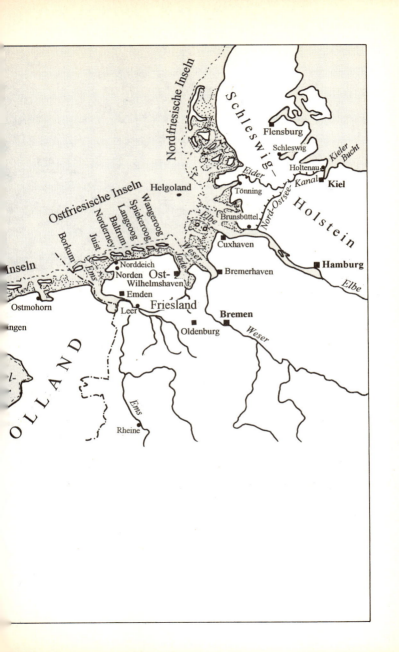

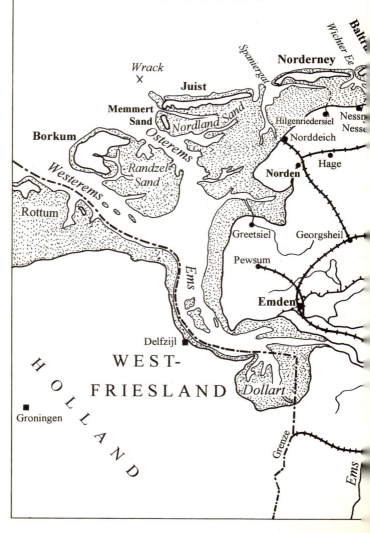

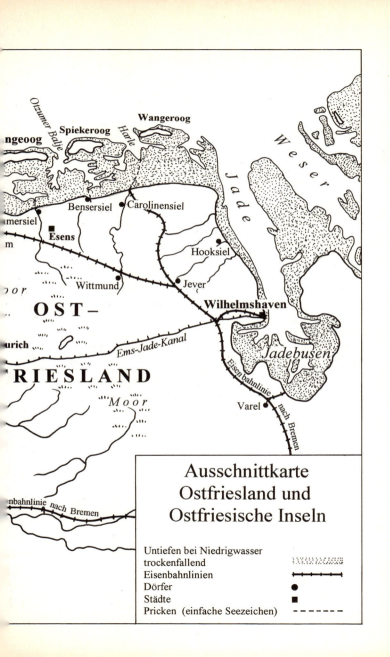

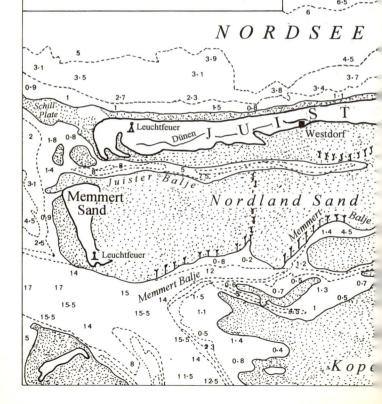

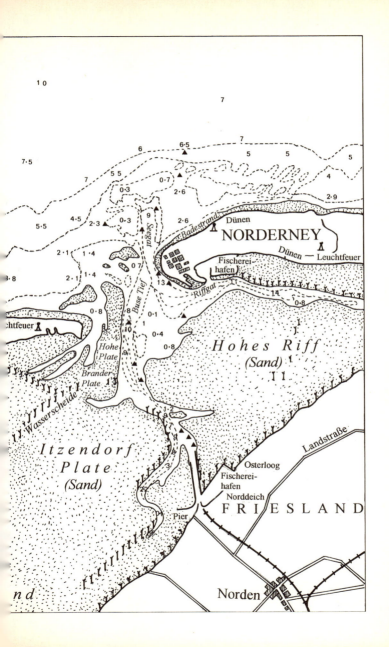